吉本隆明全集
1

1941–1948

晶文社

吉本隆明全集1　目次

凡例

一、本全集は、著者の書いたものを断簡零墨にいたるまですべて収録の対象とし、ほぼ発表年代順に巻を構成した。
一、一つの巻に複数の著作が収録される場合、詩と散文は部立てを別とした。散文は、長編の著作や作家論、書評、あとがき類など形がそろうものは、さらに部立てを別にしたが、おおむね主題や長短の別にかかわらず、発表年代順に配列した。
一、巻ごとに、収録された著作の発表年代を表示した。
一、語ったものをもとに手を加えたものも、書いたものに準じて収録の対象としたが、構成者や聞き手の名前が表示されているものは収録しなかった。
一、原則として、講演、談話、インタヴュー、対談は収録の対象としなかったが、一部のものは収録した。
一、収録作品は、『吉本隆明全著作集』に収められた著作については『全著作集』を底本とし、そのうち『吉本隆明全集撰』に再録されたもの、あるいはのちに改稿がなされた著作は、『全集撰』あるいは最新の刊本を底本とした。また『全著作集』以後に刊行された著作については最新の刊本を底本とした。それぞれ他の刊本および初出を必要に応じて校合し本文を定めた。また単行本に未収録のものは初出によった。
一、漢字については、原則として新字体を用いた。芥川龍之介など一部の人名について旧字に統一したものもあるが、人名その他の固有名詞は当時の表記を底本ごとに踏襲した。また一般的には誤字、誤用であっても、著者特有の用字、特有の誤用とみなされる場合は、改めなかったものもある。
一、仮名遣いについては、原則として底本を尊重したが、新仮名遣いのなかにまれに旧仮名遣いが混用されるような場合、詩以外の著作ではおおむね新仮名遣いに統一した。
一、新聞・雑誌・書籍名の引用符は、二重鉤括弧『　』で統一したが、作品名などの表示は底本ごとの表記を踏襲した。
一、独立した引用文は、引用符の一重鉤括弧「　」を外し前後一行空けの形にして統一した。

吉本隆明全集1

1941
|
1948

表紙カバー＝「佃んべえ」より
本扉＝「都市はなぜ都市であるか」より

I

桜草

温もつてゆく大地の下に
　春はうごめいてゐる
青空の下に
　何を求めてお前はうごめくのだ
「まこと」の風はそしらぬ顔して
　遥かの「青」の中へ馳けて行く
お前――春よ……土の中から――
夕日の落ちかゝる頃
　虚偽《イツハリ》の色に咲いてゐる
　桜草を「魂」からゆり動かしてゐた
私は「虚偽」の色の
　その「虚偽」の香りを懐しんで
野の道を歩んで行く
　人よ春の心をあやまるな
　私の心ともろともに。

後悔

後悔の酒壜をかたむけても
　私の盃には
　　何もたまらない――
後悔の酒は赤くても
　私は酔はずに
飲みほすだらう――
　　後悔の酒の好きなあの人よ……
私はあなたの壜の中に
　真実の涙を混ぜておかうよ。

生きてゐる

「真実」の光の中に
　私の好きな紅ほゝずきよ
今年も咲き誇れよ
「人形」は畳の上で
　　死んでしまほうとも
私は未だ生きてゐる……
　「愛」の橋の半ばを踏みながら。

「哲」の歌

人はみんな私を「哲」と言つた
「哲」は泣く事が大好きだつた――
葦の新芽のみず〳〵しい
　海辺でも
「哲」は泣くに違ひない――
「哲」の踏んで行く
　砂の足くぼを
真赤な「べんけい蟹」が懐しむに違ひない
「哲」は今日も
白々と続く砂浜に佇んでゐる
「哲」の好きな船は
　今日もやつて来ない
「哲」は明日もその船を待つてゐるだらう
「哲」の待つてゐる船は
　未だ難破するものか
「哲」の待つてゐる船は

難破するものか
「哲」は今日も
白々と続く砂浜に佇んでゐる。

くものいと

くものいとに
息を吹きかけながら
明日の日の
小さな声を
にはとこの
ざやめきに
真実きいた
軒端のくものいと
くもは居ないよ
息ふきかけて
夕焼　小焼

うら盆

うら盆で
灯籠流せ
灯籠流せ
舟の下で
溺れた子が
抱いて帰る

冬

たれが
　おまへに
来い　と　言ふた
おとよ　が　死んで
　しげる　が　生れ
木の実が　からから

随想

（其の一）

海風の赤いぐみのせんせいせんせい

私は何処かで斯んな俳句を聞いた事がある、

私はたまらなく此の俳句が好きだ　私には「海風の赤いぐみの」の幼い思ひ出があるのだ。私が未だ六歳位の頃父さんは小さな造船所を経営してゐた、雨の降る日など仕事の合間を見ては芝浦の台場に舟を乗り出すことが良くあつたものだつた、二三馬力位の小舟に兄さんや姉さんや、如何かするとお祖父さんまで乗込んで仕事場の隅に捨てゝある「ボロテント」を頭から引被つて「チヤカ〳〵エンヂン」を走らせて台場へ出かけるのである、台場には何時も真赤なぐみの実の見られる頃だつた、

私達は其の「ぐみ」の実をもいで広々と煙つてゐる東京湾を眺めやりながら「ぐみの実」を噛みしめるのである。あの渋いやうな「ぐみ」の味は手易くは私達の心を飽かせなかつた。

雨の日でも時には晴れた日でも台場の青草を踏みしだいて　遥かの国から流れてくる海風と共に「ぐみ」の実を懐むで見るのである。時には番人に見つかつてポケツト一杯に詰込んだ「ぐみ」の実を抱込んで舟へ逃込む事もあつた　舟が岸を離れてからテントを引被つてお祖父さんにも一つかみ与へてはゆ

つくり食べ合つたものだつた。
又時には季節早の青い「ぐみ」の実を噛んで父さんに叱られることもあつた、そんな時には台場の中央部にある史物（幕末の）陳列場へ駈け込んで唐人お吉の写真に「ぐみ」の実を投付けてやつた。
別に顔が綺麗だからぶつけた訳ではなかつたが………
山田五十鈴を思はせるやうな優しい面影の人だつたと覚えてゐる、今度誰か行つたら見てくると良い
私の「海風の赤いぐみの」思ひ出はざつと斯んなものである　本当に誰か私の幼い思出のこもつた史蹟台場の青草に寝転んで見るとよい、きつと浩然の気を養へるに違ひないから

（其の二）

私は今日「小人」を斯う考へたのである。自分の性格、乃至は人生観といふ針の穴程のものを通して他人を見、他人を批判する、これが小人であると思ふ　小人は自分の主張以外の人を全く排さうとするのである　幸ひ私は此の「考へ」から一二年前に外脱してゐる　人は私の名を聞けばすぐに其の特異な人生観を思ひ浮べるであらう　全く私の人生観は特異（偏奇）であるかも知れぬ　が併し私はその人生観を他人に誣ひた事は只の一度もない　私は私と全く正反対の人生観の持主であつても尚その人格を尊敬してゐる人がある。人は私自身が「俺は小人ではない」と自惚れても許して呉れるだらう。

（其の三）

私は今幸福である。私の周囲には多くの尊敬すべき「友」が居るからである　あと一年足らずで私はその尊敬すべき友と別れ〳〵で一段上の世界へ跳び出さねばならない、私は時折こう思ふことがある。

私の尊敬すべき友たちは必ず世に出て大成するであらう。

華々しい成功を勝ち得るであらう。

自惚れるわけでは決してないが或は何かの間違ひから私自身が大臣位になるかも知れぬ——と思ふのが夢である。

併し私は私の友が華々しい成功を勝ち得、私が不遇の身を晒らす日を考へないでもない。そしてひそかに一つの歌を心に用意してゐる。私は其の歌を心に用意してゐる。私はその歌を誦じながら友の成功を心から祝福し得るだらう、私は今その歌を公開しやう、私が大臣になつた時の用意に…………、併しこの歌は「悟る」か意気地なしかでないと使へないことを断つてをかう。それは啄木の

友が皆我より偉く見ゆる日よ
　花を買ひ来て妻と親しむ

といふ歌である

相対性原理漫談 (二)

その一

さて此所に時速五百粁の飛行機と同じく時速六十粁の列車とが相共に東に向つて進んでゆくと致します。今皆さんが飛行機上の人であると仮定して眼下に煙を吐いて進行する列車を眺めますと皆さんは列車を規準にして考へた場合、時速四百四十粁の速度で飛行してゐる事になります。此の事実は何ら疑ふべきことではなく、既に御承知の速度合成の法則であります。くどい様でありますが最一つの例を取つて此の法則を強調致したいと思ひます。ギリシヤの詭弁学の例証に用ひられるそうですから、アキレスと亀との話に致します。今、音に聞えた健脚の英雄アキレス（アキレス筋なる言葉はこの人から出た者です）が一時間三十粁の速度で西に向ひ同時に亀が一時間二百五十六米二〇糎の速度で西方に這ひ出すと致します。そうしますと一時間後の両者の距離は三〇・二五六二〇粁と距ります。賢明なる皆様は是を以て速度合成の法則を私の漫談が終るまで御明記下さると信じます。

さて事はアキレスと亀ですから、アキレでもかめはないのですが　これを列車と光線の場合に直しますと、実に大々的な疑問を引き起すのであります。御承知のやうに光は一秒間に三十万粁の速度を以て空間を進行致します故に一秒間二十米の速度を有する列車内（列車内と言ふことに注目して下さい）からこの列車と行き違ひになる光線の速度を測りますと速度合成の法則により一秒間に「三十万粁プラス二十米」の速度にならねばならぬ道理であります。それから又後方から列車を追抜く方向に進んで来る光線の速度を測ると一秒間に三十万粁マイナス二十米の速度とならねばならぬ道理であります。依つて後方より追越に来る光線と前方から行き違ひに来る速度との間には四十米の差があるべき道理でありま す。而も此の道理は寸毫も疑ふ余地はありません。併るに実験によりますと後方より来る光線の速度と、前方より来る光線の速度との間に絶対的に少しの差違も認めないのであります。即ち両者は列車が停止せる時に測定したもの（三十万粁）と同一結果になるのであります。皆さんは此所で「それは当然だ何故なら三十万粁の内の四十米の差は測定出来る筈はないから」と抗議せられるでせう。なる程その通りであります。此の例を実験上に当てはめて見ますと、大阪市北区役所は、同市南区役所よりも、東京神田区役所に五糎近いと言ふ果して事実なりや如何？　と言ふ事になります。併し皆さん。今引いた例は単なる例にすぎません。光線の速度を測るに、列車内でする馬鹿者はありません。故に今、地球を一列車とし光線は他の天体より来るものとしても上述の例と少しも違はぬ筈であります。

その二

御承知の如く地球は一昼夜に一回転し、赤道付近は地球の中心に対し一秒間に〇・五粁の速度をもつて西より東の方向に移動して居ります。

尚地球は一年に一回太陽の周囲を公転致します。この公転速度を計算しますと、地球の中心は太陽の中心に対し、一秒間三十四・五粁の速度をもつて西より東へ移動して居ります。故に地球の各点は太陽中心に対し、一秒三十五粁の最大速度をもつて西より東へ移動してゐることになるのであります。そこで今東方の天体より来る光の速度と、西方の天体よりの光の速度との間に一秒間七十粁の相違のある筈であります。

併るに実測の結果七十粁は愚か七粁の差すらないと言ふ事を発見するのであります。此の例を実際問題にあてはめて見ますと、三十万の七十粁は、東京大阪間の約十米に相当致します。これでは如何に科学の発達した今日でも、差違を認め得る筈はありません。

併し皆さんは此故をもつて、前述の例証を否定するわけにはまいりません。何故ならばこの例証は地球のみを動いてゐると仮定したのであります。併るに宇宙に存在する天体にして移動せざるものは只の一つもなく併も、多くの天体は地球の速度より大速度をもつて移動してゐると考へるに難くないのであります。昔は恒星なる語は不動の星の意味で用ひられてゐたのでありますが、今日では恒星も又特定の方向に大速度をもつて移動してゐる事が明かになりました。故に、前に地球は三十五粁の速度と致しましたが、宇宙を原として考へますと、地球は「太陽の速度プラス三十五粁」の速度で移動してゐるものであります。併して　今、光の速度よりも大速度をもつて地球に遠ざかりつゝ、ある天体を存在せずと誰が断言出来ませうか。故にその天体から発する光は永久に地球に到達せず、否逆方向に向ふことになるのであります。

併るに、地球に永久に到達せざる光線は一つもなく併も常に三十万粁の速度を保つてゐるのであります。故に如何なる天体より来る光線の速度も実測の結果、等しく三十万粁となる事実は絶対に不合理と言ふべきであります。

一に一を加へれば二となり一より一を減ずれば0となる筈なのに、一に一を加へても一となり、一より一を減じても一となる。これを不合理と言はずして何を不合理と言ひ得ませうや。

昔より諸々の学者は此の点に想ひ到つて光線の速度や地球並びに各天体の移動速度に就いて種々なる疑念を生じました　若しあらゆる天体は全部静止してゐると考へればこの疑問は忽ち氷解するのでありますが眼前の事実は我々にそう考へることを許さないのであります

併らば此の不合理は如何にして解決したらよいのでせうか皆さんの御意見？　私は此所で本号に於ける稿を打切り皆さんの思索が次号との文のつながりを保ち続けられん所を切にお願する次第であります。

孔丘と老聃

徳侔天地、道冠古今
刪述六経、垂憲万世

稷の畠が秋の日ざしにとつぷりとうもれて、道はその間を真すぐに衛の国までつづいてゐる　孔先生はもう二つも川を渡つて来た　けれど三里四方から見えると言ふたあの高楼は未だ現はれては来なかつた

　孔先生は腕を拱いて長い影を落して歩む　何時も後を慕つてくる顔回の足音もしないので孔先生は何だか「ほつと」してゐた　然し今日は孔先生のちよつと気にかかる日だつた　孔先生は今日盗賊の邸へ行くところだつた

　人も通はず　鳥も鳴かない　孔先生は黙々として影を落して行く

　高い所から眺めると孔先生は稷の丈より低かつた　孔先生は後の世の人々を恐れてゐる風だつた　道が曲りになつた時、孔先生は自分の影の意外に長いのに驚いて立止つた「わしを影のやうに長い人間だと思ふだらう」

　孔先生は矢張り後の世の人々を恐れてゐるに違ひない

「老聃の奴はわしよりも恐がつて居つた」……

孔先生は、あの髭もじやの四角な口を結び、大きなおでこの下の小さな眼をあげてゐる老子の顔を思ひ浮べてゐた。

「奴の耳はとてつもなく大きかつたげな」……

孔先生は老聃の耳が馬鹿に気になつて来るのだつた

「奴はわしよりは少し偉そうだが、わしとても堯舜よりは偉かろ」
丘一つ越えると、雲のやうな槐林にかこまれた村の真中に、目も鮮かに秋の日に映えて一つの高楼が立つてゐた。孔先生は程なくその壮大な門前に佇んで、愚かのやうな番卒に言ふてゐた
「わしは魯の孔丘ぢやが、お前の親玉に会ひに来たよ」
番卒が遽しく消えるとやがて門は孔先生の前に大きく開かれる
二三の番卒が孔先生を威すやうに送り入れた　孔先生は悠々四辺を見廻しながら這入つて行く
盗賊共は孔先生の仁義の説を軽蔑しながら黙つて聴いてゐた
が終に親玉は大きな目を見ひらいて孔先生を睨みつけた　顔面に朱を注いで妙にゆがんだ口からは一言も発し得ない程忿怒してゐたのだつた
「ば……ばか者‼」　親玉はどもつて後がつづかなかつた
滔々と仁義の教を説いた後の孔先生は眼を空虚にしたまま親玉の顔を凝視してゐる
「魯の国には孔丘といふ野良狗がゐるとは聞いてゐたが、これ程の大馬鹿とは知らなんだ」　親玉は破れ鐘のやうな大声で怒鳴つた
「貴様は俺に何と偉そうな事を言ふぢあないか　俺は唯天下の財宝を掠める盗人にすぎぬが、貴様は天下を盗む大悪党ではないか。失せろ‼　馬鹿者‼」
孔先生は眼を空虚にして親玉の顔を凝視してゐた
「成程‼」　孔先生はやがて嘆声に近く呟くと門の外へ歩むで行くのである
丘一つ越えて孔先生は戻つて行つた
「成程‼」　川二つ渡つて孔先生は戻つて行つた
「成程‼」　支那は孔先生の斯の一語の下に動いて行つた
支那は孔先生の斯の一語の下に動いて行くだらう

黄河の水はまだ幾度か干戈の影を映すがい、

——△——△——

孔先生は牛車に揺られてうづくまつて行く　天は孔先生の真上に、魯の国から続いてゐる　江辺の南風は、孔先生の髭の間を通ふて行く

「子路や又居たよ」　子路はあわてて

「は……はい」と応へる

孔先生はかまはずに右手に持つた鞭で道端の田に耕してゐる二人の農夫を指して笑つた

「なまのたいいこ持ちの奴さ」　孔先生は斯う言ふと静かに牛車を止めた

二人の男は長沮と言ひ桀溺と言ふた　乱世を逃れて野に耕す隠士であつた

孔先生は子路をかへり見て言ふた

「由や、奴等の所へ行つて渡場の在所を尋ねて来なさい」

子路はこれだけ聞くともう駈け出してゐた　子路は田の畔に立つて慇懃に礼して渡場の在所を尋ねた

長沮はふり返つて子路の物腰に一瞥を与へると

「牛車の上に居らるるのは……」と問ひ返した　子路は

「孔丘です」と応へた

「何！　魯の孔丘か……」　子路は少し誇らしげに

「そうです」と応へる　長沮は冷たく言ひ放つた

「奴なら渡場位わかるはずだ」長沮はもう耕しにかかる——

子路は長沮の「天下の在るべき所の道をさへ説く孔子ではないか」といふ思はせぶりな皮肉などを悟るには余りに正直だつた、子路は暫く茫然としてゐたが、直ぐ思ひ返して傍らに種を蒔いてゐる桀溺に

尋ねた　桀溺は言ふた
「お前は一体誰だ」　子路は応へた。
「私は仲由です」
「ふふん　あの孔丘の弟子の……」
桀溺も流石に「あの馬鹿正直の」までは皮肉らなかつた　桀溺はやがてぽつりぽつりと言つた。
「天下の風教の頽廃は滔々として大河の決するに似てゐるではないか。誰が之を匡救しようと謂ふのかお前は愚かにも国君を選り好みして諸国をほつつき廻つてゐる孔丘の弟子になつてゐるが、それよりは天下を選んで捨ててゐる俺達の弟子になつた方がましではないか」
桀溺は相変らず種を蒔きながら子路をからかつた。
子路はこの聴くに堪えない観念論に憤激したが、思ひ返すと慇懃に礼を返して孔先生の牛車の方へ歩んで行つた　孔先生はから〳〵と笑つて沈んでゐる子路をかへり見た
「由や、行かうよ――わしは始めから知つとつたよ」
二人の賢人などはまるで孔先生の眼中にはないかのやうであつた　孔先生は牛車に一つかけ声をかけると又一すぢ道をのたり〳〵と揺られて行くのだつた　孔先生は道すがら子路に言つた
「わしは鳥獣と一緒に暮すことは出来ないよ　わしには天下の百姓《セイ》より外には共に生を楽しむべき者は無いのだ　道が行はれてゐる世であつたら、わしのやうなものが仁の道を説いて廻る必要があるものか　道が行はれてゐないからこそ、こうして困んで行くのではないか」
孔先生は問はれずして子路の疑問に応へてくれた　子路は孔先生を偉いと思つた
孔先生はのたり〳〵と牛車にゆられて黄土の道の上を行く　孔先生はこうつぶやいた
「老耼の奴が、あの二人の話しを聴いたら怒るぢやろうよ」

――完――

孔丘と老耼後記

世界の三聖を釈迦孔子キリストと言ふ　釈迦は一番利口だから金仏になつてゐる　キリストも相当利口だつたらうが惜いかな磔の像になつてゐる　孔子は馬鹿だから何にもなつてゐない　私は誰が一番好きかと言へば論なく孔子を第一とする　決して用ひられそうもない大経綸をふところに狗のやうに諸国を廻つた孔子こそは私達が最も近づき易い感じがするのである

孔子は政治と言ふものが民の中にあるのを知つてゐた　孔子は終に政治は一人の人民を救ふ事に遥かに及ばないのを悟つたのである　この点は現在に徴して私達に幾多の示唆を与へてくれるものがあらう　孔子と老子との関係と言ふものは左程密接なものではなかつたらしい　十八史略に孔子が老子に道を聴いたと記してある　孔子は老子を評して「あの人だけはつかみどころがない」と言つてゐたそうであるから相当高く買つて居た事は想像出来よう。孔子と老子とは思想的に正反対のやうに言はれてゐるが反つて相共通した主義ではなかつたであらうか　高村光太郎の「老耼、道を行く」に次のやうに述べてある。

わしは堯舜の教を述べるに過ぎない
坦々たる道を示すに過ぎない
天下の百姓の隠れた生活を肯定し
星宿その所に在るを説くに過ぎない
世を厭ふのでなくて
世にもぐりこむのだ

老子の思想は正にこれであつたらう　更に

世は権勢のみで出来てゐない
綿綿幾千年の世の味ひは百姓の中に在る
わしが逆な事ばかり言ふと思ふのは
立身出世教の徒に過ぎない

これは老子の地下からの抗議であるかも知れない　私の「孔丘と老耼」其の二は「論語」の「微子第十八」から取つた。其の一は出所を忘れたがうそでない

Ⅱ

「呼子と北風」詩稿

悲観

恒に当然のやうに
　私の心の中に据坐するものよ
それは私の背負つた影なのか
じつと視てゐても溶けない影よ
　誰が私に与へたのか
お前をつかめなくても
　お前の周囲が暖く感ぜられる日
その日はそれで満足する

ワタシノ歌

アダナミノタチサハグソコクノ岸ニタツテ
弓ナリノ日本列島ノハジメヲササヘルモノ
日ノ丸ノ旗ヲ大ラカニカザスモノ

ソレハオマヘノイノチニタノムモノ

イマドスグライ知性ノタメニ
オマヘノ大スキナソコクノウタヤ
オマヘノヲヲシイイノチノウタヲ
オマヘハウタハズニキラレルト言フノカ

イタヅラニクライマヨヒノ道ニサスラヒ
アルヒハウラミヤコウタワイノ辻ニタソガレ
思フコトハオシナベテ肺腑ニカヨハナイ

オマヘ　ソンナウレヒノ徒

シヅカニシヅカニオマヘノ母ノアシ音ガキコエル
苦シミノ中ニハリソウガアリマスト
シヅカニシヅカニオマヘノ歌ヲウタヘ

悲哀のこもれる日に

冷たいまでにじつとしてゐる
　空の蒼白である
風が異様に白い線をのこして行くのだ

力ある人たちまでが随分うごめいてゐるやうな
　そんな今日や明日が
荒涼の曠野の一すぢ路のむかふから

（おのがじしののしつてゐるのは
　花や落日の　そのほの赤い
　　相のことではない）

あゝそこいらの足下の小さな草
私のこころによりどころを求めるとき
君たちとあの落日とのはざまの
蒼白の　透明の　空間の中である

おのれだけを抱いてゐては
どうしても　おとづれてはこないやうな
悲哀のこもる日の　その中で
　私が生きるための手帳である

北風

渦状星雲の極北を吹いて
　人の愛の蔭にとまつた
いまだ死なぬときに
　はんの木の葉　散れ
帽にさす夕日
　影はろばろ

とむらふの歌

ほらこれがからからに乾いた
　ソーダ石灰の臭ひだ
それは幽明を異にした
　友達の匂ひがする

（君――私の生徒の一人で
あの君も知つてゐる
真面目な大人しい女の子が
とう〳〵死んでしまつたよ）

誰のせいでもない
　勿論自分のせいではないのだ
唯　わたし達が信じてゐたものが
人間の世界の住人のやうに
くづをれてしまふのが
　悲しくてならない

あゝあの小さな若い魂
まだ迷ふ程　老いてゐなかつたのは
私をせめてなぐさめてくれる

悟りもない　けれど迷ひもない
そんな魂は
一体どこに浮游するのか

（青くても燃えない相をしてゐる）

呼子

今　兄さんが暮してゐる北の町は
　白いよろひの下に眠つてゐる
雪は遠慮もなく降つて来て
　雪庇はやがて地につながる頃なのだ
斯うやつて何か書いてゐる私の手の先は
　凍るやうに痛んで来る
そればかりではない
　私の周囲一米位は
何時も無気味な真空が付いてゐて
何だかがや〳〵騒いでゐる友達があつても
みんなわざとあらぬことばかりである

兄さんはいま
　誰にでも呼びかけたいやうな
妙な冷え〴〵とした音を感ずる

紀子　おまへはほんたうに
次の時代におし出して行く人だ
（どうかお前　勝つておいで）
細々と長く祈つてゐるよ

何時も与へられた運命の中で
　最善の力をつくすことが
最悪な結果をまねいたとしても
　尚最上の道であることを
兄さんは固く信じてゐる

紀子　お前の明日には
　みつともない柵が待つてゐる
兄さんは兄さんの達し得られた
最も高い考への中から
　何だか涙がこぼれそうになるよ
天衣はお前には無縫で
（あ、みつともない柵が立つてゐる）

花

塀近く
　重んだ空気を支へてゐる
赤紫の花
そのいぶされたとらまへなさを
私は東洋風と思つた
友はその花を忌んだけれど
小さな真をそのおもたい花びらから
求めやうとするのは
　　いけないのだらうか

この北の街には
　不思議な程花が多い
ここに住む人たちは
　花のあでやかさをしぼつて
とうとういぶされた風土の中に
　安住してゐる
この北の街には

いぶされた木蓮の花が多い
私は遠いこの北国の祖先たちの
その周りにゆらいでゐる
　愛や誠意のきびしさを
　おもつた
そうしてこの木蓮の花は
きつと見せたがらない花であると
　うなづいた

岡本かの子へ（りんね）

何だかりんねと言ふ言葉は
　貴女に捧げたいやうに
　私の心の中では
　　二心の円をくるくる描きます
一つの円には童子の首がのぞき
一つの円ではサタンがその足の裏を
なめかねてゐます
円周には勿論
　蓮の花のつぼみが
　音を立ててはじいてゐるのです
貴女は肥つてゐたりやせてゐたりしますが
不思議とあでやかに何にでも
　困らない人だ
貴女は私がこんなことを言ふと
パラソルを投げ捨てて
　花々のやうに奔放に

時には忘れられたやうに
　　　嫋々と
けれど狂ひたげな表状で
くるくる舞つて見せるのだ
私は貴女のその心が
　りんねであると言ふのです

アッツ島に散つた人達に

その悲報がとどいたのは
美しい初夏の雲が浮んでゐて
この北国の空は
　大虚のやうに澄んでゐた
この日極北の一つの孤島に
あなた達の二千いくばくの生命が
　雄々しく散り拡がつて行き
もう数へることの出来ない
　永遠の故園の中へ
　何ものかを積みかさねて
　　たふれて行かれた
あなた達の二千の生命を想ひ
もう何も表現することの出来ない
日本人の一人として
　私は静かに頭を垂れるのみです
やがてあなた達の尊い礎石にみちびかれて

祖国は永遠に発展の道を歩み
　世界はことごとく
あなた達に祈らねばならぬ時が
　訪れて来るに違いないと
私達は遺された使命に燃えて
そうあなた達に申上げながらも
それでも言ひあらはせない心の中から
あなた達に季節の牡丹の花の
　一ひらを捧げ
静かに冥福をお祈りします

轟く山

なでらの雪がわれる時　山は轟きわたりました
四辺の山や　丘の上や
蒼い空の一角や　そんな太陽系や
蟻の穴や　それから郭公の墓です
僕はその日は　朝起きてから
友達の悪いうわさばかり聴きました
愛や　憎悪や　吹雪や
落し穴や　犬の足あとや
そんな万象が　生きてゐました
天に高く鳴つてゐるのは
　透明な風でした

フランス語回顧

斯うやつて見やう見まねの詩を創り
ともかくもひとりほそぼそと
フランス語を学び愉しむやうな
こんな静かな明るい今日や明日は
もう私の一生のうちで
　あと二月とはないのだらう

あゝあれから幾年になるのかな
一人の少女の面影を追ふやうな
随分はかないけれど純一な想ひを以て
アー・ベー・セーを口誦んでから

未だ自由の国　フランスは
三色旗をつつましやかにひめて
なれどうちには燃えるやうな
文化の高潔さと

光栄の歴史に勇んでゐたのだ
けれど現在
民族と民族との雌雄を決する
その闘諍に一敗地にまみれ
荊棘の道にあへぎながらも
尚も文化の歴史の強じんさを
　頼んで屈せぬ
その強腹さ　又醜くさ

あゝ自由の国フランスは現在はなく
新しい苦もんに沈降し

世界全体の誰もがそれぞれに
自らの出発点をかへり見てゐる時

私は敢へない敗国の言葉に転落した
フランス語の生命を
　想はなければならぬのか

あゝやめやう
　それは風を追ふよりも空しい

山の挿話

小さな丘の
真白な光の中で
女の子供達が踊りを踊つた
詩情のとぼしい北国の子供達では
あつたが
それでも影ぼうしが
はじらひながら地にたはむれた
蔵王や吾妻の山が見え
蔵王や吾妻に雲が浮び
静かに風が動いて行つた

旅

真蒼な空が果しもなく続いてゐる海辺
赤いぐみの木の実がなつてゐるその道
ぽつ然と歩んで行く私の影

それらは私を旅へ駆り立てる夢である
けれど現実は雨にそぼぬれて
陰惨な空を仰いでゐる私の姿であるか

歩んで来た人生の私の旅も
私が夢見て来たものよりも美しくはないが
ちぎれる様なうらみは無かつた

そこで私が見た人々
そこで私が踏んだ波
そこで私が死ななかつた喜び

私を賑はして呉れたもの——
美しさより涙に富んでゐた
本当よりも真実に近かつた
私を賑はして呉れたもの——

私は今　自分の影を捉へなければ
一日も居られない様な病を抱いて
一寸　旅に出かけて来ます
恐ろしい様な愉しい様な思ひです

やがて私が戻つて来る頃は
日て謡つた私の詩に
私の懐しい友の一人が
曲を作つて送つて呉れる筈です

詩

銀杏が音を立てて落ちる様な冬の夜だつた
私はせつせと詩を書いて見た
どれもこれも大した詩は出来なかつたが
鳥が上をあふいでそれから下を求める様な
豊かな心が判る程だつた
「今の私は詩が出来ないから駄目ですよ」
そんな風に口にしてゐた頃の私もあつたが
詩の出来るやうな淋しさも
存在してゐるのが判つた
こんな時　私が何時かいぢめた「ちび」が
「暗い精神的な物の見方をせずに
もつと明るい気持を持つて下さい」
と言ふ便りを寄来した
そのまずい文字にも冬がさはいでゐた

消息

米沢でも暑さは大変はげしいので毎日用もないのに頭がぐる〳〵廻つてゐて、泳いだり街をぶらついたりお経を読んだりそのたいろ〳〵やつてゐます　結局相変らずです

巻頭言

郷右近君にすすめられ、気がとがめながら書きます。みんながみんな自分といふものが溢れる様な文章を書いてくれたのが嬉しいです。

僕達は文章をかくのは商売ではありません。

唯自分の考へてゐる処を表現しつくして、その時の何とも言へぬ安心から出発してもつと深い自分を見付けて行くのです。文章は少くとも僕達化学者が（化学をするものは皆化学者です。これ以外に化学者の定義はありません）書く時は、その様な安心立命を得るためと、その安心から出発してもつと深い自分を探して行くためであると思ひます。それだから文章を書いたり、書物を読んだりするだけで、自分の人間をより深いものに導くことが出来ます。それ故文章を書いたり読んだりすると、現実を游離してしまふなどと考へてゐる人は問題になりません。又文章を書いたり読んだりしながら現実を游離してしまひはせぬかと不安に思ふ人は矢張り駄目なのだと思ひます。僕はその駄目な人間の一人です。僕は僕達が現在持つてゐる大きな問題や決心については何も言ひません。それは余りに大きく、そして真剣な問題だからです。もつともつと深く考へて、その時僕達は日本人である僕達を心ゆくまで語り合はうと思ひます。

どんな種類の文章を書いても、自分を自分以上に表はそうとしたり、又何の意味もないことを意味ありげに書いたりさへしなければ、その人が自然に現はれるものです。僕達はその自分を自然に表はすやうな文章を書くと共に、その表はされた文章を正しく読み取り得る様に努力しやうではありませんか。

他人の文章を理解し得ると言ふことは、他人を理解し、正しく洞察し得ると言ふことです。

終りに臨み、この企ての長く続くことを祈つてやみません。

無方針

○女の人

或日私の家を訪れた女の人は、随分お喋りであつた。ほゝけたやうな私の顔を見て、何かしきりにお世辞を言つた。もう四十年以上もこの世に生活してゐて、私を軽んじたやうな眼付きをして眠つたやうな美言を吐いた人よ。私は何も言はないけれど、私を心のどこかで馬鹿にしてゐる人が、この世に絶えない間は、私は生甲斐があると思つた。

○比較

㈠　少年よ大志を抱け　(Boys, be ambitious!)

㈡　少年よ悲願を抱け　（　　　　　　）

前者はみんなが知つてゐるクラーク先生の言葉。後者は無名の人吉本隆明君が二十歳の初秋にみんなに送る言葉である。吉本君は残念だけれど英語が喋れない。

○汽車の中

私は帰省の時と帰校の時と、米沢と東京の間を必ず汽車に乗らなければならない。ところが、舟には決して酔はない私であるが、汽車に乗ると、必ず、私の頭に速度の観念が入つて来て生理的に大そうむかついて来る。すると時間の観念が伴つて来て、その相対性が甚だ頭を混乱させ、かすんだやうな意識の中から赤血球の運動量の変化が気になつて来る。そうすると私はもう青くなつて、窓を開けたり風を通したりしなければならない。私を汽車で苦しめるのは何時もこの相対性原理である。

○利己主義

「彼奴は利己主義だ」などと他人を非難する声があつたとする。この場合本当の利己主義は非難する側にあることを私は殆ど請合つてもよい。よくそんな非難をするくせのある人は、勤労奉仕をする前に、坐禅でも組むべきだと私は思つてゐる。

○白い花

私が若し誰かから一枝の白い花を贈られたとするのだ。私はその花をどうするだらうかと考へて見た。幸に私は何処かに緑色の花瓶を持つてゐる筈である。私はそれに挿して、貧しい机の上のあちらこちらに移動して、白い花を楽しむことが出来るだらう。けれど私の本当にしたいことは、その花を天井から吊して空中に浮べて眺めることなのだ。そしてそれ以上にしてみたいことは、しんしんとした蒼い空の無方にその花を浮べて眺めることなのだ。きつと、無上に美しいに違ひない。或日私は意識の超絶を随分恐れることがある。この言葉は覚えておいて呉れるとよい。

朝貌

榛の木の間では
かぶと山の天辺《テッペン》は眠つてゐるのだな

青黒い山のひだ雪は
消えてしんしんとする

（そうしたら僕は
　僕の街へかへらう）

東の方に僕の街があり
くるくる日輪が廻つてゐる

郷愁

郷愁は論理のない沈黙
こちらには冷い灯
あちらにはあたたかい灯

山の挿話

小さな丘の
　真白な光の中で
女の子供達が
　踊りを踊つた
詩情のとぼしい
　北国の子供達ではあつたが
それでも影ぼうしが
はじらひながら地にたはむれた
　蔵王や吾妻の山が見え
　蔵王や吾妻に雲が浮び
静かに風が動いて行つた。

草莽

序詞

いまにしておもひきはまりぬ
友どちよ
われのいのちに涙おちたり

謹悼義靖院衝天武烈居士

アノ峯ニハ
　キンノスガタデ
キンイロノ光ノナカデ
シヅカニマナコヒカツテヰル
念々不断ノ影ボウシガ
沈然エイ劫ノマヒヲマツテヰル

アタタカサトユタカサガ
ワタシノアニノソノスガタニ
アツマリ　光リ　タユルナ

ナホ雲マデトドク燃焼ト
　ヨロヨロ慕フテユクワタシト
ソレラミンナヲアゲテ

アナタノスガタノホン然ニ

イツマデモドコマデモ
合掌ヲササゲテヰマス

原子番号〇番

私のやうな青くさい年頃になると
何をやつても救れないやうな
どん底の意識を感じるのです
（幾度も消えては当り前のやうに突沸するのです）

フロイドの精神分析と言ふ説を信じてゐる人は
（大抵他の何も信じてゐない唯物論服毒者ですが）
虚妄と思はれる方向から
都合の良い材料を引出して来ては
何かと理窟を述るでせうが
どうやら救はれないと言ふ意識の中には
神の身土があると思ふのです

スランプと言ふ状態には
或は私の負け惜みかも知れませんが
一つのそれでも境地があるのです

全て於てあるものを否定して
（あゝそれが直ちに肯定の一種であると言ふ
せつかちな結論は私は嫌ひです）

せつかちな結論をも否定してゐる
それがスランプと言ふのでせう

ドストエフスキーだらうが哲学だらうが
集つて来る奴は皆なで斬です

ふうい癲病者と紙一重ですが
それ程呑気な患者ではなく
瞋りと気焔を吐き散らしながら
修羅と言ふ表現圏を渡り歩くのです

他人から見れば可笑しいところが
わづかに写る花びらなのでせうが
自虐と分裂がそれに付きものだと言ふことは
明らかに人間滅亡の方向で

その時私はたつた一つの薄明りでも在れば
四肢や眼光やそれらみんなを挙げて
その方向に触れさびるのです

原子番号一番

闇色のさびしいマントの襟を立てて
孔雀のやうに拡つた空を見上げるのは
灰色吹雪の街を駈けぬけて
あなたのひと言をしんしんと聴くのは

斯の通りふるへてゐる私の影です

（あなたは無言の唇を閉ぢて
べつとりと凍みついた窓わくの雪を
何がな平たく視つめてゐるのです）

こうやつて私が合掌する影は
どんなにするどくかなしくとも
あなたをもろともたふさうとする
冷たい妄業の暗さなのです

あゝあなたが生きやうとするその通りの
宿命があなたの眼の底に
青い燐光の露となつて
じつとその通りに示現してゐます

私が原子番号一番の中で
あなたの身土を侵さうとするのは
どんなに悲しいことであるか
《どうしてもわたしはわびねばならない》
わたしはあなたの宿命を背負つて
（それをあなたのひと言と思ひ）
灰色吹雪の街の中へ
やがてははげしく還つて行くのです

《わたしがどこでも動いてゐるのは
　おたがひの息使ひの発生する前の
混沌とするどい原形体のままの
そんなレアルな人間であることの
一つの証明でたつたそれだけのためなのです》

原子番号二番

どんな鋭いことを考へたとおもつても
影のやうにそれらが寂しく霧散してしまふことは

二千六百年代文化人の
共通に抱いてゐる悩みなのでせう

それを青白いと言ふのならば
　確にそれは青白いのですが
それを浮薄と言ふのならば
　多くの冷笑を覚悟しなければなりません

善意でも燃焼しきれない
まして卑劣やデカダンスでは
びくともすることの出来ないやうな
始末の悪い軽味を持つてゐる

それをどうやら文化人と言ふのです

結局そのやうな人達には
　どうして戦を言つたらよいのか
(きみたちの考へて苦しんでゐることなんか
みんな空中の楼閣ですよ
見給へ　きみたちはみんな
各々の影をそのとほりに
　探つてそのとほり苦しんでゐるのです)

この様に彼らを否定することは
言葉の上では簡単であり
　併も私には千古不滅の真理とも思はれますが

彼らの淋しい心意や悩みの
　鋭くそして青暗く
生命の本質に迫りそうになつて
哭きながらとぼとぼ歩いてゐるのを見ると

私はとても悲しくなるのです

（ぎたぎた眼が青く光り
虚妄の毒舌を口にふくんで
どんどん私を追つて来るのは
　彼らのうちの手強い顔ぶれです）

私はこれは最後の切札なのですが
　とても苦しい道なのですが
彼らよりももつと一途に青白くなることにより
彼らをむざんに踏みつけることより外に
どうしてよいか判らないのです

捨身は私の味方ですが
　頭の巨大な彼らにとつても
もつと厳しい味方なのです

（我ことに於て弁解せず）

あゝ何と恐ろしい捨身のうめきなのです
　私の一ばん恐れてゐる声が
私の一ばん恐れてゐる言葉を吐き出して
　私をどこまでも追つめやうと言ふのです

私が何かにすがりつかうとして
　原子番号二番の中で考へることは
みんなその言葉の超克のためなのです
《あ、手強い顔ぶれの彼らのうちの声……》
（我ことに於て弁解せず）
私は生命をかけても
　音波の速度よりも数倍も速く
一つの正しい未来圏を示現せねばなりません

原子番号三番

病者の心象には病者の風が光るやうに
　私の心象には風景が現はれます

斜めにたふれたくぬぎ樹林と
　そこに倚りかかつた
冷笑とか皮肉とかの化身が
　どうやら春を感覚することにより
ゾルのやうに重たい空気をもて余して
　眼を瞋らせて諍つてゐるのです

にやりと心象が動くことにより
　それはセザンヌの静物ともなり

表現感覚ゼロに集約すれば
　べつたりとはりつけた
小学生のはり絵ともなりませう

兎に角そのやうな私の心象では
風は透明次元からの借りもので
痛くもかゆくも吹かないやうで
唯光度と四辺の新鮮度が
大きな問題となつて現はれるやうです

そこに実在を挿入することは
いくらでも可能でありますが

そこはかとない人間たちの
　息の一きれでも混らうものなら
忽ち青暗い吹雪がすさぶのです

私はそれを第二の風と言ふのですが
　結局大したものではないですよ

何日か私は合掌の影を送ることにより
私の風景が苦しく歪むことを
例のくぬぎ樹林のサンプルにより
見事に実証しやうと思ひます

原子番号三番のリチウムは
その時一つのカタライザーともなりませう

機械

色相の濃淡によつて
　人の気分が弁じられる様な機械が出来ると
人間はもう孔雀のやうに
　瞋りや微笑がもの愁くなり
灰色うつろの壁の四周には
　一めんに氷点下何度と言ふ気相アフオリズムが
　並べてべたべた書き捨てられ
人間は唯何げなくそしらぬ風に
　組立てられたり壊れたりするのです

秋の花

秋の花　白い花
チロルの山の　かげで咲く

かぶと山と虚妄列車

鉛粉をまき散らしたやうな雲表樹氷の平原の
それは一つの金剛石の光が堀出されると
　かぶと山の斜平面には
するどい白金光沢がわたるのです

きらきらさびしく光る波動は
わたしの瞋りの「吸収すぺくとる」で
ぽちぽち見える青黒い樹林は
　雲表樹氷の影でもありませう

虚妄列車がふもとを走り
　カーボン粒子をくろぐろ吐くと

一つの春の風景となります

銀河と東北

銀河はわたしたちの未来圏ですと
そのやうに言ひ切つた詩人の居ることは
兎に角東北の風土が凄いのです

てんめんとしたビスマス様の空から
吹雪の花が流れるやうにすさんでは
地上はすなはち風圧と固相圧を
同時に増加しながら耐へねばならないのです
いきほひ泥土も青暗くかたまり
人間は各々の影をふみにじつては
ころころとあてもなく往還するのです
華やかな舞踊や音楽などを思ふことは
地塵のはてしない倫理に対しても
ここでは大きな冒瀆となるのです
それでも精一ぱい反撥する人の居ることは
年々こわれて行く人間が

東北の風土に多いことでも判るでせう

東北は恐ろしい処ですよ
此処では誰でも貧しい頭脳細胞の中から
ビスマス平板の無上空間の底に
輝いた一つの未来圏を描かねばならないのです

その未来圏は　あの詩人の感じ方によると
何でもXと言ふ字を流れてゐる
銀河そのものなのだと言ふのです

（随分暗い連想と祈りですね）

その様な連想の良いか悪いかは別として
一つの定点を離すまいとする人間の淋しさは
厳刻な神意の影がそうさせるので

私達は鈍重と言ふ呼び声の以前に
異常な東北の人の鋭さに
シヤツポを脱いで冷汗をふくことが
一ばんけんじやうな身土なのです

撩乱と春

怖ろしいやうな鋭い暗い影をもつた
その日の一人の人影でした
真白な夜の雪にたふれてゐるその影は
静冷な青い燐光を燃やして
うつむいて行くプロフイールは
石のやうに黙つてゐました
この人の跡ならば
私はつんざくやうな街の中を
どこまでもどこまでも慕ふて行つて
たつた一言を聴きたかつたのです

たつた一言の真言の中に
万斛の危機とさびしい諦観と
傾きかけたわたしの心象と影と
細々灯つてゐる道があるのです

瞋りや悲哭もまだとどかない
念々不断の合掌も通はない
修羅のひかりの道があるのなら
何故わたくしは通れないのです

こんなにさびしい月光のきらめきに
わたしはひとりで佇んでゐるのです
わたしはかくれて泣いてゐるのです

ポプラも電柱も夜の雪でさへも
すべてさびしい春の反影ですが
ただ無上の空のひかりは
　まぎれもない撩乱の吹雪です

無神論

「神さま」と言ふのは
しなやかな手をしたお嬢さんが
ひざまづいて祈るときの言葉なのです

「理想」と言ふのは
　甘い青白い青年が
兎に角どうしても救れないやうな恋に陥つてゐる時
言ふことがなくて言ふのでせう

さあれどんな場合でも
人間をはなれて「神さま」があつたり
人間の外側に「理想」があると思ふのは

インテリと呼ぶメタ人類の
　淋しい暗い幻覚なのでせう

一先づ私はこのやうにして
　一つの無神論の口火を切ることにより
今までの文化と人に戦ひを言はねばなりません

続呼子

紀子　とうとうお前よ　わたしの妹よ
やすらかな何気ないお前の心が
兄さんの祈つてゐた通りに
(兄さんの祈りはこのくらい北国の街で
　一年間と言ふしどろもどろの月日だつたのだ)
構えられた人の世の柵を破つて
　どうやら明日が見える処まで行つたのだ
紀子　お前も随分つらかつたな
一年と言ふ風車のやうな日々のうちに
　お前は母に代つて飯を炊いたり洗濯をしたり
あちらこちらに配給を求めて駈づつたり
随分　お前もつらかつたらうな
(兄さんはお前の試験に付添つて行つても
どぎまぎしてろくに世話も出来ない朴念仁だつたが
お前の合格の葉書は嬉しかつたな)
さあこれからはほんとうに

力一ぱいの生活をして
どうか今までの若い女の人たちが踏んだやうな
おろそかな道を歩まないやうに
お国のふかい歴史のなかに
しづかにうづもれて行け
兄さんは（いまになつても）
お前の明るい弾んだ息づかひやあくがれを感じて
（だけど人生はな……）などと
　僅かにそうと感じた心の中から
お前に偉さうに語ることなんか
大そう苦手な人間になつてしまつたのだ
紀子　どうか力一ぱい歩んでゆけ
（いまの日本に生れたひとたちは
　ほんとうになみなみならぬ道を行かねばならないのだ）
兄さんは兎に角
雲や風が大すきなやうに
（そのやうな漠然とした感じ方で）
お前の生き方を信じてゐるのだ
（これからも一生けん命べん強して
　よい女学生になります）
どうかお前その通りの言葉の味ひを

忘れないで呉れ
昔のやうな呑気なニヒリズムやデカダンスとはちがふ
もつと大きな倫理のやぶを
大手を振つてつきやぶつて行け
大きな雲や風の子のやうに――

親鸞和讃

アヽソレ愚禿親ランノ
　生レヲツラツラ慮ヘルニ
ドウヤラ貧ボウ人ゲンノ
スコシオロカナ子ナリケリ

世ニ伝ハリシ身ノ上ハ
　ミンナ虚妄ニアリヌベシ

アヽソレ愚禿親ランノ
　教ヘヲツラツラ慮ヘルニ
絶対自己ヲ否定セル
　オロオロ道ヲユクナラン

正シキ者ハ人ノ世ニ
　必ズ功ヲ得ルナリト
少シモ彼ハ言ハナクニ

タダミヅカラヲ殺セトフ

ア、ソレ愚禿親ランハ
始末ニ負ヘヌ人ナリキ
ワレラ一人デ喜ババ
親ラン居ルト思ヘトゾ
ワレラ二人デ喜ババ
　親ラン陰ニソヒナガラ
共ニ居ルコト思ヘトゾ

スコシオロカナ子ナリセド
　二千六百年代ノ
巨大ナ智慧モドウシテモ
　親ランノカゲ払フコト
トテモ叶ハヌコト知リヌ

ア、ソレ愚禿親ランハ
　スコシオロカナ子ナリケリ

背乗

背乗よお前は悲しいものではないか
背乗よお前は悲しいものではないか

天がうれひの雲を流してゐるとき
　風がごう〳〵と虚妄をはしらせてゐるとき
私が一ばん思ふことは
　かなしい人の行路である

自意識の交錯と
混濁してゆきなやむ心象と

あゝ私に絶えない
　白い光のかなしい路よ
そむかれて私はまだ
　真実の道のかぎりなさを

いつまでもあゆんで行かねばならぬ

雲と風と鳶

雲のまはりをまはり
　風の透明な悲しみにふれ
とんびはかたむいて飛んでゐます

あの人と口論して
　この人とまた諍つて

もう明日からはしづかな沈黙をまもつて
　小さな自意識をかみしめませう

そうすると鳶がまはり
　とんびの行辺の雲が流れ
風の透明さも又
　しづかにわたしをまつてゐます

明暗

今日　犬を蹴り
　この道とほり
明日　自虐して
　合掌のかげまもる

灯ともれ　この道
　青ぐらき道

人たがひにそしりあひ
人たがひにおもて暗い

せめて今宵
　青き月光の　中に
白き花は鳴る

草ふかき祈り

祖国の山や河よ
　歴史のしづかなその悲しい石よ
いま決死のさかひにあつて
　しづかにしづかにひそんでゐる大きさよ
その土の上に生きてゐて
おほきみのおほけなき御光につつまれて
われらいまさらに語るべき言葉もなく
歴史のなかにひかりしづめ
われの生命に涙　おちる

行けよ　祖国の山や河よ
億劫の年を世は変るとも
　おほきみの御光のさかひに沿ふて
巨きなる天然のまにまに行けよ
われら瞬時の短き生きのまに

ここの国土の丘の辺に立ち
アルタイの原野も
　アルプの山やその東西又南北の国も
おほらかな光もてつつまんとす

われら　みづからの小さき影をうちすてて
神ながらのゆめ　行かんとす
まもらせよおほきみの千代のさかへ
　われら草莽のうちなるいのり
まもらせよ祖国の土や風の美しさ
　われらみおやの涙のあと

われは　いのりて
　ひたすらに　道しるべ　たてまつる

帰命

祖国の土や吹きすさぶ風や
人の心に修羅のかげあるも

いまは
おほきみのみ光の下に
いのちかへれ
あそこであんなに苦しんでゐる人
どうかかなしい生命の光もて
修羅の行路を泣いてかへれ　（未定稿）

∞澤口壽君の親情を心から感謝す∞

序詞

人ハ知ラズ知ラズ過ギ去ツタ日々ヲ美シク追憶スル
ソレハ人ノ心ノ中デ醜キモノダケガ歳ト共ニ影ヲ失ツテ行クカラナノダ
　所詮ソレハ人ノ真実ナノダラウ
我ラガコノ中デ現ジテキル沢山ノ表現ハ
ミンナ若キ日ノ至純ノ巨キナ熱ノ発露ナノダ
誰ガ我ラノ過ギシ二星霜ノ至純ヲ再ビ現ジ得ヤウゾ
我ラハイマ
　各々ノ心ノ中ニ　一ツハ美シイモノヲ抱イテキテ
ミンナガ自分ノヤウニナツテ呉レタラト悲願シナガラ
大イナル祖国ノ闘ヒノ中ニ
　自ラヲ捧ゲテ征カネバナラヌ

雲と花との告別

これによつて諸氏に告別せむとす　御元気で

雲「俺達は俺達自身を淋しいと思ふだらう　光のやうに遠い円い空を渡るとき　俺達は朱色に染つて駈けて行くのだ　だれよりも俺達は強く燃えてはゐる　又だれよりも高いやうな気がする　けれどそれが如何したと言ふのだ　そんなみつともない満足だけではおれは淋しくて淋しくて仕方がないのだ　一そう真蒼な五月の空の真中で淡い蒸気のやうに消えて行つたあいつの跡をゆきたいと思ふのだ　俺はもう都会を去つて無限の旅へ行かうとする　淋しいことだもんな」

花「おまへの言ふことは俺の言ひたい事でもある　明るい色や匂ひがおれにはあると思ふだらう　けれどおれのおろおろした善意の蔭ではどんなにか自虐や淋しさがあるか知らないのだ　あゝおまへはいゝな　おれが頭ばかり無方の空の方へ走り何か遠い季節の匂ひを憧れてゐるとき又何も知らない奴の愚かな賞讃をさびしく噛みしめてゐるとき　おまへは自由に北や東や西の方の明暗こまやかな空を渡つて行くのだ」

雲「いゝや　おまへはさすらふことの悲しみを知らないのだ　お前はおれが意味もなく黙つて旅にさすらふと思ふだらう　けれどそれはほんたうは嘘なのだ　おれたちはどこまでもどこまでも考へてゆくともう何も言ひたくはなくなるのだ　誰がどう言はふが悪い奴などはこの世の中にはゐないと思ふやうになるのだ　誰の言葉でもそれはその立場ではその通りだとすればもう黙つてゐるより外には何も出来ない　おれはもういろいろな事で頭がいつぱいだ

浅間の山や軽井沢の高原の白樺のあたりに霧がいつぱいこもつたとき　おれが頭の中のものを吐き出して泣いてゐるのだと思つてくれ」

花「あゝ　お前は淋しさうな顔をしてはいけない　おれたちは誰でも自分がいちばんつらいと思ふだらう　けれどほんたうは誰がつらいかわからないのだ　明るい色をふりまいてゐるおれたちの間でもおれと同じさびしさを抱いてゐる奴は十指に余るだらう　リンゴの花の淡い香りでさへがたまらない宗教の匂ひであることをお前は知つてゐるだらうか」

雲「おれはともかくも　ひとすぢのみちをゆくだらう　蒼い深い空の果てにおれが西の方へ走つて行くのを見たら　おれはみづいろのネハンの世界を求めて行くのだと思つてくれ　又東の方の日輪のくるくる廻つてゐる辺りに　おれが蒼白い曙の相をしてゐるとき　おれはおれたちの遠い神々を尋ねてゆくのだと思つてくれ」

花「おれはこの季節が終ればもうこの世界から別れやうとする　おれはおれの生れたところで死なうと思ふ　この宇宙がある限り　この季節になるとおれのゐた茶暗い土からは生れてくるものがあるだらう　誰が何といつてもそれはおれの再生ではない　誰か見知らぬ奴なのだ　けれどおまへが何日の日か　その上に戻つて来て雨を注いでくれたら矢張り　おれは嬉しいと思ふ　おれたちは結局すべてのものの幸のために生命を捨てるのだ」

雲「そんな悲しいことを言ふな　おれたちは生きてゐる限り　どんな淋しささへも　喜んで味ひながら　どこまでもどこまでも真実を求めて行かうではないか　おれはみだりに肯定や否定をしないキゼンとした魂を　きつとあの蒼い空のむかふから摑んで来やうとする　あゝけれど　おれが巻積級の空のあたりで　魚鱗のやうに　真紅に燃えてゐるとき　人は旱天だと言つて面を外らすだらうな」

花「おまへこそ　そんな悲しいことを言ふな　生きてゆくために互ひに争はねばならないなら

ば　おれたちは眼をつぶつて祈りながら　それでも　キゼン　として行かふと思ふ　あゝ黄昏が近づかうとしてゐる　おれはもう　露の中で寝やう　　さやうなら」
雲「おゝ　ではおれも別れの礼をばしたいと思ふ　おれはしばらくは　日本アルプス　の辺りにふるさとをおいて　そこら一面の尖つた頂や　くすんだ連山の間に　おれの祈りをひろげて行くだらう　もし雷鳴や電光がおまへの体をゆすぶつたときは　それは　おれの巡礼の鈴の音だと聴いてくれ　　ではさやうなら　すべての花の上に幸あれ」

哀しき人々

或時私達三人はその中の一人Tの下宿に集つた　その中の他の一人Kは火鉢の火を突きながら、若し俺達に斯う言ふものに俺はなりたいと言ふ事があつたらここで言ひ合はうではないかと口を開いた　外は雪であつたかどうか私は忘れた冬の寒い晩だつた　私達は何か愉しい計画の相談の為に集つたのだつた　Kは何故そんな事を言ひ初めたのか私には、不可解で又現在でも依然として不可解な思ひ出だつた　私達三人はそれからしばらく火鉢の火を見つめながら黙つてゐた　Tは着物、私とKは制服だつた　やがてTはとても自然に「黙つてゐても人に悪い感じを起させないやうなものになりたい」と言つた　私がそれを聴いて如何に感じたかは私の性質とTの美しい精神を述べなければほんとうは書きあらはせない

次に私は斯う言つた「頭髪を無雑作に苅つた壮年の男が、背広を着て、両手をポケツトに突込んだまま、都会の街路樹の下をうつむいて歩んでゆく、俺は若しなれるのならそんな者になりたい」

私も心にそう思つてゐたことをその通り言つたのだが、あまりすらすらとこれだけの事を言つた訳ではない　はにかんだときのくせで「俺はね」といふやうに「ね」を矢鱈に連発して、これだけ言ふのに自己嫌悪を幾度か飲呑まねばならなかつたが言つた後では実にすがすがしい気になつた

最後にKは、これも彼のくせで「そうか」「そうか」と口ごもりながら、首をかしげるのだつ

たが彼は終に彼自身の「未来」について語らうとはしなかつた　これもKの快活で、何時も我々を元気付けて呉れる素晴しい美点を描かなければ、ほんとうは「そうか〳〵」といふ言葉の意味の複雑さは表現することは出来ない

Tは現在一切の連鎖を断つて軍務に精励してゐる　彼は「だまつてゐても人に悪い感じをおこさせない　そう言ふものになりたい」といふ事を恐らく一生の念願として行けるやうな稀有の美しい人間である

私は又「頭髪を無雑作に苅つた壮年の男が、両手をポケットに突込んだまま都会の街路樹の下をうつむいてゆく　もしなれたらそういふものになりたい」といふことを一生の念願とするより外に能のない、下らぬ人間である

そしてKはどうか　彼は真の意味の人生のハ者であり得る素晴しい人間である　彼は今南方へ行つてゐるのである

さてこの話には後日がある　私達が動員先を引上げて卒業式のために北の国の街に集つたときである　Kは一緒に飲んだ席上で、俺達は失業したら皆で会社を建てやうと言つて私達を励ました　私達は満場一致で彼を未来の社長として選任し誰も後悔するものはなかつた　彼はそれから南方へ行つたのであるが、彼がTのため最後に跡した手紙には「君も来い会社設立は夢にしたくない」とあり、それは私達が東洋のロマンチシストと呼んでゐたKの孤独の哀愁が身に迫つてくるもので、Tはそれも自身の美しい精神に照して、何か深く感ずる処があるらしかつた

そして最後に私はTに「若し君達が会社を設立したら、俺は何日何処に在らうとも駈けつけて、若い青少年たちを集めて、国史と化学と、それに文学や絵画音楽を教へ、美しい心を抱いて日本の国のために死地に入ることの出来るやうな人をつくり、そしていくらかでも日本の国を美

しくしたい」と言ふ手紙を、例の通り「何処かの講談にあるやうですが」などといふ薄汚ない言ひ訳を照れくさそうに付け加へながら書いた　しかも御丁寧に私は「美しい心を抱いた人を育ててそれがどうしたのだ　と言はれると何とも答へられません　僕は以て何々せんといふ事を考へられないからです　強ひて言へば、それだけ日本が美しくなるからだと言ふより外ありません」などと、又々我ながらまづい蛇足を加へた

そしてTは又その美しい精神に照して、私の妙な便りを丁寧に読んで幾日も考へる処があつたと私に便りをくれた

私は哀しき人々と題したが、何も私達三人が哀しき人々であると思つたのではない　人は誰でも幾許か哀しき人々であるやうな気がしたのである　若し私の言ふことが間違つてゐると言ふのなら、その人は君はどう言ふものになりたいかと訊ねられて何と答へるだらうか。

Ⅲ

宮沢賢治ノート（I）

立派に存在することがやがて
立派に死ぬことなのです

日本国中の大きな力
長らく御無沙汰致しました

人間の天性は尊いものです
立派に生存する事がやがて
立派に死ぬことなのです

理解を了へれば斯かる論をも捨てる
畢竟ここには宮沢賢治
一九三四年のその考があるのみである

詩碑を訪れて

私が花巻を訪れたのは昭和十七年十一月の下旬だつた　丁度私は学校の授業のてんつうかぶれてゐるのにどうしても満足出来ず、おまけに自分の日々の生活はまるで生きてゐるのか死んでゐるのかも判らないやうなものであつたのにあいそうをつかし、どうやら例の神経衰弱性が頭をもたげてゐる頃だつた宮沢賢治の詩文などはいくらも読んではゐなかつたが　到底そこいらの英雄豪傑に対するよりも、この人には多面的な慕しさを感じてゐたので、このまま帰るのは惜い気になり、その頃新聞の報告に花巻病院の院長氏が宮沢賢治といふ随筆を著はした由が述べてあつたのを知つてゐたのでこの人を訪れて見る気になり私は駅の前の道を一町程行つた処の巡査派出所で病院の在所を尋ねた
出て来たそこの奥さんらしい人はこの風来坊に対しても快よく対応して呉れた

さて病院は花巻小学校と女学校と共に城跡の高台にあつたが、思つたより立派な門構へで少々這入り苦しく、とう〳〵そこを素通りして四辺を低徊した　何となく去り難く意を決して私は院長に面会したいと申入れた
出て来たのは看護婦さんであつたが、院長は今休息中だと言ふ、私は病気の事でうかがつたのではないと言ふと、その人はお名前はと私に尋ね返した　私はもうそろ〳〵うるさくなりかけてゐたが引込みはつかず、米沢高工に居る某々だと臆面もなく名告りをあげた　女は少し笑ふと一度は奥に引込んだが、しばらくして院長はお会になるそうですと言つて出て来た
私は案外うまくいつたのに驚いたが、ふと自分があたりまへの文学青年と同じ道を歩んでゐるのに気

付いて　みぢめな気持になりかけてゐた

するとその後から少し年輩らしい看護婦が出て来て、先生は二時からお会ひになるさうだと言つて私の姿をうさんくさげに見てゐた、

私は院長があたりまへの人であつた時の自分のみぢめさを考へて堪へられなくなつたので、二時までその辺をぶら〳〵してくるからと言ひ捨てて門を去ると、もうこの花巻には用事はないやうな気になつたが、流石に去り難くて私は又駅のところの派出所へ行き、先の御礼を述べてから花巻には宮沢賢治さんの遺跡があるそうだがと尋ねて見た、その奥さんはにこ〳〵しながら私も行つたことはないがと言ひながらその道を教へて呉れたが　ここから幾里もありますと言つて時計を見くらべて危ぶんだ

私はその道が丁度黒沢尻の方へぬける方向であつたので、折角来たのですからと、大いに気をよくしててく〳〵と町の中を歩いて行つた　随分道もまちがへたが最後にそれらしい上町といふ辺へ来て、道を行［きかかつ］た女の人に訊ねた　その人は賢治さんの遺跡ならと言つてこの道を真すぐ行きそれから何だとか言つたが私にはその方言が全くわからず、言葉がわからないのですがと本音を吐いてしまつた　その人は笑つてゐたが、あそこの宮沢商会と屋根看板をかけてあるのが賢治さんの生家だから尋ねて見るとよいと言つた

私は驚いて今は誰が居るのかと尋ねると、他所から人が来てゐるやうだがお父さんとお母さんは生存して居られると言ふ

私はその女の人に御礼を言ふと兎も角と言ふ気でその家の前に立つた、家は自転車や電気器具の商店であるらしく　事務机の前に主人らしい人が二人の客を迎へて何か商談らしいものを取り交してゐた　私は賢治さんの遺跡を訪れて来たと言ふと丁寧に道すぢをかいてくれ、私の求めに応じて黒沢尻の方向へぬける道をも教へてくれた、好もしい感じの人であつたが、私のやうな下らない文学青年が幾度も同じやうに訪れて来るたびにこの人は地図を書いて、好もしい感じを与へて呉れるのだと思ふと有難

い気持になつた
　こうやつて私はもう一度近所の百姓さんの稲こき小屋で道を尋ねて、小高い所にある宮沢さんの詩碑のところへやつて来て腰を下した、ちよつとした広場になつてゐて、松の木立の間から見下すと、北上川が静かに流れやつてその岸辺は畠続きの静かな風景であつた
　その岸辺に庵を結んで自ら田畠を耕やしてゐた宮沢さんの姿が彷彿として来てそれはそれは懐しい気持になつた
　唯それだけの単純な感じで、兼て考へてゐたやうに私自身に対しては何ら新しい啓示のやうなものは現はれては来なかつた　私は宮沢さんは平凡な人だつたに違ひないと信ずる気持が起り、最一度「雨ニモ負ケズ」の詩碑をふりかへつた
　風が涼しく鳴りわたつてゐたが、私の心にかすめたのは賢治さんに対する敬慕と言ふよりは唯客観の静けさだつた
（了）

私は彼のひととなりに付いては何もしらない　それは私の次の詩を見ればわかる

僕ガ何時カ見タ人生ト題スル
一枚ノシヤシンハ
丁度アナタノ様ナ黒イ外套ニ
クルマツタ老紳士ガ
奥サント肩ヲ並ベテ
カラカラトカレタヒトスヂ道ヲ
歩ンデユク後姿ダツタ

何ダカアナタノ様ニ思ハレタガ
振リカヘツテ貰ヒタクナイヤウナ
気持ダツタ
ヨクハワカラナイガ
アナタノ思想ハ
老子ノ若イ頃ノヤウナ
年老イタふらんす人ノヤウナ
思想ダト僕ハ思フ

これが賢治氏をあやまつて居らうが居まいが、皮相的であらうがあるまいが、私は何とも思はない、今に賢治さんの境地を確かめてどんな道を歩んでもよいからその境地を超へて見せると決心する、

（了）

賢治さんは奥さんが居なかつたそうな、
私の詩は出たらめだ、
私の友人が「宮沢賢治は決して変質者ではなかつたそうだ、彼の理想の女性は妹で、そんな女性が居なかつたので結婚しないのだつたそうな」と言つた
私は或日それをきいて「ふん」と言つた

（了）

本日　花巻共立病院長佐藤隆房といふ人の「宮沢賢治」読み了へた
賢治さんを詩人として高く評価する人も、農民指導者として評価する人も、その他あらゆる限定に於

て評価する人もその人を言ひあらはせない　結局賢治さんは唯の人間だと思ふ、「宮沢賢治と一女性」「宮沢賢治と云々」などと言ふ文章を書いた人などはまるで阿房のやうに思はれて仕方がない、僕も賢治さんを高く見たつてそんな下らない文章はこんりんざいかくまいと思ふ　賢治さんを見ならうても賢治さん以上の人になつて見せる

（昭和十八年一月中旬）

イギリス海岸の歌

Tertiary the younger tertiary the younger
Tertiary the younger mud-stone
あをじろ日破れ　あをじろ日破れ
あをじろ日破れに　おれのかげ

Tertiary the younger tertiary the younger
Tertiary the younger mud-stone
なみはあをざめ　支流はそそぎ
たしかにここは　修羅のなぎさ

「ターシヤリー・ザ・ヤンガー・マツドストン」の意味が、イギリス海岸が北上川の流域だと判つてからもまるでわからず、友達にも尋ね、友達が学校の先生に尋ねてもなほわからなかつたが、佐藤氏の「宮沢賢治」を読んで、その年譜に到り、やつとわかつたと思ふ　これは「まだ若い、第三紀層泥岩」と言ふ意味で、イギリス海岸の地質なのだらうと解釈する、

当つてゐるかゐないかわからないがとにかく私の数ヶ月に亘る懸案はどうやらやつと一まづ肩の荷を下ろしてよい気になる、――

雲の信号

あゝいゝな　せいせいするな
風が吹くし
農具はぴかぴか光つてゐるし
山はぼんやり
岩頸だつて岩鐘だつて
みんな時間のないころのゆめをみてゐるのだ
　そのとき雲の信号は
　もう青白い禁慾の
　東にたかくかかつてゐた
山はぼんやり
きつと四本杉には
今夜は雁もおりてくる

これが宮沢さんの体験から来た名詩と言ふのだらう、現在までのどんな詩人でも「あゝいゝな　せいせいするな」と言ふやうな骨肉的な言葉を最初からぶつつけることは出来なかつた
この人の生活が即人生であり即思索であつた強味が生き生きとしてゐる

第一の「山はぼんやり」は次の二句とぴち〳〵とした関連を保つてゐるし、第二の「山はぼんやり」は「今夜は雁もおりてくる」と言ふ句と確かに密接な関係があると考へられる
気象学にも、化学にも造詣のあつた賢治さんの一面は如実であるし、又そこに詩全体を貫く確信がある

きつと四本杉には
今夜は雁もおりてくる

こんな確信に満ちた詩句を吐いた人が日本の詩人にあつたであらうか、詩人としての賢治さんは大そう特異な存在であつた

その時………
……………
東にたかくかかつてゐた

との詩句には底冷へさへも感じさせるやうな透徹した境地が感ぜられる
悟りに近いやうなむしろ現実界と幻想界をさ迷つてゐる魂の言葉のやうに思はれる　学びたいやうな
学びたくないやうな……

——××——

僕は賢治さんを敬慕する　日本歴史上　僕がほれた最初の人だ

だから僕は賢治さんに盲目的に追従したくないんだ　生きてゐる人にさへお世辞を言ひたくないのに、
死んだ人に言ふのは尚嫌だからなあ――

「宮沢賢治と女性」雑考

「性欲の乱費は君自殺だよ、い、仕事は出来ないよ。瞳だけでい、ぢやないか、触れて見なくたつてい、よ。性愛の墓場迄行かなくともい、よ」

「おれは、たまらなくなると野原へ飛び出すよ、雲にだつて女性はゐるよ、一瞬の微笑みだけでい、んだ。底まで酌み干さなくともい、んだ。香をかいだだけで後は創り出すんだな」

「花は手折るんぢやないよ」「君、風だつて甘い言葉をかけてくれるよ」

「さうだな、新鮮な野の朝の食卓にだな、露の様に降りて来て、挨拶を取りかはし、一椀の給仕をしてくれて、すつと消え去り、又翌朝やつて来るといつた様な女性なら結婚してもい、な」

「時にはおれのセロの調子外れをなほしてくれたり、童話や詩を聴いてくれたり、レコードの全楽章を辛抱強くかけてくれたりするんなら申分ないがな」

これだけ賢治さんの言葉を抄並べて見れば大体彼の女性感なり、もつとつつこんで言ふなら理想の女性の型なり、結婚感などがわかりそうな気がする
そしてすぐ感じることは賢治さんが女性に対しては深い憧憬に似た感じと夢とを人一倍もつてゐたと言ふことである
だから別な言葉で言へば賢治さんが好きになるやうな女性は直ぐに見付かつたのではなからうかと言ふのである

更に言へば賢治さんはどの女にもどこか好もしい所があるやうに感じて居たのではなからうかと言ふのである

併し何物かが賢治さんの結婚することをさまたげた　それは賢治さんの世界意識であつたらうし農事であつたらうし芸術であつたらう　人間であつたらう

賢治さんの魅せられた女性が二人あつたと考へられる　それを藤原草郎氏の文章から抄出するならば

伊藤チエ子

水沢の豪家育ちで盛岡高女出身の聡明な女性で音楽にも詩にも美術にもすぐれた才能を持つてゐる人である　当時はがつちりした体軀に強力な実践力を持つた純情の女性であつた

木村コウ子

花巻高女出身で先年亡くなつたがこの女性を彼はその時ひどく高く買つてゐた　彼女は上野の音楽学校在学中で宮沢賢治の「春と修羅」の愛読者で　水彩や油絵もやる文学乙女であつた　彼女の一口二口の話し振りや瞳の叡智的なしかも純情な輝きでぐつと感じたらしい、ところが不思議にも彼女は容貌や体軀趣味や智性も前記の伊藤チエ子とそつくり似てゐるのである

セロ弾きのゴーシユ

ゴーシユの（人物構成）限定
　イ、限定の内容構成を現実に即して
　ロ、内容構成の内的方面よりの描写
1、三毛猫＝印度の虎狩り
即ちここに於て一つの物語り的（童話的）相関性があり、童話としての第一歩がはじまる
註　うしろの扉
2、郭公
郭公はここで郭公のドレミフアソラシドが人間のそれと異ることを言ふ　ゴーシユは郭公のドレミフアの方がよいと思ふ
ここでゴーシユの人間的性格描写がある
3、狸の子
これは怒つてゐるゴーシユに与へる吐け口を考へた時賢治さんの頭に狸汁のおとぎ話が連想されて来たので狸の子を表現したのであらう
4、のねずみ
どうやらここでは音楽に対する賢治さんの憧憬が無意識に表はれてゐる
　ハ、再び現実に還つて行く

これは童話の還元性の一つである
二、再び内的方面の描写に還る
これは一歩のふみ込みと、踏襲性の表はれである　最後に遠くを眺めやる賢治さんの性格や意識がある　人道主義がある
ゴーシユの性格描写抄出
(繰返へしの手法)
「セロがおくれた。トオテテ　テテテイ、ここからやり直し。はいつ。」みんなは今の所の少し前の所からやり直しました。ゴーシユは顔をまつ赤にして額に汗を出しながら、やつといま言はれたところを通りました。ほつと安心しながら、つづけて弾いてゐますと、楽長がまた手をぱつと拍ちました。

またかとゴーシユはどきつとしましたが、ありがたいことにはこんどは別の人でした。ゴーシユはそこでさつきじぶんのときみんながしたやうにわざとじぶんの譜へ眼を近づけて何か考へるふりをしてゐました。——・——

ゴーシユはその粗末な箱みたいなセロをかかへて、壁の方へ向いて口をまげて、ぼろぼろ泪をこぼしましたが、気をとり直してじぶんだけたつたひとり、いまやつたところをはじめからしづかに、もいちど弾きはじめました。——・——

譜をめくりながら弾いては考へ考へては弾き、しまひまで行くとまたはじめからなんべんもなんべんも、ごうごうごうごう弾きつづけました。

夜中もとうにすぎてしまひにはもうじぶんが弾いてゐるのかもわからないやうになつて、顔もまつ赤になり眼もまるで血走つてとても物凄い顔つきになり、いまにも倒れるかと思ふやうに見えました。――・――

ゴーシユはすつかりまつ赤になつて、ひるま楽長のしたやうに足ぶみしてどなりました。が、にはかに気を変へて言ひました。

「では弾くよ。」――・――

「ははあ、少し荒れたね。」セロ弾きは言ひながらいきなりマツチを舌でシユツとすつてじぶんのたばこへつけました。――・――

ゴーシユはしばらく面白さうに見てゐましたが、

「出してやるよ、もう来るなよ。ばか。」――・――

「うるさいねえ。そら三べんだけ歌つてやるから帰るんだぞ。」――・――

「ではこれつきりだよ。」

ゴーシユは弓をかまへました。かくこうは、

「くつ」とひとつ息をして、

「では、なるべく永くおねがひいたします。」と言つてまた一つおじぎをしました。

「いやになつてしまうなあ。」ゴーシユは苦笑ひしながら弾きはじめました。――・――

「何だ、硝子へ、ばかだなあ。」ゴーシユはあわてて立つて窓をあけようとしましたが、……

「いまあけてやるから待つてゐろつたら。」ゴーシユがやつと二寸ばかり窓をあけたとき、……

つかまへてドアから飛ばしてやらうとゴーシユが手を出しましたら、いきなりかくこうは眼をひらいて飛びのきました。……

ゴーシユは思はず足を上げて窓をぱつとけりました。硝子は二三枚物すごい音をして砕け窓はわくのまま外へ落ちました。そのがらんとなつた窓のあとをかくこうが矢のやうに外へ飛び出しました。……

「だつてぼくのお父さんがね、ゴーシユさんはとてもいい人でこはくないから行つて習へと言つたよ。」と言ひました。そこでゴーシユもとうとう笑ひ出してしまひました。

「何を習へと言つたんだ。おれはいそがしいんぢやないか。それに睡いんだよ。」――・――

「いやさうかもしれない。このセロは悪いんだよ。」とゴーシユはかなしさうに言ひました。

――・――

「ああさうか。おれのセロの音がごうごうひびくと、それがあんまの代りになつておまへたちの病気がなほるといふのか。よし、わかつたよ。やつてやらう。」――・――

「いや、そのことではないんだ。ただたべるのかときいたんだ。ではたべるんだな、ちよつとまてよ、その腹の悪いこどもへやるからな。」

ゴーシユはセロを床へ置いて戸棚からパンを一つまみむしつて野ねずみの前へ置きました。

――・――

曲が終るとゴーシユはもうみんなの方などは見もせず、ちやうどあの猫のやうにすばやくセロをもつて楽屋へ遁げこみました。すると楽屋では楽長はじめ仲間がみんな火事にでもあつたあとのやうに眼をじつとして、ひつそりとすわり込んでゐます。

ゴーシユはやぶれかぶれだと思つてみんなの間をさつさとあるいて行つて、向ふの椅子へどつかりとからだをおろして足を組んですわりました。――・――

その晩遅くゴーシユは自分のうちへ帰つて来ました。そしてまた水をがぶがぶ呑みました。それから窓をあけて、いつか、かくこうの飛んで行つたと思つた遠くの空をながめながら、

「ああ、かくこう。あの時はすまなかつたなあ。おれは怒つたんぢやなかつたんだ。」

と言ひました。

――××――

ゴーシユは賢治さんの若い頃の分身であるとも言ひ得るだらう

三毛猫　郭公　狸の子　のねずみにもそれぞれ象徴する人格を表はしてゐる

純然たるおとぎ話であるにもかかはらず人格その物は人間そのままなのである

あ～まり！いちばんボーボーリん ぱたっと
ぴたりこん トーオテテ テテテイ やっと ほっと
ぽっ わざと ぱたっと どきっと さっき
そろっと ぴたっと ぼろぼろ ごつごつ ごくごく
ごうごうっごうっごう とんとん するると
ぎっしり パチパチパチっ ぱと ぱちぱち すっかり
ぐるぐるぐる ぐる けろりとこて ペロリンユウ
どんと よろよろとこて ちょっと やっと ぐっす
ごくごく そっくり ぐんぐん ごうごう
こつこつ ぽろん ボロン ボロン ぱたぱた
そろそろ やっと いっぺく てんてんっくっと
まるで ぼこやくしゃ ぶっと ぴたりと
どしん ふらふらっと ばうっと どんどん ちょっと
どんと びっくり ぱっと ぱっと やっと じっと
ぱっと ぱっと がらんと まっすぐ とうとう
こつこつ どんと ぼんやり きちんと ぼんやり
くたくた と ちらちら ぽんぽん やっと
はっと とんとん ぼろっと ぱちん ぼんやり
こつこつ ちょろちょろ ちゃんと むっと
ははっく ごうごう ぴたっと

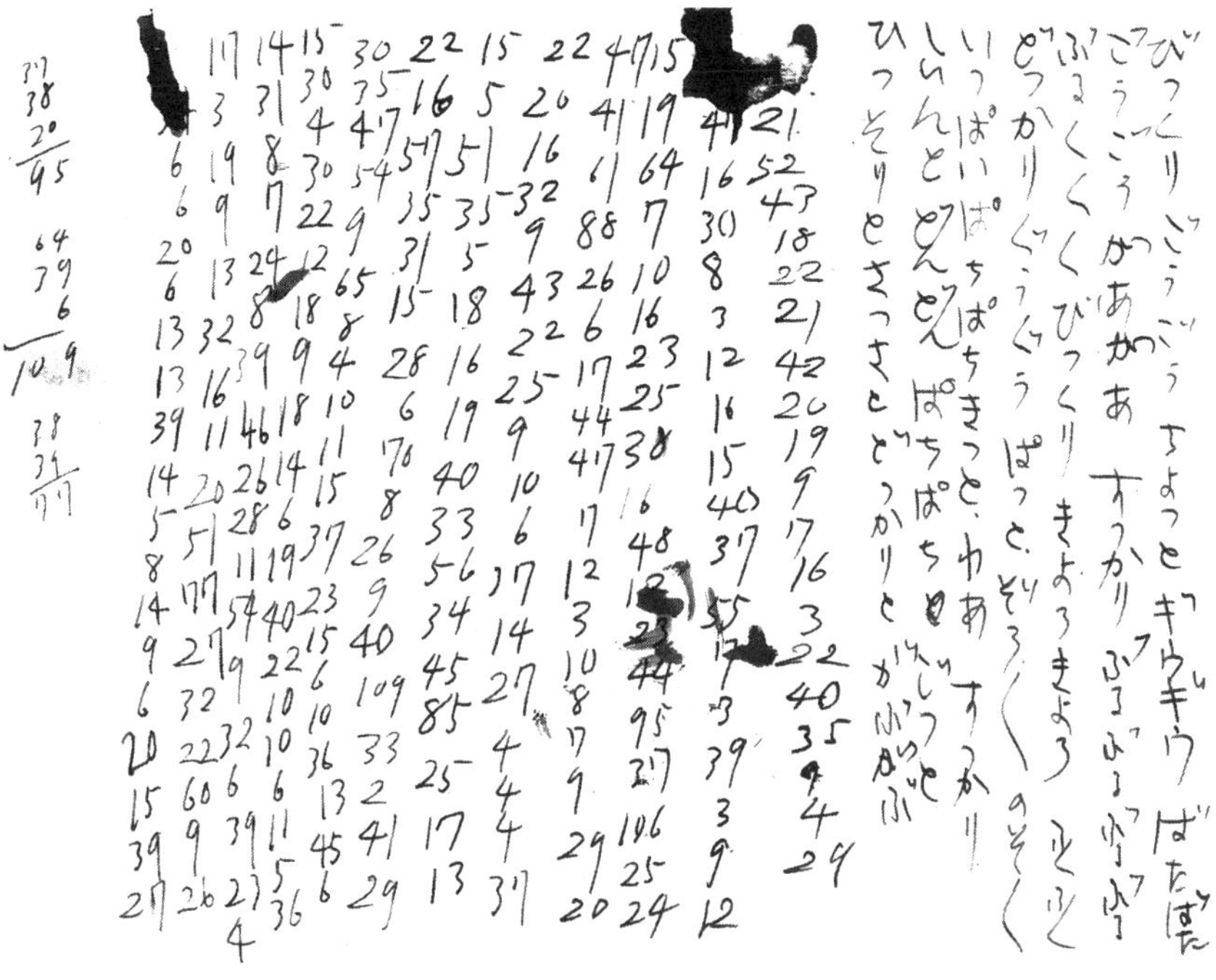
びっくりごうごうちょっとギウギウばたばた
ごうごうがあがあ すっかりぶるぶるぷりぷり
ぶるくくくびっくりきょろきょろふくふく
ぴっかりぐうぐうぱっと、ぞろぞろ のそのそ
いっぱいぱちぱちきっと、やあ すっかり
しらんとどんどんぱちぱちとぴしっと
ひっそりとさっさととっかりとがぶがぶ

3 3 4 3 1 1 2 2 4 2
4 4 3 3 2 1 2 4 4 3
1 4 2 2 2 3 2 2 5 4
2 4 3 4 5 2 2 5 4 2
1 1 2 2 1 3 2 5 2 2
3 1 4 4 2 1 4 1 5 2
5 4 4 2 1 2 1 1 2 1
2 3 2 1 2 1 1 3 1
2 3 3 3 3 6 1 3 6
1 3 1 1 1 2 2 4 3 3
2 2 1 3 3 6 3 4
2 1 3 3 3 6 3 4 2
3 3 5 1 2 4 3 4 2
3 3 1 2 2 2 3 4 2
3 1 1 4 4 2 2 4 2 1
3 3 2 2 2 3 4 5
2 2 2 2 1 3 3 4 4
1 3 1 2 2 1 3 4
1 2 3 2 1 3 1 4 3
3 2 2 4 3 3 1 2
3 4 3 3 3 1

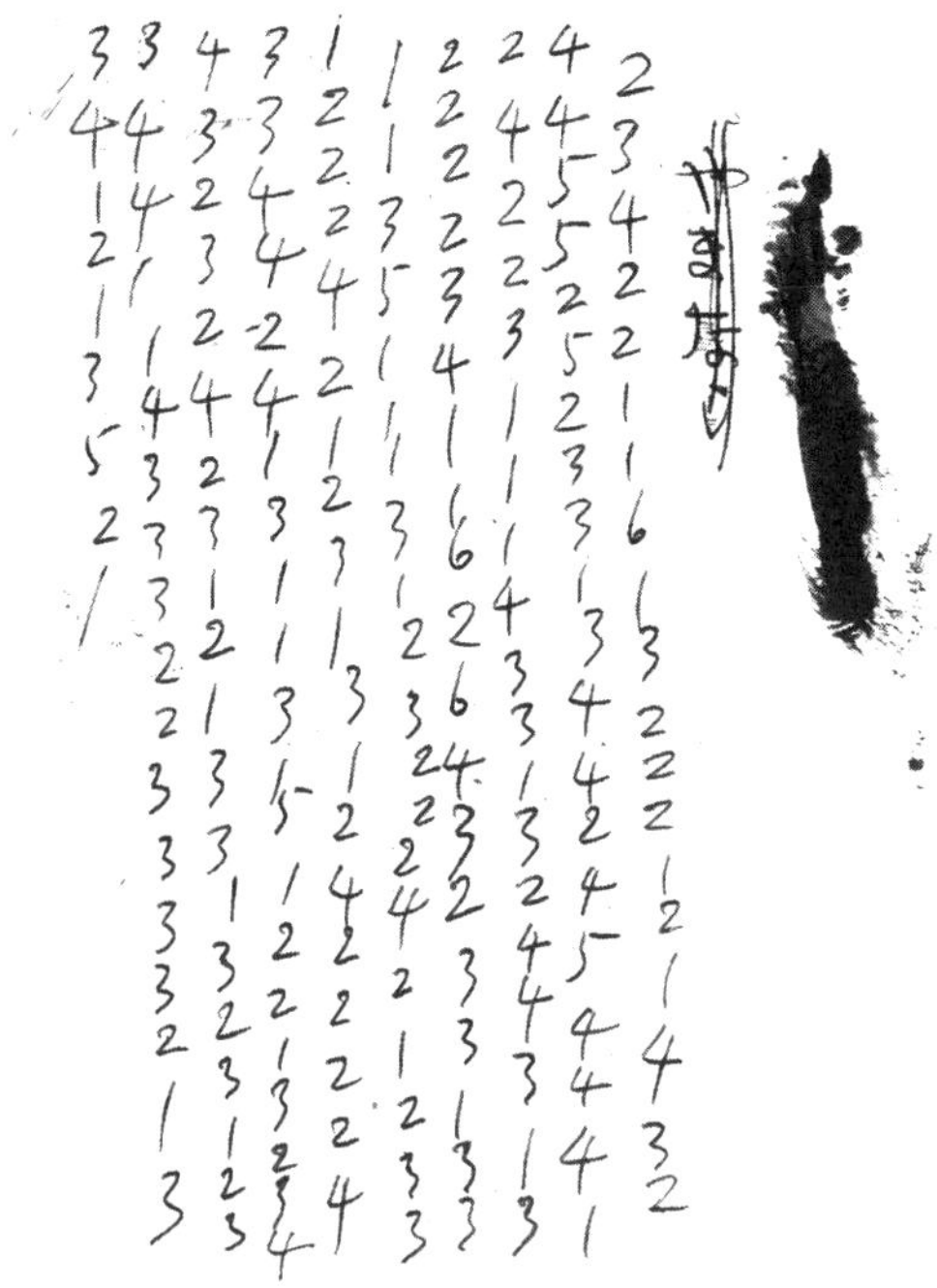

やまなし

1、限定　一文の限定
2、小部に分つ
一、五月
イ、この一篇の限定
即ち二疋の蟹の会話をもつて水底の世界を青白く夢幻的にうつす
——・——

つうと銀のいろの腹をひるがへして一疋の魚が頭の上を過ぎて行きました。——・——

魚がまたツウと戻つて下流の方へ行きました。——・——

魚がこんどはそこら中の黄金《きん》の光をまるつきりくちやくちやにしておまけに自分は鉄いろに変に底びかりして、又上流《かみ》の方へのぼりました。——・——

この派生的描写から蟹の会話が「クラムポン」のことから魚にうつる　ここで構想に一進展となる
——・——

魚はかはせみにより殺される　注意すべきことは殺されると言ふ言葉が一度も用ひてないことであ

る　ここに賢治さんの童話の特色があり、所謂「卑怯な成人達に畢竟不可解な」ものである
父蟹が「ふうん。しかし、そいつは鳥だよ、かはせみといふんだ。大丈夫だ、安心しろ。おれたちはかまはないんだから。」と言ふところがある　これは賢治さんの人生観のあらはれである　蟹の自嘲であるのか諦観であるのか、隅におき忘れられてしまふやうな人々を、側面ではなしに正面から静かに写して救ひ上げるところ賢治さんの童話の特徴である
この種の童話は子供には易しく、大人には汲めどもつきぬ深さを感じて理解しきれないのではなからうか――・――

「お父さん、お魚はどこへ行つたの。」

「魚かい。魚はこわい所へ行つた。」

「こわいよ、お父さん。」

「いいいい、大丈夫だ。心配するな、そら、樺《かば》の花が流れて来た。ごらん、きれいだらう。」

賢治さんだつて「樺の花」がなかつたら死がこわいのではなかつたのだらうかロ、又主題を蟹の会話に持つて行つたところ　還元性の表はれである――・――

五月と言ふ季節を直接に表はしてゐるものは白い樺の花びらだけであり　間接に表現してゐるのは水底をくぐる日の光の描写だけである
――・――

水底の描写を抄出すると
上の方や横の方は、青くくらく鋼のやうに見えます。

そのなめらかな天井を、つぶつぶ暗い泡が流れて行きます。――・――

（蟹の子供らもぼつぼつとつづけて）五六粒泡を吐きました。それはゆれながら水銀のやうに光つて斜めに上の方へのぼつて行きました。――・――

波から来る光の網が、底の白い磐の上で美しくゆらゆらのびたりちぢんだりしました。泡や小さなごみからはまつすぐな影の棒が、斜に水の中に並んで立ちました

魚がこんどはそこら中の黄金《きん》の光をまるつきりくちやくちやにしておまけに自分は鉄いろに変に底びかりして、又上流《かみ》の方へのぼりました。――・――

その影は黒くしづかに底の光の網の上をすべりました。――・――

俄に天井に白い泡がたつて、青びかりのまるでぎらぎらする鉄砲弾丸のやうなものが、いきなり飛込んで来ました。――・――

それつきりもう青いものも魚のかたちも見えず、光の黄金《きん》の網はゆらゆらゆれ、泡はつぶつぶ流れました。――・――

泡と一緒に、白い樺の花びらが天井をたくさんすべつて来ました。――・――

光の網はゆらゆら、のびたりちぢんだり、花びらの影はしづかに砂をすべりました。――・――

二、十二月

1、一文の限定がある

それには主題となる蟹と舞台となる水の景色の限定がある

2、二匹の蟹の生長が無言のうちに語られてゐる、即ち弟蟹が兄に向つて自分の泡の方が大きいと言ふのである、これは五月の弟が兄に尋ねる態度から自分を主張する態度にうつつてゐることを意味する　これは人間の子供の誰もが通る心理過程である　賢治さんは無意識かも知れぬがこの間の事情を正確にうつしてゐる

――・――

賢治さんの童話の中の会話には少しも無駄がなく、そればかりではない、美を失はない程度の科学性がある

「近くだから自分のが大きく見えるんだよ。そんなら一緒に吐いてみよう。いいかい、そら。」

――・――

3、黒い円いやまなしが落ちて来たのを見て子蟹は「かはせみだ」と言つて怖れる　これは実に子供の共通した固着性であり、賢治さんのそれに対する考察の正しさと、五月の文と関連を持たせる意味での巧みさがある

――・――

賢治さんの童話を観照するには、嗅覚　聴覚　視覚の三点より留意すべきである――・――

「待て待て、もう二日ばかり待つとね、こいつは下へ沈んで来る、それからひとりでにおいしいお酒ができるから、さあ、もう帰つて寝よう、おいで。」これも科学性――

水底の描写抄出すると、

白い柔かな円石もころがつて来、小さな錐《きり》の形の水晶の粒や、金雲母《きんうんも》のかけらもながれて来てとまりました。

そのつめたい水の底まで、ラムネの瓶の月光がいつぱいに透とほり、天井では波が青じろい火を燃やしたり消したりしてゐるやう、あたりはしんとして、ただいかにも遠くからといふやうに、その波の音がひびいて来るだけです。――・――

黒い円い大きなものが、天井から落ちてずうつとしづんで又上へのぼつて行き、キラキラツと黄《き》金《ん》のぶちがひかりました。――・――

賢治さんの描写には唯の文学者には見られない科学性、又言ひかへれば一歩の深い踏み込みがある

白い柔かな円石も……

黒い円い大きなもの……

即ち大きなと言つてゐるのは実に周到である、

間もなく水はサラサラ鳴り、天井の波はいよいよ青い焔をあげ、やまなしは横になつて木の枝にひつかかつてとまり、その上には月光の虹がもかもか集まりました。――・――

波はいよいよ青じろい焔をゆらゆらとあげました。それは又金剛石の粉をはいてゐるやうでした。

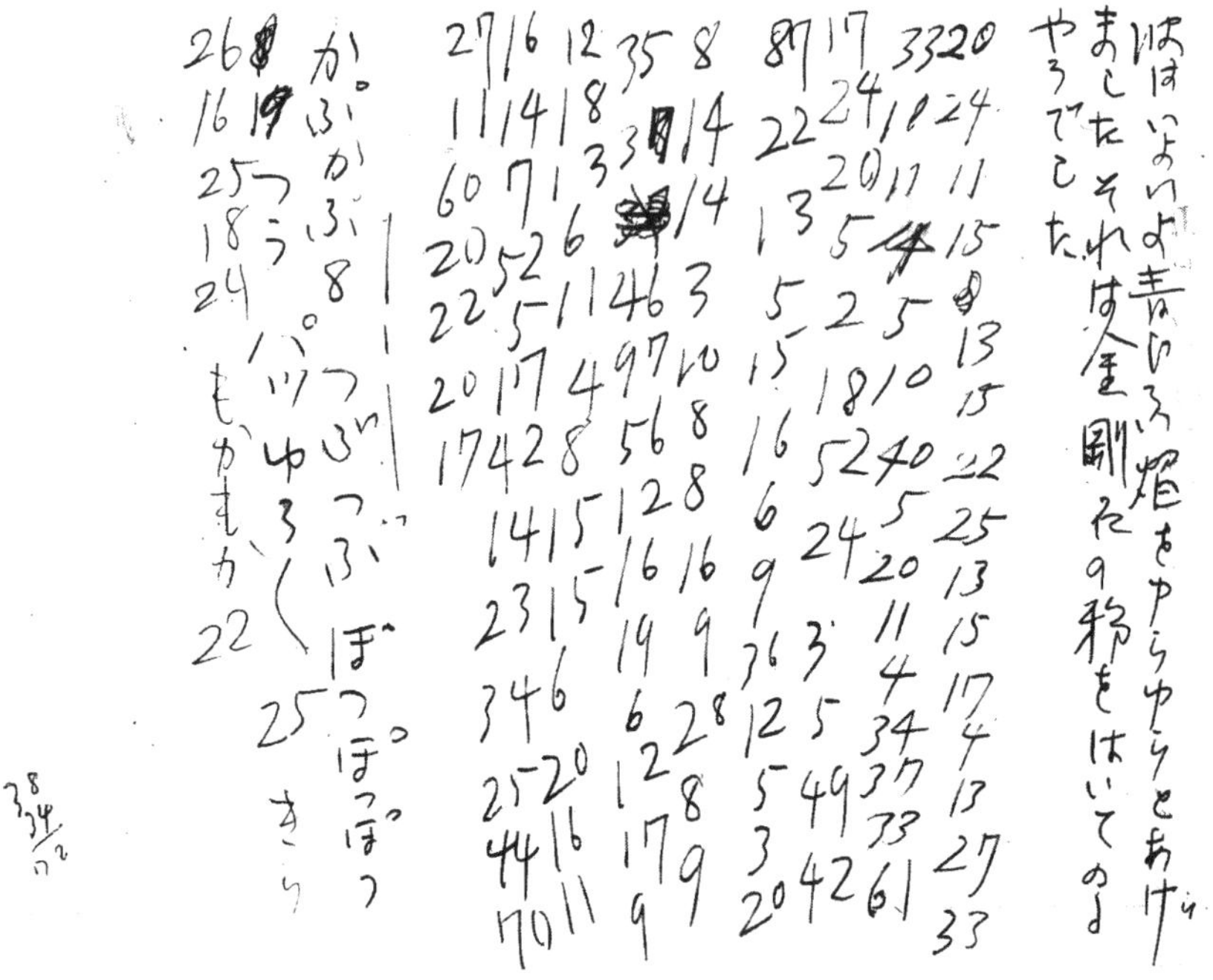
ははいよいよ青じろい焔をゆらゆらとあげ
ましたそれは金剛石の粉をはいてゐる
やうでした。
かぷかぷかぷかぷ
つぶつぶつぶつぶ
ぼつぼつぼつぼつ
もかもか

ざしき童子のはなし

1、一行にしてざしき童子を限定する　賢治さんには山気がない　手堅い一文の限定
2、多面的にざしき童子をうつしてゐる　民話的情緒が賢治さんの空ではない虚の諦観と融合してゐる
　イ、舞台は大きな家のざしき
二人の子供が無言のまま演ずる劇である
ここでもざしき童子を直接説明してゐない
箒でざしきをはいてゐる童子の姿は一人一人の子供が自分の中で育てるのである
　ロ、舞台は家のやしき
十人の子供が動いてゐて、さわいでゐて　それが静かになる
何時のまにか十一人となつてゐるのである　この話は私も幼い頃聴いたことがありどこでもある民話なのだらう
一文の山は

けれどもたれが増えたのか、とにかくみんな、自分だけが、どうしてもざしきぼつこでないと、一生懸命眼を張つて、きちんと坐つて居りました。

ハ、一軒の家が舞台

ここでは子供達がその本能的いぢめつこ根性を出して来てゐてざしき童子は又幻想的な姿から現実的な姿にうつつて行く、

ニ、舞台は外界にうつり

人物は老いた渡守になる　それにふさはしいやうにざしき童子は古めかしい実現性になり、ざしき童子に大人らしい仮想がかゝわらせられる

賢治さんはざしき童子を善と限定して子供達への愛を示す　ここに彼の善意の文学がある　卑悪にふれなかつた人生がある

なぜあきたねつてきいたらば子供はだまつて笑つてゐた――

この一節は見方によつては随分曖昧な文句であり　賢治さんの運命に対する無抵抗的な諦観と見られるのである「ざしき童子」を善として限定し、笹田がおちぶれ更木の斎藤に好運が向いて来るこう推展せしめたからには何らか笹田に積悪が斎藤に積善があつたと解釈し得る　賢治さんは「ざしき童子」にそれを説明させず唯「笑はせる」だけなのである、ここに賢治さんの無関心と有関心との対象が明らかになる　これは賢治さんの生き方すべてに於てそうであつた、

私達が学ぶべき点であり同時に学んではならないと思はれる点は　実にここにかかつてゐる

よだかの星

1、よだかの限定
イ、よだかの習性
ロ、よだかの鳥の仲間での地位
i　小鳥達による評判
ii　鷹や蜂すずめかはせみとの関係
2、よだかと鷹の名前の関係があり　ここで童話的構想が一歩を踏み出す
鷹は夜たかに名前をかへると言ふ　よたかはここで困るのである
3、よだかは内省する、この夜鷹も賢治さんの好んで描くタイプであり「セロ弾きのゴーシユ」と全く同じと言つてよい性格である
よだかは昆虫をとつて喰べながら自分がたかに喰べられる運命を考へて内省する　即ち弱肉強食を肯定せず、小乗的な仏心を出すのである、こうなるとよだかではない　賢治さんの問題である、
重疾の床にありながら可哀そうだからと言つて肉食をがへんじなかつた賢治さんそのものである
4、夜だかは川せみのところへ行き　そこでも弱肉強食の不可を可能なる範囲で説く、即ち他に及ぼす
5、
イ、よだかは現世をみにくいものと観じお日様を慕て飛んで行く

ロ、オリオンに行く
ハ、大犬座
ニ、大熊座
ホ、鷲座へ行く
6、よだかは他力本願の不可をさとつて自ら天に昇つてそこで燃えてゐる星になる

この一篇には賢治さんの宗教観が一つのイズムとなつて現はれかけてゐる　善良な小人物が悪者にうとまれ　結局その強者に抵抗せしめず　かへつてそれから遠ざかりながら或る者にすがらせるのであるそこでその善人は自分を見よと言つて　つきはなされる、善人は盲目的な他力依願の割りなさをさとつて自らの力で逃避するのである、賢治さんはみにくいよたかを燃えて輝く星として遇する　人生の勝利がそんなにみつともない方向にばかりあるのではないと説くのである、ここには幾多の未知数の問題がある、わり切れない問題がある、賢治さんはその生れもつた性格から　そのわりなさを感ぜず直進して行つた、併し晩年になつてその誤謬に気付いたのである

——・——

夜だかの性格の描写抄出

「鷹さん。それはあんまり無理です。私の名前は私が勝手につけたのではありません。神様さまから下さつたのです。」

「だつてそれはあんまり無理ぢやありませんか。そんなことをする位なら、私はもう死んだ方がましです。今すぐ殺して下さい」

（一たい僕は、なぜかうみんなにいやがられるのだらう。僕の顔は、味噌をつけたやうで、口は裂けてるからなあ。それだつて、僕は今まで、なんにも悪いことをしたことがない。赤ん坊のめじろが巣から落ちてゐたときは、助けて巣へ連れて行つてやつた。そしたらめじろは、赤ん坊をまるでぬす人からでもとりかへすやうに僕からひきはなしたんだなあ。それからひどく僕を笑つたつけ。それにああ、今度は市蔵だなんて、首へふだをかけるなんて、つらいはなしだなあ。）

よだかはすぐそれをのみこみましたが、その時何だかせなかがぞつとしたやうに思ひました。

――・――

よだかはそれを無理にのみこんでしまひましたが、その時、急に胸がどきつとして、夜だかは大声をあげて泣き出しました。

（ああ、かぶとむしや、たくさんの羽虫が、毎晩僕に殺される。そしてただ一つの僕がこんどは鷹に殺される。それがこんなにつらいのだ。ああ、つらい、つらい。僕はもう虫をたべないで餓ゑて死なう。いやその前にもう鷹が僕を殺すだらう。いや、その前に、僕は遠くの空の向ふに行つてしまはう。）――・

「（それはね、どうも仕方ないのだ。もう今日は何も言はないで呉れ。）

そしてお前もね、どうしてもとらなければならない時のほかはいたづらにお魚を取つたりしないやうにして呉れ。」――

「お日さん、お日さん　どうぞ私をあなたの所へ連れてつて下さい。灼けて死んでもかまひません。私のやうなみにくいからだでも、灼けるときには小さなひかりを出すでせう。どうか私を連れてつて下さい。」

空気がうすくなつた為に、はねをそれはそれはせはしくうごかさなければなりませんでした。

——科学性

雁の童子

これには限定が行はれてゐない　この雁の童子一篇だけは成人の文学として評価さるべきものである、これは芥川龍之介の杜子春にも相当すべきもので、杜子春よりも更に難解であり　更に宗教的色彩に富んでゐ　知性のひらめきはそのもの寂かな宗教的な気分の中に完全に融合してけんじような態度があふれてゐる、これは芥川の作品が一面から水上滝太郎をして「単純な物語を、理知の仮面にかぶせて意味ありげに書きなぐつた」と言はしめるやうな要素をもつてゐたのに対し、実に雲泥の相違である、それは畢竟賢治さんの人間力と　芥川の人間力の問題となる、

1、流沙の南の楊で囲まれた小さな泉

旅の人　巡礼の老人

雁の童子の物語

2、老人の話

イ、沙車の須利耶圭

奥さま

二人が仏性をもつた慈悲の人として描かれてゐる

ロ、従弟と野原を歩いてゐながら　雁の一列に会ふ　従弟は殺生の人性を表はす

雁をうちおとし一人雁の童子が残る

ハ、雁の童子は須利耶にやしなはれる

i　雁の童子は小供に石を投げられる

ii　雁の童子は水の流れ

iii　鮒　　iv　馬市

ニ、塾

ホ、沙車大寺の壁の画

風の又三郎

赤毛の子どもは一向こはがる風もなくやつぱりちやんと坐つて、じつと黒板を見てゐます。

――・――

けれどもそのこどもはきよろきよろ室の中やみんなの方を見るばかりで、やつぱりちやんとひざに手をおいて腰掛に坐つてゐました。――・――

変てこな鼠いろのだぶだぶの上着を着て、白い半ずぼんをはいてそれに赤い革の半靴をはいてゐたのです。

それに顔と言つたらまるで熟した苹果のやう、殊に眼はまん円でまつくろなのでした。――・――

変なこどもはやはりきよろきよろこつちを見るだけで、きちんと腰かけてゐます。――

たつたいままで教室にゐたあの変な子が影もかたちもないのです。みんなもまるでせつかく友達になつた子うまが遠くへやられたやう、せつかく捕つた山雀に遁げられたやうに思ひました。――

そのすぐうしろから、さつきの赤い髪の子が、まるで権現さまの尾つぽ持ちのやうにすまし込んで、白いシヤツポをかぶつて、先生についてすぱすぱとあるいて来たのです。——

するとその間あのおかしな子は、何かおかしいのかおもしろいのか奥歯で横つちよに舌を嚙むやうにして、じろじろみんなを見ながら先生のうしろに立つてゐたのです。——

するとその子はちやんと前へならへでもなんでも知つてるらしく平気で両腕を前へ出して、指さきを嘉助のせなかへやつと届くくらゐにしてゐたものですから、嘉助は何だかせなかがかゆく、くすぐつたいといふ風にもぢもぢしてゐました。——

その高田とよばれた子も勢よく手をあげましたので、ちよつと先生はわらひましたが、……——

三郎はみんなの見てゐる中を、眼をりんとはつて、だまつて昇降口から出て行つて追ひつき、……

運動場を出るときその子はこつちをふりむいて、じつと学校やみんなの方をにらむやうにすると、またすたすた白服の大人について歩いて行きました。——

すると三郎は国語の本をちやんと机にのせて困つたやうにしてこれを見てゐましたが、かよがとうとうぼろぼろ涙をこぼしたのを見ると、だまつて右手に持つてゐた半分ばかりになつた鉛筆を佐太郎の眼の前の机に置きました。——

「呉れる?」と三郎にききました。三郎はちよつとまごついたやうでしたが覚悟したやうに、
「うん。」と言ひました。――

三郎だけは馬になれてゐないらしく気味悪るさうに手をポケットへ入れてしまひました。
「わあ、又三郎馬怖《おつか》ながるぢやい。」と悦治が言ひました。すると三郎は、
「怖くなんかないやい。」と言ひながらすぐポケットの手を馬の鼻づらへのばしましたが、馬が首をのばして舌をべろりと出すと、さつと顔いろを変へてすばやくまた手をポケットへ入れてしまひました。――

木をゆする

耕助は試験のやうに……

三郎は白い栗を……

農民芸術概論綱要評

これは松田甚次郎の名作選によるものである
彼は農民芸術を論ずるに際しその真の目的が個人の意識を社会より宇宙にまで高めねばならぬと解く　即ち世界のまことの平和を尋ねることこれが人間の目的であると解くのであつた　彼の胸裏にはその世相に忘れられて何のうるほひも慰めもない農民の姿がどんなにか悲惨に見えたであらうか、そこには「もつと明るく生き生きと生活をする道を見付けたい」と願望しながらも何の表現もなし得ず、黙々とくらく労働する　農民の姿がうつつたのである
彼は自らをその農民にまで低めてそこから出発しやうとしてゐる　併し彼には知識と、歴史的実現を直視し得る直観と、芸術的天分とがあつた

近代科学の実証と求道者たちの実験とわれらの直観の一致に於て論じたい

彼はそう言つてゐる　この序論に於ては現実の農民の無気力な姿が、都会のとう〳〵たる自由主義的享楽におきわすれられてゐる世相と対蹠的に生々しく写つてゐるが、彼自らの意識の中は現実を超へて遥かな銀河系を直感してゐたのである　彼の文学が「善意の文学」を論ぜられるときしばしば問題となる様に、彼の思想は「善意の探求」を論ぜられるとき問題となり得るのである
彼は現実の暗黒面に直面しながらそれを思想の上ではうけ入れることは出来ず、これに背を向けるの

ではなくて更に高い所でそれらを融合せしめやうとして常に働いてゐる
この態度は彼の文学のすべてに表現されてゐるところであり、それが初期に於ては現実逃避的な傾向を多分に持ちながら後期になつてはむしろ、激しい世相の中にもぐり込んでかへつてその中で善意を汲み取つてゐたのが彼宮沢賢治さんである

農民芸術の興隆
……何故われらの芸術がいま起らねばならないか……

賢治さんはそれに対して正しく答へやうとしてゐる　彼の意識には遠い万葉の時代の豊かな霑ひのある生活が常に浮んでゐた　そこでは上は天子より下は農民や乞食に至るまで豊かな受感性をもつて自然にとけ込み自然を唱つてゐたのである
所謂「働きながら遊びけるかな」の境地に、しかも無意識のうちに達してゐたのである
宮沢賢治は常に最も生々しい現実にゐながら常に遠方に眼を注いでゐた　それが遠方を見てゐる時は現実の生々しさを忘れ、現実の生々しさを視てゐるときは遠方を視なかつたのではなく、二つの意識が同時に働くと言ふことが少くとも彼の場合には正常であつたのである
今賢治さんの遠い彼方を見る意識の中には同時に疲れ切つて民衆に喰ひ入る力もなく　むしろ自ら唯物観の温床にだしつつあつた宗教の世界があつたし、併も満されるところもなくわびしくなつてゐる民衆があつたのである　知智を求める人達は科学と言ふ、これは二十世紀の宗教と思はれるものに飛びついて行かざるを得ない状態であつた
思ふにその頃の社会は一瞬も民衆にふり返らうとするあらゆる静寂な心を失はしめてゐた　そんな状態では明らかに真の宗教家があれば真の善を独占して以て民力をひきづつて行き得る時代であつた　民

衆はそれ程眼前のもの以外のものを心情の中で希求してゐたのである　又真の芸術家があり　正しい日本人の心にうつたへたならばそれこそ美を独占し得たのである

併し賢治さんの眼には宗教家芸術家は何と無力に見えたであらう　それは確かである　賢治さんがどんなイデオロギーを以てゐたか　それは私のはかり知ることではない　唯賢治さんの眼に宗教家芸術家がみぢめに写つたと言ふ事だけは疑ひを容れない

彼はこれらを否定した　否定しつくした　農民にはそんな職業的な不真面目なものを購ふやうな余裕もなく又そんなものは必要ではなかつたのである。

賢治さんは「いまやわれらは新たに正しき道を行き　われらの美をば創らねばならぬ」と述べてゐる　これは賢治さんの心の中の革命であつた　これを見れば現在に於ける芸術を、行くべき方向でさへ明らかである

実に眼に見えない革命である　心の革命である　併もこの革命は決して賢治さんの心の中にのみおこつたのではなく、真に正しきを持してゐるすべての有識家の眼にも同様であつたし又黙々と自己を表現する術も知らないで働いてゐる農民達の心の中に燃えてゐるものであつた

賢治さんは唯働くより外に何の楽も求めぬ農民達に取つて芸術より外にこの灰色の労働を燃やすものはないと考へた　ここに注意すべきは若し賢治さんが唯の知識人であつたとしたならば明らかに社会主義的方向に進んだのではなからうかと言ふことである　併し賢治さんには無意識の中にでも日本に帰一すべき心を働かしてゐた　私が考へることであるが口に日本主義を唱へる人は　口に社会主義をも唱へ得ることである　若し口に日本主義を唱へる人が賢治さんの位置にあつたならば　社会主義的日本主義にはしつたに違ひないと言ふことである　賢治さんは最後に言ふ「都人よ　来つてわれらに交はれ世界よ　他意なきわれらを容れよ」これが賢治さんの消極的積極であり　彼の一生を貫いた世界である

芸術はすべて人間の美に対する欲求より生ずる必然的な需給である　今新に従来の芸術のからをやぶつて生れ出でねばならぬ農民芸術も決して美以外のものを本質とすることは出来ないのである。美とは人間の感覚とは二元的に、即ち人間の対称として存在するのではなく、常に人間のうちに存在するものである故、個人によつてのみならず時代によつても又移動し変化するわけである　たとへ美に対する多面的な姿相の中より或る本質的なものを抽象したりとしてもそれは常に移動するのである　今農民芸術はその美の移動に対し新しい正しい能動者としての役割をとなふべきであると言ふ　美は常に複雑な心理の発達に従つて果しなく拡がつて行く　併し我等は常にその本質を把握し直進しなければならないのである　賢治さんはその広闊な意識を働かせて言ふ「農民芸術とは宇宙感情の　地　人　個性と通ずる具体的なる表現である」即ち芸術の舞台は広い銀河系のあらゆる光と影の中である

賢治さんはその中で直感と情緒とを重ずる　知性とはその二つより派生した一面に過ぎぬものであると言ふ　それ故直感と情緒とを内経験とする無意識或は有意の創造をさへ否定しないのである　知性は常に大本に従つて活用せられねばならぬ

賢治さんの描いてゐた究極の農民芸術は決して一人の農民が身振りし、衣裳をつけて他の農民の前に姿を変ずることではなくして、人生と自然がすべて舞台であり　そこでいとなまれるあらゆる生活、そこに生ずるあらゆる現象はすべてキヤストなのである　そこには人々の精神が自由に交通し人々の感情は社会にまで高められ終に寂滅の彼方に愉しく鍬を振ふのである

――・――

準志は多く香味と触を伴へり

――・――

賢治さんは正しく看破してゐる「芸術のための芸術は少年期に現はれ青年期後に潜在する」これは少年期より青年初期には実生活の体験は何らなく、しかも自意識は次第に芽萌して来て純一な自己の姿

を求めやうと言ふ欲求を生じて来る　その時彼はそれを完全な対称の中にうつして見るか、それとも純一な自分を見つめやうとする　そこには未だ現実と理想との対立が　余りはげしい形では表はれないのである

すべて功利的な前提は排斥する　それは理性よりしてするのではなくむしろ感情よりして排するのである

何がための芸術と言ふことが功利的であるか否かと言ふことは論外としても、芸術のための芸術と言ふことがその時代にたまらない感激を呼び起すことは否めない事実である

○「芸術のための芸術」なんてあり得るかどうかと言ふ問題は十九世紀のいつ頃から始まつたのか知らないが　ともかく此の芸術至上主義の立場と「人生のための芸術」といふ立場とが大体に於てロマンテイシズムとリアリズムとの対立に相応してゐることは確かであらう　しかし一体このロマンテイシズムとリアリズムとは融合し得ないものだらうか　学問の方でも「科学のための科学」と「人生のための科学」といふ二つの見解が芸術の場合と同じやうに対立してゐる　此の問題がちやうどポアンカレの存命中かなりやかましかつたらしいがポアンカレ自身の生活態度はハツキリ「科学のための科学」と言ふ科学至上主義をとつてゐる　しかしポアンカレの人生観世界観を精密に吟味して見るとそれだけに終らないで　そこに一種独得な面白いものが発見される　結論から先きに言へば　ポアンカレは「科学のための科学」と「人生のための科学」とは結局同じになると言ふのだ、そして科学的真理は人生に役立つから正しいのぢあなくて逆に正しいからこそ当然役に立つんだとポアンカレは主張する（吉岡修一郎　ポアンカレ）

○現代は主知主義の時代である、併し主知主義を他に向つて説く人は軽蔑されることも知らなければならない、

この意味で現代は主義のない時代だ
○宮沢賢治は客観の中に情意を見やうとしてゐる
○彼の芸術にはその努力のあとは現はれずに調和した結果だけが浮遊してゐる　それ故に彼の芸術は一時的な熱に浮されて共鳴する種類のものではなく、言はばそれにより何とも言ひ知れぬ安心を得る芸術である

［科学者の道］

○科学は力である　それは大自然を抽出して来て人間のいとなむ社会生活に適合調和せしめやうとする力である　真実を行く知性も、透明な理性も、妙味のある悟性も、それとは相背馳せざるを得ない力である

宗教が人間性を挙げて大自然のふところに還らうとする点に於て、それは全く反対の方向に動いて行く力である

○アインスタインの相対性原理はアインスタインの人間性をはなれて存在し得るのである　彼がユダヤ主義的な自由主義を抱いてゐても、アメリカ政府の先棒をかついで対日経済絶交を叫んでも、相対性原理は存在するのである　即ち相対性原理はアインスタイン以外の人によつて同様に称へられてもよい性質のものである　科学はかかるものである

○科学者とは　科学に没入し、次に否定し　次に肯定し　これを超克した人にのみ与へられる名称である

科学に没入したのみの人を科学者とは言ひ得ぬ　それは泥と飯とを前に並べられて泥を撰ばずに飯を喰ふ小児をもつて　栄養学者と言はれないのと同日である

○矛盾的自己同一の世界では、それに於てあるものが相対立し空間的に一である　即ち世界は多の一である　かかる方面に於ては何処までも物質的であるが　それが一の多として時間的であるとしては生命的である　而してそれが何処までも時間的として多否定的なる時世界は全体的一として自己形成的となる　かかる場合個物は世界を宿すものとして個体的となり　身体的となる　かかる方向に於て我々は意識的となるのである　意識の世界が現はれるのである

○絶対矛盾的自己同一の世界は表現的に自己自身を形成する世界でなければならない　自己自身を形成する世界の個物として個体的に世界を宿すと考へられる個物は表現的でなければならない　故に我々の身体は意識的でなければならない　かかる場合私は歴史的身体と云ふのである　一が尚多の一として空間的統一的なる時我々の身体は生物的である　併し一が何処までも対立するものの一として　多が一の多となる時　即ち世界が時間的空間的なる時　か丶る世界の個体として身体は意識的である　世界が個物［中絶］

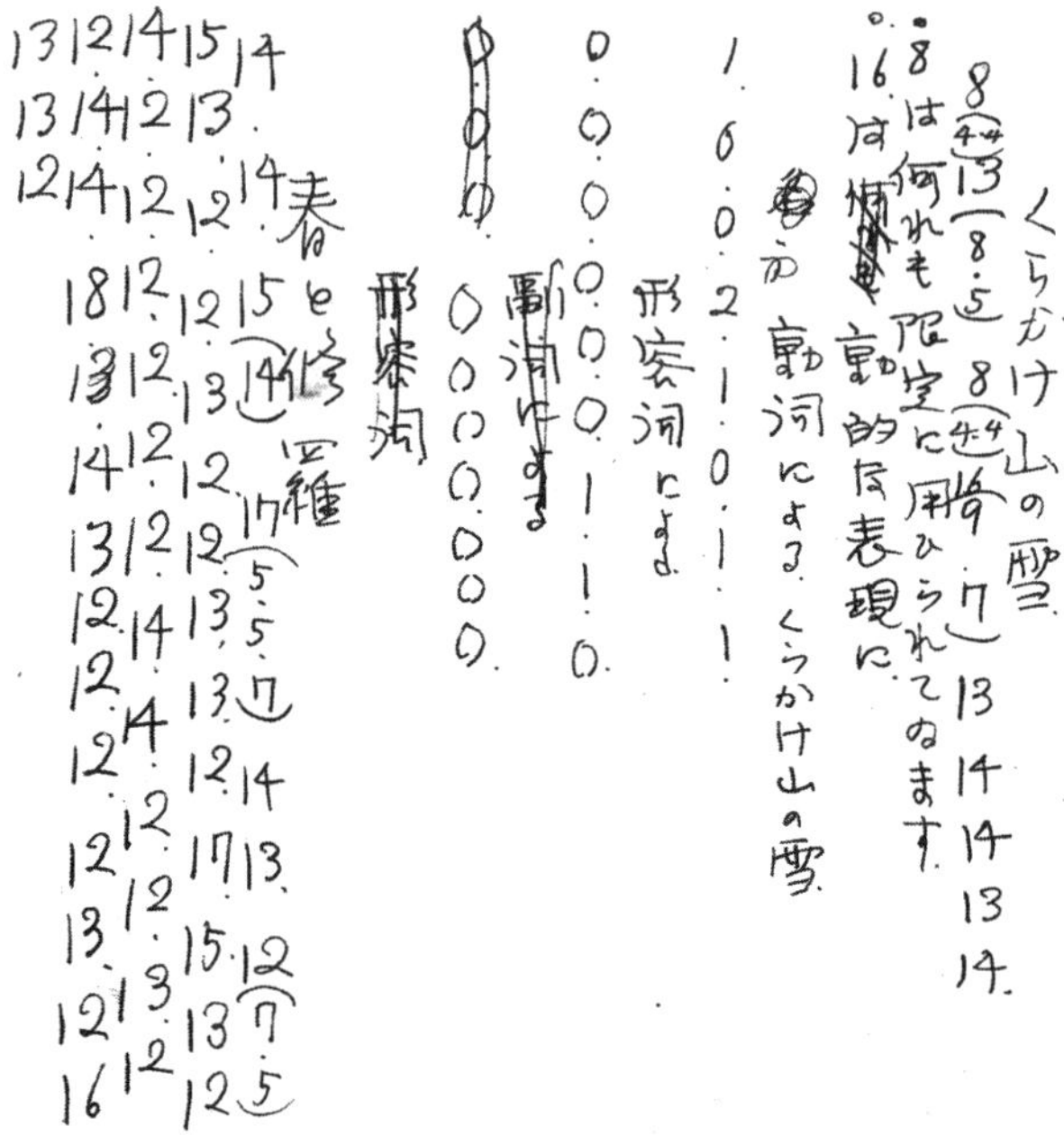

くらかけ山の雪

8(4·4) 13(8·5) 8(5·4) 9·7) 13 14 14 13 14.

・8は何れも限定に用ひられてゐます.

○16 付帯 副的な表現に.

か 動詞による. くらかけ山の雪.

1·6·0·2·1·0·1·1.

形容詞による

0·0·0·0·0·0·1·1·0.

副詞による

0·0·0 0000000.

形容詞

14 14 春と修羅 15 (14) 17(5·5·7) 12 14 13 12(7·5)

15 13 12 12 13 12 12 13 13 12 17 15 13 12

14 12 12 12 12 12 12 12 14 14 12 12 13 12

12 14 14 18 13 14 13 12 12 12 12 13 12 16

13 13 12

副詞

0 0 0 0
0 0 0 0
0 0 0 0
0 0 0 0
0 1 0 0
0　0 0
0 0 0
0 0 0
0 0 0
0 0 0
0 0 0
0 0 0
0 0 0
0 0 1
0

名詞

2 3 2 3 3
! 2 ! 2 3
2 1 2 3
3 2 2 4·
! 1 3 2
! ❷ 3 2
1 ! 3 2
2 2 2 3
2 3 2 4
3 ! 3 0
! . 1 0 2
! 2 2 2
! 3 2 2
3

形容詞

0 0 1 0
0 0 0
1 0 1 0
0 0 0
0 0 0 1
1 0 0
0 0 0
1 0 0
1 0 0
1 0 1
1 0 0
0 0 1
0 0

動詞

0 2 2 0
1 1 0 .1
1 1 0 1
0 1 0 1
0 0 0
2 1
1 2
0 2 3 3·0
1 0 .1
2 1 2

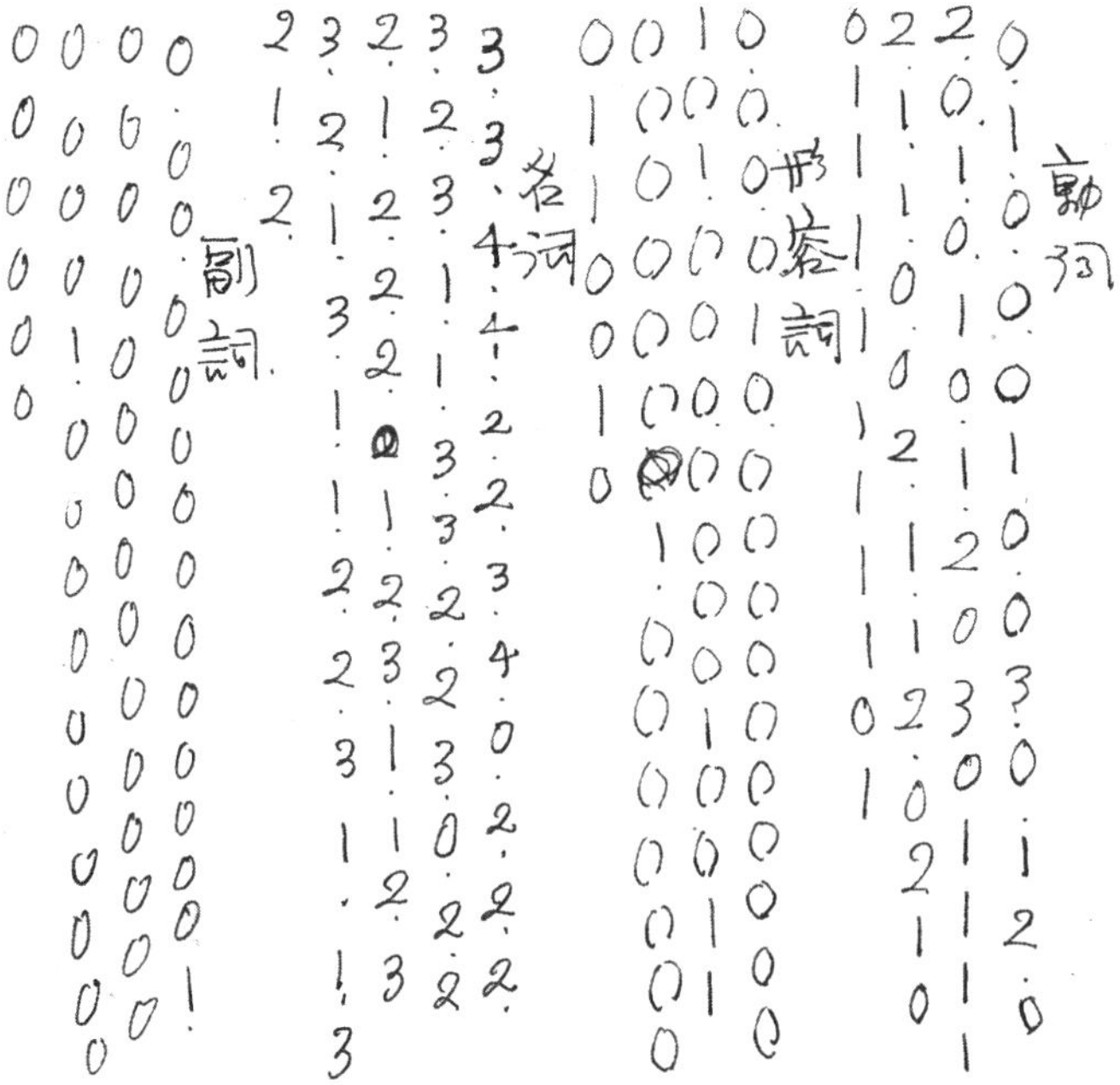

岩手山
15・13・15・12

名詞
4・1・3・1

動詞
0・2・1・1・1

形容詞
0・1・0・2

副詞
0 0 0 0

高原
13・14・13・2・8・8

動詞
1・1・1・0・1・0

名詞
1・1・0・2・1

形容詞
0 0 0 0 0

副詞
0 1 0 0 0

原体剣舞連
9・14・14・12・14・12・4・12・15（14）・12・14・
14 14 14 12 12 13 6 14 17・14 12 14

0 0 0 0   0 0 0 0   4 0 2 3 4   1 0 1 0.   12 12 14
0 0 0 0   0 0 1 0.   1 0 2 3   1 0 1 0   9 9 14
0 2 0 0 副   0 0   0 0 形   1 3 3 2 名   0 1 1 敬   14 14 12
0 0 0 0 詞   0 1 0   0 0 容   0 2 2 1 詞   2 1 1 詞   14 14 3
0 0 0   0 0 1 1 詞   2 2 0   1 2 0 0   13 14 12
0 0 0   0 0 0   2 1 3   2 0 1   14 14 12
0 0 0   0 0 1   0 2   1 1 1   9 12 12
0 0 0   0 0 0 0   2 2 2 1   0 0 1   4 11
0 0 1 0   0 1 0 0   3 3 3   1 1 1   14 14
0 0 0   0 1 0   1 3 2   1 0 1   13 12
0 0 0   0 0 0   2 3 3   2 0 1 0   14 12
0 0 0   0 0 0   3 4 1   0 1 3
0 0 0   0 2 0   0 1 2 3   1 0 1

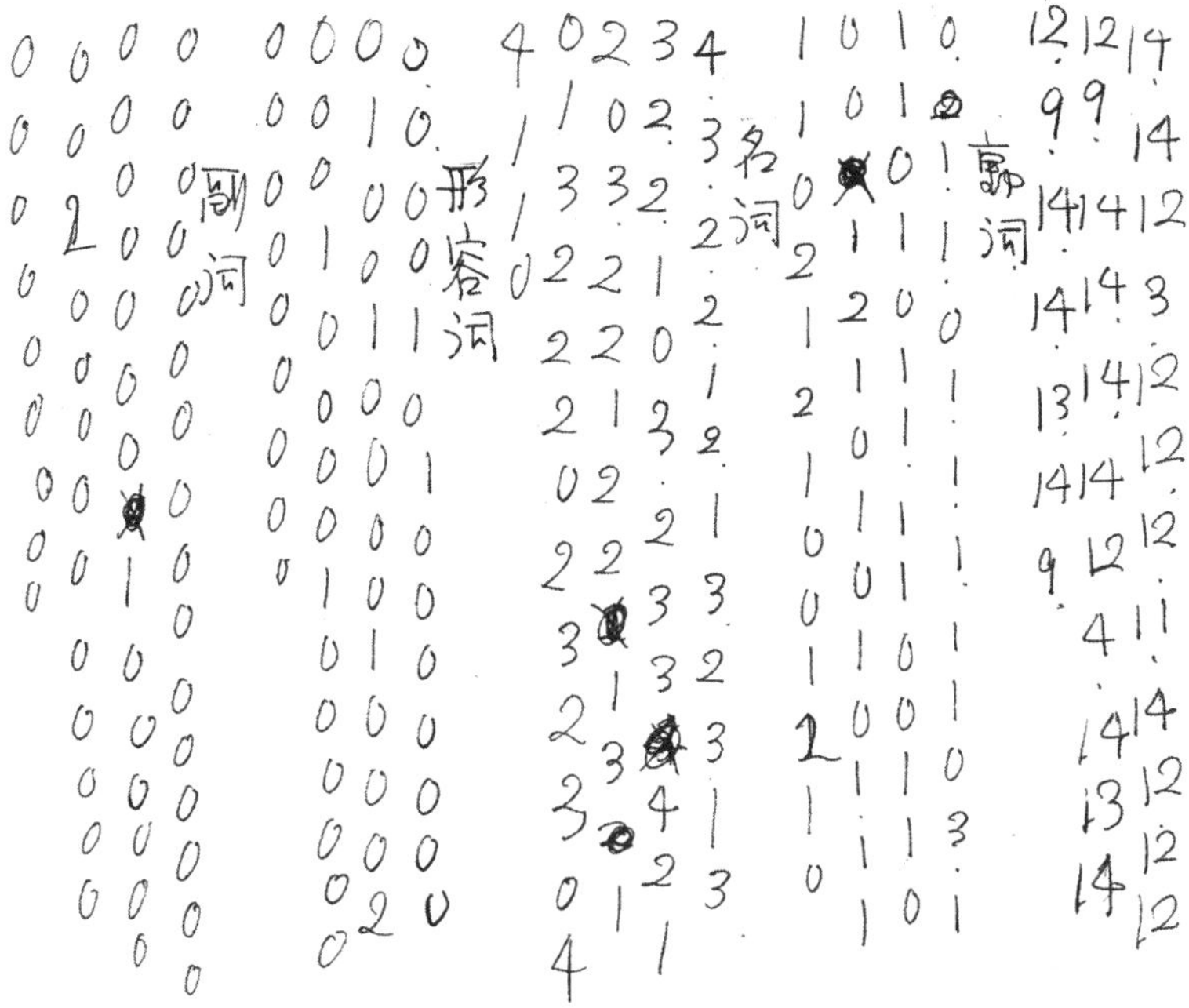

```
2 1 | 1 2 2    1 0 0 2. 1. 0        15|4 13 14
0 2 3 1 2      0 1 0.0 . 2 2        20 13 14 14 6 6
1 2 0 2        1.0 2 1 . 0 2        13 13 16 5  19 19
1 3 4 1 2 名 2 1 . 2 1 . 2 2    慕 13 14 21 13  12 20  求
0 2 4 1) 詞    1 1 0 . 0        詠 20 14 16 18 18 12  訣
2 1 3 1 2      . 1 2 0 3 . 2        14 14 17 13 18    の
0 0 3 2 1      . 2      . 2         14 14 15 12 13    朝
2 1 1          . 0 ) 1 1            16 16 19 15 12
2 1 1 2 2      3 2 1 ! 0            16 19 18 15 15
3 3 3 0 1      ! 1 1 1 2            14 18 12 18    15
0 0 2 1 1      ! 0 2 0 1            8  15 20 19 23
2 2 2 1 1      ! . 2               16 15 15 17  22
                                    15 11 22 12 12
                                    17 18 19.    19
```

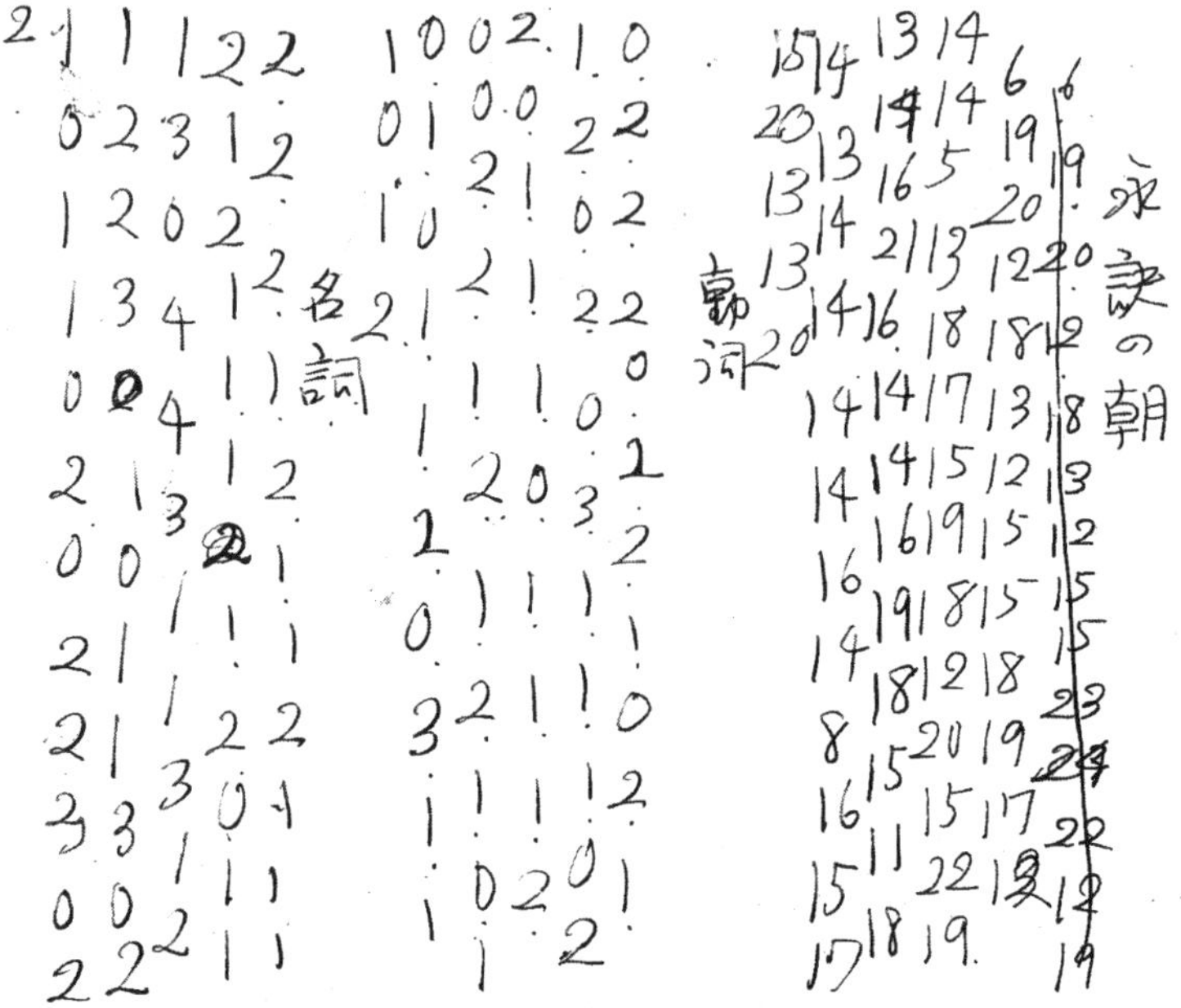

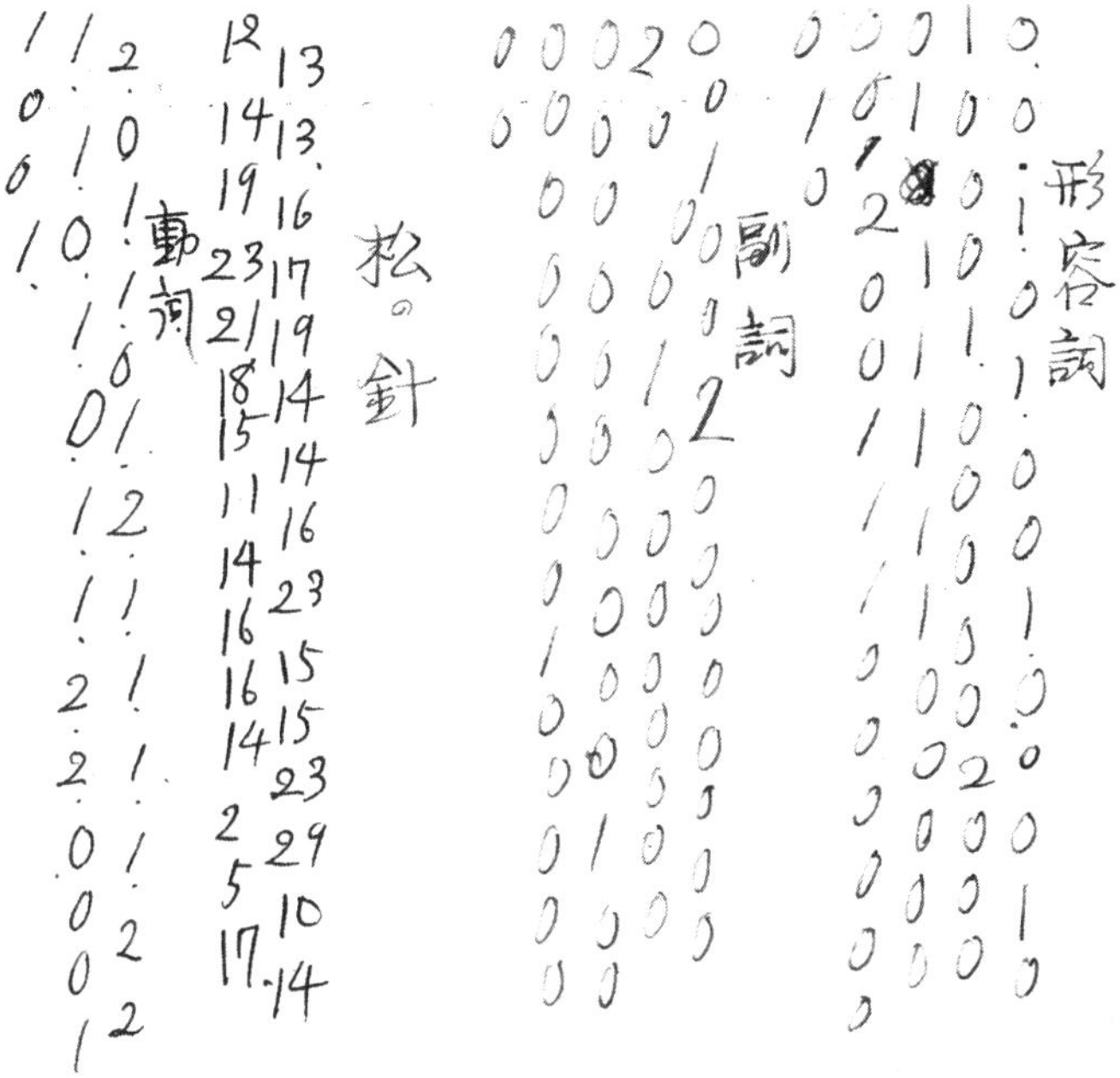
形容詞
副詞
松の針
動詞

名詞
2 2 0 3 2 1 0 1 1 1 3
2 3 0 2 2 1 0 4 2 1

形容詞
0 1 2 3 3 2 0 2
0 0 0 1 1 1 0 0 0 0 0 1 0
1 0 0 0 1 0 0 0 0 0 0 0 0 0
0 0 0

副詞
0 0 1 0 0 0 0 1 1 1 0 0 2 0 0
0 0 0 0 0 1 0 0 0 0 0 0 0 0 0

○。詩に於ては名詞を形容詞化して用ふることが多いのではなからうか。それ故形容詞は割合に用ひられてゐない。

無聲慟哭
16 23 22 23 21 17 15 28 27 25 20 12 25
19 17 15 14 14 8 13 14 12 14 12 8 13 14
21 18 18 19 22 6 15

動詞
1 1 1 1 1 1 1 1 1 2 1 1 1 1 1 1
2 0 2 1 0 0 0 0 0 1 1 0 0
0 0 0 1 1 1 1 1 0 1

15 8 20 23 22 9 25 14 15 9
20 19 13 14 12 19 14 13 17 22
19 18 17 17 22 19 15 17 13 15
24 16 29 13 23 19 16 15 13 16
21 21 18 20 21 20 13 14 14 20
19 15 20 21 17 17 15 9 12 3
13 17 20 19 19 13 14 13 16 10
20 20 17 9 15 19 16 21 13 17
20 15 22 22 14 19 17 18 18 17
14 21 16 25 18 19 20 19 22 16
20 9 14 20 25 19 24 14 13 17
20 15 14 23 14 17 4 22 13
15 4 14 22 8 15 18 15
18 13

青森挽歌

			副詞			形容詞			名詞		
0	0	0		2	0		2	1			
0	0	1		0	0		2	0			
0	0	0		0	1		3	3	3		
0	0	0		0	1		1	2	3		
0	0	0		0	0		1	3	2		
0	0	0		0	1		1	1	2		
0	0	1		1	1						
0	0			0	0		2	2	1		
0	0			1	3		0	3	2		
0	0			1	1		1	2	2		
0	0			1	0		1	4			
0	0			0	1		1	0			
0	0			0	0		1	1			

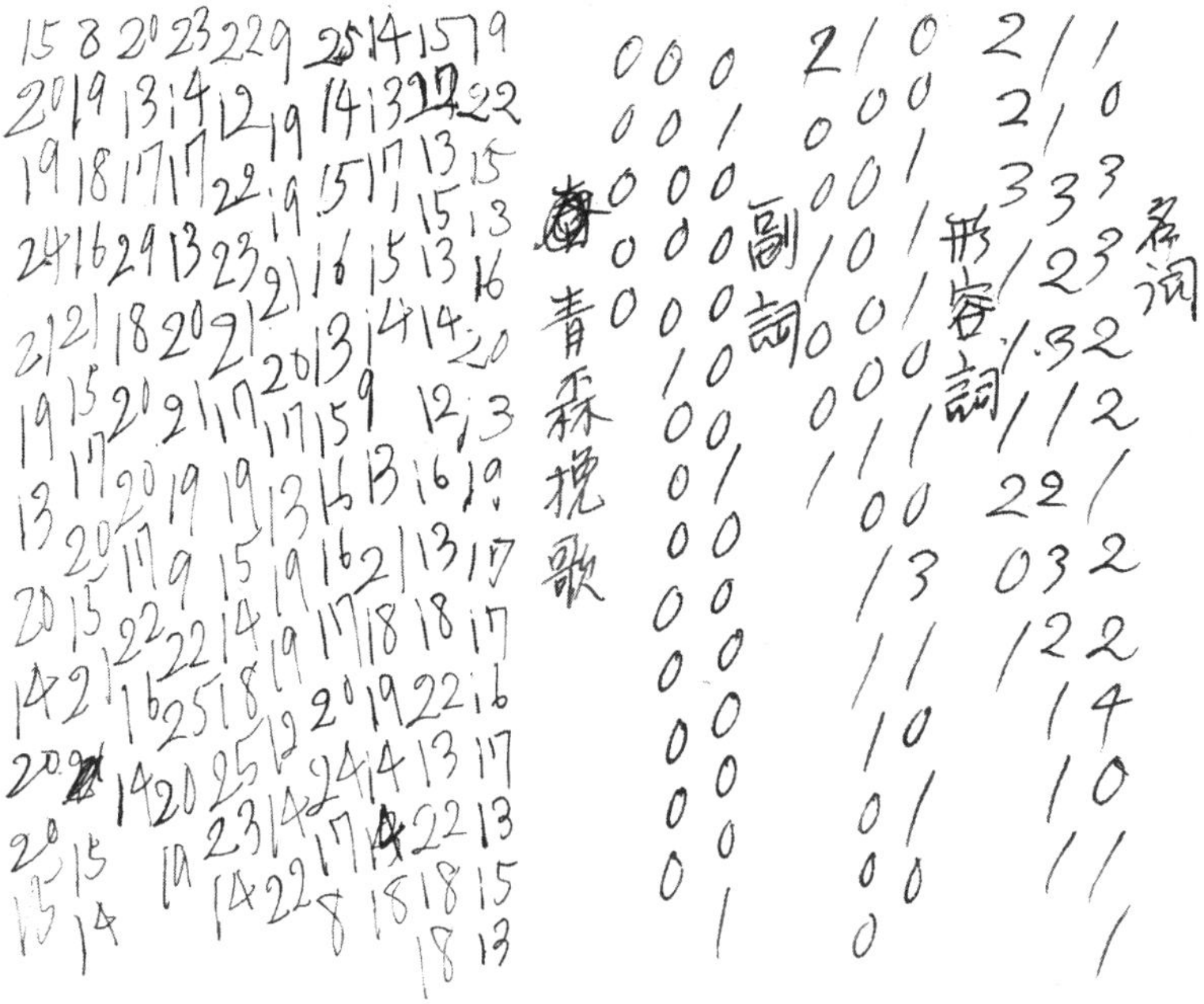

0 0 1 1 0 0 1 1 1 1 14 14 13 13 21 16 24 16 13
3 7 0 2 1 0 0 0 0 1 14 16 12 12 14 14 20 18 15
0 0 2 2 0 3 0 1 1 1 12 21 17 21 15 20 24 17 15
1 1 0 0 1 1 2 1 1 動 14 15 21 18 17 17 24 24 16
1 1 0 1 1 1 0 0 0 詞 18 17 21 24 17 19 20 23 13
1 1 1 1 2 1 1 2 1 17 17 20 12 14 20 20 20 21
0 2 2 2 2 1 1 0 0 1 20 12 12 15 15 24 18 26 18
2 2 1 2 2 2 0 0 0 0 18 6 20 15 16 13 14 16 15
0 1 2 0 2 0 0 0 3 13 6 16 16 12 19 14 19 17
1 1 2 0 2 1 2 3 0 0 15 11 13 16 21 19 17 23 17
1 0 1 2 2 0 1 1 0 1 18 9 14 17 21 20 22 15 17
0 1 1 1 2 1 2 0 0 1 18 12 13 15 14 20 17 20 19
1 1 0 1 3 2 2 0 2 1 12 12 16 21 22 15 18 17 21

2 4 4 0 2 2 2 2 1 2 3 5 5 2 4 — 2 1 1 1 2 2 1 1
0 3 0 1 3 1 2 1 0 2 1 1 1 4 0 1 0 1 3 2 1 1
3 2 3 2 1 2 2 1 3 1 3 0 1 2 0 2 1 2 1 1 1
2 0 3 3 1 2 0 2 1 4 1 1 2 2 0 3 0 0 1 1 0
3 2 3 0 2 1 2 1 1 1 2 3 4 0 1 1 2 0 2 1 1
2 4 1 0 3 3 1 2 2 1 3 2 1 3 1 0 1 1 1 2 1
2 1 2 1 0 3 3 1 2 2 1 0 0 2 3 1 0 2 0 2 3 0 1
1 1 2 1 2 4 1 2 2 2 2 5 1 2 2 1 0 1 1 0 0 3
0 1 2 1 1 1 3 1 0 2 1 1 2 2 0 0 1 3 1 2 3
1 2 3 4 3 1 3 2 1 2 1 2 2 1 0 0 2 0 1 2 1
2 4 2 2 3 3 2 1 2 1 2 2 2 3 2 2 1 1 0 2 2
2 3 2 2 3 3 7 0 1 2 0 2 4 1 0 1 0 2 2
1 2 3 2 0 2 4 2 3 2 2 4 3 1 0 1 2 3 1 1
0 0 1 3 2 4 3 5 2 1 2 2 1 1 0 1 0 0 1
0 1 3 4 3 2 2 2 1 2 1 2 1 1 0 2
1

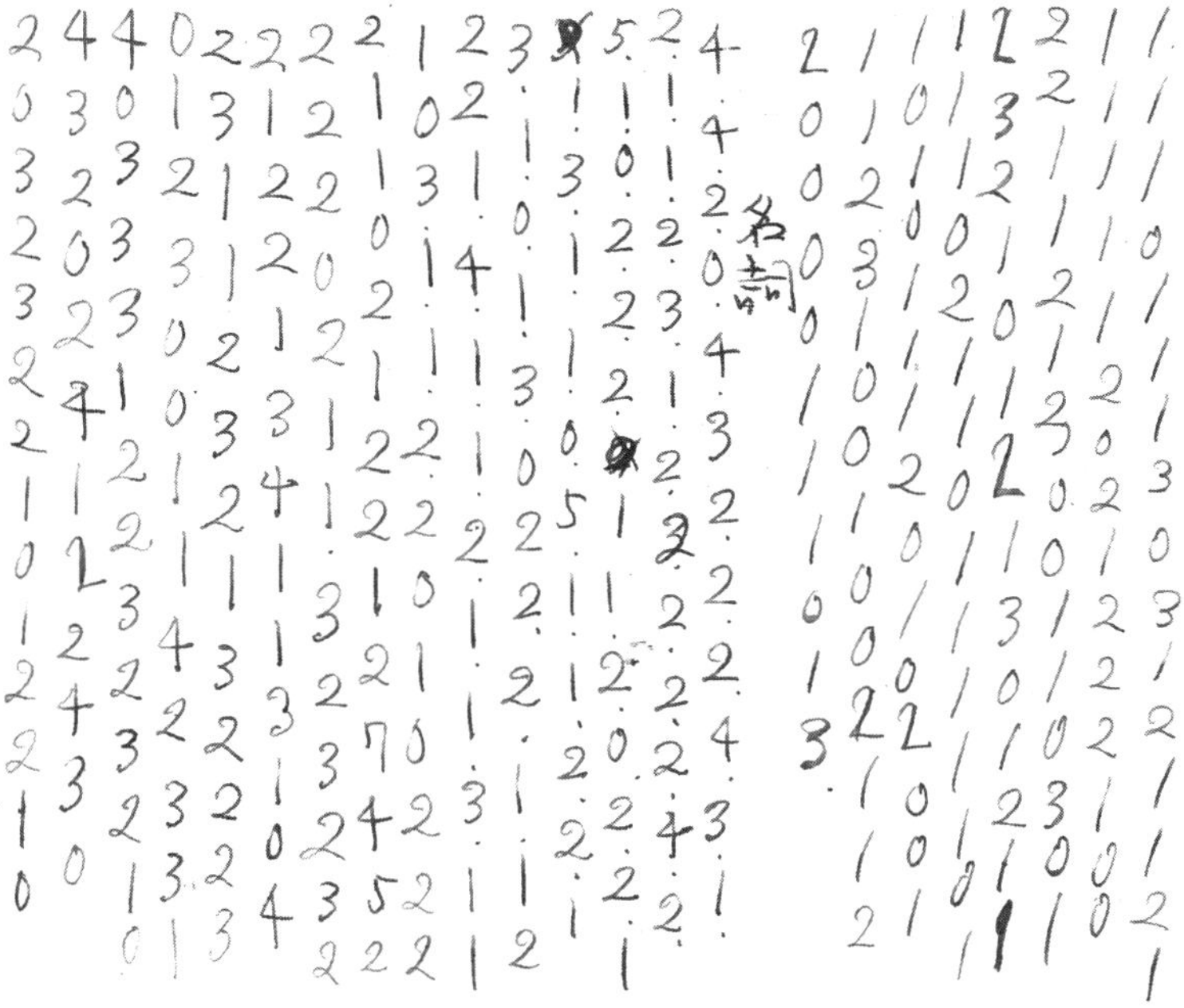

形容詞

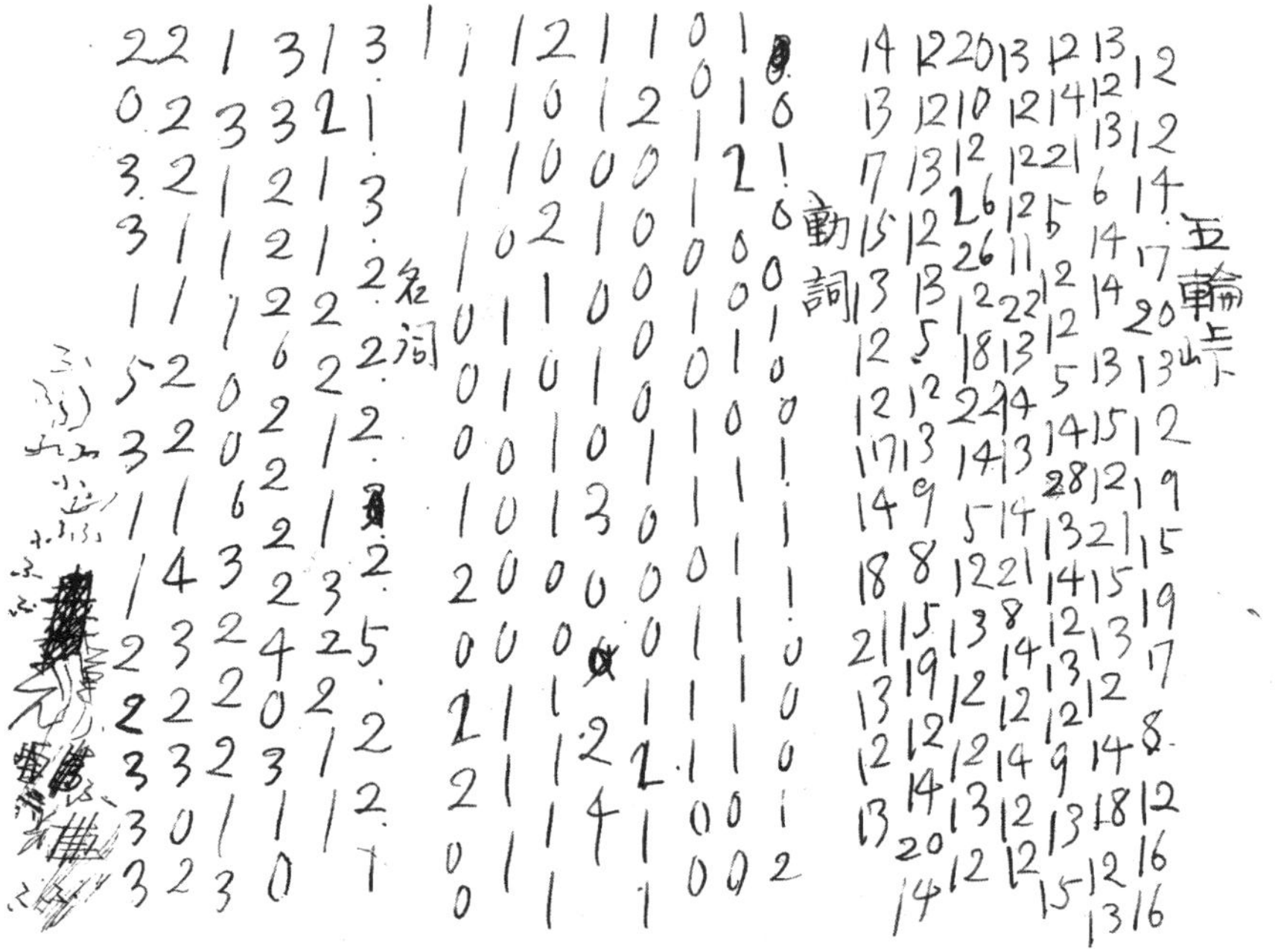
名詞
動詞
五輪峠

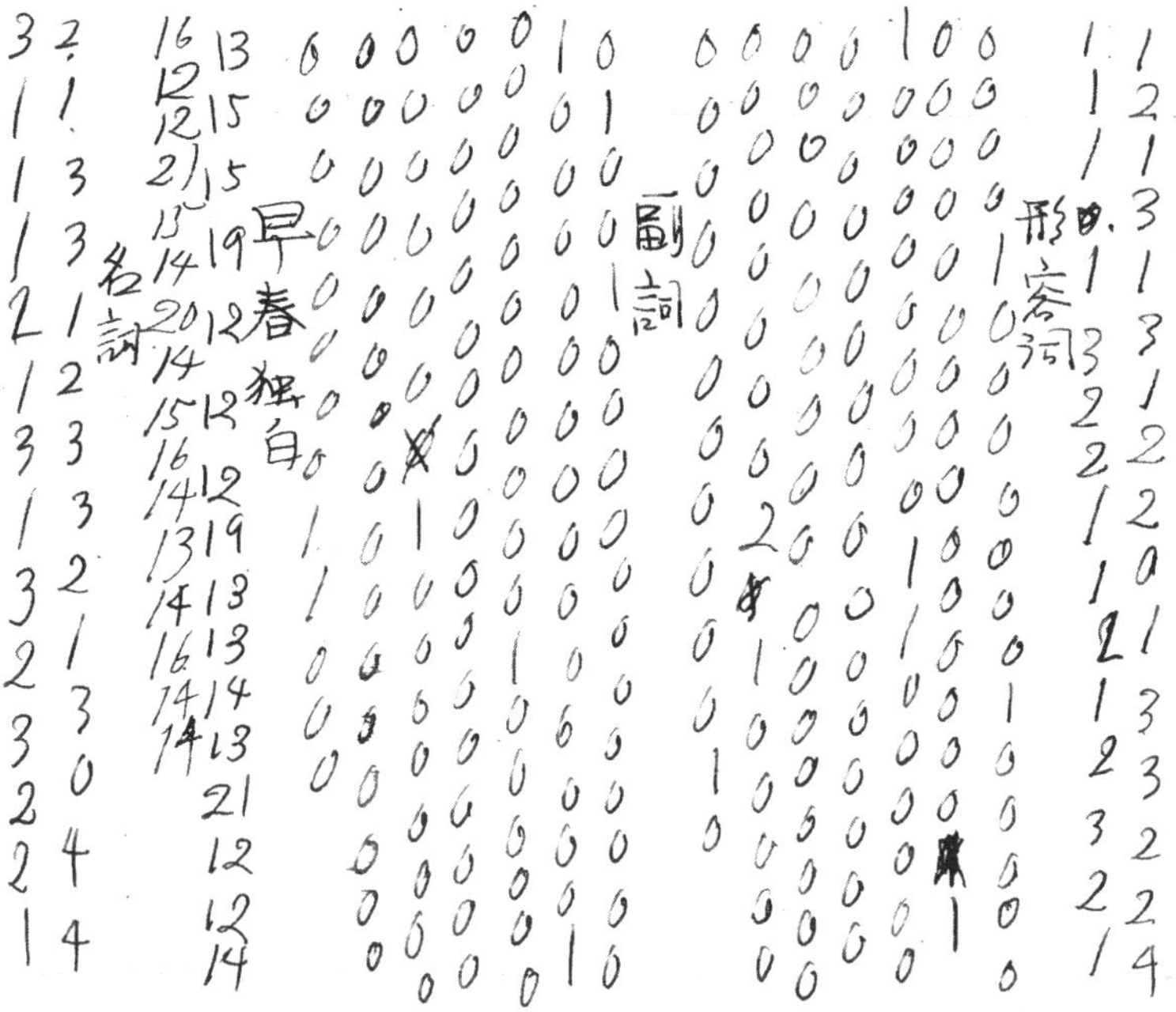
名詞
早春独白
副詞
形容詞

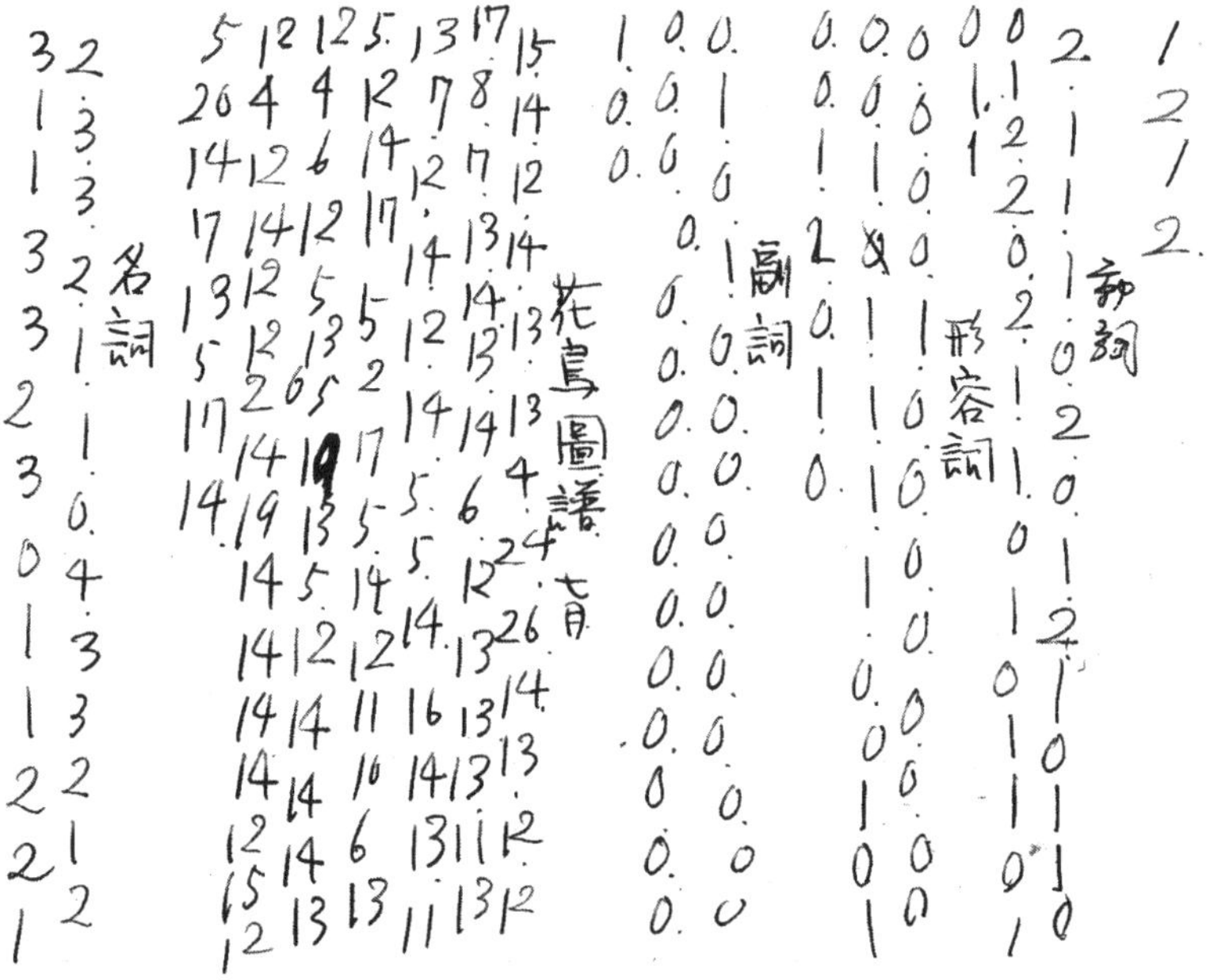
動詞
形容詞
副詞
花鳥圖譜
七月
名詞

副詞
形容詞
動詞

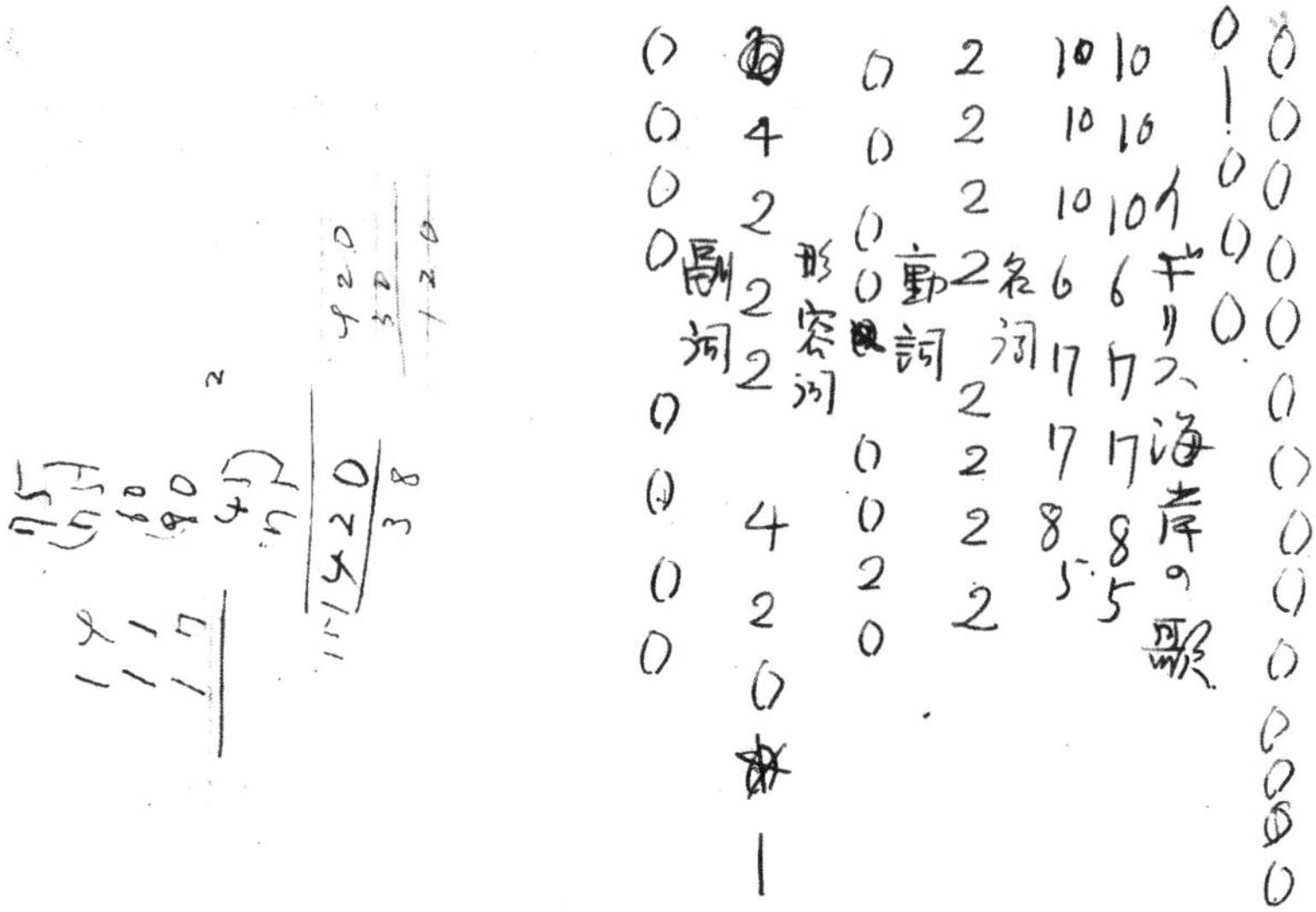
イギリス海岸の歌
名詞
動詞
形容詞
副詞

宮沢賢治序叙草稿第四

「孤独と風童」ほか

孤独と風童（十二・十一・廿二）

シグナルの
赤いあかりもともつたし
そこらの雲もちらけてしまふ
プラツトフオームは
Yの字をした柱だの
犬の毛皮を着た農夫だの
けふもすつかり酸えてしまつた

東へ行くの？
白いみかげの胃の方へかい
さう
ではおいで
行きがけにねえ
向ふの

あの
ぼんやりとした葡萄いろのそらを通つて
大荒沢やあつちはひどい雪ですと
ぼくが云つたと云つとくれ
では
さようなら

彼の詩がこのやうな見事な独創性を保つてゐる原因の一つは彼が人を師としないで、自然を師として自己の宇宙を拡大して行つた事であると思ひます　専門の詩人ならば、例へばこの詩のやうな詩は警戒して創りません　それ故に一定の型に鋳込んだ詩が出来上ることになります　三好達治といふ詩人は、その作品を読むと実に完璧な詩人であると痛感します　匠気といふものがこの人の詩程美しい侵し難い優れたアトモスフエアーを形成してゐる例を他に知りません　私は三好達治の詩を読みながら、宮沢賢治はこれは詩人ではないとつくづくと感じました　それ程彼には型がないのです　別の表現を使へば混沌未成なのです　併しこの事が直ちに作品として劣つてゐることを意味しないのは勿論です　この「孤独と風童」といふ詩は言はば彼と「風の又三郎」との会話といふやうな作品であり　彼は思無邪な童話を描いてゐるのです

異途の出発（十四・一・五）

月の惑みと
巨きな雪の盤とのなかに

あてなくひとり下り立てば
あしもとは軋り
寒冷でまつくろな空虚は
がらんと額に臨んでゐる
　……楽手たちは蒼ざめて死に
　　嬰児は水いろのもやにうまれた……
グランドの雪いちめんに
たくさんのたくさんの尖つた青い燐光が
そんなにせはしく浮沈すれば
わたくしはとめどなく泪がながれる
　……アカシヤの木の黒い列……
みんなに義理を欠いてまで
気負んだ旅に出るといつても
結局荒んだ海辺の原や
林の底の渦巻く雪に
からだをいためて来るだけだから
ほんたうはどうしていいかわからない
　……底びかりする水晶天の
　　ひとひら白い裂罅です……
雪がいつそううつくしくきらめいて
あくまでわたくしをかなしくする

彼の詩に現はれてゐるこの弱々しい感性が、どうしてもその朗々とした（このために彼を豪放であると間違へた人もあります）外貌と調和してゐるやうに徹底して考へることが出来ないので私は彼の詩はその風格的な清瓏さの陰で黙々と諸々の矛盾を湛えてゐる修羅場であるやうな気がするのです　この修羅場が膨大な実践者としての彼を背後から支へたのであります　元来心理的な苦闘のない人からは詩は生れません　別の言葉で言へば詩の世界は未完成な人たちが心から光を求めて闘ふところです　彼のやうな偉大な風格が詩を作らざるを得なかつた所以です　それにしてもこの詩などは初期の詩作品から見れば驚歎する程美しいものとなつてゐます

未来圏からの影（一五・二・一五）

吹雪《フキ》はひどいし
けふもすさまじい落磐
……どうしてあんなにひつきりなし
　凍つた汽笛《フエ》を鳴らすのか……
影や恐ろしいけむりのなかから
蒼ざめてひとがよろよろあらはれる
それは氷の未来圏からなげられた
戦慄すべきおれの影だ

この詩になりますと美を超えて実は悽の境地です　常人の詩とは考へられません　これ程の戦慄する

やうな冷寒な心象に堪える感覚は全く異常と言ふより言葉はないのです　これは人間ではない何物かを極度に恐れてゐる相です　彼は常人に感ぜられない恐るべきものを既に感得してゐるのだと考へられます　冷厳な深淵——人間が示し得る最深の境地のやうな気がしてなりません　彼はこの詩から一月の後は教職を退いて桜の「萱ブキノ小屋」に独居して開墾に従事するのです

圃場（十五・七・十五）

驟雨《かんだち》はそゝぎ
土のけむりはいつさんにあがる
あゝもうもうと立つ湯気のなかに
わたくしはひとり仕事を忿る
……枯れた羊歯の葉
野ばらの根
壊れて散つたその塔を
いまいそがしくめぐる蟻……
杉は驟雨のながれを懸け
またほの白いしぶきをあげる

熱気に湿つていらいらしながら、だがやがて羅須地人協会設立の構想を心中に抱いてゐる頃の作品　彼の作業は遅々として進まず、彼の肉体は疲労してゐます

白菜畑（十五・一〇・十三）

盗まれた白菜の根へ
一つ一つ萱穂を挿して
それが無抵抗主義なのか

水いろをして
エンタシスある柱の列の
その残された推古時代の礎に
一つに一つ萱穂が立てば
盗人がこゝを通るたび
初冬の風になびき日にひかつて
たしかにそれを嘲弄する
さうしてそれが無抵抗思想
東洋主義の勝利なのか

労作の白菜を盗まれたのは事実であり、彼が夜更けて忿りながらこの詩を書いてゐる様を想像すると愉快な事になります　私は彼の開墾生活の記録のつもりでこの詩を掲げたのです

開墾（二・三・廿七）

野ばらの藪を
やうやくとつてしまつたときは
日がかうかうと照つてゐて
そらはがらんと暗かつた
おれも太市も忠作も
そのまゝ笹に陥ち込んで
ぐうぐうぐうぐうねむりたかつた
川が一秒九噸の針を流してゐて
鷺がたくさん東へ飛んだ

作品第一〇一八番（二・三・二八）

黒と白との細胞のあらゆる順列をつくり
それをばその細胞がその細胞自身として感じてゐて
それが意識の流れです
その細胞がまた多くの電子系順列からできてゐるので
畢竟わたくしとはわたくし自身が
わたくしとして感ずる電子系のある系統を言ふのである

この様な詩を作る心理がどのやうな状態にあつたかは、心ある人ならば判る筈です　何を考へてもいらいらする、その様な時に人は往々こういふことになります　彼が肉体労働からどんなに激しい制約をうけたか判ると思ひます　彼は且て「労働と思索」「性欲と思索」「労働と性欲」を両立させることが如何に困難であるかを人に語つた事があります　その彼がこの様な詩を創れば、彼自身のその時の心理が明らかに露呈してしまふことを知らなかつた筈がありません　彼程心理と生理の関係に就て思考を費した人は余りなかつた筈です　その彼がフロイドあたりの精神分析の見事さに十分惹かれながらも同時にその甘さを看破してゐたことも確かだと思ひます

札幌市（一一・三・廿八）

遠くなだれる灰色と
歪んだ町の広場の砂に
わたくしはかなしさを
青い神話にしてまきちらしたけれども
小鳥らはそれを啄まなかつた

大正十三年彼が農学校の生徒を引率して北海道地方を旅行した折の作品であると思ひます　大分後になつて発想されてゐますので彼の北海道の植民地風な新鮮さを憧れてゐる状態が思はれます　その憧れは彼の描いてゐたドリームランド、イーハトーヴオの理想像に通ふものがあり、何か又童話銀河鉄道の夜とも一脈の相関性が感ぜられます　彼の積いた本来のアトムの極頂を叩いてゐる作品の一つです

農耕に疲れた彼がふと札幌の清新な街並を思ひ浮べ懐しむやうな心から発想した詩であると考へます

作品第一〇四二番（二・四・廿一）

同心町の夜あけがた
一列の淡い電燈
春めいた浅葱いろしたもやのなかから
程吉はまた横眼で見る
ぼんやりけぶる東のそらの
海泡石のこつちの方を
馬をひいてわたくしにならび
町をさしてあるきながら
程吉はまた横目でみる
わたくしのレアカーのなかの
青い雪菜が原因ならば
それは一種の嫉視であるが
軽く明日は消える
切りとつてきた六本の
ヒアシンスの穂が原因ならば
それもなかばは嫉視であつて
わたくしはそれを作らなければそれで済む
どんな奇怪な考へが
わたくしにあるかをはかりかねて

さういふふうに見るならば
それは懼れて見るといふ
わたくしはもつと明らかに物を云ひ
あたり前にしばらく行動すれば
間もなくそれは消えるであらう
われわれ学校を出て来たもの
われわれ町に育つたもの
われわれ月給をとつたことのあるもの
それ全体への疑ひや
漠然とした反感ならば
容易にこれは抜き得ない
　向ふの坂の下り口で
　犬が三疋じやれてゐる
　子供が一人ぽろつと出る
　あすこまで行けば
　あのこどもが
　わたくしのヒアシンスの花を
　呉れ呉れといつて叫ぶのは
　いつもの朝の恒例である
程吉はまた横眼でみる
新しい伯林青を

じぶんでこてこて塗りあげて
置きすてられたその屋台店の主人は
あの胡桃の木の枝をひろげる
裏の小さな石屋根の下で
これからねむる

この様な作品を挙げれば、どんな企図で彼の作品を選んでゐるか判ると思ひます　伝記的な部分で触れることの出来ない微妙な処を補つて彼の人間を出来るだけ成立させたいのです　この詩は彼の農村で占めてゐた位置を物語つて充分であると思はれます　彼の羅須地人協会の理想すらが如何に困難な事業であるか明らかに知ることが出来ます　例へば年譜を見ますと昭和二年九月の項に
「朝顔、菊、ダリヤ、トマトを栽培、白菜、甘藍等の収穫も多量に上り、自らリヤカーを引き、町内に配給す。」

と記されてゐますが、彼はその土地の豪家と目されてゐる家の出身であつたことも原因して或る種の白眼は絶えなかつたのです　彼が辛苦の栽培にかかる草花を売りに出掛けても買ふ者もなく僅かに親類の手導きで生花の師匠の処に売込んだり子供達に呉れたりした事実が記してあります　はだしで昼酒をあふつてゐるやうな本来の農民達の側からは彼の仕事がダンデイステイクな綺麗事と侮蔑された場合も想像されます

僚友（二・七・一）

わたくしがかつてあなたがたと

この方室に卓を並べてゐましたころ
たとへば今日のやうな明るいしづかなひるすぎに
……窓にはゆらぐアカシヤの枝……
ちがつた思想やちがつたなりで
誰かが訪ねて来ましたときは
またあるかなし何ともしらず表情し合ひもしたのでしたが
……崩れてひかる夏の雲……
今日わたくしが疲れて弱く
荒れた耕地やけはしいみんなの瞳を避けて
おろかにもまたおろかにも
昨日の安易な住所を慕ひ
この方室にたどつて来れば
まことにあなたがたのことばやおももちは
あなたがたにあるその十倍の強さになつて
……風も燃え……
わたくしの胸をうつのです
……風も燃え　禾草も燃える……

彼の言葉通り「荒れた耕地やけはしいみんなの瞳を避けて」あの愉しかつた教師時代の事を思ひ浮べながら学校を訪れたのです　人は重たい心意でまつしぐらにひとすぢの道を求めてゆくときは安楽なものの甘美なもの豊かに愉しいものを路傍に見つけて心惹かれるものでせう　彼も矢張りその様な危ふい心

理の中から且ての僚友を訪れたのです　併し鋭敏な彼はその場にちぐはぐなわだかまりを素早く感得すると来るのではなかつたと悔いる心が動きました　私たちが矢張りよく相遇する普遍の心理ですが、これ程鋭敏な自意識を働らかせると人は大抵「うす気味わるく」思ふものでせう

作品一〇八八番（二・八・二〇）

もうはたらくな
レーキを投げろ
働くことの卑怯なときが
工場ばかりにあるのでない
この半月の曇天と
今朝のはげしい雷雨のために
おれが肥料を設計し
責任のあるみんなの稲が
次から次と倒れたのだ
稲が次々倒れたのだ
ことにむちやくちやはたらいて
不安をまぎらかさうとする
卑しいことだ
……けれどもあゝまたあたらしく
西には黒い死の群像が湧きあがる

春にはそれは
恋愛自身とさへも云ひ
　考へられてゐたではないか……
さあ一ぺん帰つて
測候所へ電話をかけ
すつかりぬれる支度をし
頭を堅く縛つて出て
青ざめてこはばつたたくさんの顔に
一人づつぶつつかつて
火のついたやうにはげまして行け
どんな手段を用ひても
弁償すると答へてあるけ

この作品は前の作品から僅か二ヶ月足らずの後のものです　彼がどんなに巨きな世界に住んでゐたかがはつきりと判るのです　春にはその雲を恋愛自身とさへ考へて、詩的な遊戯をやつてゐたと自分を責めてゐるのは「春の雲に関するあいまいなる議論」といふ作品あたりを指してゐると思ひます　少し卑しい推論をやれば、この詩は当時の社会主義的な風潮に対して激しい怒声をはきちらしてゐることになります　彼自身の思想の座といふものも矢張りこの詩に現はれてゐる実践を裏打ちするところに極まると言つても過言ではありません

穂孕期（三・七・廿四）

蜂蜜いろの夕陽のなかを
みんな渇いて
稲田のなかの萱の島
観音堂へ漂ひ着いた
いちにちの行程は
たゞまつ青な稲の中
眼路をかぎりのその水いろの葉巻の底で
けむりのやうな一ミリの羽
淡い稲穂の原体が
いまこつそりと形成され
この幾月の心労は
ぼうぼう東の山地に消える
青く澱んだ夕陽のなかで
麻シヤツの胸をはだけてしやがんだり
帽子をぬいで小さな石に腰かけたり
みんな顔中稲で傷だらけにして
芬《かを》つて酸つぱいあんずをたべる
みんなのことばはきれぎれで
知らない国の原語のやう
ぼうとまなこをめぐらせば

青い寒天のやうにもさやぎ
むしろ液体のやうにもけむつて
此の堂をめぐる萱むらである

農民の哀楽と共に息づいてゐるささやかな彼の哀歓をこの詩は鮮かに感じさせます　このやうに限りない同胞感を農民達に感じながら彼の心象は第四集のあの暗い生活面への定着に移行してゆくのです

火祭

火祭りで　今日は一日　部落そろつてあそぶのに
お前ばかりは　町へ肥料の相談所などこしらへて
今日もみんなが来るからと
外套など着てでかけるのは
いゝ人ぶりといふもんだと
厭々ひつぱりだされた奎一が
ふだんのまゝの筒袖に
栗の木下駄をつつかけて
さびしく眼をそらしてゐる

帆舟につかず袋につかぬ
大きな白い紙の細工を荷馬車につけて

こどもらが集つてゐるでもない
松の並木のさびしい宿を
みんなでとにかくゆらゆら引いて
また張合もなく立ちどまる

くらしが少しぐらゐらくになるとか
そこらが少しぐらゐきれいになるとかよりは
誰ももう手も足も出ずいまのまんまで
おれよりもきたなく
おれよりもくるしいのなら
そつちの方がずつといゝと
何べんそれをきいたらう
（みんなおなじにきたなくでない
みんなおなじにくるしくでない）
さうしてそれもほんたうだ
（ひば垣や風の暗黙のあひだ
主義とも云はず思想とも云はず
たゞ行はれる巨きなもの）
巨きな雲がばしやばしや飛んで
煙草の函でめんをこさへてかぶつたり

白粉をつけて南京袋を着たりしながら
みんな所在なささうに
よごれた雪をふんで立つ
誰かゞやけに
やれやれと叫べば
さびしい声はたつた一つ
銀いろをしたそらに消える

農民の生活に定着した彼がここでは農民の間から何物かに向つて寂しい憤りをあげてゐるのです　彼の生活はまさに軌道を歩んでゐることを感得すると共に、昼酒をあふつておだをあげてゐるやうな農民達の心情を余程肯定するやうな暗い心意が迫つて来ます　彼がそのやうな状態で自己の性格的なダンデイズムをどれ程気にしてゐるかもはつきりします

この詩に至つてあの初期の豪華な心象のスケッチを想起した時に、何か人生なるかなといふしみじみとしたものが実感となつてやつて来るでせう　彼には既に往年の豊かさは乏しくなつて唯、鋭敏な眼で農村の生活的な暗陰を凝視してゆくのです　既に彼に要るものは文字の韻律ではなくなつて人生全体が芸術であり、詩であるといふ究極の構想に突き進んでゐます　この時代の彼には専門の詩人といふものが、恐ろしく馬鹿々々しく考へられてならなかつたことが作品の上からも確証することが出来ます　しかも終に「装景手記」に到つて、詩壇と全く妥協の余地のない難解固化した表現を取り、彼一人の道を突き進んでゆきやがてそこから決定的な文語詩への転換が将来されるのです

小作調停官

西暦一千九百三十一年の秋の
このすさまじき風景を
恐らく私は忘れることができないであらう
見給へ黒緑の鱗松や杉の森の間に
ぎつしりと気味の悪いほど
穂をだし粒をそろへた稲が
まだ、緑や、、緑や
あるひはむしろ薄のやうないろして
ぎらぎら白いそらのしたに
そよとも動かず湛えてゐた
そのうち潜むすさまじさ
すでに土用の七日には
南方の都市に行つてゐた
画家たちや、、、なる楽師たち
次々郷里に帰つてきて
いつもの郷里の八月と
まるで違つた緑の種類の
豊富なことに愕いた
それはおとなしいひわいろから
豆いろ乃至うすいピンクをさへ含んだ

あらゆる緑のステージで
画家は曾つて感じたこともない
ふしぎな緑に眼を愕かした
けれどもこれら緑のいろが
青いまんまで立つてゐる田や
その藁は家畜もよろこんで喰べるではあらうが
人の飢をみたすとは思はれぬ
その年の憂愁を感ずるのである

凶作に遭遇した彼の心意の動き方は極めて痛切となり且ての距離をおいた憤りは全く影を没してゐることを感得します　それを「生活への定着」であると言ふことが可能です　この辺りの詩が純粋な詩作品としての評価にどれ程堪えるものであるかは判りません　けれど詩の背後にある彼の実践者としての大愛と美しさを理解しない人がこの詩を高く評価することは考へられないのです　私がこの時代の彼は詩人ではなく、何か大きな着眼を以て進んでゐる地人であると言ふのはこのやうな単純な意味に過ぎません

無題

倒れかゝつた稲の間で
ある眼は白く忿つてゐたし
ある眼はさびしく正視をさけた

……そして結局おれのたづねて行くさきは
　あのまつ黒な雲のなか
　　地べたについたあのまつ黒な雲のなか……
もう村々も町々も
衰へるだけ衰へつくし
弱く半端なわれわれなどは
まつさき消えてなくなるもい、
……あつちもこつちも
　きちがひみたいに
　ごろごろまはる空の水車だ……
さうかと云つて
いま稲妻の紫色
みちの粘土をかすめて行けば
幅十ミリの精巧無比な黄いろの川
そのいちいちの背も谷も
また谷々の皺さへも
手に取るやうに明かなのだ

この様な詩を読むと彼が終に発想した「グスコーブドリの伝記」のやうな悲痛な意志を思ひ起さずには居られません　この辺りで彼の第四集は終り、あとは文語詩に転換して行くのです　この時代の彼は言ふまでもなく稲作を心痛の余り東奔西走し終に病を得て、下根子桜の小屋を心ならずも捨てて父母の家に病を養ふに至つてゐます　最後の倒れる瞬間までの彼の働きは、又その心意は如何なるものであつたかを、この最後的な詩から推察し得ることは幸ひであります

由来巨きな詩人の詩をその人の生涯の歴史、更にまたその生きた世相を考慮することなくして解読することは不都合な事が多い筈です　この宮沢賢治は特にその様な詩人であると思はれます

併るに彼の文語詩に至りますと活動の不可能な一進一退の病状で発想せられたものが多いので、その主題が過去の詩で捕へたものを新しい角度から再構想したものが相当あり、背後の実践を考慮しながら解読するといふ事は一先づ意味を失ふことになります　私は彼の文語詩への転換が既に述べた通り概ね次の三つ程の異質の原因から行はれたと解します

一、作品表現法の苦渋固化を打開する心意から

二、病床にあつたために従来の心象スケッチより始められた形式が存続出来なかつた事

三、病床に思想的に老いた事

彼はこの頃から俳句の世界を好んでゐるのですから、無理に推論したこの三つの原因も余り当を外れてはゐないと信じます　私は他の諸家と異り、文語詩を以て彼の最高の併も最も彼の独自性の現はれた作品であるとの解を取りますことを強調するのです　残念な事にこれらの作品には年代が記されてゐないのですが、文語詩に於ては年代が、口語詩時代程の重要な意味を持つてゐないと思はれるので、その点はないがしろに致します

民間薬

たけしき耕の具を帯びて　羆熊の皮は着たれども
夜に日をつげるひと月の　干泥のわざに身をわびて

しばしましろの露置ける　すぎなの畔にまどろめば
はじめは額の雲ぬるみ　啼きかひめぐるむらひばり

やがては古き巨人の　石の匙もて出できたり
ネプウメリてふ草の葉を　薬に食めとをしへけり

彼が文語詩に於ても確たる実相を捨てなかつた事がわかります　見事にくすんだ色調に裏打ちされたこの思想性が、今日のくらげのやうな文語詩をはるかに凌駕するものがあることは明らかです　要は人間であるといふ解釈を捨てることは出来ません　人間的に偉大でない人が偉大な詩人であり得るわけはありません　或はこの「民間薬」といふ詩などは文語詩に表現すべき必然性がないではないかといふ解釈も取り得るかも知れませんが、この詩がやがて発展してゆくところ彼の文語詩の持つ意義も自ら明らかだと思ひます

準平原の母

こらはみな手を引き交へて　巨けく蒼きみなかみの
つゝどり声をあめふらす　水なしの谷に出で行きぬ

廐に遠く鐘鳴りて　さびしく風のかげろへば
小さきシヤツはゆれつゝも　こらのおらびはいまだ来ず

彼の文語詩は明治以後藤村有明白秋の系列の韻律を充分研究した結果なされたと言はれますので、この方面から解釈することは必要であると考へられますが、とても自分の任ではないやうです　矢張り一ばん心を牽くものは人間です　この詩に至ると前の詩にない純粋な情緒がほころびて来ます

無題

毘沙門の堂は古びて　　梨白く花咲きちれば
胸疾みてつかさをやめし　　堂守の眼やさしき

中ぞらにうかべる雲の　　蓋やまた椀のさまなる
川水はすべりてくらく　　草火のみほのに燃えたれ

今日でも古語を用ひる人たちは「胸疾みてつかさをやめし」と言ふやうな即物的な表現をすると情緒をこわすやうに畏れて警戒するのですが、彼の淡々として表現し、しかも全体を少しもきずつけない配位といふものは実に見事であると思ひます　このやうな抒情と、しかも実相を失はない格調は、これを明治以後の正統詩人たちとは自ら異つた独自の意義について評価しなければなりません

驟雨

驟雨そゝげば新墾《にひばり》の　　まづ立ちこむるつちけむり

湯気のぬるきに人たちて　故なく憤る身は暗し
すでに野ばらの根を浄み　蟻はその巣をめぐるころ
杉には水の幡かゝり　しぶきほのかに拡ごりぬ

無題

川しろじろとまじはりて　うたかたしげきこのほとり
病きつかれわが行けば　そらのひかりぞ身を責むる

宿世のくるみはんの毬　干割れて青き泥岩に
はかなきかなやわが影の　卑しき鬼をうつすなり

蒼茫として夏の風　草のみどりをひるがへし
ちらばる蘆のひら吹きて　あやしき文字を織りなしぬ

生きんに生きず死になんに　得こそ死なれぬわが影を
うら濁る水はてしなく　さゝやきしげく洗ふなり

矢張り為すこともなく病を養つて父母の下に居る我が身を、農民達の事を思へば責めずには居られなかつたのでせう　彼は端が気の毒に思ふ程おろおろしながら病を養つてゐます

麻打

楊葉の銀とみどりと　　はるけきは青らむけぶり
よるべなき水素の川に　ほとほとと麻苧うつ妻

この詩の比類のない美しさ　この抒情だけでも今日の古語で詩を創る人たちは持つてゐない筈です　彼の美しさは生命を清めてゆく美しさであります　今日の実相を殺してゆく美しさの類ではないと思ひます　液態水素の透明な緑白な細流に麻苧を打つてゐる若い妻女の有様は何とも言はれず美しく思ひ描かれます　私は文語詩を読んでこの詩に至つた時思はず躍り上る程よろこびました

上流

秋立つけふをくちなはの　沼面はるかに泳ぎ居て
水ぎばうしはむらさきの　花穂ひとしくつらねけり
いくさの噂さしげければ　蘆刈びともいまさらに
暗き岩頸　風の雲　天のけはひをうかゞひぬ

彼の文語詩が形式的には心象スケッチから決定的な転換でありながら内容的（言葉が悪いですが）には一すぢの延長であると解することは可能であると思ひます　唯あの口語詩の多映的多弁的な影象を背後に圧縮して行つたに過ぎないと解釈すると余程考へ易い結果になります　又心理と直観的な情緒の接合点に詩を描いたと言切れば、唯即物的な表現だけが従来の延長であることになります

鼓者

いたつきてゆめみなやみし　（冬なりき）誰ともしらず
そのかみの高麗の軍楽　うち鼓して過ぎれるありき

その線の工事了りて　あるものはみちにさらばひ
あるものは火をはなつてふ　かくてまた冬はきたりぬ

「その鼓者は暗く立派な顔をして、太鼓の前に一連の花を飾り、せなには細長い箱を負つた、老いた朝鮮の飴を売る人だつた」（宮沢清六）

そして彼は「あの太鼓をたゝいて行つた人はよほどの人に違ひない」とつぶやいたのだそうです　この一事はひどく自分を喜ばせてくれました　何か宮沢賢治といふ人が急旋回して私の前に現はれたのは丁度この清六氏の文章を読んだ頃であると思ひます　自分はこのやうな話には何か涙がこぼれてきます　それ程この「朝鮮の飴売」の話が好きなのです

「かくてまた冬はきたりぬ」この言葉にも又無量の思ひが籠められてゐる筈です　彼は「未来圏からの影」を唱つたと同じやうな心境から「かくてまた冬はきたりぬ」と唱つたのではないでせうか

電気工夫

（直き時計はさま頑《かた》く　憎に鍛えし瞳《め》は強し）
さはあれ攀ぢる電塔の　四方に辛夷の花深き
南風《かけつ》光の網織れば　ごろゝと鳴らす碍子群
艸火のなかにまじらひて　蹄のたぐひけぶるらし

この詩など難解だと言へば言へるかも知れませんが幻惑される難解さではなく俳句を解くやうな表現をつめたための難解さだと思ひます

病技師

あえぎてくれば丘のひら　地平をのぞむ天気輪
白き手巾を草にして　をとめらみたりまどゐしき
大寺のみちをことゝへど　いらへず肩をすくむるは
はやくも死相われにありやと　粛涼をちの雲を見ぬ

病み衰へた自分を今更のやうにかへりみて　粛涼と遠の雲を眺めてゐる彼の相には愕然とした周章の

影はなくすでに諦観した人間の沈痛な立像があるやうな気がします

岩手公園

「かなた」と老いしタピングは　杖をはるかにゆびさせど
東はるかに散乱の　さびしき銀は声もなし

なみなす丘はぼうぼうと　青きりんごの色に暮れ
大学生のタピングは　口笛軽く吹きにけり

老いたるミセスタッピング　「去年《こぞ》なが姉はこゝにして
中学生の一組に　花のことばを教へしか」

弧光燈《アークライト》にめくるめき　羽虫の群のあつまりつ
川と銀行木のみどり　まちはしづかにたそがるゝ

この詩は文語詩中の最高に位する優れた作品の一つであると思ひます　タピング一家の散策の叙景をこれ程如実に描写した手腕の影には矢張り彼独自の凝縮した鋭い眼が感ぜられます

公子

桐群に臘の花洽ち　　　雲ははや夏を鋳そめぬ
熱はてし身をあざらけく　　　軟風のきみにかぐへる
しかもあれ師はいましめて　　　点竄の術得よといふ
桐の花むらさきに燃え　　　夏の雲遠く流るゝ

この詩の持つてゐる表現の凝縮性が、彼の文語詩のほんとうに無類な独自な境地であると考へます　彼の詩の中で文語詩が最高の作品であると言ふのもこの詩の把つてゐる意義を指してゐるのに外なりません　彼が伝統詩人として意義を有してゐるのも全くこの点に於いてなのです　俳句に近づいてゐると言ひ得るかも知れません　彼が「発表を要せず」と註を附し又チエホフの短篇を三行で書けると豪語したと伝へられるのも、この詩の持つてゐる表現を自負したからでせう　その意味でこの詩は最高峰であると言ふことが出来ます

私は「麻打」「母」のやうな作品を尊いと思ふものですが、恐らく彼が文語詩に見出し、又打込んだ意義は別なところにあつたのです　この辺りの立脚点を明瞭にしないと、彼の文語詩をあやまることになりませう

老農

火雲むらがり翔べば　　　そのまなこはゞみてうつろ
火雲あつまり去れば　　　麦の束遠く散り映ふ

この作品の光沢は仏像を見るやうだと自分は思ひました　前作と同じやうな意味でこの詩の意義を明治以後の詩の歴史の中で真に見つめるべきであると思ひます

母

雪袴黒くうがちし　　うなゐの子瓜食《は》みくれば
風澄めるよもの山はに　　うづまくや秋のしらくも
その身こそ瓜も欲りせん　　齢弱《としわか》き母にしあれば
手すさびに紅き萱穂を　　つみつどへ野をよぎるなれ

「麻打」と同じやうな清らかな瑞々しい抒情です　自分はこのやうな詩を尊しと思ひます　確かに日本の伝統詩として永遠に光を失はない作品でありませう

判事

猥れて嘲笑《あざ》めるはた寒き　　凶つのまみをはらはんと
帰途《かへさ》また経るしろあとの　　天は遷ろふ火の鱗
つめたき西の風きたり　　あららにひとの秘呪とりて
粟の垂穂のうちみだし　　すゝきを紅く燿《かゞ》やかす

「公子」「老農」などの系列に属するものです　これら一連の作品により彼が好んで唱つた心情がどんなものであつたか判るやうな気がします　彼の晩年における人間的な肌合ひは初期とは大分異つてゐるやうです「湿つた熱い感情を嫌ふ」と述べた往年の彼とは思はれません

旱害地帯

多くは業にしたがひて　　指うちやぶれ眉くらき
学びの児らの群なりき
花と侏儒とを語れども　　刻めるごとく眉くらき
稔らぬ土の児らなりき

……村に県《あがた》にかの児らの　　二百とすれば四万人
四百とすれば九万人……

ふりさけ見ればそのあたり　　藍暮れそむる松むらと
かじろき雪のけむりのみ

羅須地人協会の設立をはじめ、彼が身命をけずつてした実践のすべてに裏打ちされたこの詩を、彼の大愛を知るものは誰も尊ばずには居られない筈です　又作品としても優れたものです

肖像

朝のテニスを慨《なげか》ひて　額は貢《たか》し　雪の風
入りて原簿を閲すれば　その手砒硫の香にけぶる

旧い主題を想起してあつかつたものですが、矢張り「その手砒硫の香にけぶる」といふ辺りなど優れた感覚の所産であると思ひます

病中幻想

罪はいま疾《やまひ》にかはり　たよりなくわれは騰りて
野のそらにひとりまどろむ
太虚ひかりてはてしなく　身は水素より軽ければ
また耕さんすべもなし
せめてはかしこ黒と白　立ち並びたる積雲を
雨と崩して堕ちなんを

彼の念願はすべてこの様に農民の上に落ちてゆきます　「グスコーブドリの伝記」で彼の化身であるブドリが終に自分の生命を捨てて肥料を雨と降らせに赴くといふ構想と違った心意であると言ひ得ない筈です

無題

業《わざ》うちはてし夕暮を　この城あとにとめくれば
寂まる桐のかれ上枝《ほづえ》　翔くるは赤きうろこ雲

つめたき西の風きたり　秘めたるきみが名をとりて
粟の垂穂をうちみだし　すゝきのむらをかゞやかす

後の二節は「判事」の後半と同想です

無題

森も暮れ地平も暮れて
シグナルに赤き灯はつき
ほのじろき秋のあぎとは
はかなくも四方をめぐりき
やつれたるなれをとはんと

そがなかを急ぎて来しに
かなしみのさはふかかりし
ああなれのつめたくわらふ

無題

病みの眼に白くかげりて
白菜のたばはひかるる
荒れし手に銭をにぎりて
わが母のさびしきかなや

これらは共に彼の文語詩の系列からは傍系に属すると思ひます　少しく彼の特色が薄いものです

ロマンツエロ

きみにならびて野に立てば
風きららかに吹ききたり
柏ばやしをとどろかし
枯れ葉を雪にまろばしぬ

「さびしや風のさなかにも
鳥はその巣を繕はんに
ひとはつれなく瞳《まみ》澄みて
山のみ見る」ときみは言ふ

峯の火口にたゞなびき
あゝさにあらずかの青く

北面に藍の影置ける雪のけぶりはひとひらの火とも雲とも見ゆるなれ　　　　かゞやきわたす天にして
まことと恋するひとびとの
とはの園をば思へるを

以上私は彼の詩作品の概略を掲げ終りました
最後に彼の作品を流れてゐる類形を綜合して分類して見る事にします　勿論観点や、標準の選び方からして種々な系列が考へられると思ひますが、私は草野心平氏が「宮沢賢治研究」中で少し触れられたものを参酌して見ます　第一に私は口語詩と文語詩を同列に分けたいと思ひます
即ち
一、口語詩（春と修羅第一集——第四集）
二、文語詩（発表の要なしと記されたるもの）
今口語詩について見ますと
①　業の花びら　未来圏からの影　札幌市等
②　農村を主題としたもの
　(イ)　稲作挿話　野の師父　作品第一〇四二番　作品第一〇八八番　穂孕期……
　(ロ)　産業組合青年会　小作調停官　火祭等
③　小岩井農場　春と修羅　原体剣舞連　花鳥図譜……
④　無声慟哭　松の針　永訣の朝　宗谷挽歌　オホーツク挽歌　風林　白い鳥……
⑤　東京詩篇　三原三部　装景手記
以上の系列に盛り切れないやうな気もする作品もありますが大体の主流を伝へてあやまりないと思ひます　次に文語詩ですが

①「麻打」　母……
②　公子　民間薬　老農　判事　旱害地帯　電気工夫……
③　準平原の母　驟雨　鼓者――岩手公園
④「ながれたり」「あらたなる」「ロマンツエロ」「海」「森も暮れ」

以上の系列で大体包摂してゐる筈です　彼は「春と修羅」以前に相当数の短歌を創作し、しかも短歌から詩への転換中期に位する韻文も残されてゐます　例へば

天河石　心象のそら
うるはしきときの
きみがかげのみ見え来れば
せつなくてわれ泣けり

＊

ちり落ち来り
雪となりてつちにつむ
につぽんなどとよばれたる
この気圏のはなれがたし

彼の詩を論ずる場合には彼の短歌を、更にまたこれら中間期の短詩を論じてその必然的な推移の跡を尋ねなければならないのでせうが、今の自分には出来ないと思ひます　彼の短歌や短詩は後期の詩から比べればその作品価値からは何物でもありません　独創性も乏しく、朗々たる格調も感ぜられず、唯後期の膨大な特異な感覚の萌芽が冷たく透明に澄んでゐるだけです

以上私は彼の詩について語るべきことを概述したと思ひます　且て一度触れた事もある通り彼の残した詩作品が同時代の有数の人、高村光太郎、三好達治、又稀有に清潔であつた中原中也、立原道造の諸氏の作品よりも本質的に幾何秀でてゐたかと考へるとき疑問なきを得ないものがあります　例へば高村光太郎氏の「老冊、道を行く」と宮沢賢治の「永訣の朝」を比べるとき、又三好達治氏の優れた文語詩一篇と彼のあの新形式の文語詩一篇を比較するとき、そこにどれだけ作品としての高さに差があるかを考へても、確たることは応へられない筈です

併しそれにもかかはらず彼が日本の詩歌の伝統的系列の中で占める位置はそれらの人の位置よりは遥かに巨きく、且つ独自であると思ひます　高村光太郎氏にしても三好達治氏にしても、明らかに明治以後詩歌の伝統の中に在つてその上に足場を築いて居ります　それ故これらの諸氏には或る種の完成されたスタイルや雰囲気と言ふべきものが絶えず付き纏つてゐる筈です

これに異つて宮沢賢治は全くその伝統の詩圏の外で独創により己れの詩を発想し、しかも彼自身の宇宙を拡大してゆきました　彼は明治以後の詩史を一代に通過することが必要であつた、その上に又独自な膨大な自身の宇宙を築いて行かねばならなかつたのです　彼の詩篇に高村、三好等の諸氏に見られない原始的な瑞々しい斬新な芬香がある所以です　数人の評家が彼の詩を万葉の歌に比した理由もこの辺りを指してゐるものと考へます　それ故彼の詩篇と、高村三好等の諸氏の作品を比較するときも、丁度万葉と古今の詩歌を比較するときのやうに異質の尺度を用ひねば「万葉は古今よりも優れてゐる、否古今は万葉より優れてゐる」といふ類の荒唐無稽な論を生ずることになります

斯くて彼の作品が同時代の優れた詩人たちの作品と比して本質的にずば抜けてゐなかつたとしても彼の意義は依然として失はれない理由があると考へるのです

私のこの様な考へ方を裏付けるやうな証拠が確かに一つあります　それは言ふまでもなく彼の童話の作品なのです　詩については、未だ彼の作品にも抜け道があると思ひますが、童話作品に至りますと、

既に神意から出たと考へた方が都合のよい程完璧な、そして独自のものとなつてゐます　自分などが斯う言つてよいか悪いか判りませんが、彼の童話作品に至つては恐らく我が国空前絶後の作品であると思ひます　これには明治以後第一級の童話作家で比肩し得る人は無い筈です　童話といふ文学の一部門は明治以後でも詩歌に於ける程、大きな体系的発展はとげ得ませんでした　彼の童話作品が他の専門の童話作家を遥に秀んでてゐた所以はここにあります　私が彼の詩作品を裏付けてゐると述べた彼の卓越性は童話の世界から明らかに立証することが出来るのです

私はむしろ彼の童話作品を概述すべきだつたかも知れませんが、未だ全く及びませんし、又彼の童話と言つても広い意味で詩の範疇に入ると考へてもゆきすぎではなく併もそれより更に重要なのは彼の風格そのものが詩人であつた事なのですから詩作品のみを掲げた次第です　今ここでは且て私が書いた「宮沢賢治童話序論」といふ文章を転述して少し童話作品に触れる務を果したいと思ひます

宮沢賢治童話論

一　序論

私は第一に童話と言ふものの本質を考へて見たいと思ひます　私達は童話と言ふ名さへ未だ定まらず、しかも作者さへ全くしられてゐない多くの子供達のための物語りが遠い昔からお伽話として伝はつてゐるのを知つてゐます　それらの物語は私達の幼い頃の日々の生活の中では随分大切な主な役割を果して来たことは今改めて言ふまでもありません　私は童話と言ふものの本質を考へる時には斯の様なところまで還つて行くべきであると思ひます　そうして得られた結論と言ふものは或は人により異るかも知れません　併しそれらを押し拡げて行きますと、必ずやそれが或る一つのことを別々の形で述べてゐたに過ぎない事が判つて来るに違ひありません　それは何故かと言ふと、童話と言ふものの本質が、真実のところ「童話」と言ふ言葉の音調から人々が直ちに感じるその直感的なそのもの以外の何物でもないからなのです　大分曖昧な言ひ方ですが、童話が子供達を生命として生れたものである限り、どんな面倒な理論も結局この感じと言ふものの説明以上に役立たないものであると信じます　さて私はその童話の本質を今「夢」であると考へやうと思います　そしてその考へを押拡げて見やうと試みます　夢と言ふものが子供の生活でどんなに大きな部分であるかは申すまでもありません　一つの遊戯や考へはみんなその夢を現はさうとしてゐる努力であります　子供達は或一つの夢を作り出した瞬間からもうその夢にのつて、それからその次の夢にまで駈けて行くのです　そしてその次の夢は又幾つかにわかれて子供達を次の夢へと運んで行きます　こんな状態が、本当に夢として、（即ち空想として）子供達の頭の中で拡がつて行くこともありますし、或はそれが何らかの形で子供達の手によつて行はれることもあります　それは子供達の最初の夢が、もう或る人間の本能に近いやうなそんな本質的な部分から発せられたとするならば、それは純粋に夢となつて連続して行きます　けれどそれが極く卑近な日常生活の中から生れたものであるとするならば子供達はそれを自らの手で試みて見るに違ひないのです　さてここで私達はこの子供達の夢の限度を当然考へて見なければなりません　今純粋な夢（空想）として発達した場合を考へて見ますと、直ちに考へられることは思考力と言ふ様な点で全く未発達の状態にある子供達の空想がどうしても充分な広がりや豊さを持ち得ないことは考へられます　即ち子供の夢には色感聴感嗅感が不足してゐるのであると私は説明します

又子供達の夢が実際にその手でもつて行はれた場合を考へて見ます　残念なことには子供達には経験とか知識とか言ふものがどうしても不足なのです　そして子供達はその夢を空しく放棄してしまふより他に仕方がないのです　これで子供達の夢の限界が或る一定のところより以上に発達し得ないことは明らかであらうと思ひます　今私は童話と言ふものがこの子供達の夢を充分に拡げるに役立つものであると思ふのです　即ち童話の本質は夢にあるのだと思ふのです　それならば何故夢が子供達にとつて拡げねばならぬ程大切なのであらうかと考へて見ます　私達はこの世の中に生きて行くのにはいろ〳〵な困難や悲しみに合ひます　或は又いろ〳〵な楽しみや喜びに合ひます　そして誰がどれ程多く喜びそして多く悲しむか、そして誰がどれ程多く悲しみ多く苦しむか、それは全く私達人間には判らないのだと思ひます　これだけのことを考へても人生は本当に夢ではないのでせうか　私は此処で夢と言ふ言葉を「つまらないもの」「はかないもの」と言ふやうな小さな意味で言つてゐるのではありません　もつと楽しい美しい力強い意味で言つてゐるのです　誰がどうなるか判らないそんな人生の中では、私達はそれこそ本当に、力一ぱいに苦しい目にあつたら苦しみ楽しい目にあつたら楽しみ自分の及ぶ限り、力かぎ

り生きて行くより外にどんな道があるのでせうか。もう本当に人生と言ふ夢に身体ごと全体乗せ切つてしまつてしつかりと歩んで行くのです

昔から人生を悪であると思つて、それでも力一ぱいに生きた人も、又絶望して死んだ人も、又歪んで行つた人もありますし、人生を善であると思つて立派に生きた人もあります　私は人生は悪である、醜いものであると思つた人達は必ず苦しい事悲しい事ばかりに出合つた人であると思ひます　そんな人達は、その悲しい目に会ふ毎に苦しい目に会ふ毎に、何くそと立上つて行つたのでせう　けれど不幸な事に後から後からやつて来るものは皆悲しい事苦しい事ばかりだつたのです　そしてとうとう人生全体を夢と見ることが出来なくなつて、その悲しい事苦しい事一つ一つをそのまま本当であると考へてしまつたのだと思ひます　即ちその人はとう〳〵夢を失つてしまつたのです　けれど此処で考へなければならない事は夢こそ真実なのであらうか、或は本当の事（現実事象）こそ真実なのであらうか、と言ふことです　人生ではそれさへも本当には定められないのであると思ひます　私は今迄人生は夢であると言ふ一つの場合を考へて来ました　斯様に夢を持つて子供達がやがて生長して人生を生きて行く事は決して醜い事苦しい事に眼を背けて行くことではなくて、本当に苦しんだり楽しんだりして努力して行くために必要であると言ふ事を私は言ひたかつたに外なりません　童話と言ふものは斯様な意味で子供達に正しい夢を発達せしめ、助長せしめ、強いては正しい生き方を教へてゆくものなのです

童話が夢の形を取るとき自然にそこには純粋さと言ふものが問題になり又必要な要素となつて来るのです　夢は元来或限られた部面を考へません　即ち普遍的であり純粋であり又正しいものであるべきなのです　それ故童話に表はされる人間、自然、その他あらゆる事象が最も正しい純粋な形で書き表はされ、又動いてゐなければなりません　最も正しい考へ方が表はれてゐなければなりません　この事は悪い人間を書いてはいけないとか言ふ小さな事ではないのです　唯悪いものは悪いものとして描き良いものは良いものとして描き、その他すべてのものは、その本当の在り方に於て描かれてゐなければならな

いのです　以上簡単ではあるけれど童話と言ふものの主な眼点を述べて来ました　子供達は童話と言ふものから自己の夢の大きな美しい延長を汲取り正しい心ゆくまでの生長を遂げることが出来るでせう　豊かな感受性や、事物に対する科学的な捕へ方、判断力そのやうな必要な美点を自然に育てることが出来ます　以上私が述べて来た事は宮沢賢治の童話がこの童話と言ふものの本質に最も深く、広く涯なく触れてゐるものである事を説かうとする前提とも言ふべきものです　明治以来童話と言ふものを生命として創作して来た作家と言ふものは、余り多くはありません　そしてそのうちの代表的な人を拾つて見れば巌谷小波小川未明それにこの宮沢賢治の三人であつたと思ひます　彼の童話の特質を一つ大きな処から捕へて見ますと視覚聴覚嗅覚が異常に鮮明に織り込まれてゐて、それが百花が風のため一時に撩乱するやうに鬼没百出するところであると思ひます　雄大な構想をかつてごう〳〵と寄出されるかと思ふと突然一点に静止して冷たい透徹した凝視をつづける、その様な怪物に思はれます　この特質はひとへに彼が科学者であつた事から養はれたものであると断言致します　今仮りに色感と言ふ点からだけ彼の童話を眺めて見るとします　丁度それは種々の色紙を細かに切つて一度にひら〳〵と舞はせたやうなまばゆい感じがする程です　聴感の点から言つても、音の要素をどれ程深く注意して取入れてあるかが判ります　彼は「音楽を聴いて詩を創ると立派なものが出来る」と或る処で述べてゐる程ですから、音楽を聴きながら創られた童話や詩や文章が沢山あると思はれます　私達はじつと耳を澄ましますと彼の童話の中から色々な自然の音がひとりでに湧き上つて来るのを感じる事が出来ます　嗅覚に就いても又同様な事が言ひ得るのです　これらの事については個々の作品に於て、その都度触れて行きたいと思ひます　兎に角斯様に複雑な大きさを持つた彼の作品ではありますがそれが如何に科学者らしい精密度で描出されてゐるかが判ります　彼は科学者にとつて大切な物を視る時の尺度の使ひ方を文章に於ても決して間違つて用ひませんでした　それこそ自由自在に使駆してあるのです　この事も後になつて正確に記したいと考へます斯様に彼の作品は自然を表現するに異常な刻明さを以てゐると同時に自在な空想や花やかな香を持つてゐたのです　言はば彼の文章は立体的な文章でした　これを別の言葉で言ふならば、立体的な視方からするとき四次元的なのです　一体これらの特色、就中、童話の中から音が聴えて来たり、私達が追駈るよりも、二段も三段も深奥の方で自由に跳び廻つてゐる空想の奇抜さや大きさはどこから湧いて出たのかを考へなければなりません　私はそれを、清い美しい、そして激しい宮沢賢治の宗教的統一の中から求めたいと思ひます　既に幾度か人間以上の霊感を示しながら、一生懸命農民と共に日夜耕し続けて行つた彼でした　雲や風や太陽や土の中から一ぱいに吸取つたエネルギーを耕作と、創作だけにすべて用ひつくしてしまつたのです「田を耕しながらでも詩や童話は書ける　けれどそのためにはどんな僅かなエネルギーでも他の事に用ひてはならない」と彼は述べてゐます　それ程生命をかけた彼の童話が優れてゐないと言ふ事は到底考へられない事なのです　又自分自身でも固くそれを信じてゐました　彼は最初に自分の手で出版した童話集「注文の多い料理店」の序文中に自分の書いた童話は本当に正しいもの美しいもの、そんなものの泉が溢れてゐるものでありそれは清純な魂を持つた子供達にだけ判るものなのだと言ふ事を力を籠めて幾度も強調してゐます　その短い一生を郷土の土の中につつましく送つた人でありましたので、その童話の中にも懐しい東北の特色と言ふものが溢れてゐて、誰もの胸の中に明るい故郷の灯をともして行きます

以上述べた様な清さ美しさ、それから想像に絶する様な空想の大きさ、精密に自然の万象を表はして行く科学的精神——その様なものを宮沢賢治の童話の内部を流れて行く泉としますと、此処に又外側を流れてゐる泉があるのです　その最も大きなものは、到るところに満ち溢れてゐる機智（ウヰト）なのです　それは実に軽妙極まるものであり、人間の心理の本質的な機微に、さつと触れては直ぐに又消えて行くやうな性質のものであり、それには重苦しさ、とか旧さとか言ふ様な臭気は一つもありませんそうです臭気と言ふものが全くないのです　現在の私達が読んでも近代的な情趣を感じさせるものであ

り、これがもう十年も生命を経て来たものとは到底考へられません　恐らく二十年三十年の後も人達に衰へないひらめきを感じさせるに違ひありません　詩にも又この特質が表はれてゐますが、童話に出て来る人物や生物は実に滑稽な会話や表情をしてゐます　この様な特質のためにどうかすると宮沢賢治の童話は、その人の軽妙な才能を以て縦横に、書きなぐつたやうに感ずるかも知れません　だがこの様な解釈はどうしても正鵠を得てゐるとは考へられないのです　ところが彼の文章に表はれて来るこの機智と言ふものが、彼の人間のどこから生れて来たのであるのかを考へますと、一寸想像を絶するものがあります　それは後に述べますが彼の作品全体を流れてゐる、流相の悲しみと言ふやうなものと、全く相反する特質であるからです　此処に人間宮沢賢治を解く鍵があると私は確信してゐます　この相反する二面が円融無礙、一が他に乗じて表はれたり他が一に乗じて現はれたりしてゐます　法華経の大乗精神が彼に何を与へたかは知りませんが、恐らく此の辺は最も根本的な本質を含んでゐるものと思ひます私はこの機智を解明する一つの側面的な鍵として、彼の人間に対する研究――これでは語弊があるとすれば、人間を洞察する力の深さと言ふものがその一つであると思ひます　是には一つ彼の影響を受けた人間、文学者と言ふものの解明が必要なのですが此処では触れない事にします　文学者宮沢賢治は元来人間宮沢賢治ではありません　人間宮沢賢治を解明するものは作家としての彼を解明して成るものではありません　文芸人としての彼は実に彼に今日の名を成さしめたものではありますが、恐らく彼の人間の極く一部に過ぎないのです　それだけに彼の文学に於ける修業は左程広いものではありませんでした　それがかへつて彼の天才を助けたとも考へられるのです　科学者としての彼がその作品の中で大きな役割を果してゐるのも、そのためであると思はれます　科学（殊に地質学天文学気象学化学）等の知識が知識として彼の作品中に到る所に散見されますが、これは実に単なる文学者の全く望み得ないものであり、彼の写実に一歩の踏み込みを与へてゐます　その他にも種々な点に於て、彼の文章の外形的な面に特色を認められますが、それらはその都度触れて行きたいと思ひます以上私は全く簡単ではありましたが彼の作品を独歩的な位置に立たしめるに到つた特色を大体に於て尽したと考へます　何時の時代に於ても生命を削りながら創られた作品と言ふものは尊く、そして又優れた香りを有するものです　宮沢賢治は斯かる作家であつたし、又その作品は斯かる作品であつたのです　子供達への大きな愛と誠意そして人生に対する熱烈な信仰、その様なものが終に不朽なるものの流れに彼の作品を連結せしめるに到つたのです　彼の子供達への愛や誠意は言ひかへれば清純なるものへの愛や誠意であり、それは彼が一生を通じて貫き透した生命でもありました

彼が童話と言ふものに生命を打ち込んだ理由は実に明らかであると思ひます　斯様にして創られた彼の作品に於て私達が忘れてはならない事がたつた一つあります　それは彼の作品には「生命の悲しみ」とも言ふべき、一つの悲哀を帯びた調子が一貫して流れてゐる事なのです　それは実に大きな悲しみであり、私達の魂を奥底からゆすぶつて、さらひ去つて行くやうなものなのです　何か自然の悲しみと言ひませうか、山川草木の悲しみと言ひませうか、その様な確かに宇宙の創造的な意志に付きまとふやうな本質的なものなのです　生々流転の悲しみなのです　ここに「悲しみ」と言ふ言葉を用ひましたが、これは普通私達が用ひてゐる悲観と言ふ意味とは全く異り、更に大きな深い、（その中には私達が喜びとか楽しみとか呼んでゐるものもすべて含まれてゐる様な）意味の悲しみです　他に言ひ現はすやうな適当な言葉は見付かりませんが、仏教で言ふ「無常」と言ふ言葉が表現してゐる、その本質実体とも言ふべきものに通ふ悲しみなのです　私は仮りにそれを「生命の悲しみ」と名付けました

宮沢賢治の作品には絶えずこの悲しみが付きまとつてゐますが果してこれはどんな所から生れて来た要素なのでせうか　私は思ふに二つの主なる理由があると考へます　その第一は彼の生れ持つた性格なのです　彼には一面には脆くくづれてしまふ様な処があり、醜いもの悪意あるもの、その様なものをさけるやうな消極的な処がありました　そして清純なるもの善意なるものを探究してその醜さ悪意のわりなさを、一歩高い所に立つて眺めやうとしたのです　この事は彼の実際生活の中でも到る所に現はれて

ゐます　宗教に入つたのも必ずやその性向が与つてゐたと考へられるのです　この性格は或る程度まで、彼の一生を通じて絶えなかつたものの一つでした　けれど後になつては、この消極性の中に、何とも言はれぬ積極性が現はれる様になりました　このやうな表現は相矛盾するやうに考へられますが決してそうではありません　そして幾度か作品の中の人物の性格となつては現はれてゐます　うちにはぷすくと燃えたぎつてゐる激しさが静かな色に覆はれてゐるのです　それは容易に爆発するものではないでせう　けれど容易に朽ち果てるものではないのです　此の様な彼の性格は自然に生命と言ふものに対して限りない愛を抱かせるに到りました　それはわけもなく殺されて行く生物や植物にまで悲しい眼をそそがせるに至つたのです　彼の作品を貫ぬく「生命の悲しみ」は確に斯の様な性格を反影してゐるのであると考へます　それとともに仏教の影響と言ふ事が容易に考へられます　よくは判りませんが仏教と言ふものは「無常」と言ふものを本質とする宇宙の流転の相を厳烈に直視する処から発するものであると考へられます　そして生命の当為と言ふものを探究するのです　現世がどうの、来世がどうのと言ふ様な愚にも付かぬ事を考へるのは既に仏教の本質とは全く異るものであります　生命の意義を最大にまで高めて、そして如何に真の生き方を生きるかと言ふ事を知るのであると考へます

宮沢賢治はこの宇宙の本質に徹しやうとして宗教の世界にわけ入つたものと考へます　果してどんな道を進んだかと言ふ事は覗ひ得られませんが、自分の生命のリズムを宇宙のリズムと合はせやうとした努力は容易に感じられるのです　そしてそこには「生命の悲しみ」と言ふものが彼の作品の中に残されたのです　或は自分自身にも判らなかつたかも知れません　さあれ作品の中にはそれが流れて行つたのです　彼の作品が人を清めて行く時、この悲しみはその薬のやうな役目をするものです　私はもう彼の作品に対する概説を尽しました　古今東西に童話と呼ばれるものは数多くあるに違ひありません　その中で宮沢賢治の童話は立派に古典としての価値を人々に問ひ得るものであると信じます　彼は自分の作品を世界に向つて発表しやうと致しました　彼の作品の中に自らの創作にかかる、外国語的名詞を幾多

発見致しますが、それは全くその様な時のための用意に外ならなかつたのであると私は解釈致します　これは彼自身の満々たる自信に基くものであると信ずべき根拠もないではありません　私も又そのやうな価値を認めやうと思ひます　既に「風の又三郎」は支那語に訳されて出版されました　私達は彼の作品が年と共に発展して行く事を信じてよいと思ひます

私達は彼の作品の中から真の生き方を求めるべきであります　大きな銀河系にとどく様な正しい意志を汲み取るべきであります。

以上で私の文章は終つてゐます　文字通り概述に止まり一つの作品内容にも触れてゐませんし、今は訂正すべき個所もありますがそのままにして置きます　ここで彼の作品を幾つかの系列に分けて見ますと次のやうになると思ひます

①　銀河鉄道の夜　グスコーブドリの伝記　ポラノの広場　双子の星　よだかの星……

②　雁の童子　十力の金剛石　竜と詩人……

③　セロ弾きのゴーシユ　マリブロンと少女　貝の火……

④　やまなし　風の又三郎　ざしき童子のはなし　朝についての童話的構図　オツペルと象　北守将軍と三人兄弟の医者……

⑤　雪渡り　ツエねずみ　水仙月の四日　なめとこ山の熊……

⑥　茨海小学校　ビヂテリアン大祭　フランドン農学校の豚……

彼にはこの他に一つ二つの小説の試みがあり、彼が今少し生命を長へたと仮定するとき、想像される彼の思想的、文芸的進展の方向については混沌としてしかも息づまるやうな切迫したものが感ぜられます　未だそれらの事に触れることが出来ないのは残念です　彼の内部宇宙の膨大さは私たちを何処か遠い空間に誘ひ込んで不思議に悲しませ又清める作用を強要するのですが、最も単純に彼の文芸の持つて

ゐる唯一つの根源的な意義をすべてこの処に帰したいと考へます　それを裏付けるものが高貴な彼の生涯の行蔵と宗教的精進と、異常なまで、空間を筒抜けてゆく感覚とであることは言ふまでもありません。

四　地人時代後期

彼は他人の家に寄寓してゐるもののやうにひつそりと遠慮しながら裏座敷の薄寒い部屋にひとり床を展べて朝夕うるうるしながら起居してゐた　余り寒さが厳しくて、流石の彼もたまらず終に幾日も続けて横臥したまま、天井を見てゐるだけであつた　彼の病体も大したことはないと思つてゐた家人もこの彼の状態に驚いて、急いで日当りのよい部屋に病床を移しかへたりした　止みがたい内心の志向を抑へて彼はそのやうに秋と冬を送り、昭和四年の春を迎へたのである　彼は病床にありながら読書と詩の推敲を怠らなかつた　黙々と思索する期を幾年振りかに迎へた彼は病中に思想的に老いて行つた　その春、黄瀛氏が彼の病床を訪れると病臥したまま喜んで招じ入れ、彼はその異国人を相手に何やらわからないやうな大宗教の話を（構想を）語つて聴かせた　薄暗い雰囲気の下で、青白い風貌のまま彼がとつとつと語る語調は、鋭くこの異国の詩人の胸をえぐつてゐた　黄瀛氏は後にその時のすさまじい彼の鬼気を感想の中で語つてゐる

まぎれもないその彼の内心には修羅がすさんでゐたのである　彼は父母が食養を心配する余り、肉類をすすめたとき、そんなものまで食べて恢復しやうとは思はないからと言つて泣いた　流石の父母も暗澹として涙を呑むばかりだつた　彼は時に気分の好いときは起き上つたり秋には菊造りなどをしてその年を送つた　病は一進一退であつたが歳月は休みなく流れた　翌昭和五年、彼は三十五歳の新春を病床のうちに迎へた　往年の無縫な華かさはもう微塵もなく、彼は唯一人深刻な宇宙の本質の中にわきめもふらず突きすすんで行つた

常人はもうこの頃の彼の全貌にふれたとき、寒くふるへるばかりであつた　彼はもう何か向ふの岸の方の世界を歩んでゐるやうであつた　けれど彼の外貌は寂として動かない、稀にみる円熟した境を叩いてゆく　彼が新形式の文語詩の創作に入つたのはこの頃なのである

彼は時に病床を訪れて来る友人達を喜んで迎へ入れ僅かに文芸や郷土の説話の類を語り合ふのを楽しんでゐた　丁度この様なその頃の彼の日常にとつて思ひもかけぬ人が突然訪れて来た　年譜の通りを述べると、岩手県大船渡線松川駅前東北砕石工場主鈴木東蔵といふ人であつた　その人は彼が肥料土壌方面に精通してゐることを人伝に聴いて、炭酸石灰に附いて教へを乞ひに来たものであつた　彼はその人柄を好んだのか、縷々自己の学識を傾けて教授する処があつた　鈴木氏は森惣一氏が宮沢賢治全集最後の解説に述べるところによると、横光利一の「紋章」の主人公である雁金のやうな、又少しドン・キホーテ式な処のある特異な人であつたと言ふ　私はその折の両者の会話を推測することは出来ぬが、兼ねてこの地方の土壌の改良に炭酸石灰を利用することの必要を感じて実現に奔走した事もある彼が、鈴木氏にその抱負を語り何事か共鳴する処があつたと思はれる　元来この周辺の地方には炭酸石灰を産出する山が少くなかつたので彼の着眼がそこに向けられたのに狂ひなかつた　今日岩手県に於て彼の目論んだ炭酸石灰の使用が大いに普及してゐるのを見れば又思ふ所も多いのである　翌年一進一退の状態にあつた彼の病状が春の訪れと共に快方に向ひ三月には一時全く回復した　彼は早速鈴木東蔵氏と共に炭酸石灰の製法改良や加工、それに製品の宣伝から販売斡旋の労まで惜まなかつた　彼は鈴木氏が共同者として彼を遇することを慮り、わざわざ、技師として招聘する旨の辞令を書かせてゐる　彼の広告文を見ると、学識をかたむけて、炭酸石灰が土壌の酸性を中和し、又窒素、燐、加里の三要素の化合物を、夫々肥料として有効な可溶性塩類に変化する作用をし、極めて有効である旨を力説してゐる　彼は先づ各地の肥料問屋に製品の販売を依頼し、又一方には郡県農会などにその使用普及化を説いて廻つた　そのやうな仕事が彼の性格に適したものとは考へられないのであるが、ここでも彼は捨身的な労苦をつづ

けた
　余り豊かな会社ではなかつた故、彼は確実な顧客を求めて秋田宮城福島東京の各地を廻つて販路を求めた　彼の実践は余りに多岐に亘り、余りに膨大な着眼を持てゐた故に、人々は彼が妙な方向に走るのではないかと危ふんだ　彼の種々な奔走にもかかはらず、実行績は余り上らず支払命令は絶えないといふ有様で幾月も給料を支給されぬことがあつたがもとより意に介しなかつた　或時は荷車一ぱいに石灰を積んで来て、月給の代りだと人に語つた事があつた　どうせ土に食はせてしまつたに違ひはあるまい　鈴木氏が彼の縁故を便りに彼の父親から金銭を借りたりすることもあつたりして彼は増々苦しい立場に立つた　元々自らの大きな理想と力とを頼んで桜の小屋に耕し病を得て心ならずも父母の下に帰つてゐた彼が新に構想して出発した道であつたので、父母に累を及ぼすに至つたことを悲しい程心痛した　新たなる道を得たといふことは新たなる悩みの道を得たといふことにすぎなかつた　三十六歳の彼は何日の日か我身耻なく生くるを得んやと悲痛な感慨をもらさねばならなかつた
　九月彼は病身を心痛する父母の忠告を郤けて、唯一人、炭酸石灰、石灰製品の見本を提へ、販路を求めて上京したが、終にそのまま再度発熱して、神田の八幡館といふ旅館に病臥せねばならなかつた　彼は既に自分の最後の時であると思ひ、ここで死ぬ覚悟を定めると、菊池武雄氏を旅館に招いた　驚いた氏が駈けつけて見ると、彼は思つたより元気な容子で氏を迎へ種々談合するところがあつた　彼は形見になるかも知れぬと考へ、土産に持つて来たレコード（死と永生）二枚と書物を菊池氏に手渡した　菊池氏がひそかに彼に秘して送つた電報が郷里にとどき父親は彼に帰宅する旨の厳命を与へた
　彼はその時、遺書風の自戒を手帳に記して死が至るのを待つてゐたのであつた

大都郊外ノ煙ニマギレントネガヒ
マタ北上峡野ノ松林ニ朽チ

埋レンコトヲオモヒシモ
父母共ニ許サズ
廃軀ニ薬ヲ仰ギ
熱悩ニアヘギテ唯是父母ノ意僅ニ充タンヲ冀フ

彼は寝台車にやつとの事で身を横へると帰郷の途についた　黒沢尻辺へ来ると起き上り、身仕度を調へて何くはぬ顔で花巻の駅に降りたつたが家につくとそのまま再起不能の床に倒れた　徹頭徹尾利他的精神で貫かれた彼の生涯にはふさはしい倒れ方であつたかも知れない
十一月三日敬慕し奉つてゐた明治天皇御誕生の佳日彼は病臥のまま鉛筆で例の特徴の大きな文字で人たちが聖語と呼んでゐるあの「雨ニモマケズ」を手帳に記した　彼の思想の集大成とも言ふべき詩であつた　私が最初の頃述べた「ポラーノの広場」の中のあの主張から何と歳月は長かつた事か　彼の心中は壮烈である　私は全語を掲げよう

雨ニモマケズ
風ニモマケズ
雪ニモ夏ノ暑サニモマケヌ
丈夫ナカラダヲモチ
慾ハナク
決シテ瞋ラズ
イツモシヅカニワラツテヰル

一日ニ玄米四合ト
味噌ト少シノ野菜ヲタベ
アラユルコトヲ
ジブンヲカンジヨウニ入レズニ
ヨクミキキシワカリ
ソシテワスレズ
野原ノ松ノ林ノ蔭ノ
小サナ萱ブキノ小屋ニヰテ
東ニ病気ノコドモアレバ
行ツテ看病シテヤリ
西ニツカレタ母アレバ
行ツテソノ稲ノ束ヲ負ヒ
南ニ死ニサウナ人アレバ
行ツテコハガラナクテモイヽトイヒ
北ニケンクワヤソシヨウガアレバ
ツマラナイカラヤメロトイヒ
ヒデリノトキハナミダヲナガシ
サムサノナツハオロオロアルキ
ミンナニデクノボウトヨバレ
ホメラレモセズ
クニモサレズ

サウイフモノニ
ワタシハ
ナリタイ

この詩の中には農民達のためにじぶんを忘れて奔走したり、北上川畔の青暗い風物の中を自由に歩いたりすることの出来たあの桜の住居に対する無限の郷愁が感得される　この詩こそ真に必然性によつて唱はれてゐることを知らねばならない　これはもう文芸の問題を超えたところで対決せねばならないことである

彼は再び病床にあつてその寒い冬を越したけれど三度頑健な日を迎へて農村のために力を致し、又山野に遊歩して清朗な歌声をあげる日を期してゐたのかも知れない　私たちは彼のためにそのやうな日の来ることを望まなければ居られないやうな気がするのである

彼は新しい歳を迎へると、病中で高等数学の勉学を始めた　詩作のためにか、或は気象学、天文学のために必要を感じたのか知る由もないけれど彼は従前に勝る大きな着眼で再起の日を待つてゐたのだと解するのが最もふさはしい　彼はこの間にも処々の肥料の相談を受け文語詩の創作をやめなかつた　けれど心身の衰弱は日々に進んでとうとう動物性食物を一切摂取出来ないやうになつたのである　彼は自分が求道者であるといふことを決して忘れなかつた　私は記述する多くを持たないが彼はこのやうな状態のまま最終の歳を迎へたのである　病状は相変らず一進一退をつづけた　肥料の相談も読書もやはりつづけられた　彼は最後の文語詩稿の整理を終へ、そのはじめに発表を要せぬことを書き加へた　唯彼がこの頃父親の求めに応じて、一月三千《〔ママ〕》枚といふ常の速さで「疑獄元兇」といふ創作を行つたことがわかつてゐる　その頃は疑獄といふやうな事件は頻発して新聞にはそのやうな元兇の写真が大きく掲げられた　彼は元兇の心象スケツチだと言つて一気に書きおろしたものであつた

九月十九日それは三日間続いた花巻町鳥谷崎神社祭礼の最後の日であつた　彼は夜八時頃神輿の渡御を拝むからと言つて、着物をつけると門口に立つてゐた　彼には息を抜いて興じてゐる農民達の晴れやかな面立ちがどんなに嬉しかつただらうか　その時彼が門口に立つて知合つてゐる人達に皓い歯を見せて会釈する面影には高僧とか聖者とかのやうな人から感ずる浄光が漂つてゐたと人々は伝へてゐる

方十里稗貫のみかも
稲熟れて　み祭三日
　そらはれわたる

彼は満足を斯う歌ふと翌日からは急に重たくなつた体をぐつたりと床に横へた「急性肺炎の徴候見ゆ」と年譜は記してゐる

偶々その夜近隣の農民が夜おそく肥料の相談を受けに訪れた　家人の躊躇を他処に彼は病床から起き上ると端坐して農民と相対した　彼の最後の力であつた　その農夫は二時間位も悠長に語つて戻つて行つた　蔭でこれを聴いてゐた家人は、はらはらしながら、憤激の情をおさへてゐた　彼はそのため疲労の極に達した　明くる二十一日午前十一時半頃容態は急変した

これより先二十日の夕刻彼は既にわが命を終る期が来たのを知り父政次郎と心ゆくまで語り合ひ話はたまたま親鸞や日蓮の事に及んだ　その夜彼は電燈がばかに暗いなどと言ひながら弟清六に自分の作品の処理などについて語り廿一日を迎へたのである

私は彼の最後を手元にある試料から忠実に記することの外に言ふ言葉を持たない

午前十一時半頃、法華経の題目を高らかに称する声が二階の病室に起つた　合掌しながら蒼白になつてゐる彼の相であつた　父親は彼に遺言を尋ねると、彼は国訳妙法蓮華経の出版を乞ひ、その後記に

「自分のすべての生涯の努力は此経をあなたの御手許に届けて、あなたがその中にある仏意に触れて無上道へ入られることを願ふより外ではありませんでした」といふ旨を留めるやう言葉を添えた　臨終の時は彼の側には母一人がゐて、彼は母親に礼など述べてゐたが、ガーゼにオキシフルをひたしたもので身体をふき、母親が一寸後を振返つた時には既に帰するが如く示寂してゐた

私の文章も終る時が来た　人の死を記述するときの何とも言はれない白い空白を身に触れながら――大正から昭和初期に亘つて稀有の壮大な宇宙感覚と、高貴な生活と、肯定精神とを提げて、東北の青暗い風物の中で深浄な輪廻の舞を舞つたこの一個の魂は、北上残丘の彼方へ遠く果しなく消えて行つた　もう彼は還らない　この稀有の偉大な風格は再び日本の国土に生れかはらない　後代は日本の生んだ最後の聖者として聖宮沢賢治を遇するだらう

私はもう限りない敬慕の情をもつて彼の相を及ぶ限りの眼界の中に求める　東京の空にかかる高い巻雲の影を仰ぎながら彼の相をその中に求める　初冬の風の渡る水辺を歩みながらも「風の中を自由に歩ける」ことは神の業にも等しいと述べた彼の相を求める　併し彼は肉迫すればする程果しなく遠かつてしまふ　今この文章を追ひながらもう彼の相が夢のやうに私を離れてゐるのをどうすることも出来ない　私は何とも言はれない悲しみを感じながらこの筆を断たねばならない　「偉大な思想ほど亡び易い」と言つた「ドストエフスキーの生活」の著者の言葉は実感である

種山ケ原の　雲の中で刈つた草は
どこさが置いだが　忘れだ　雨あふる
種山ケ原の　長嶺さ置いだ草は
雲に持つてがれで　無ぐなる　無ぐなる

種山ケ原の　長嶺の上の雲を
ぼつかげで見れば　無ぐなる　無ぐなる

（了）

宮沢賢治序叙草稿第五

続四雑録

○

私は彼の作品をはじめて読んだとき不思議な戸惑ひを感じました　それは普通の文芸家のよく書かないやうな途方もない言葉や概念に相遇したからでした　それが奇異に感じられなくなつたのは彼の風格が自分の頭の中ではつきりした形を取りかけたやうな頃からであると思ひます　それは如何なる文章かと言ひますと、例へば

イーハトーヴオは一つの地名である。強ひてその地点を求むるなれば、それは大小クラウス達の耕してゐた野原や、少女アリスが辿つた鏡の国と同じ世界の中、テパンタール砂漠の遥かな北東、イバン王国の遠い東と考へられる。実にこれは著者の心象中にこの様な状景を以て実在したドリームランドとしての日本岩手県である。

そこではあらゆる事が可能である。人は一瞬にして氷雪の上に飛躍し大循環の風を従へて北に旅することもあれば、赤い花林の下を行く蟻と語ることも出来る。罪やかなしみでさへそこでは聖くきれいに輝いてゐる。深い掬の森や、風や、影肉の草や、不思議な都会ベーリング市まで続く電柱の列、それはまことにあやしくも楽しい国土である。

これは彼の童話集の序ですが、私はこの文章だけでたちまち感嘆してしまひました　なさけない話で

すが従来のどんな人からも得られなかつた新しい方向からの瑞々しさが堪らなかつたのです
彼は実際にイーハトーヴオを自分の理想像として描きながら彼の郷土周辺の農村に実践的指導者として終生を送つたのです　彼の理想社会イーハトーヴオは言はば天空に描いた美しい空想（詩）なのですから、それがどんな構造を持つてゐたかといふ種類の事を言ふのは無意味であると思ひます　その点を知りたいのならば彼が後期に実践した行為を検討した方がよいと考へます　イーハトーヴオは彼の理想像であつた美しく描いた詩であつたと解釈するのが一ばん尊い筈です　実に不可思儀な人でありました　彼のこのやうな途方もない空想は詩や童話の作品の中にも多く散乱してゐます　仮令へば私たちが銀河といひ、頭上に流れてゐる星群を、ほんとうに眼の前で見るやうに具体的な形で見せてくれた彼は最初の人です　この他彼が実に不可能を可能にして展開して見せた例は数多くあります　彼の思想や感覚はこの私たちの住んでゐる空間をどこでもつき抜けて自由自在に伸縮したのです
彼には事実大そう美しい行為があります　例へば二三の人は彼のこの美しい行蔵を次のやうに回想してゐます

三月末の田舎は辺りは森として眠つてゐるやうでした。人通りのある訳ぢやなし、ほんとに淋しい道中でありました。しばらくの間沈黙の時が流れました。何を思つたか先生は、道路側の竹藪の中をガサ〳〵、ガサ〳〵、ほうー、ほうー、と透き通つた声で叫ぶのです。全く狂気沙汰の振舞なのですが、先生は真摯でした。寂として声のなかつた辺りは、急にどよめき出して、野の精が一度に乗りうつつた情景なのです。

「あアツ！　あの音！　あの色！」感受性の鋭敏な先生は、音色にさまざまの姿を連想されて何か口ごもつてゐたやうでした。尚も「ほうー　ほうー」と呼びかける声。何を呼び、何と語らうとしてゐるのでせう！　自然と我との合一の世界に遊び狂じていらつしやる姿なのでした。

或る晩八時頃か、街の方から学校に用事があつて帰つて来た、学校道路の両側は麦畑である、麦は背丈位に伸びて、真夏の青白い光りを浴びつゝ、涼しい風に、重い穂頭が手招ぎをするかのやうに柔かく揺いでゐた、此の情景を見た瞬間に宮沢君の心は動いたのか、突然両手を高くかゝげ、脱兎の如く走り、月光を浴びてゐる麦畑の中に身を躍らした、両手を左右水平に動かし、畦の間を抜手のやうな格好して、向ふに飛んで行つた、直ぐに戻つて来た、又向ふに泳ぐやうにして走つて行つた、こんなことを数回繰り返して深い吐息をしながら元の道に戻つて来たからその訳を問ふた、答は簡単である、銀の波を泳いで来ましたといふ、

このやうな行為の他にも彼の感覚の異常な鋭敏さを伝へる話は多く知人たちによつて語られてゐます　このやうな点から彼の実体をつきつめて行きますと、もう茫々として届かないところに到達します　斯かる種類のことを強調してあやまりないものかどうか判りませんが、彼の作品には不可思議な盲点もありますし、これを語らないで彼の風格を成立させると異様でもありますから述べておきました

◯

彼は一生涯童貞でありました　彼の生涯が無類に美しかつたのはそのためですし、この問題については語るべき多くがあるわけですが、到底私の年齢の任ではないと思ひます

◯

彼が生涯堪えた超俗の生活や孤独の寂しさを考へると私は身がすくんで、がたがたふるへるやうな妙な気分に襲はれます　例へば次の文章を読むとします

そこでまことにぶしつけながら、わたくしの敬愛するパトロン諸氏は、手紙や雑誌をお送りくだ

されたり、何かにいろいろお書きくださることは、気取つたやうではございますが、何とか願ひ下げいたしたいと存じます。

わたくしはどこまでも孤独を愛し、熱く湿つた感情を嫌ひますので、もし万一にも、わたくしにもつと仕事をご期待なさるお方は、原稿の催促や、集金郵便をお差し向けになつたり、わたくしを苦しませぬやうおねがひしたいと存じます。

けだし、わたくしはいかにもけちなものではありますが、自分の畑も耕せば、冬にはあちこちに、南京ぶくろをぶらさげた水稲肥料の設計事務所も出して居りまして、おれたちは大いにやらう、約束しよう、などといふことよりは、もう少し下等な仕事で、頭がいつぱいなのでございますから。

さう申したとて別に何でもありませぬ。北上川が一ぺん汎濫しますると、百万疋の鼠が死ぬのでございますが、その鼠らが、みなやつぱり、わたくしみたいな言ひ方を、生きてゐるうちは、毎日いたして居りますのでございます。

これは「春と修羅」第二集辺りの序文の一節ですが、私はこの文章を見ていいやな気がしました　そしてこの文章の背後にゐる彼が生涯どんな寂しい孤独に堪えたかを考へると、もうぶるぶるふるへずには居られないのです

菱山修三氏の

(幻想が向ふから追つて来るときは
もうにんげんの壊れるときだ)

といふ彼の詩の一節を聴いていやな気がしたと述べられた文章がありますが私のいやな気がしたのと同じ種類だと思ひます　それまでは私は氏のいやな気がしたといふのを誤解してゐました

○

私がこの文章を書くのに参考とした関係書をあげてお礼の誠をささげたいと思ひます

佐藤隆房著　宮沢賢治
松田甚次郎編　宮沢賢治名作選
坪田譲治編　銀河鉄道の夜
草野心平編　宮沢賢治研究
森荘已池著　宮沢賢治
坪田譲治編　風の又三郎
関登久也著　宮沢賢治素描
小田邦雄著　宮沢賢治覚え書
藤原草郎編　フランドン農学校の豚
宮沢賢治全集　六巻
　同　別巻

宮沢賢治ノート（Ⅱ）

宮沢賢治の倫理について

仏道の体現者であつた宮沢賢治は常にシリアスな制約を自身の上に加へてゐました　彼を動かしたものの基調には明らかに大乗仏教の暗い原始的な混沌が見られます　彼は昭和六年十一月三日　三十六歳の再起不能の病床の中で人々が聖語と呼んでゐる雨ニモマケズといふ詩を手帳に記しました　彼を言ふ程の人は誰れでも忘れないで挙げる、精神の高さに於て空前絶後の詩でありますが　彼の思想の集大成であり、「包まれるもの」であつた若き日の宮沢賢治が「包むもの」へ進展したその間の苦悩と大調和のすべての決算とも見られるものであり、制約のうちにあつてよく制約を超えることの出来た稀有の体験と思想の拡りを示してゐるのです　それは次のやうなものでした

雨ニモマケズ
風ニモマケズ
雪ニモ夏ノ暑サニモマケヌ
丈夫ナカラダヲモチ
慾ハナク
決シテ瞋ラズ
イツモシヅカニワラツテヰル
一日ニ玄米四合ト

味噌ト少シノ野菜ヲタベ
アラユルコトヲ
ジブンヲカンジヨウニ入レズニ
ヨクミキキシワカリ
ソシテワスレズ
野原ノ松ノ林ノ蔭ノ
小サナ萱ブキノ小屋ニヰテ
東ニ病気ノコドモアレバ
行ツテ看病シテヤリ
西ニツカレタ母アレバ
行ツテソノ稲ノ束ヲ負ヒ
南ニ死ニサウナ人アレバ
行ツテコハガラナクテモイヽトイヒ
北ニケンクワヤソシヨウガアレバ
ツマラナイカラヤメロトイヒ
ヒデリノトキハナミダヲナガシ
サムサノナツハオロオロアルキ
ミンナニデクノボウトヨバレ
ホメラレモセズ
クニモサレズ
サウイフモノニ

ワタシハ
ナリタイ

人はこの詩の中に手易く彼の美しい祈念を見ることが出来るでせう　彼は「サウイフモノニワタシハナリタイ」と心から思へるやうな、そんな美しい人格でした　私たちはこの詩が願念と事実との不思議な交錯に織りなされてゐることを知ることが出来ました

文学といふものの持つてゐる優れてゐる点は実にこのやうな点にかかつてゐます　文学は論理に於て哲学にゆづるに違ひありません　又感覚に於ては心理学があるでせう　併し文学の尊さはそこにはないのです　文学を論理的に読んだり心理的に読んだりして満足してゐる人は終に文学の本質とは無縁の人であります

宮沢賢治は事実私たちからは「慾ハナク決シテ瞋ラズイツモシヅカニワラツテヰル」そのやうな人に思はれます　彼は「アラユルコトヲジブンヲカンジヨウニイレズ」すべての人の幸を願つて一生を終りました　彼は「野原ノ松ノ林ノ蔭ノ小サナ萱ブキノ小屋ニヰテ」農民たちに肥料の設計をしたり講義をしたりして啓蒙につとめました

彼のこの詩のどの一節を捉へて来てもそのまま彼自身の姿でないものはありません　それにもかかはらず彼は「サウイフモノニワタシハナリタイ」と心をこめて祈らねばならなかつたのです

私は祈りの生れる時をこう思ひます

仮令へば宮沢賢治は現実にはこの詩のやうなほんとうに美しい生活を貫き透しました　けれど彼の心の中では諸々の矛盾を調和するための闘ひがつづけられ、又しばしば悲しい背乗の意識と罪業の思ひが彼の精神を吹きまくつてゐたに違ひないのです　彼の祈りはこのやうにして心の奥底から沸き起つて来たのです　罪の意識のないところ祈りは生れません

理想のないところ祈りはないのです
彼のこの詩は彼自身の実践の相であり、同時に「ナリタイ」といふ願望でありました　そしてどこまでが事実でありどこまでが祈念であるかを追求することは、余り重要なことではないのです　文学の美徳はつねにそのやうな点を不問に付して豊かにゆるして来たところにあります
雨ニモマケズの詩の中で唯一つ難解な個所があります　それは

アラユルコトヲジブンヲカンジヨウニ入レズニ
ヨクミキキシワカリソシテワスレズ

といふ処です　言葉の上ではどこにも難しいところはありません　けれど私はこの詩を一読したとき、これは迂闊には読過出来ない個処であるのに気付きました　全体の詩の中でこの句だけが実に不調和な程すわりが悪いのです　私は何故彼がこのやうなすわりの悪い言葉を突然加へたかを考へました　そして私はこの二句こそ彼の心中を絶えず去来してゐた願ひであつた事を知りました　私たちはつねにその時々に抱いてゐる美しい願が一つ位はあるものです　その願は年と共に変るものでせうが或る時期に或る美しい願が必ず在るものだと言ふことを言ひ得ると思ひます

アラユルコトヲジブンヲカンジヨウニ入レズニ
ヨクミキキシワカリソシテワスレズ

それは三十六年代の彼の心に去来してゐた願でした
私は彼が法華経の実践者であり研究者であることを知りました　彼は二十五歳の頃から熱烈な信仰者

となり一生を仏徒として終始してゐます　私は法華経を三読する期会を受け、彼の詩雨ニモマケズが実に法華経の真髄の全現であることを知りました

私は或は思ひます　彼が法華経精神を意識しながらこの詩を成したのではあるまいかと

私は宮沢賢治の倫理といふ表題をつけましたが、実は宮沢賢治と宗教でもよければ勿論その他の表題でも差つかへはないのです　彼の抱いてゐる倫理観はその大部を大乗仏教に負ふてゐます　私は人々が聖語と呼んでゐる彼の詩雨ニモマケズがその根底に法華経の精神を置いてゐることを当然と思ひました

大凡或る思想がその根源に於て如何なる他の思想に負ふてゐるかといふ解明程意義あるに似て意義のないことはありません　又困難に似て実は困難でないことはないのです　私たちは彼の詩雨ニモマケズが実はどれ程大乗仏教の思想に負ふてゐるかを考へながら味ふよりも、本たうはそれを不問に付して彼の詩を味ふ方がどれ程美しい行為かわからないのです　捨身のボサツ行と解脱といふことは彼の念願したすべてでありますが、彼の詩雨ニモマケズはこの点について或る種の微妙な示唆を与へてゐます

雨ニモマケズ風ニモマケズ
雪ニモ夏ノ暑サニモマケヌ
丈夫ナカラダヲモチ

これは肉体的な過労と農民達への心痛から心ならずも桜の小屋を引上げねばならなかつた、あの大きな念願と理想を達するに由なく我家の病床にある自分をかへりみての痛切な思ひであります　決して健康を礼讃してゐるといふやうな微温的な態度ではありません　彼は病床に高等数学を学び、気象学を研究し、恐らくは従前に勝る大構想の下に農民のために東奔西走する日を待つてゐたに違ひないのです

私はこの詩の中から大自然のうちに原質のまま溶け込まうとした往年の彼の出処行蔵が、今はすべな

い郷愁のやうに匂ふのを感得する事が出来ます

慾ハナク　決シテ瞋ラズ
イツモシヅカニワラッテヰル

これはそのまま彼自身の肉体感がこもつてゐます
斯くて「ヨクミキキシワカリソシテワスレズ」までは言ふまでもなく　彼自身の内面について語つてゐますが、それ以後の詩句はそのまま飛躍して「慾ハナク決シテ瞋ラナイ」彼がどのやうな態度で人の世に処して行きたいかといふ、対社会的な自己を祈念して止まないのです
しかもすべての彼の関心は農民に対して向けられてゐます

東ニ病気ノコドモアレバ行ッテ看病シテヤリ
西ニ疲レタ母アレバ行ッテソノ稲ノ束ヲ負ヒ
南ニ死ニサウナ人アレバ行ッテコハガラナクテモイヽトイヒ
北ニケンクワヤソシヨウガアレバツマラナイカラヤメロトイヒ
ヒデリノトキハナミダヲナガシ
サムサノナツハオロオロアルキ

これらは大乗仏教より学んだイデオロギーとして青年期の彼がすでに念願し、且つ充分の検討を重ねたものでした
彼は童話「ポラーノの広場」の中で、明らかに次のやうな彼自身の人生態度をキユーストに語らしめ

てゐます

諸君。酒を呑まないことで、酒を呑むものより一割余計の力を得る。たばこをのまないことから二割余計の力を得る。まつすぐに進む方向をきめて、頭のなかのあらゆる力を整理することから、乱雑なものにくらべて二割以上の力を得る。さうだあの人たちが女のことを考へたり、お互の間の喧嘩のことでつかふ力をみんなぼくらのほんたうの幸をもつてくることにつかふ。見たまへ、諸君はまもなくあれらの人たちにくらべて、倍の力を得るだらう。けれどもかういふやり方をいままでのほかの人たちに、強ひることはいけない。あの人たちは、あゝいふ風に酒を呑まなければ淋しくて淋しくて生きてゐられないやうなときに生れたのだ。

私たちは直ちに大乗経典の信仰に入つて疑はなかつた青年期の彼が、身を以て農村に捨身の行をつづけてゆく間に体験した多くの問題を晩年の詩雨ニモマケズから汲み取ることが出来るでせう

ミンナニデクノボウトヨバレ
ホメラレモセズ　クニモサレズ
サウイフモノニ
ワタシハナリタイ

事実彼の捨身の努力は、カン害や冷害に際して寝食を忘れて行はれましたが（この事は宮沢賢治序叙を御覧下さい）尚十全に理解されるといふわけにはゆきませんでした
それならばこの終の四行は彼自身の実感と、それから諦念がかなしく交錯してゐると考へられるので

す　そしてこの諦念は青年期の彼からは求めやうとして求め得べくもなく、又十数年に亘る絶えない前進によつて得られた思想的な深さでした

彼は明らかに

ミンナニデクノボウトヨバレ
ホメラレモセズ　クニモサレズ
サウイフモノニ
ワタシハナリタイ

といふ四行で大乗経典の規範を解脱して、彼自身の生命を深く涯しなく切り開いてゐます　ここに於て宮沢賢治は菩薩宮沢賢治を超へて、よく詩人宮沢賢治でありました　私が精神の高さに於てこの詩を尊ぶ所以はここにあります　私は「心の欲するままに従へども規《〔矩〕》を超《〔踰〕》えず」といふ言葉を知つてゐます　これは微妙な言葉で、規を超えざらんとすれば心の慾するままに従ふことが出来ずに拘デイする結果になります　拘デイすることは一種の惰落であるといふのは逆説的ですが仏教の一つの課題でせう　又規を超えてもよいから心の慾するままに従つて見やうとするけれどそれすら出来ないのが私たち凡愚なのです

これは親鸞が逆説的に「喜ぶべき心を抑へて喜ばしめざるは煩悩の所為なり」と説いてゐるところです

宮沢賢治の出発は心の慾するままに行はんとすれど、それが出来ない処から行はれました　これを永続すれば単なるピユリタンとなります　併し彼が到達した境地は規の内にあるがままで規を超えると言ふアジア的なものでした　西田哲学の絶対矛盾のまま自己同一するといふ道に外なりません

岡本かの子といふ作家は矢張り大乗仏教に響影された稀有の女流ですが、明らかに「心の慾するままに従へども規〔矩〕を超〔踰〕えず」といふ道を歩んでゐます　それ故女史はデカダンといふものとすれすれになつた微妙な平衡をよく奔放に闊歩してゆきました

これを宮沢賢治の人生態度と比較しますと、大乗仏教の大きさが明瞭になるだらうと思ひます

私は彼の倫理観は斯のやうであつたと改めて言ふ必要がないと思ひます　それは暗黙のうちに理解される事柄なのです　制約の中にあるがままに制約を超えた彼が、又善悪といふやうな道徳の問題に当面したとき又同様な態度を持した事は申すまでもありません　彼は自身がシリアスな制約の中に居て、しかも他人には寸豪もこれを強ひなかつたといふ点で、良く規の内に居てそのまま規を超えてゐます

且て私は横光利一がその著書の中で

　虚無へ行きつくまでの行為はすべて悪であり、虚無より這ひ出る行為はすべて善である。私は善悪をそのやうに判別する以外に判別の方法あるを知らない。

と述べて居るのを知り驚嘆致しました　即ち横光氏の言葉は常識的な善悪といふものを一切信じることが出来なくなつたとき発せられたものです　換言すれば、「おれには善悪などの判別はほんたうは判らないのだ」といふことだらうと思ひます　宮沢賢治も略同様な考え方に至つてゐると判断されます

善悪といふものはほんたうはわからない　ただ善に至らうとする人間の努力だけが大切なのだといふのが彼の見解であるやうに思ひます

私たちはここでも彼が龍樹系の大乗論の影響を受けてゐることを否定出来ないと思ひます　彼の作品の中からこのやうな個処を求めることはさして困難ではないのです　仮令へば彼の初期の大作銀河鉄道の夜を見ますと至るところこのやうな思想を発見することが出来ます

「僕のお母さんが、ほんたうに幸になるなら、どんなことでもする。けれども、一たいどんなことが、お母さんの一ばんの幸なんだらう。」

カムパネルラは、何だか泣き出したいのを、一生けんめいこらへてゐるやうでした。

「君のお母さんは、何にもひどいことないぢやないの。」ジヨバンニはびつくりして叫びました。

「僕、わからない。けれども、誰だつて、ほんたうにいゝことをしたら一ばん幸なんだね。だから、お母さんは、僕をゆるして下さると思ふ。」

カムパネルラは、何かほんたうに決心してゐるやうに見えました。

これは銀河鉄道の列車の中で二人の少年のする会話です　彼は菩薩行だけが「ほんたうにいゝこと」ではないかといふ略明瞭な決論に達してゐるやうにも思はれますが　決してそのやうな単純なもので割切つてはゐないと考へます

「何がしあはせかわからないです。ほんたうにどんなつらいことでも、それが正しい道を進む中でのできごとなら、峠の上りも下りもみんなほんたうの幸福に近づく一足づつですから。」

燈台守がなぐさめてゐました。

「あゝさうです。だい一ばんの幸にいたるために、いろ〳〵の悲しみもみんな、おぼしめしです。」

青年が祈るやうにさう答へました

（中略）

「こゝで降りなけあいけないのです。」青年は、きちつと口を結んで、男の子を見おろしながらいひました。

「いやだい。僕、もう少し汽車へ乗つて行くんだい。」

ジヨバンニがこらへかねていひました。

「僕たちと一しよに乗つて行かう。僕たち、どこまでだつて行ける切符持つてるんだ。」

「だけど、あたしたち、もうこゝで降りなけあいけないのよ。こゝ、天上へ行くとこなんだから。」

女の子がさびしさうにいひました。

「天上へなんか行かなくたつていゝぢやないか。僕たちこゝで、天上よりももつといいとこをこさへなけあいけないつて、僕の先生がいつたよ。」

「だつて、お母さんも行つてらつしやるし、それに、神さまもおつしやるんだわ。」

「そんな神さま、うその神さまだい。」

「あなたの神さま、うその神さまよ。」

「さうぢやないよ。」

「あなたの神さまつて、どんな神さまですか。」

青年は笑ひながらいひました。

「僕、ほんたうはよく知りません。けれども、そんなんでなしに、ほんたうのたつた一人の神さまです。」

「ほんたうの神さまは、もちろんたつた一人です。」

「あゝ、そんなんでなしに、たつた一人のほんたうのほんたうの神さまです。」


彼は銀河鉄道の夜の中でキリスト教の神も仏教の仏も唯一絶対のものではないと言ふ見解を採りながら大きくそれらを調和させやうとしてゐます　晩年黄瀛氏に語つた大宗教の話を私は思ひ起さずには居られません　彼がキリスト教や仏教の調和の上に考へた「たつた一人のほんたうのほんたうの神」につ

いて黙々何も語らずに生涯を了へましたが、彼の跡した行為や文学の中から匂ひ出して来る宗教は大乗仏教よりも更に大きな大きなものの示唆を与へてゐることを私は確信致します

「たつた一人のほんたうのほんたうの神」を考へずには居られなかつた彼、しかもそれを空として保有してゐた彼、私たちは直ちに龍樹系の思想を浮べることが出来ます　空の周辺を充実した歩度で迂廻してゐる彼の思想、それは唯一人常人には絶えがたい孤独を守つて桜の小屋に侘びながら、尚汚濁の渦巻く実社会の方に巨きな肯定精神と愛とを発信した彼の生活態度と相通ふものを持たないでせうか

大乗仏教の思想を彼がどれだけ消化し確信を以て発信したか、私たちは尚彼の作品の中から抽出することが出来ます「グスコーブドリの伝記」の前身であると見られる初期の「ペンネンネネム」の中に

「ほんたうの幸福とは何だらう
いやおれもそれを求めてゐるのだ」

といふ意味の一節があります　良く読んで見ますと、彼は「ほんたうの幸福とは一体何だらう」といふ問ひに対して「いやおれには解らない」と言つて居ません　唯「いやおれもそれを求めてゐるのだ」と言ふのです　彼の抱いてゐた「空」が虚無《ニヒル》の空ではなく、真空であることを、彼のこの微妙な文意の中から知ることが出来るのです　併も宇宙観について彼は更に大胆に仏教の影響を表出してゐます

銀河鉄道の夜の中に

「だからやつぱりおまへはさつき考へたやうに、あらゆるひとのいちばんの幸福をさがし、みんなと一しよに早くそこに行くがいゝ。そこでばかりおまへはほんたうにカムパネルラといつまでもいつしよに行けるのだ。」

「あゝぼくはきつとさうします。ぼくはどうしてそれをもとめたらいゝでせう。」
「あゝわたくしもそれをもとめてゐる。おまへはおまへの切符をしつかりもつておいで。そして一しんに勉強しなけあいけない。おまへは化学をならつたろ、水は酸素と水素からできてゐるといふことを知つてゐる。いまはだれだつてそれを疑やしない。実験して見るとほんたうにさうなんだから。

けれども昔はそれを水銀と塩でできてゐると云つたり、水銀と硫黄でできてゐると云つたりいろいろ議論したのだ。みんながめいめいじぶんの神さまがほんたうの神さまだといふだらう。けれどもお互ほかの神さまを信ずる人たちのしたことでも涙がこぼれるだらう。それからぼくたちの心がいゝとかわるいとか議論するだらう。そして勝負がつかないだらう。けれどももし、おまへがほんたうに勉強して、実験でちやんとほんたうの考へと、うその考とを分けてしまへば、その実験の方法さへきまれば、もう信仰も化学と同じやうになる。けれども、ね、ちよつとこの本をごらん。いゝかい。これは地理と歴史の辞典だよ。この本のこの頁はね、紀元前二千二百年の地理と歴史が書いてある。よくごらん、紀元前二千二百年のことでないよ、紀元前二千二百年のころにみんなが考へてゐた地理と歴史といふものが書いてある。

だからこの頁一つが一冊の地歴の本にあたるんだ。いいかい、そしてこの中に書いてあることは紀元前二千二百年ころにはたいてい本当だ。さがすと証拠もぞくぞく出てゐる。けれどもそれが少しどうかなと斯う考へだしてごらん、そら、それは次の頁だよ。

紀元前一千年。だいぶ地理も歴史も変つてるだらう。このときには斯うなのだ。変な顔はしてはいけない。ぼくたちはぼくたちのからだだつて考へだつて、天の川だつて汽車だつて歴史だつて、たゞさう感じてゐるのなんだから、そらごらん、ぼくといつしよにすこしこゝろもちをしづかにしてごらん。いゝか。」

彼は現象は即空であるといふ空観の思想を右のやうに説いてゐます　略同様な主意は彼の詩集春と修羅の序にも述べてゐるところです

（前略）
けだしわれわれがわれわれの感官をかんじ
やがては風景や人物を信ずるやうに
そしてたゞ共通に信ずるだけであるやうに
記録や歴史　あるひは地史といふものも
それのいろいろの論料《データ》といつしよに
（因果の時空的制約のもとに）

あをじろ日破れ　あをじろ日破れ
あをじろ日破れに　おれのかげ

ターシヤリーザヤンガー　ターシヤリーザヤンガー
ターシヤリーザヤンガー　マツドストン
なみはあをざめ　支流はそそぎ
たしかにここは　修羅のなぎさ

私はこの詩の中に掬めどもなほ底を見せない深淵をのぞくやうな気がいたします　これらについては

日を改めて語るときがくるだらうと思ひます　東洋が近代ヨーロッパを超克し得る唯一つの残された道を私は宮沢賢治から学ばうとするものです　私たちがむしろ宗教的な信仰に似た謙譲な心で、彼を巨大な星のやうに仰ぐことが出来るのは、ゲーテの言ふ「どんなときにも青空を仰ぐやうな眼と心の余裕」を彼が持つてゐるためではないのです　掬めども掬めども尽きぬ深淵が、恐らくは波音一つたてずに静かに青く湛えられてゐる彼を見るがためなのです　どんな嵐がきてもゆるがない静かな巨大な肯定精神の源泉を彼が持つてゐるからなのです

T君よ　宮沢的イデーはわたくしにとつては故郷そのものに外なりません　私は宮沢賢治を踏み越え踏み越え、全の中に身を燃やしつくすことを自己の念願として来ましたが、祖国の遇遭した情勢は私が迷ひに迷ひ、苦しみに苦しんで築いた体系を根こそぎにくつがへしてしまひました　わたくしは今は何も持つてゐません、それ故謙譲に宮沢賢治のふところに還つてゆきたいのです

東北のもつてゐる自然と風景こそ彼も持つてゐる肌合に外なりません　私たちは「国破れて山河在り」といふアジアの夜の倫理を味ふべきときに至りました　想像だにしなかつたところですが、すべての自然にいこひを見出すことも又やむを得ない倫理として享受しなければならない日を迎へたのです　光栄の道はつひえました　日本なくしてアジアなしの言葉の如く、アジアは日本の敗退と共に再び夜を迎へたのです

文学の精神はみだりに屈従しません　まして敵国に遠慮するやうな情勢論は意に介しない所です　私たちは楠正成の湊川出陣の心境を幾許か身をもつて理解することが出来ました　そして在りし日の隠遁詩人たちの志をほんたうに理解することが出来たやうに思ひます　死ぬか何らかの意味に於て隠遁を事とするか、これは国の正統が行はれないときの日本人の身の処し方であることを知りました

私は宮沢賢治をこのやうな眼からも又眺めてゆきたいと思ひます

T君よ　宮沢賢治は情勢論などの一指も位置をくつがへすことの出来ない永遠の星座です　私のやう

なものから見れば奇蹟のやうなものです　けれどこの奇蹟の現実が今日を生きて如何に処したかといふ仮定を設けて見ずには居られないやうな気が致します　私たちは沈むだけ沈まねばならないでせう

真の偉大も又生れねばならないでせう　地の底の方からアジアの霊が叫んでゐます　天は暗く、依るべき存在もありません

宮沢的イデーは唯絶望的な私の前に青白く巨きく輝いてゐます　天の川だつて歴史だつてただ人がそう感じてゐるのに過ぎないのだといつた彼の言葉も何か別の意味で惻々と心を叩いて来ます

T君よ　私は昨今特に宮沢賢治のやうに自然の大に参入する夢を描きます　何か在るに違ひない　人間の世界にない絶対的なものがそこに脈々と生きてゐるやうな気がするのです　自然の呼吸を感じて見たい、

「おれの思想があの木に移つて行つたもな」と言ふ彼ほどにも自然の中に参入してゆきたい　そこにはいこひがあるやうな気がするのです　絶望してはゐけない　光栄の道でなくともよい、光のない道でもよい、一燈を抱いて暗夜をゆく、私たちは泣きながら、その修羅の道をたどつてゆかねばなりません

宮沢賢治は私の前にあつて常に静かに青い光を放つてゐます　宮沢的イデーを肯定の故郷としてわき目もふらぬ道を歩んでゆくのです

日本の敗退は理想を喪失した人々だけが導いたものであることは論をまちません　理に依つて動く偏狭な現実主義者は終に決定的な悲劇を導入致しました

願くは偏狭な国際観念を排して、静かに難局に這入つてゆく豊かな日本の道を得たいと思ふのです

T君よ、

私が描く宮沢賢治の姿は実に不完全なものにすぎないでせうが、すべて私のいこひをそこに懸け、私の生命をそこに打込み、すべての悲しみをそこに交流させて没入した処です

わたくしはその努力の中から生きてゆく可能性を見出さうとつとめました　願はくばわが歩む道に神

よ名があらしめたまへと祈るのみです　何日か君と共に宮沢賢治の「野原ノ松ノ林ノ蔭ノ」といふ詩碑の前に再び立ち、北上川の蒼暗い流れに対して見たいと思ひます　あの時味つた不思議な虚脱を私は今度は自分の生命として抱く日を迎へたことをどんなにか悲しみながら君へのこの便りを終りたいと思ひます（九・八）

宮沢賢治の系譜について

彼はエスペラント語を使駆して彼の童話中の人物の名を冠しました　彼はキリスト教的な思想を作品の中に入れるかと思ふと仏教的な教儀を主張したりしました　そして法華経を誦するかと思ふと、讃美歌を唱ひました　彼の散文には洋和混交の不可思議な巨きさがあり人々を幻惑させました　誠に日本人離れのした豪華なアラベスクを感じさせました　彼の詩は諸家が等しく藤村有明白秋などの伝統的系列を離れて新に独創したものであるとしてゐます

人々は殊新しく

世界がぜんたい幸福にならないうちは個人の幸福はあり得ない

といふ彼の農民芸術概論綱要の一節を挙げてその世界観を論じなければならないかも知れないのです

私は且て保田与重郎氏が宮沢賢治には伝統とか思想とか言ふものは一切なく唯リズムだけがあると言ふ意味を述べてゐるのを知りました　私は唯これだけの言葉では誤解をまねくかも知れないと思ひ直ちに次のやうな覚え書を書いておきました

「わが画くものすべて伝統ならざるものあらんや思想ならざるものあらんやといふ豪壮な彼の決断と諦念なくしてはあの作品は生れなかつたのである」と

私は今宮沢賢治の占めてゐる位置について少しく考へて見やうと思ひます

彼の作品を見て誰もが感ずる事は、彼の感覚が時間性空間性といふものに対して殆ど無軌道であつたと言ふ事だと思ひます　その結果彼は童話に於ても詩作に於ても過去の伝統といふものを一切却けて新に独創する一途を選んでゐるのです

人々が彼の作品からエキゾチツクな匂ひを感得するのは、決して彼が外国語的な名詞を自由に使駆してゐるといふ理由だけには留まらず　実に一切の伝統を無視し得た彼の決断を感じてゐるのだと思ひます　彼の童話にしろ或は詩作にしろ一つとして新しくないものはなく、彼だけが築いてゐる特異の一宇宙を私たちは眺めるばかりなのです　私は彼が一切の伝統を無視し、固定した思想を無視し、刹那刹那の時間軸の上を横転してゐる、その豪壮な決断が一体何に由来してゐるかを考へずには居られませんでした

私はそれを解明する事により彼の藤村有明白秋等の系列は新にここに急転したと言はれる詩作品や、或は星雲的な混沌を含んでゐると言はれる童話作品を、何故に彼が書いたかと言ふことが明らかになると考へたのです

けれど私がその解明に成功したかどうかそれは定められないと思ひます　私は唯彼の持つてゐる文芸史上の位置について出来得る限り考へ、その中に彼の諦念の由来するところを解いてゆきたいと考へるのです　春と修羅の序は次の言葉で始つて居ります

わたくしといふ現象は
仮定された有機交流電燈の
ひとつの青い照明です
（あらゆる透明な幽霊の複合体）
風景やみんなといつしよに
せはしくせはしく明滅しながら

いかにもたしかにともりつづける
因果交流電燈の
ひとつの青い照明です
（ひかりはたもち　その電燈は失はれ）

彼は流転といふものが人生の本質であることを一ツのイデオロギーとして把握してゐたこと、しかも彼自身といふものは、永遠の今の上で明滅してゐる一つの現象にすぎないといふ諦念に達してゐたこと、彼がそこを出発点としたことは明瞭であります　私が彼の時間というものに対する省察が無軌道であるといふ一例を確にこの春と修羅序の中に見出すことが出来ます　彼は過去といふものに少くとも一顧も与へてゐないやうに思はれるのです　併し同時に、時間の空間的な拡がり、即ち横の拡がりについては相当考へてゐることは知られます

伝統といふものは歴史的現実体としての自己を意識することによつて、始めてその人に意義を含んで現はれるべきものと考へます

然も私達は伝統が如何にして人々によつて生かされるかについて、大凡二つの両端を考へることが出来るのです　文芸に於ては明らかに伝統そのものや民族精神といふべきものを重じてそれにつながつてゆくことに於て伝統といふものは確かに生命そのものとなつて生きつづけるでせう

併も一方に於て自己の全能力の限界を生かし尽すことにより、歴史的自己としての自己は全現的に生きるに違ひないといふこともやはり伝統についての一つの考へ方たるを失はないものです

宮沢賢治はその作品に於て唯の一度も国の道統を口にしてはゐません　むしろそれに反して人類の幸福といふやうな概念を盛んに称えたりしてゐます　けれど彼の残してゐる足跡、彼の抱いてゐる思想的な色合は、最も日本的なものであり、最も日本人以外の何者でもないことを示してゐます　彼は言はば

一切の伝統を無視し、過去を問はないことにより、却つて日本的な自己を生かし切つたと言ふことが出来ます

私達は如何にしても日本人たることを止められるわけはありません

併も止められると誤認したり、止めてゐると批難したりすることにより幾年かの間無意味な内的な抗争を感じて来たことは明白な事実なのです

稀に見る宮沢賢治の大らかさ、ゲーテにも比すべき大雅は彼の一さいのわが為すこと伝統ならざるものあらんやといふ豪壮な諦念から宜く、伝統を無視し、過去を問はず、新たに永遠の現在の上に無縫に独創し得たところにあります

私たちは蕪雑な人類主義を永遠に信じないと同様に、伝統そのものに対する考へ方を新に開眼せねばならない日を悲痛な現実として迎へたのです　宮沢的イデーの巨きさは今こそ新しく輝かねばならないでせう

にはかに、車の中が、ぱつと白く明かるくなりました。見ると、もうじつに、金剛石や草の露やあらゆる立派さをあつめたやうな、きらびやかな銀河の河床の上を、水は声もなく形もなく流れ、その流のまん中に、ぼうつと青白く後光のさした一つの島が見えるのでした。その島の平らな頂に、立派な眼もさめるやうな白い十字架が立つて、それはもう、こほつた北極の雲で鋳たといつたらい丶か、すきつとした金色の円光をいたゞいて、しづかに永久に立つてゐるのでした。

「ハレルヤ、ハレルヤ。」前からもうしろからも声が起りました。ふりかへつて見ると、車室の中の旅人たちは、みなまつすぐに着物のひだをたれ、黒いバイブルを胸にあてたり、水晶の数珠をかけたり、どの人もつ丶ましく指を組み合せて、そつちに祈つてゐるのでした。

――銀河鉄道の夜――

このやうな彼の作品に接しますと、私は彼の文学よりも、それらの底にある祈念や、巨きな意図の方が尊ばれ、彼が故郷のないコスモポリタンではないといふ事実を、その祈りから受け取ることが出来るやうに思ひます

私は宮沢賢治を前にして新しい日本の叡智が進むべき方向を、一つの可能性として見出し、未来に明るい光を見るやうな気がするのです　あらゆるものが行きづまつた、そのやうな日本に於て、新に急旋廻してくる光明の方向はどんなにか私たちの勇気を振ひ起させるかも知れません

私は今まで彼の作品の持つてゐる意義を、伝統といふものと相関しながら考へて来ました　彼は文学作品そのものとしても、或はイデオロギーとしても従来の既成概念からは律するべき術もなく、永遠に圏外の巨星として光を放つと思ひます　唯私は彼の作品から匂つて来る大乗仏教の影響だけは確定的なものであると考へます　けれどこの方面からする作品の意義附けは矢張り左程重要な意味を成さないでせう　私は彼が自身のうちに原始と終末とを持つた、唯永遠の現在であるとしてその作品に対することが最も賢明なものであると信ずるのです

彼は文学者としては常識を絶した哲人的な大構想を持ち、加ふるに実践的な足跡は社会学的にも注目すべきものでありました　彼を眺める眼を一局部に限定することは殆ど不可能な程、多面的に抜ん出てゐます　彼の文学的位置について多くの人々が特異な観点を用ひてゐるのは生活者及び哲人としての彼の風格が、無視することの出来ない大きな部分を感じさせるからに外なりません

私は彼の系譜をこの生活者的な面からも考察して見たいと思ひます

彼の生涯を根柢的に動かした大乗仏教の影響はこれを二つの働く面について考へる事が出来ます

「天の川だつて歴史だつてただ人がそうと感じてゐるのに過ぎないのだ」といふやうな現実否定的な、不常住を現世の本質と見るやうな人生観（宇宙観）と、混沌とした世相に対して巨きな肯定精神と愛と

を発信した彼の人生態度とは、彼に於て相矛盾することの無かつた、二つの磁極でありました　この二つの磁極の弁証法的統一体として彼が存在したのだと考へます　大乗仏教の二つの働く面を今仮りにこの二つの彼の磁極として感じたいと思ひます

生活者としての彼が又まぎれもなく此の二つの磁極を指してゐたといふことを考察の根柢として出発しやうとするものです

彼は東京に於ける多難な潜在期を経て、故郷の農学校の教諭を奉職しましたが、妹トシの死といふやうな決定的な事件の影響もあり、深く仏教の中に透徹してゆきました　彼が「告別」の詩を唱つて桜の萱ブキノ小屋に孤独の生活を始めた心理は決して単純なものではなかつたと考へます　私はこの事を現世否定的な隠遁として考へ得る可能性を見出しました　古来道が行はれないとき隠遁するといふことは文学者の志として国史が抱いて来たところです　勿論彼の桜の小屋住ひについては、彼の性格や、その抱いてゐた構想に依るものであることは私が他の個処で触れてゐます　唯ここでは一つの隠遁の形態としてこれを観ることの可能性について考へて見たいのです

大正十五年三月末、彼は父母の下を離れて唯一人花巻郊外下根子桜に仮小屋を作り、移り住みました　この事は彼の精神史上に特筆すべき転換の時期でした　私はしばらく意識しながら偏見を立てねばなりません　彼を支配してゐた仏教的な人生観に於て、この小屋住ひが確かに現世否定的な意味を有してゐたことは疑ひを容れません　彼は妹トシの死に際して出家して仏道に入ることを主張して止みませんでした　又弟子の一人に且て行脚の生活を洩らし、彼の最も親しんでゐた友人は、若し彼が生きてゐたら行脚の生活をしてゐるに違ひないと回想してゐます　絶えず物質から逃れやうとし、又名声から逃れやうとし、且つ人を逃れて、自然の大に参入しやうとしてゐた孤高の彼にとつて桜の小屋住ひは必然的なものではなかつたでせうか　勿論直接の動機に至つては種々考へられ（これらは宮沢賢治序叙中に触れてあります）ますが、尚彼のこの大転換の動機を、精神の隠遁性の結果として眺めることも、あや

まらないと思ひます
当時の世相は頽廃の一途を浮沈し、彼が東京詩篇の中で、悲しく冷笑したり、祈つたりせずには居られないものでした　一方ではこれを遥かに逃れて孤高を保ちたいといふ願望と、一方ではこれをば包みたいといふ大きな愛と、彼はその間をさ迷つてゐます
彼が孤独の桜の仮住居から発想した羅須地人協会の構想を、仔細に検討しますと、すべてが農民芸術の創造と、自給自足圏の確立といふ二つに帰着せられます
併して、この二つの眼目も実に彼の現実否定的な孤高の精神と、現実肯定の巨きな愛の交錯した心境のうちに解明することが出来ます　彼の農民芸術概論綱要は受動的な積極性とも言ふべき弱々しいものが感じられます　彼の意企した農民芸術は、中央の芸術市場に対して高らかに自主性と独往を主張し、新たな美の創造と実践生活との相関性を論じてゐますが、私達に与へる印象は何か止むを得ざる故の主張と解せられます

そは常に実生活を肯定し　これを一層深化し高くせんとする
そは人生と自然とを　不断の芸術写真とし　尽くることなき詩歌とし
巨大な演劇舞踊として　観照享受することを教へる
そは人人の精神を交通せしめ
その感情を社会化し遂に一切を究竟地にまで導かんとする
かくてわれらの芸術は　新興文化の基礎である
——農民芸術の本質——

いまやわれらは新たに正しき道を行き　われらの美をば創らねばならぬ
芸術をもてあの灰色の労働を燃せ

ここにはわれら不断の潔《きよ》く楽しい創造がある
都人よ　来つてわれらに交はれ　世界よ　他意なきわれらを容れよ

――農民芸術の興隆――

世界に対する大なる希願をまづ起せ
強く正しく生活せよ　苦難を避けず直進せよ
感受の後に模倣理想化　冷く鋭き解析と熱あり力ある綜合と
諸作無意識中に潜入するほど美的の深と創造力はかはる
機によつて興会し　胚胎すれば製作心象中にあり
練意了つて表現し　定案成れば完成せらる
無意識即から溢れるものでなければ　多く無力か詐偽である
髪を長くしコーヒーを飲み空虚に待てる顔つきを見よ
なべての悩みをたきぎと燃やし　なべての心を心とせよ
風とゆききし　雲からエネルギーをとれ

――農民芸術の製作――

彼の精神の美しさは常に受動的な美しさです　これは彼の童話作品の中で仏教の思想と性格的に結合して幾度か主張せられ、訴へられてゐます　彼の肯定精神も青年期には、この受動的な性格と結合しそれが熱意によつて深化され拡大されて壮年期以後に円熟されてゐます　宮沢賢治一九二六年代前後の発想は、孤高の生活の中から混乱の社会に対して呼びかけられたものであり、それは正しく隠遁詩人としての志に外なりません　唯彼は道を守らず、受動的な態勢ではありますが、社会に対して主張せられました　彼の意企した自給圏の確立を考へますと、社会に対するその主張の根本性格は更に明瞭に浮んで参ります当時中央の政治力は東北のヘキ遠に及ばず、私達が現在に至つても固定観念として抱いてゐる東北の寒村の生活状態に外なりませんでした　彼はこのやうな状態にあつて、自給自足圏を確立することにより生活状態の危機を脱し、農村の自主性を保たうと試みました　この一途より外に農村の貧困を救ふ道は彼には考へられませんでした　彼の社会に対する受動的な主張はここにも明瞭に表出されてゐます　されば彼の羅須地人協会の集会に対して、当時地方新聞が宮沢賢治が青年を集めて農村に関する講義を行つてゐる旨を報ずるや、政治的イデオロギー下になされたとの印象を与へるのを嫌ひ、これを止めてゐます　当時社会主義的な政治主張の下に種々の会合が行はれてゐたと想像せられ、彼がその羅須地人協会を構想した根本精神が、社会思想とは全く無縁であり、唯個々の精神をゆすぶり、励まして行くところにあつた事は明らかなのです　彼の止むを得ざる実践構想はラスキンやモリスの研究に彼をおもむかしめましたが、私たちは彼が社会思想とは終に無縁であり、唯人間性への巨きな限りない愛といふ文学の精神を具現したものであるのを知ることが出来ます　文学の精神は彼に於て、一つは孤高の隠遁性となりその生活の高貴さを保ち、一は巨きな愛憎となつて混乱した現実に対し発信せられました

私は彼の系譜を大乗仏教的空（ニヒル）の上に考へやうとして前述の論を成して来ました　擱筆します（九・十七）

異常感覚感の由来について

イーハトーヴオは一つの地名である。強ひてその地点を求むるなれば、それは大小クラウス達の耕してゐた野原や、少女アリスが辿つた鏡の国と同じ世界の中、テパンタール砂漠の遥かな北東、イバン王国の遠い東と考へられる。実にこれは著者の心象中にこの様な状景を以て実在したドリームランドとしての日本岩手県である。

そこではあらゆる事が可能である。人は一瞬にして氷雪の上に飛躍し大循環の風を従へて北に旅することもあれば、赤い花林の下を行く蟻と語ることも出来る。罪やかなしみでさへそこでは聖くきれいに輝いてゐる。深い掬の森や、風や、影肉の草や、不思議な都会ベーリング市まで続く電柱の列、それはまことにあやしくも楽しい国土である。この童話集の一列は実に作者の心象スケッチの一部である。それは少年少女期の終り頃からアドレッセンス中葉に対する一つの文学としての形式をとつてゐる。

——注文の多い料理店の序より——

私は彼の作品に接した当初、彼のこの序文を一読し、何か不思議な方向から来る新鮮味にわけもなく捉へられてしまひました　そしてこの新しさが当然のやうに思はれるやうになつたのは、私の頭の中に彼の明瞭な像が把握されてからの事です　彼の作品には確かに異常な盲点とも言ふべきものがあり、それが接するものに茫とした底の深さを感じさせます

彼の感覚が実に明瞭に対象を把握し、正当であるにもかかはらずそれでも、何か異常感覚を感じさせ

る所以は、恐らく彼が如何なる対象に対しても、疑がはず当然のやうに受感したからではないでせうか　私はこの点を少しく考へて行かうと思ひます

且て一文の中で触れたやうに彼は空間と時間に関する感覚が全く無軌道であつたといふ事が作品の上から明らかに指摘されます　彼は億光年の太陽系外の事をもまるで、眼前にあるもののやうに平然と且又充分な具体性を以て受感し描出すことが出来ました　これは時間と言ふことについても全く同様でした　彼は壮大な地質時代の時劫の流れを如実に、体験として把握し彼自身が第三紀新生層の上に生活し、思想し、自由に飛躍することが出来ました　彼は人類を横の拡りとして確実に眺めることが出来たと同様に、幾十万年の歴史的な流れとして人類を眺めてゐます　彼が空間と時間に対する受感に於て常人に勝る深度と奔放さを持つてゐたことは確かに彼の作品を不可思儀なものに致しました

それと同時に彼の作品の異常さを支へてゐるものは、彼が自身の幻想の世界を抱き、しかもその世界があたかも可能の世界でもあるかのやうに、鮮やかな実在性を伴つてゐる点でありります　彼がしきりに「第四次元の芸術」と呼び幻想第四次の世界と呼んでゐる、その第四次といふ意味は、実に彼の幻想が現実の世界と同時の実在性を以て展開せられ、そこでは生きた活動が行はれてゐるといふ点にかかつてゐます　即ち第四次元の世界とは、確実な実在性と、生々流転の動相を持つた幻想の世界といふ事になります　彼が何故にこのやうな世界を幻想し、このやうな世界を描く事を以て農民芸術の眼目としたかは、彼の生活態度と思想の跡をたどることにより容易に理解されるでせう　幻想第四次の世界こそ、彼の祈念があり、理想があり、すべての巨大な安穏がかけられてあつたのです　彼が現実の社会相を拒否して逃れたのはこの幻想第四次の世界でした　そして幻想第四次の世界は彼のさまたげられることのない理想の全円的な表現によつて充満せられました　それが彼の童話と詩作の世界なのです　そしてその世界が最も具体性を帯びたとき、それはイーハトーヴオと呼ばれて彼の祈念の美しい拠り所となつたのです

イーハトーヴォの世界が更に幾度かの検討を経て現実の世界に根を下したとき、それは彼の実践となつて展開せられたのです　彼の所謂地人時代の実践の跡は言はば幻想第四次世界の地上に於ける開花であると言ふことが出来ます
私は今ここで彼の実践の跡を追及することを主眼と致しません　唯彼の幻想が明らかに実在性を伴つてゐたことが彼の作品に異常性を与へる一つの原因となつてゐることを説きたかつたのです　私達は尚進んで彼の幻想に明らかな具体性を与へることの出来たその優れた（そして或る意味で異常な）感覚が、如何なる修練によつて彼自身のものになつたかを探求してゆかねばなりません　けれどその前に彼の二三の作品について彼の異常感覚感の表出を如実に眺めて検討することは無意味ではないと思ひます

「鶴、どうしてとるんですか。」

「鶴ですか、それとも鷺ですか。」

「鷺です。」ジヨバンニは、どつちでもいいと思ひながら答へました。

「そいつはな。雑作ない。さぎといふものは、みんな天の川の砂が凝つて、ぼうつとできるもんですからね、そして始終川へ帰りますからね。川原で待つてゐて、鷺がみんな、脚をかういふ風にして降りて来るとこを、そいつが地べたへつかないうちに、ぴたつと押へちまふんです。するともう鷺は、かたまつて安心して死んぢまひます。あとはもう、わかり切つてまさあ、押し葉にするだけです。」

「鷺を押し葉にするんですか。標本ですか。」

「標本ぢやありません。みんなたべるぢやありませんか。」

「をかしいねえ。」カムパネルラが首をかしげました。

「をかしいも不審もありませんや。そら、」その男は立つて、網棚から包みをおろして、手ばやく

くるくると解きました。
「さあ、ごらんなさい。いまとつて来たばかりです。」
「ほんたうに鷺だねえ。」二人は思はず叫びました。まつ白な、あのさつきの北の十字架のやうに光る鷺のからだが十ばかり、少しひらべつたくなつて、黒い脚をちぢめて、浮彫のやうにならんでゐたのです。

（中略）

二人もそつちを見ましたら、たつたいまの鳥捕りが、黄いろと青じろの、うつくしい燐光を出す、いちめんのかはらはこぐさの上に立つて、まじめな顔をして両手をひろげて、じつとそらを見てゐたのです。
「あすこへ行つてる。ずゐぶん奇体だねえ。きつとまた鳥をつかまへるとこだねえ。汽車が走つて行かないうちに、早く鳥がおりるといいな。」と云つた途端、がらんとした桔梗いろの空から、さつき見たやうな鷺が、まるで雪の降るやうにぎやあぎやあ叫びながら、いつぱいに舞ひおりて来ました。するとあの鳥捕りは、すつかり註文通りだといふやうにほくほくして、両足をかつきり六十度に開いて立つて、鷺のちぢめて降りて来る黒い脚を両手で片つ端から押へて、布の袋の中に入れるのでした。すると鷺は蛍のやうに、袋の中でしばらく、青くぺかぺか光つたり消えたりしてゐましたが、おしまひにはたうとう、みんなぼんやり白くなつて、眼をつぶるのでした。ところが、つかまへられる鳥よりは、つかまへられないで無事に天の川の砂の上に降りるものの方が多かつたのです。それは見てゐると、足が砂へつくや否や、まるで雪の融けるやうに、縮まつて扁べつたくなつて、間もなく熔鉱炉から出た銅の汁のやうに、砂や砂利の上にひろがり、しばらくは鳥の形が、砂についてゐるのでしたが、それも二三度明るくなつたり暗くなつたりしてゐるうちに、もうすつかりまはりと同じ色になつてしまふのでした。

（銀河鉄道の夜より）

これは銀河鉄道の夜の中から引用したものです　ジヨバンニやカムパネルラと一緒に列車に乗つて銀河の旅をつづける鳥捕りの叙述の個処ですが、彼の描いてゐる鳥捕りの会話も又銀河の河原に降りて来る鷺の相も全く現実を離れた空想で出来てゐます　そして現実との連想関係すら皆目ないといふことを知ることが出来ます　何故に鳥が雪のやうに溶けてしまふのか、又何故に鳥捕りの方法があのやうに描かれねばならないのか　そこに何らの必然性もなければ連想性もありません　故意か偶然か、このやうな彼の作品上の空想の一面は明らかに感覚上の盲点となつて作品の上にあらはれてゐます　仮令へば童話「風の又三郎」の中から主人公又三郎の性格を拾ひ集めたとします

「ほう、おら一等だぞ。一等だぞ。」とかはるがはる叫びながら、大よろこびで門を入つてきたのでしたが、ちよつと教室の中を見ますと、二人とも、まるでびつくりして棒だちになり、それから顔を見合せて、ぶるぶるふるへましたが、一人はとうとう、泣き出してしまひました。といふわけは、そのしんとした朝の教室の中に、どこからきたのか、まるで顔も知らない、をかしな赤いかみの子供が一人、一番前の机にちやんとすわつてゐたのです。そしてその机といつたら、まつたくこの泣いた子の自分の机だつたのです。（中略）

「なして泣いてら、お前、泣かしたのか。」嘉助が泣かない子供の肩をつかまへていひました。するとその子もわあと泣いてしまひました。をかしいとおもつて、みんながあたりを見ると、教室の中に、あの赤毛のをかしな子が、すましてしやんとすわつてゐるのが、目につきました。

みんなは、しんとなつてしまひました。だんだん、みんな女の子たちも集つて来ましたが、誰もなんともいへませんでした。

赤毛の子供は、一かうこはがるふうもなく、やつぱりちやんとすわつて、じつと黒板を見てゐます。すると六年生の一郎がきました。一郎はまるでおとなのやうに、ゆつくり大またにやつてきて、みんなを見て、

「何した。」ときました。

みんなは、はじめてがやがや声をたてて、その教室の中のへんな子を指さしました。一郎はしばらくそつちを見てゐましたが、やがてかばんをしつかりかかへて、さつさと窓の下へ行きました。

みんなも、すつかり元気になつてついて行きました。

「誰だ、時間にならないに教室へ入つてるのは。」一郎は窓へはひのぼつて、教室の中へ顔をつき出していひました。

「お天気のいい時、教室さ入つたりすると、先生にうんとしからへるぞ。」窓の下の耕助がいひました。

「しからへても、おら知らないよ。」嘉助がいひました。

「早う出て来う、出て来う。」一郎がいひました。けれども、その子供はきよろきよろ、室の中やみんなの方を見るばかりで、やつぱり、ちやんとひざに手をおいて、こしかけにすわつてゐました。

ぜんたいその形からが、じつにをかしいのでした。へんてこな、ねずみいろのだぶだぶの上着を着て、白い半ずぼんをはいて、それに赤いかはの半靴をはいてゐたのです。

それに顔といつたら、まるでじゆくしたりんごのやう、ことに目は、まんまるでまつくろなのでした。一かう、ことばが通じないやうなので、一郎も全くこまつてしまひました。

「あいつは外国人だな。」

「学校さ入るのだな。」みんなは、がやがや、がやがやいひました。ところが五年生の嘉助がいきなり、

「ああ、三年生さ入るのだ。」と叫びましたので、「ああさうだ。」と小さい子供らは思ひましたが、一郎はだまつてくびをまげました。へんな子供は、やはり、きよろきよろこつちを見るだけで、きちんとこしかけてゐます。

そのとき、風がどうと吹いてきて、教室のガラス戸はみんながたがたなり、学校のうしろの山の萱や栗の木は、みんなへんに青じろくなつてゆれ、教室の中の子供は、なんだかにやつと笑つて、すこしうごいたやうでした。

先生がいひました。

「みなさん、長い夏のお休は面白かつたですね。みなさんは朝から水およぎもできたし、林の中で鷹にもまけないくらゐ高く叫んだり、また、兄さんの草刈について、上の野原へ行つたりしたでせう。けれども、もう昨日で休は終りました。これからは第二学期で秋です。むかしから秋は一番、からだもこころもひきしまつて、勉強のできるときだといつてあるのです。ですから、みなさんも今日からまた、いつしよに、しつかり勉強しませう。それからこのお休の間に、みなさんのお友だちが一人ふえました。それはそこにゐる高田さんです。その方のお父さんは、こんど会社のご用で、上の野原の入口へ、おいでになつてゐられるのです。高田さんは、今までは北海道の学校にゐられたのですが、今日からみなさんのお友だちになるのですから、みなさんは学校で勉強のときも、また、栗拾ひや魚とりに行くときも、高田さんを、さそふやうにしなければなりません。わかりましたか。わかつた人は手をあげてごらんなさい。」

すぐ、みんなは手をあげました。その高田とよばれた子も、勢よく手をあげましたので、ちよつと先生は笑ひましたが、すぐ、

「わかりましたね、ではよし。」といひましたので、みんなは火のきえたやうに、一ぺんに手をお

ろしました。

ところが先生は、別にその人を気にかけるふうもなく、じゆんじゆんに通信簿を集めて、三郎の席まで行きますと、三郎は通信簿も宿題帳もないかはりに、両手をにぎりこぶしにして、二つ机の上にのせてゐたのです。

その人はまたていねいに礼をして、目で三郎に合図すると、自分は玄関の方へまはつて、外へ出て待つてゐますと、三郎はみんなの見てゐる中を、目をりんとはつて、だまつて昇降口から出て行つて追ひつき、二人は運動場を通つて、川下の方へ歩いて行きました。

運動場を出るとき、その子はこつちをふりむいて、じつと学校やみんなの方をにらむやうにすると、またすたすた、白服の大人について歩いて行きました。

そんなことは、みんなどこかの、遠いできごとのやうでした。

風の又三郎がすぐ目の前にすわつて、足を投げだして、だまつて空を見あげてゐるのです。又三郎は鼠色の上着の上に、ガラスのマントを着てゐるのです。それから、光るガラスの靴をはいてゐるのです。

又三郎の肩には、栗の木のかげが青く落ちてゐます。又三郎のかげは、また青く草に落ちてゐます。そして風が、どんどんどんどん吹いてゐるのです。

又三郎は、笑ひもしなければ、ものもいひません。ただ小さなくちびるを、強さうにきつとむすんだまま、だまつて空を見てゐます。いきなり又三郎は、ひらつと空へ飛びあがりました。ガラスのマントがギラギラ光りました。

「やあい又三郎、お前などは世界になくてもいいやあ。」

するど三郎は、ずるさうに笑ひました。

「やあ耕助君、失敬したねえ。」

耕助は、何かもつと別のことをいはうと思ひましたが、あまり怒つてしまつて、考へ出すことが出来ませんでしたので、また同じやうに叫びました。

「やあい、やあいだ、又三郎、お前みたいな風など、世界中になくてもいいやあ、やあい。」

「失敬したよ、だつてあんまり君も僕へ、いぢわるをするものだから。」

三郎は少し目をパチパチさせて、気の毒さうにいひました。けれども耕助のいかりは、なかなかとけませんでした。そして三度同じことを、くりかへしたのです。

「やあい又三郎、風などは世界中になくてもいいいや、やあい。」

すると三郎は、少し面白くなつたやうで、またくつくつ笑ひだしてたづねました。

「世界中になくつてもいいつて、どういふんだい。いいと箇条をたてていつてごらん。そら。」三郎は先生みたいな顔つきをして、指を一本だしました。

耕助は試験のやうだし、つまらないことになつたと思つて、大へんくやしかつたのですが、仕方なく、しばらく考へてからいひました。

「お前などいたづらするばかりだ、傘ぶつこはしたり。」

「それから、それから。」三郎は面白さうに、一足進んでいひました。

「それから木折つたり、てんぷくしたりさな。」

「それから、それからどうだい。」

「家もぶつこはさな。」

「それから。それから、あとはどうだい。」

「あかしも消さな。」

「それからあとは？　それからあとは？　どうだい。」

「帽子もとばさな。」

「それから？　それからあとは？　それからどうだい。」

「笠もとばさな。」

「それから、それから。」

「それから、ラ、ラ、電信ばしらも倒さな。」

「それから？　それから？　それから？」

「それから屋根もとばさな。」

「アアハハハ屋根は家のうちだい。どうだい、まだあるかい。それから、それから？」

「それだから、ラ、ラ、それだからランプも消さな。」

「アハハハハ、ランプはあかしのうちだい。けれどそれだけかい。え、おい。それから？　それから、それから。」

耕助はつまつてしまひました。大ていもういつてしまつたのですから、いくら考へても、もう出来ませんのでした。

三郎はいよいよ面白さうに、指を一本立てながら、

「それから？　それから？　ええ？　それから？」といふのでした。

耕助は顔を赤くして、しばらく考へてから、やつと答へました。

「風車もぶつこはさな。」

すると三郎は、こんどこそは、まるで飛び上つて笑つてしまひました。みんなも笑ひました。笑

って笑って笑ひました。

三郎はやっと笑ふのをやめていひました。

「そらごらん。とうとう風車などをいっちやったらう。風車なら風を悪く思っちやゐないんだよ。もちろん、ときどきこはすこともあるけれども、まはしてやる時の方がずっと多いんだ。風車ならちっとも風を悪く思ってゐないんだ。」

三郎はまた涙の出るほど笑ひました。

そのうちに、いきなり上の野原のあたりで、ごろごろと雷が鳴りだしました。と思ふと、まるで山つなみのやうな音がして、一ぺんに夕立がやってきました。風までひゅうひゅう吹きだしました。ふちの水には、大きなぶちぶちがたくさんできて、水だか石だか、わからなくなってしまひました。
みんなは河原から着物をかかへて、ねむの木の下へ逃げこみました。するとと三郎も、なんだかはじめてこはくなったとみえて、さいかちの木の下から、どぼんと水へ入って、みんなの方へ泳ぎました。
すると、どこかで誰ともなく、
「どっどど　どどうど　どどうど　どどう
あまいざくろも吹きとばせ
すっぱいざくろも吹きとばせ
どっどど　どどうど　どどうど　どどう
どっどど　どどうど　どどうど　どどう
どっこどっこ又三郎、

ざつこざつこ雨三郎。」

と叫んだものがありました。

みんなもすぐ声をそろへて叫びました。

「どつこどつこ又三郎、
ざつこざつこ雨三郎。」

三郎はまるであわてて、何か足をひつぱられるやうにして、ふちから飛びあがつて、一目さんにみんなのところに走つてきて、がたがたふるへながら、

「今、叫んだのは、お前たちかい。」とききました。

「そでない、そでない。」みんなは一しよに叫びました。

ぺ吉がまた一人出てきて、

「そでない。」といひました。

三郎は気味悪さうに川の方を見てゐましたが、色のあせたくちびるを、いつものやうにきつとかんで、

「なんだい。」といひましたが、からだはやはり、がくがくふるへてゐました。

そしてみんなは、雨のはれ間を待つて、めいめいのうちへ帰つたのです。

童話「風の又三郎」の中で又三郎の性格に関係ある個処は大凡以上で尽されてゐます　宮沢賢治はこの童話の中で作意的に又三郎の性格を神秘的な幻想と結びつけやうと試みてゐます　この童話の前身と見られる「異稿風の又三郎」（藤原草郎編　フランドン農学校の豚参照）の構想にはこの企図が更に大胆に行はれてゐますから、作品の時間的な関係から一層明らかに彼の意図を測ることが出来るのです
更に又三郎の性格は神秘的なばかりではなく、異常な盲点を持つてゐることが知られます　又三郎の

性格に盲点があることは、実に神秘的な叙述とは離れても確に存在してゐます　私はこの作品では恐らく彼の作意から出たのではないかと考へますが、又三郎の性格に茫とした盲点を持たせた彼の意企は、実は究明に価するものであることは言ふまでもありません　銀河鉄道の夜の鳥捕りの会話や、河原に鷺の降りて来る叙景が、全く連想を隔絶し、又、「風の又三郎」の中の主人公が茫とした盲点を持つた性格に描写されてゐることは、根本的には同一の原因に基いてゐます　私たちは作品の背後に立つてゐる宮沢賢治の常に同一な表情を思ひ浮べることにより、この原因の解明にその緒を見出すことが出来るでせう

このやうな抽象的な文意が果して通じるかどうかは判りませんが、何か具体的に触れることは今はさけたいと思ひます

けれど私は更に一二の例を掲げることにより、彼の作品の持つてゐる感覚の盲点、従つて恐らくは彼自身の感覚の盲点が何処に存在し、そして私が如何様にそれを指摘しやうとしてゐるかを明らかにしたいと考へます

「オツペルと象」といふ彼の童話作品は次のやうに始つてゐます

ある牛飼ひがものがたる。

第一日曜

オツペルときたら大したもんだ。稲こき器械の六台もすゑつけて、のんのんのんのんのんのんと、大そろしない音をたててやつてゐる。

十六人の百姓どもが、顔をまるつきりまつかにして、足でふんで器械をまはし、小山のやうにつまれた稲を、片つぱしからこいてゆく。わらは、どんどんうしろの方へ投げられて、また新しい山になる。そこらはもみや、わらからたつた、こまかなちりで、へんに、ぼうつと黄色になり、まる

で砂漠のけむりのやうだ。

そのうすぐらい仕事場で、オツペルは大きな琥珀のパイプをくはへ、すひがらをわらに落さないやう、目を細くして気をつけながら、両手を背中に組みあはせて、ぶらぶら行つたりきたりする。

小屋は、ずゐぶん頑丈で、学校ぐらゐもあるのだが、なにせ、新式稲こき器械が六台もそろつてまはつてるから、のんのんのんのんふるふのだ。中に入るとそのために、すつかり腹がすくほどだ。そして、じつさいオツペルは、そいつで上手に腹をへらし、昼めしどきには、六寸ぐらゐのビフテキの、ざふきんほどあるオムレツの、ほくほくしたのをたべるのだ。

とにかく、さうして、のんのんのんのんやつてゐた。

そしたらそこへどういふわけか、その、白象がやつてきた。白い象だぜ、ペンキをぬつたのでないぜ。どういふわけできたかつて？　そいつは象のことだから、たぶん、ぶらつと森を出て、ただなんとなくきたのだらう。

そいつが小屋の入口にゆつくり顔を出したとき、百姓どもはぎよつとした。なぜ、ぎよつとした？　よくきくねえ、何をしだすか知れないぢやないか。かかり合つては大へんだから、どいつもみんな、一生けん命、自分の稲をこいてゐた。

ところがそのときオツペルは、ならんだ器械のうしろの方で、ポケツトに手を入れながら、ちらつとするどく象を見た。それからすばやく下を向き、なんでもないといふふうで、今までどほり、行つたりきたりしてゐたもんだ。

するとこんどは白象が、片あし床にあげたのだ。百姓どもはぎよつとした。それでも仕事がいそがしいし、かかり合つてはひどいから、そつちを見ずに、やつぱり稲をこいてゐた。

オツペルは、奥のうすぐらいところで、両手をポケツトから出して、も一度ちらつと象を見た。それから、いかにもたいくつさうに、わざと大きなあくびをして、両手を頭のうしろに組んで、行つたりきたりやつてゐた。ところが象がゐせいよく、前あし二つつき出して、小屋にあがつて来ようとする。百姓どもはぎくつとし、オツペルも少しぎよつとして、大きな琥珀のパイプから、ふつとけむりを吐き出した。それでもやつぱり知らないふうで、ゆつくりそこらを歩いてゐた。

そしたらとうとう、象がのこのこあがつてきた。そして器械の前のとこを、のんきに歩きはじめたのだ。

ところがなにせ、器械はひどくまはつてゐて、もみは夕立かあられのやうに、パチパチ象にあたるのだ。象はいかにも、うるさいらしく、小さなその目を細めてゐたが、またよく見ると、たしかに少し笑つてゐた。

オツペルはやつとかくごをきめて、稲こき器械の前に出て、象に話をしようとしたが、そのとき象が、とてもきれいな、うぐひすみたいないい声で、こんなもんくをいつたのだ。

「ああ、だめだ。あんまりせはしく、砂がわしの歯にあたる。」

まつたくもみは、パチパチパチパチ歯にあたり、またまつ白な頭や首にぶつつかる、さあオツペルは命がけだ。パイプを右手に持ちなほし、どきようをすゑてかういつた。

「どうだい、ここは面白いかい。」

「面白いねえ。」象がからだをななめにして、目を細くして返事した。

「ずうつとこつちにゐたらどうだい。」

百姓どもは、はつとして息をころして象を見た。オツペルはいつてしまつてから、にはかにがたがたふるへだす。ところが象はけろりとして、

「ゐてもいいよ。」と答へたもんだ。

「さうか。それではさうしよう。さういふことにしようぢやないか。」オツペルが顔をくしやくしやにして、まつかになつて、よろこびながらさういつた。

どうだ。さうしてこの象は、もうオツペルの財産だ。今に見たまへオツペルは、あの白象を、はたらかせるか、サーカス団に売りとばすか、どつちにしても、万円以上もうけるぜ。

この作品は彼の全童話作品の中で最も空白を感じさせるものです　それは明らかに彼が自身の感覚に盲点を持続しながら、この作品を書いたからに外ならないと思ひます　従つて彼自身の感覚の盲点が意識的にこれ程明らかに現はれてゐる例は他にありません

農夫オツペルに何故象を配したのか　一片の連想関係も見出すことは困難です　しかもオツペルと象の会話、又象がやつて来たときの百姓やオツペルの心理の動き方の描写のうちに彼の意識的な感覚の盲点が露出してゐます

彼の感覚の盲点と、それを意識しながら描写した彼の心理と、私達は二重の異常性をこれらの作品から受けてゐるのです　彼自身が「これは決して偽でも仮空でも窃盗でもない。多少の再度の内省と分析とはあつても、たしかにこの通りその時心象の中に現はれたものである。故にそれはどんなに馬鹿げてゐても、難解でも必ず心の深部に於て万人の共通である。卑怯な成人達に畢竟不可解なだけである。」と述べたのは恐らくはこのやうな点を指してゐるのではないでせうか

「北守将軍と三人兄弟の医者」といふ彼の作品は次のやうに始つてゐます

昔ラユーといふ首都に、兄弟三人の医者が居た。いちばん上のリンパーは、普通の人の医者だつた。その弟のリンプーは、馬や羊の医者だつた。いちばん末のリンポーは、草だの木だのの医者だつた。そして兄弟三人は、町のいちばん南にあたる、黄いろな崖のとつぱなへ、青い瓦の病院を、三つならべて建てゝゐて、てんでに白や朱の旗を、風にぱたぱた云はせてゐた。

此の作品にも故意か無意識か
「てんでに白や朱の旗を、風にぱたぱた云はせてゐた。」
といふ個処で明らかにこの盲点に遭遇します　「医者」と「白や朱の旗」とこの二つには何の連想作用もありません
私達は至る処でこのやうな作品の異常性に遭遇するのです　しかも全体的な構想の群を抜いた途方もない巨きさと異常さは、又細部の叙述とは別に存在してゐます　仮令へば「銀河鉄道の夜」や「竜と詩人」といふやうな作品は明らかにこの構想的な異常性を持つて描かれてゐます
彼の作品の異常性は大体以上に尽きるものですが、唯語感の上から来る点も多少はあると思ひます
この様な童話作品の解析の中から、宮沢賢治の感覚的な特異性を一つの像として建築することは困難のやうにも考へませんが、唯、何処までが意識的であり何処までが無意識的であるかといふ点に至つて私の思考は行き詰つてしまひます　彼の友人は、月夜の麦畑の間を彼が泳ぐやうに往来し、銀の波を泳いで来ましたと答へたことがあると回想してゐます　又彼の弟子の一人も同様な事があつた事を述べてゐます　彼のこのやうな行為の特異性と作品の中に横溢する特異性とに或る共通な部分を感ずることが出来るとしますと、唯一つ彼の異常感覚性を解く鍵が与へられるのです
それは彼が外界のすべての動きに対して無条件に感応し摂取することの出来た、優れた透明な感覚を具へてゐたといふ点にあります
その修練は明らかに、すべてのものを疑ふことの出来なかつた彼の性格によつて築かれたことも確実な事と考へます
「医者」と「白や朱の旗」を何のためらひもなく組合はせるやうな種類の自由さと異常さを彼の作品（詩作品童話作品）から除き去つたならば、横光氏をはじめ多くの優れた文学者を驚嘆させた彼の行文は恐らく平凡なものになつてしまふのではないでせうか　（廿・十・廿二）

宮沢詩学の解析について

且て宮沢賢治の詩について述べた事がありますから、此処では全く別の方向から彼の詩を解析してゆきます　彼の生涯の詩作品には明らかに体系的な構想があつて、単に折に触れ感に応じて詩作し、それが年齢や思想の遷移に伴つて変化して行つたと考へるには、余りに真摯であり、且つ学的な研究が行はれてゐます

宮沢詩学と言ふにふさはしい確固たる体系が感ぜられるのです　これは恐らく、生命を文字通り削るまでに詩作に打込んだ彼の修練の激しさに依るものと考へられます

今幾つかの彼の作品の中から宮沢詩学の骨格となつてゐる部分を考へて行かうとするものです

風といゝひのきのひるすぎにゝ
小田中はのびあがり
あらんかぎりの手をのばし
………（芝生）

影やゝ恐ろしいけむりのなかから
蒼ざめてひとがよろよろあらはれる　（未来圏からの影）

まことひとと
　索むるは
青きgossan
　銅の脈
わが求むるは
　まことのことば
雨の中なる
　真言なり　（筆録）

私が「異常感覚感の由来」といふ文章の中で指摘した彼の作品の感覚的な盲点が詩作の上でも用ひられてゐることを知りました　以上の三つの例証はそれを指してゐます　傍点の個処の語句の用ひ方は明らかに彼の特色たるを失ひません

風とひのきのひるすぎに

影や恐ろしいけむりのなかから

雨の中なる真言なり

此様な特異な彼の連想性は余りに感覚的な修練が彼の性格の中で勝ちすぎてゐたことに依るのではないでせうか

彼のこのやうな表現法は、人々に影象の飛躍的な速度感を与へる一つの原因となつてゐます

うすあかくいつそう陰惨な雲から
みぞれはびちよびちよふつてくる　（永訣の朝）

おまへの頬の　けれども
なんといふけふのうつくしさよ　（松の針）

ほんたうに　けれども妹よ
けふはわたしもあんまり重くひどいから
やなぎの花もとつて行かない　（恋と病熱）

どうしてもどうしてもさびしくてたまらないときは
ひとはみんなきつと斯ういふことになる

じぶんとそれからたつたもひとつのたましひと
完全そして永久にどこまでもいつしよに行かうとする
この退転を恋愛といふ　（小岩井農場　パート九）

あんなまじめな直立や
風景のなかの敬虔な人間を

わたくしはいままで見たことがない　（風景観察官）

雲と山との陰気のなかへ歩くもの
もつと合羽をしつかりしめろ　（たび人）

がさがさした稲もやさしい油緑に熟し
西ならあんな暗い立派な霧でいつぱい　（宗教風の恋）

私は殊更に表現の苦渋に充ちた個処を幾つか拾つて見ました　形容詞副詞接続詞助詞などが、繁雑なまでに近接して用ひられ、彼が自身の思想の渋滞を如何に苦心して表現せねばならなかつたか知ることが出来ます　彼の初期の作品を饒舌なものに感じさせる主な原因はこの点にかかつてゐます　これは言はば彼の詩作の一つの特色を成してゐますが、明らかに消極的な特色です

これらの中には最初に指摘した実在の感覚の奔放自在な組合はせを感じる個処もあります　これは彼の詩作の言はば積極的な特色なのです　次に明らかにこの点を指摘して行きたいと思ひます

岩頸だつて岩鐘だつて
みんな時間のないころのゆめをみてゐるのだ
　その時雲の信号は
もう青白い禁慾の
東にたかくかかつてゐた　（雲の信号）

すきとほつてゐるのは
さつきの剽悍な四本のさくら

幻想が向ふから迫つてくるときは
もうにんげんの壊れるときだ

こゝいらの匂ひのいゝふぶきのなかで
なにとはなしに聖いこころもちがして
凍えさうになりながらいつまでもいつまでも
いつたり来たりしてゐました　（小岩井農場　パート九）

北ぞらのちぢれ羊から
おれの崇敬は照り返され
天の海と窓の日おほひ
おれの崇敬は照り返され

その山稜と雲との間
あやしい光の微塵にみちた
幻惑の天がのぞき　（雲とはんのき）

そらはすつかり鈍くなり

台地はかすんではてない意欲の海のやう
　……かなしくもまたなつかしく
　　斎時の春の胸を噛む
　　見惑塵思の海のいろ……

たよりなくつけられたそのみちをよぢ
憔悴苦行の梵士をまがふ　（海蝕台地）

日ざしがほのかに降つてくれば
またうらぶれの風も吹く

萱草の花のやうにわらひながら
ゆつくりふたりがすゝんでくる

　……風よたのしいおまへのことばを
　　もつとはつきり
　　この人たちにきこえるやうに云つてくれ……　（曠原淑女）

雲の鎖やむら立ちや
また木醋を宙に充てたり
はかない悔いのいろを湛えたりするとき

一つの森が風のなかにけむりを吐けば
そんなつめたい白い火《ほ》むらは
北いつぱいに飛んでゐる

たいていの闊葉樹のへりも
酸つぱい雨に黄いろにされる　（昏い秋）

そらには暗い業の花びらがいつぱいで
わたくしは神々の名を録したことから
はげしく寒くふるへてゐる　（業の花びら）

わたくしはかなしさを
青い神話にしてまきちらしたけれども
小鳥らはそれを啄まなかつた　（札幌市）

これらの諸例は自然物に対して思想的な抽象的な形容を用ひたり或は反対に思想的な感性的な部分に即物的な形容を用ひたりして、彼の表現の自由さが、自然と人間との障壁を混沌としてゐるものです　術語を自在に使駆しての即物的な表現は、彼の初期の作品の最大の特色を成してゐます　これらは彼の作品の影象を複雑多様にしてゐますが、同時に陰影を或る程度減殺する作用をしてゐることは争はれないと思ひます

この意味で即物的な表現は彼の作品の利点でありますが、同時に幾多の弱点をも導入してゐます　私

は前述の諸例に於て、実在と抽象とが錯交して表現されてゐる彼の即物的な表現の一つの極頂を抄出しました

次に若干の例に従つてその即物的表現の自在さを拾つて見たいと考へます

日は今日は小さな天の銀盤で
雪がその面を
どんどん侵してかけてゐる　（日輪と太市）

あなたがたは赤い瑪瑙の棘でいつぱいな野はらも
その貝殻のやうに白くひかり
底の平らな巨きなすあしにふむのでせう　（小岩井農場　パート九）

あらんかぎりの手をのばし
灰いろのゴムのまり　光の標本を
受けかねてぽろつとおとす　（芝生）

雲は羊毛とちぢれ
黒緑赤楊のモザイツクや
またなかぞらには氷片の雲がうかび
沼はきれいに鉋をかけられ

朧ろな秋の水ゾルと
つめたくぬるぬるした蓴菜とから成れば
これら葬送行進曲の層雲の底

向ふの岸へはいるのは
ゆふべ一晩の雨でできた
陶庵だか東庵だかの蒔絵の
精製された水銀の川です
アマルガムにさへならなかつたら
銀の水車でもまはしていい
無細工な銀の水車でもまはしていい　（雲とはんのき）

短果枝には雫がレンズになり
そらや木やすべての景象ををさめてゐる

そのたよりない性質が
こんなきれいな露になつたり
いぢけたちひさなまゆみの木を
紅からやさしい月光いろまで
豪奢な織物に染めたりする

それはひとつの情炎だ
もう水いろの過去になつてゐる　（過去情炎）

わびしい秋も終りになつて
楊は堅いブリキにかはり
たいていの闊葉樹のへりも
酸つぱい雨に黄いろにされる

ひとは幽霊写真のやうに
白いうつぼの稲田に立つて
ぼんやりとして風を見送る　（昏い秋）

水がかすかにひかるのは
東に畳む夜半の雲の
わづかに青い燐光による　（産業組合青年会）

東へ行くの？
白いみかげの胃の方へかい

あの

ぼんやりとした葡萄いろのそらを通つて
大荒沢やあつちはひどい雪ですと
ぼくが云つたと云つとくれ　（孤独と風童）

月の惑みと
巨きな雪の盤とのなかに
底びかりする水晶天の
ひとひら白い裂罅です　（異途の出発）

川が一秒九噸の針を流してゐて
鷺がたくさん東へ飛んだ　（開墾）

けれどもあゝまたあたらしく
西には黒い死の群像が湧きあがる　（作品一〇八八番）

蜂蜜いろの夕陽のなかを
いちにちの行程は
たゞまつ青な稲の中
眼路をかぎりのその水いろの葉巻の底で

けむりのやうな一ミリの羽
淡い稲穂の原体が
いまこつそりと形成され

青い寒天のやうにもさやぎ
むしろ液体のやうにもけむつて
此の堂をめぐる萱むらである　（穂孕期）

以上の例から私たちは彼の詩作品の決定的な特長を把握することが出来ます　それは対象の把握の仕方が生々しく原質的であるにもかかはらず表現方法に至つては実に主体的意識的である事なのです

普通の詩人であれば恐らく彼以上に、対象といふものを消化して後に表現するに違ひありません　しかもその表現に際しては彼程に意識的な、対象そのものを従属化したやうな表現は採り得ないでせう

この点に於て彼の詩人としての特異性は明らかになります　振幅が大きいとも言ふことが出来ます

彼の詩が時に幼稚な程の生々しい不完全さを感じさせる事も又同時に優れた表現技法を感じさせることもすべてこの点にかかつてゐます

彼の自然科学的な修練は常に対象を形態と色相と光線との三つの面から感覚しやうとしてゐます　この意味で実験化学者としての彼の対象の捉へ方は詩の上に抜く可からざる影響を与へました　これは他の詩家の作品と比較する事によつて明らかに判る事と思ひます　彼が数多くの専門的な学術語を用ひるに至つたのも、対象を把握するに際して、形態と色相と光線とを主体とした当然の結果でありませうと思ひます

私は次に感覚的な余りに感覚的な表現の結果、実在を無視した少数の例を彼の詩句から拾つて見やう

すきとほつてゆれてゐるのは
さつきの剽悍な四本のさくら
おれはそれを知つてゐるけれども
眼にははつきり見てゐない
たしかにおれの感覚の外で
つめたい雨がそそいでゐる

（ひばりが居るやうな居ないやうな
黒い土から麦が生え
雨はしきりに降つてゐる）

ここいらの匂のいゝふぶきのなかで　（小岩井農場　パート九）

いま雷が第六圏で鳴つて居ります　（測候所）

そらには暗い業の花びらがいつぱいで　（業の花びら）

青く澱んだ夕陽のなかで　（穂孕期）

これらの例の中には全く彼の感覚により虚構された影象もあり、又感覚し表現するといふ二段の過程が余りに急速化された結果唯感覚だけの隔離された印象に頼つてゐる表現もあります　これらは全て彼の詩作品の構成上の特異点に属します

以上で宮沢詩学の特性を成してゐる幾つかの要素を抽出し、解析することを終りました　彼の詩作品の特色はすべてこれらの諸点に帰することが可能であります　彼の詩作品は心理の感覚的な連象とも言ふべく、従つて一見難解なものとなつてゐますが、実はこれら幾つかの特性を把握することにより、容易にその作品を理解することが出来ます

文語詩については後日稿を改めます　（九・二四）

深淵の思ひ

風がうたひ波が鳴らすそのうたを
たゞちにうたふスールダツタ
星がさうならうと思ひ
陸地がさういふ形をとらうと覚悟する
あしたの世界に叶ふべき
まことゝ美との模型をつくり
やがては世界をこれにかなはしむる予言者
設計者スールダツタ　（竜と詩人より）

このやうなスールダツタへの讃歌が彼自身の構想の中から生れ出て来るとき、私は静かな深淵が彼の方から覆ひかかつて来るのを感じて、凝然と凍つて来る思ひをどうすることも出来ません　幾多の偉大な思想はつねに深淵を伴つて私達の歴史の上に跡を残してゆきますが、宮沢賢治のやうに古色蒼然とした神秘的な感を伴つてゐる人を私は他に知りません

このスールダツタの詩が巨大な迫力を以て感ぜられるのは、必ずやこの詩が虚構から成つたものではなく信仰によつて構想されたからに違ひありません　それ故宮沢賢治の実体を知らない人には恐らくこの詩などは一片の戯詩として写るでせう

彼が怖るべき大深淵として写るのは、常に古代の哲人たちのやうな大信念を彼が抱いて居り、彼の生涯がそのために殉じた事実を眺めるときに限られてゐます　彼は前人未踏の孤独と高貴な生活に堪えて一生を送りました　近代がこの中世期的な殉教者を生み、育てたといふ事は奇蹟のやうに思はれてなりません　彼が近代の詩的技法や、感覚よりの解析により追跡されるとき、常に或る未知の不可思議な深淵を残してゐるのは恐らく、彼の抱いてゐた信仰の巨大な構想と、それに殉じた実践のすさまじい裏付けによるのではないでせうか

私達は仏典や或は論語のやうな経籍をチンプな信念と嗤ふことは出来ません　それらの典籍の背後には、レベルを絶した偉大な人間の思想と実践と信念とが立派に裏打ちされてゐるからに外なりません

宮沢賢治には道徳詩とも言ふべき幾らかの作品がありますが、驚くべきことにはこれらの戒律的な詩が、仏典と同じやうな厚味に裏付けられてゐて、近代の所謂宗教家と自称する人々とは全く異つた強烈な迫力を感じさせることです　私が過褒してゐるのではないことを証するためにも、又彼の深淵の根本的な部分を知るためにも必要と思ひ二三の例を挙げて見やうと思ひます

十月二十八日

快楽もほしからず
名もほしからず
いまはただ
下賤の廃軀を
法華経に捧げ奉りて
一塵とも点じ

許されては
父母の下僕となりて
その億千の恩にも酬へ得ん
病苦必死のねがひ
この外になし　（手帳より）

戒

病血熱すと雖も
斯の如きの悪念を　仮にも再びなすこと勿れ
斯の如きの瞋恚　先づ身を敗り人を壊り
順次に増長して遂に絶するなからん
それ瞋恚の来る処
多くは名利の故なり
血浄く胸熱せざるの日
童子嬉戯の如くに思ひ
私にその念に誇り酔ふとも
見よ四大僅に和を得ざれば忽ちに
諸の秘心　斯の如き悪想を現じ来つて
汝が脳中を馳駆し
或は一刻

或は二刻　或は終に
唯是修羅の中をさまよふに非ずや
さればこれ、、の道場なり
三十八度九度の熱悩
肺炎流感結核の諸毒
汝が身中に充つるのとき
汝が五蘊の修羅を仕して　或は天　或は菩薩
或は仏の国土たらしめよ
この事成らずば
如何ぞ汝能く十界成仏を談じ得ん

戒

凡ソ
栄誉ノアルトコロ
必ズ
苦禍ノ因アリト知レ

天来ト疾苦トハ
猶陰陽ノ電気ノ如ク
或ヒハ

夏冬ノ二候ノ如シ

妄リニ
天来ニ身ヲ委スルモノハ
コレニ百スル
疾苦後ヘニ随フヲ知レ

わが胸のいたつき
これなべての人
また生けるものの
苦に透入するの門なり

仰臥し右のあしうらを
左の膝につけて
胸をみたして
合掌し奉る

忽ち
われは巌頭にあり
飛瀑百丈
我右側より落つ

幾条の曲面
汞の如く
亦命ある水の如く
瀅々轟々として
その脚を見ず

わが六根を洗ひ
毛孔を洗ひ
筋の一一の纎維を濯ぎ
なべての細胞を滌ぎて
また病苦あるを知らず
われ恍として
前湾に日影の移るを見る

これらの自戒風の諸作は彼の手帳に記されたものですが、すぐれた詩の表現技法と混和して、その信仰的な律語が心に迫つて来ます

今日彼が一部の人々から信仰の当体のやうに思はれ、又すべて彼の遺風に接する人々が、無条件に謙譲な心になつて敬慕の情を用ひるのも彼のこの偉大な宗教者としての信仰を感ずるからに外なりません　彼は恐らく永遠に新奇の原泉として光を放つでせうが、それは詩人としての彼よりも風格としての彼がより大きな原因であることは疑を容れません　彼の「凡人の三百年」に相当する潜在的な光輝は決

して絶えることなく、人々のイデーとしての故郷となるに違ひありません
彼のこの深淵の思ひは詩作品の上にも童話作品の上にも不可思議な光芒を残して居ります　私はその最も顕著な例を「イギリス海岸の歌」「業の花びら」「未来圏からの影」「札幌市」などの諸作品に眺めて行かうと思ひます

イギリス海岸の歌

Tertiary the younger tertiary the younger
Tertiary the younger mud-stone
あをじろ日破れ　あをじろ日破れ
あをじろ日破れに　おれのかげ

Tertiary the younger tertiary the younger
Tertiary the younger mud-stone
なみはあをざめ　支流はそそぎ
たしかにここは　修羅のなぎさ

彼は生前自己の詩が難解であるとの声に対し詩の解説を書くべき旨を述べたと言はれますが、終に実現に至りませんでした　今日では既に彼の詩が難解であると言ふ意味は内容的にも当時と異る処があり、又漸次消解しつつあるのではないでせうか
このイギリス海岸の詩は北上川の西岸に彼がそのやうなアダ名をつけて農学校の生徒達と遊んだ処を

唱つてゐるのです　そこは第三紀新生泥岩層から成る地質で、胡桃や貝の化石が拾はれることがありました　それはロンドン辺りの地質と類似してゐるため彼はイギリス海岸と名づけたのです

彼はそこの水際に立ちますと、必ず地質時代以後の人類や生物の壮烈な輪廻の相を思ひ浮べました　大乗仏教の宿命観を深く考へる処があつた彼は、人類が一つ一つ跡して行つた歴史の跡を如実な相として眼前に幻想することが出来たに違ひありません

修羅のなぎさといふ表現はこのやうに実感となつて彼の心を叩いて来たのです「天の川だつて歴史だつて唯そうだと感じてゐるに過ぎないのだ」といふ彼の諦念も確かにこのやうな彼の黙然とした立像のうちに思ひ浮べることが出来ます

彼は岸辺に立つてゐる自分を、やがて宇宙的な輪廻は一片の土塊として葬り去つてゆくだらうと考へました　人類の歴史の中の自己をはつきりと把んでゐるのです　青白い川水は日の影を小さくだきそこには自分の影が黙然と水に反影してゐたのです

あをじろ日破れに　おれのかげ

その「おれのかげ」といふ表現の中に彼の豪壮な諦念を感ずることが出来るのです

私たちが深淵の思ひを作品から受けるのは、作品そのもののなかに論理や感覚による追跡によつても把握することの出来ないものを持つてゐるからではないでせうか　人々が思想と呼ぶとき、それは既に把握されてゐるあるものを指してゐるのだと思ひます　宗教的祈念とも異つた無形の祈りと言ひませうか諦念と言ひませうか、そのやうなものが我々に深淵を思はせるのかも知れません　哲学者からも科学者からも、所謂宗教家からも感ずることは出来ず、唯いくらかの芸術家がそれを持つてゐるだけです

宮沢賢治の深淵はつねに青い色を伴つてゐます　あらゆるものを除き去つたときの真実の人間的な色

合と言ひませう
「イギリス海岸の歌」はまぎれもなくこの決定的な冷たい青色を伴つて来ます　恐らくは彼の宗教的諦念の深さが無形のまま反影して来るのです

業の花びら

夜の湿気と風がさびしくいりまじり
松ややなぎの林はくろく
そらには暗い業の花びらがいつぱいで
わたくしは神々の名を録したことから
はげしく寒くふるへてゐる

湿気と風とのいりまじつた松ややなぎの林があります　その夜は深くそしてくらく、樹林はただくろく生ひ茂つてゐるだけなのです　それが十界のうちのいちばんさびしい世界の一つであると考へてもよいでせう　その林には暗い四周のなかに影のやうに白く浮び出てゐる花がそこら一めんのそらに撩乱と咲いてゐました　何故かその暗い虚空にひらひらしてゐるのはみな業のはなびらでした　人間のもつてゐる暗い宿命と罪の意識がその一ひら一ひらの花びらに刻まれてあるのです　一人の人間はその林の底で業の花びらを見上げました　且て彼は業の意識を逃れやうとして、或は宿命のすさまじさをさけやうとして神々の名を口にしたり論じたりしました　そこに空しい安住の地を求めやうとしたのです　けれど彼は今、舞ひ落ちてくる業の花びらを幻想して　くらい林の中にはげしく寒くふるへなければならないのです　一人の人間はまぎれもなく宮沢賢治その人です　そしてまぎれもなく私達の相なのです彼の大乗仏教的の宿命観は暗澹として私たちに迫つて来ます　且てこのやうな詩を作つた人もなく、又このやうなすさまじい諦念を体認した人もありません　彼の苦悩には近代的なニヒリズムの浅薄さと安価さがありません　大正末期の思想人のうち彼は最も深く悩み最も深く苦しんだ一人だつたのです

未来圏からの影

吹雪《フキ》はひどいし
けふもすさまじい落盤
　……どうしてあんなにひつきりなし
　凍つた汽笛《フエ》を鳴らすのか……
影や恐ろしいけむりのなかから
蒼ざめてひとがよろよろあらはれる
それは氷の未来圏からなげられた
戦慄すべきおれの影だ

吹雪は灰色になつてふきすさんでゐます　遠くからは汽笛が凍つたやうな音を響かせ、何処かでは恐ろしい落盤があるのです　野原の灰色吹雪のなかに二線のレールの跡がうづもれ、そのあたりに人が動いてゐるのですが、すさまじい風景の中で影のやうに雪によろめいてゐる無声の人の影です　彼はそのやうな風景のなかに佇んで、自らの心象がその人の影に写つてゆくのを感じました　彼は巨大な氷河期の起伏と、その自然のすさまじさの間に生々流転をつづけて来た人類の歴史を想ひ浮べました　すさまじい諦念と宿命の思ひが彼の心をとらへ、吹雪の中の人の影は、宿業の思ひにすさんでゐる修羅界の自

分の影がそこに投影されてゐるのだと思ひました
　彼のこの詩は前述のやうな解釈を離れても、彼が主張した第四次の世界について一つの暗示を与へてゐます　眼前に見える吹雪の中の人のかげを、より高次元の世界からの投射像として感覚する、その感覚の動きかたのなかにこそ彼の深淵を解く秘機があると考へられます

札幌市

遠くなだれる灰色と
歪んだ町の広場の砂に
わたくしはかなしさを
青い神話にしてまきちらしたけれども
小鳥らはそれを啄まなかつた

新開地風な清新なそしてどこかに不思議な冷たさを感ずるといふやうな札幌市が鮮明なイメージとなつて浮んで来ます　彼のかなしさは妹の死の傷心か、それとも彼を絶えず襲ひつづけた旅愁のやうな憂愁か知るよしもありません　彼はその清新な街の中ではかなしささへも神話のやうに清められてひろがつてゆくのを感じました　けれど彼のかなしさは無心の小鳥でさへも啄んで呉れはしませんでした　深い憂愁が彼に反照して来るのです
　彼のこの詩には不思議なノスタルヂアがただよつてゐます　それは彼の主張であるイーハトーヴオへの祈念にも、又銀河鉄道の夜の中の巨大な宗教的諦念にもどこか通じてゐるものを感得します　さなきだに、彼はこの折の北海道地方への旅行報告には

「物質と言ひエネルギーと言ひすべて思想ならざるものあらんや」といふ壮烈な宣言を記して居ります

以上僅か四つの作品についてではありますが彼の深淵の思ひの深い作品を解説しながら、どうかして彼の思想の深奥に肉迫しやうとする意企を示して来ました　この他にも「海蝕台地」の如き詩作や、銀河鉄道の夜、双子の星といふやうな作品についても矢張り同じやうな青い色相を感得することが出来ます　これらの諸作品の中に一すぢ流れてゐるものは巨きな仏教的諦念であります　ゲーテがファウストに意企した教養的諦念とは色合を全く異にしてゐます

彼の深淵はこのやうな仏教的諦念が、空間と歴史の中を無縫に突抜けてゆく優れた感覚と結合して私たちの心に迫つて来るのではないでせうか　優れた小数の稀有の宗教家だけが実践することの出来るやうな忍苦の精進が永遠に常人の及ぶべからざる如く、彼の深淵の思ひは恐らくは、肉迫すれど肉迫すれど、静かな諦念のやうに青い不可思議な光を失はないのではないでせうか（九・二七）

或る孤高の生涯

冬さびた田に下り立つてうつむいてゐる彼の写真には地人といふ表題が付けられてありました　私は彼が跡した遺影のうちこの地人の写真をいちばん好みます　彼の生涯の出処行蔵には自然と彼とただ二つだけが美しく調和してゐるかに思はれます　そしてその調和がはげしい現実否定の孤高の精神によつて克ち得たことを思へば、彼の苦渋を推察せずには居られないのです

私たちが孤独といふときそれは精神について指してゐるのですが、多くの人々はこの事実を外面的な行為に帰せしめやうとしてゐます

河上徹太郎氏はこの思想の混迷したとき、孤独を怖れるものは真の文化人ではないと述べて居られますが、私は深い共鳴と涙なくしてはこの意味を反芻することは出来ません

宮沢賢治の孤高の生涯も又、大正末期から昭和の初期に亘る思想的な混迷のうちに行はれました　彼の孤高の精神は現実の社会に対する反駁として考へ得る以上に、何か自身の内部の声にうながされてゐるやうに思はれます　彼が隔絶した巨星として冷たく静かな肯定精神の故郷のやうに思はれるのも、その自己否定の内的格闘が、外部に向つて暖かく愛を発信するのではないでせうか　孤高といふものはレベルを絶した偉大な精神にとつては常にさけ難い道でした　明治以後の日本の文学者のなかでも夏目漱石などは、最もこの運命をたどつた一人のやうに思はれます　彼が禅寺の「門」をたたいて、自意識の錯交を超克しやうとしたその苦悩は、実は偉大な精神が、周囲の低俗に自己を対比して、自身を疑ふはげしい孤高の悩みに外ならないでせう　彼の「則天去私」の解脱の思ひですらが孤高の精神が求め得た

最後の調和と思はれます
　宮沢賢治の孤高もレベルを絶した偉大な魂の悩みとしては、漱石と同様なものに外なりませんでした　けれど不思議な事に彼の孤高の精神は少くとも外面的には低俗な周囲との調和を失つては居りません　ここに宮沢賢治の特異性があつたやうに思はれます
　彼の生涯は大部分農夫達と共に行はれ、彼に接する処のあつた人々はすべてその多面レイロウな風格を讃へる言葉を以て回想してゐます　孤高の精神が多くは周囲への反撥となつて現はれてゐるとき、彼の場合だけは単に自己への反撥を積み重ねて、前人未踏の高さへよぢ登つて行つたといふ事実は私達を大きな示唆に導かずにはおきません
　周囲の低俗との調和を保ちながら彼の孤高の精神はそこに一つの特異性を有してゐたと言ふことが出来ますが、それは他の意味ではそこに限界を暴露した精神的な低迷と言ふことが出来ると思はれるのです　彼のこの間の解明には一つの好個の試料がありますから左に挙げて見ます
　春と修羅第二集の序文に次のやうな文章があります

　そこでまことにぶしつけながら、わたくしの敬愛するパトロン諸氏は、手紙や雑誌をお送りくだされたり、何かにいろいろお書きくださることは、気取つたやうではございますが、何とか願ひ下げいたしたいと存じます。

　わたくしはどこまでも孤独を愛し、熱く湿つた感情を嫌ひますので、もし万一にも、わたくしにもつと仕事を御期待なさるお方は、原稿の催促や、集金郵便をお差し向けになつたり、わたくしを苦しませぬやうおねがひしたいと存じます。

　けだし、わたくしはいかにもけちなものではありますが、自分の畑も耕せば、冬にはあちこちに、南京ぶくろをぶらさげた水稲肥料の設計事務所も出して居りまして、おれたちは大いにやらう、約

束しよう、などといふことよりは、もう少し下等な仕事で、頭がいつぱいなのでございますから。
そう申したとて別に何でもありませぬ。北上川が一ぺん汎濫しますると、百万疋の鼠が死ぬのでございますが、その鼠らが、やつぱり、わたくしみたいな言ひ方を、生きてゐるうちは、毎日いたして居りますのでございます。

ここには皮肉とパラドツクスとそして幾らかの真実とが織り交ぜて語られてゐますが、彼の孤独の特異性を無言のうち語つてゐるとも考へられます　彼自身も「熱く湿つた感情を嫌」ふと言ふやうに、精神の広大な領域に足を踏み入れて苦悩するといふやうな近代の人間性が敢てする（漱石も明らかにそれです）道を彼自身は実は真正面から通過しては居りません　それは彼の自己が青年期から直ちに信仰の世界に踏み込むといふやうな大凡自意識の錯交とは縁遠い出発をした事と、科学的な教養との結果と考へることが出来ます　彼の決断が時に精神の領域に於て大らかさを失つてゐるのはこのために外ならないのです　併し彼自身は私達のこのやうな批判に対して一顧をも与へない決意を抱いてゐたに違ひありません　彼の孤独が現実には周囲との調和を失はなかつた事も恐らくはこの点に因を発して居ります
彼の孤独の精神が低俗への反撥から由来したのではないといふ事は、彼が人間性に対する深い苦悩よりも自然科学的な修練の結果としてその孤独の精神を抱いたことを意味してゐます
そしてその結果は彼の孤独性に得も言はれぬ寒冷な部分を導入致しました
夏目漱石の孤高は内的には惨澹たる自意識の格闘があり、外的には周囲の低俗との激しい反撥に露呈してゐますが、その根源に於て人間性に対する暖い愛を感じさせ、その愛が余りに清潔であつたための悲劇と解することが出来ます　漱石の苦悩には暖いものがあふれてゐるのです
併るに宮沢賢治の孤独は周囲の低俗とは調和を保ちながら、実は徹底した冷たさを感ぜずには居られません　人々は彼の孤独に於て人間性の底に横はる愛を発見することは出来ないのです

常人は彼の孤高の心を思ひやるとき、寒くふるへずには居られません　それは科学的な修練が、人間性への開眼に先行したからに外ならないと思ひます　彼の孤独の精神は宇宙の輪廻の中に於ける人間の立場といふ形態を取つてゐることは或る示唆を与へてやみません　彼の孤独は低俗に対する孤独ではなくて、大きな自然の輪廻の中におかれた人類の心の孤独と言ふことが出来ます　彼の孤独に接するときわれわれの感ずる寒冷はこのさびしさの反映に外なりません　彼の諦念も又ここに端を発しました　彼の宗教的修練でさへも明らかに宇宙の輪廻に対する人間の孤独といふ立場にかへつてゆきます

「人と万象と共にまことの道に至らうとする」とは彼が詩の中で断言した正道でした　恋愛とはそのやうな宗教的な愛が、さびしさの余り、一人の人に向けられた退転に外ならないとも述べてゐます　これは廿七歳の折に創られた詩作品ですが彼は終生この領域を出でやうとはしません　若し偉大な生涯が意外な程単純な原理により送られるものとすれば彼は、まぎれもなくその最たるものと言ふことが出来ます　人と万象と共に彼の言ふまことの道に至らうとする不退転の歩みは、すべてのものに愛を注ぐといふことを意味してゐます　これは実際には周囲の低俗との調和といふ面に現はれてゐます　すべてのものに愛をそそぐといふことは一面には明らかに誰をも愛さないといふに外なりません　これは彼の孤独の精神となつて現はれました　彼の作品は時にこのやうな心理を如実に反映してゐます　仮りに彼の孤独の現れを作品の上に観照しますと、宇宙的な輪廻に対する人間の寂しさと言ふべきものは主に童話作品の上に、又周囲の人々に対する限りない愛が、時に破綻するときの心理の断層は詩作品の上に跡を残してゐます　且て私は宮沢賢治の詩碑の前に立ち、精神の苦悩をこの人の前に解き開かうとした愚さを恥ぢました　何か愚かにも求めやうとしてゐた私の前に彼の詩碑は意外な程静かに立つてゐました　私は彼の耕したといふ北上川畔の耕地を眺めながら、そこに意外な平凡な彼の幻影を思ひ浮べました　何時の時代にも霞のやうに不常住に精神の放浪をつづけ、愚かにも無為にして何かを待ち望んでゐるのは自分のやうな馬鹿なのだといふ寂しさがやつて来ました　私は眼前に宮沢賢治と相対したとしたら左程

難解な人ではないと確信致しました　が問題はこれだけでは決解しません　生死を隔て、且つ三十年の落差を以て彼の跡した業跡と風格を考へるとき、追へども追へども尚不思儀な未知の混沌を彼から感ぜずには居られません

私はここに彼の孤独の精神を解く鍵がひそんでゐると思ひます

現実に彼と相対したときは左程難解とは考へられない、そのことは実は現実に彼と相対したときは彼から孤独を感得することは出来ないといふ一事と対応致します　そして彼の業跡と行蔵を追ふときつねに不思儀な未知の混沌を感ずるといふことは、彼の業跡と行蔵を追ふとき、思はず冷たくふるへずには居られないやうな孤独の精神を感得するといふ一事に対応致します

問題は明らかに常人の及びもつかない彼の高貴な実践生活と、一途に没入して行つた仏教的諦念との解明に移つてゆきます　私は彼の孤独は要するに常人と賢聖との落差に帰せられるやうに思ひました常人には真の孤独などは有り得ないのだ、外面的には孤独に思はれる精神も実は人間性への愛が底流してゐるのだ

併るに彼の場合だけは寒冷の思ひが孤独の影に伴つてゐるだけなのでした　私は彼を信仰的な対称として考へやうとする人々を当然のやうに思ひました　そして激しい反撥が心の底からやつて来るやうに思ひます　それが自分のひがみであつたら幸この上もありません　年代の差が少い現在は未だ彼に対するひがみを黙過するに違ひありません　私は彼を攻撃する声は永遠に聴くことはないやうな気がします　それだから私達は過褒を警戒すれば足りるやうに思ふのです

彼の宇宙的輪廻に対する孤独は童話「銀河鉄道の夜」　詩イギリス海岸の歌　業の花びら　海蝕台地などの作品に現はれてゐます

又人間に対する孤独は「作品第一〇四二番」「僚友」「火祭」などの詩作品に、自身に対する反撥は「恋と病熱」「異途の出発」などの詩作品の中に明瞭に覗ふことが出来るのです

彼の孤独は二十三歳の頃から端を発してゆきます　当時盛岡高農の研究生であつた彼の面影を或る人は「薄気味悪い程尖鋭的」であつたと評し、又或る人は多面レイロウで一点の非の打ちどころもない人物であつたと追想してゐます　ここにも彼の特異性がうかがはれますが、このやうな彼に対する人々の評価の相違は明らかに突込み方の深浅によるのであつて見解の分離ではありません

彼の信仰はこの後二三年の間に深度を加へてゆきました　廿六歳の折単身出京するに至つたのも信仰の激しさのためです　彼はこの頃、未だダンデイズムから脱しては居らず、その宗教的な諦念ですらが、未だイデオロギーの領域を脱しては居ませんでした

妹の死の衝動が彼を真の孤独に追ひやつた大きな動機と思ひます　彼の思想が寒冷の度を加へ、微塵の華かさをも切り捨てて行つたのはこのときからでした　彼の憂愁の深さも激しさも私達を茫然と見送らせるだけで、彼はすでに常人を隔絶した世界の中へつきすすんでゆきます　唯私達が幾分か慰みを感ずるのは彼の世界が色も匂ひもない荒茫の世界ではなく、現実よりも如実な色相と匂ひに充ちた心象宇宙であつたことです　彼のイーハトーヴオへの構想もこのやうな彼の孤高の心が築いて行つたものに他ならないのです

この時代は農学校の教師として生徒達と山河を無縫に遊んでゐます　「イギリス海岸の歌」はこのやうな境遇のうちに作られましたが、妹としの死から受けた諦念がはつきりと作品の上に燃えてゐます

斯くて何者かに促されて「暗いけはしいみち」と自ら予想した桜の「孤立の別荘」の生活へと移つてゆきます　彼の孤高の思想はここに極まつてゐると言ふことが出来ます　常人を絶した宗教的な実践を事とした彼にとつては、この上ない修練の場でした　彼はこの壮絶な孤高の思想の中から限りない肯定精神と捨身の愛を構想し発信してゆきます　彼は常に一の体験から十を考へるやうな感覚を抱いてゐます　彼の文学的素養は左程広いものではありませんが、彼の作品から発散する思想の影は幾十倍もの量に達してゐることでも判ります

彼はその食生活を心痛する母の愛をも一切拒否してこの生活に堪えてゆきました「人と万象と共にまことの道に至らうとする」彼の念願なしにはよく堪え得る孤独ではありません

桜の孤立の別荘から彼は多くの仕事を次々に為しつつありました

羅須地人協会の集会も農閑期を利用して行はれました　彼は農夫や周囲の特志家のために肥料や化学の講義を行ひ、又ゲーテやトルストイの芸術論から始まる一連の農民芸術概論が語られた場合もあります　寒害や風水害に於ける彼のケン身的な努力も並大抵ではなく、往年の豊かさもすべて脱して農村の実際面に対して激しい活動を示してゐます　彼の宇宙的輪廻に対するはげしい孤独感は、この頃では農民に対する心理的な断層におき換へられ、何処ともなく匂つて来る憂愁のうちにも生活への定着が感じられて来ます

夜はあやしく陥りて
ゆらぎ出でしは一むらの
陰極線の盲《しひ》あかり
また蛍光の青らみと
かなしく白き偏光の類
ましろに寒き川のさま
地平わずかに赤らむは
あかつきとこそ覚ゆなれ
（そもこれはいづちの川のけしきぞも）
げにながれたり水のいろ
ながれたりげに水のいろ

このあかつきの水のさま
はてさへしらにながれたり
（そもこれはいづちの川のけしきぞも）

そして青ざめた人の屍が、数もしらに流れて来るのです　また大筏の上にはまなじり深く鼻の高い一人の男が坐つてゐます　見るとその筏は屍を組んで造つたものでした　そして髪をみだしたわかものが筏のはしに取りつかうとすると　筏の男は瞳を赤く瞋の頬をひらめかして、その手を取り解いてつき放します　水の中では髪を乱した人々が相互に我のみ救はれやうと争ひしりぞけ合つてゐます　そして水いろの川とただれたやうな空がつづいてゆくのです

彼の眼はかすみ、凝然と無意識のやうにその光景を眺めてゐるのでした　やがて頭ばかりが歯ぎしりしながら流れて来、死人の肩を嚙むものもあり背を嚙まれて怒る死人も流れてゆきます

あゝ流れたり流れたり
水いろなせる屍と
人とをのせて水いろの
水ははてなく流れたり

（「流れたり」より——）

私は何故彼がこのやうな修羅の絵図巻を執拗に組立て、追求したのかわかりません　彼がこのやうな心理を現はしたことは解釈するすべがありません　併し彼がこのやうな地獄の相を、眼を外らすこともなく凝視してゐる様は実にさびしいものがあるやうに思はれます

「孤立の別荘」からは夜になると何とも言へないさびしい叫声が聴へて来ることがありました　それは

彼が霊界の百鬼を幻覚してゐるのだと彼の弟子達は回想してゐます　自身も仏教の十界を信じ、自然石の陰に立ち止つてこの詩にあるやうな風景が幻覚されると、彼は法華経の一品を誦して手向けとし、そこを立去るのが常であつたと言はれます　斯くて彼は風雨に体を痛めて父母の下に病を養ふに至ります　一時快復の期を迎へますがそれも漸く侵され終に再起不能の床に就いてゆきます　彼が不惑に近づかうとする年齢に、「大都郊外ノ煙ニマギレントシ」たその精神と実践の嵐のやうな激しさを思ふとき修羅の地人の行蔵にふさはしい孤高の思ひを感ぜずには居られません

彼は病床に就くに至つてはじめて生涯に唯一度のゆとりのある心境に立至つてゐます　彼はここで過去をかへり見て生涯の道程を充分ゆとりのある眼で追憶してゐます　思想的にも円熟を示し、俳句の世界を好み文語詩への転換を遂げてゐます

死期が近づくと彼は力強く法華経を誦し、オキシフルで全身をぬぐひそれが終つたと思はれるとき息は絶えてしまひました

彼は死に際し法華経の法悦にひたつて安心立命を遂げたと言ふことが出来ますが、彼の跡して逝つたあとには、激しい孤高の精神と、又人々を何故か寒くゆすぶるやうな冷たい光が残されてゐます　私は彼のこの前人未踏の孤独の生涯から多くの教示を受けます

彼は「恐しいまでにこの世界は真剣な世界なのだ」といふことを常に実践によつて体認してゆきました　私たちが彼の実践の跡を眺めて、ただ寒くふるへるばかりなのは彼のこの激しさを感ずるからに外なりません　私は到底彼のこの激しさに堪えられるとは思はれません　そして「孤独を恐れるものは真の文化人ではない」といふことを彼の生涯の実践の跡から学びとることが、愚かな私にとつて堪え得る最大の思想のやうに思はれるのです

（十・三十一日）

創造と宿命

創造することは宿命に対する諦観を意味しました　彼のさびしい坐は銀河系のなかに孤高の点を占めてゐるだけです　彼に於ては歴史的な実現はなく、自然の絶対的な時間の流れとそのなかに立つてゐる人間の相があるだけでした
私は宮沢賢治との過ぎし日の会合を思はずには居られません　彼の作品も風格も新鮮で、何処からともなく射し込んでくる希望といふやうな光は、優れた特異さを感じさせました　祖国は既に危機に突入し、何か巨きなものの迫力は私にキ然とした対決を求めずには居ませんでした　そのけはしい圧力は祖国の苦悩の象徴であつたかも知れません　唯日々に加はつてくる苦しさを受感して迷ひつづけました　私は明瞭にその覆ひかかつてくる胸苦しさの実体を把握することは出来ませんでした　しかしその巨きな力は、私たち学徒に生半かな理性や、自意識の交錯を捨てよと促してゐたのは確かであると思ひます　私は苦悩して自己のうちにある中世期的な理想も苦悩も夢も一切を切り捨てるために、刻々の若き日を費ひつつありました　宮沢賢治の手法を借りて、苦しい詩を書いたのもその頃だと記憶します　その頃私の関心は全て横光利一氏にかかつてゐました　横光氏が長篇「旅愁」のなかに記録しつづけた苦悩の跡は私の心を最も捉へずにはおきませんでした
私はあの祖国の苦悩の濃き日に、日本のインテリゲンチヤの考へてゐたことが何であるかは知りません（又価値ある苦しみを続けてゐたと考へる程彼等を高く評価しては居りません）
けれど横光氏が旅愁の中で指さしてゐる方向が、全く私たち若き世代の行き方を代弁してゐたことは

確信をもつて断言することが出来ます　横光氏のヨーロッパ的知性が日本に感じてゐる旅愁は、限りない実感として私の心を叩いてやみませんでした　そして私はひそかに、その日本に対する旅愁は、実は日々私達に決断を迫つてやまない祖国の苦悩の声に応じやうとするときに感ずるヨーロッパ的知性に対するひそかな旅愁とも逆説的に解することが出来ました

横光氏の憂愁は私の憂愁でした　私達は夜の更けるまで寒い北国の街にこの憂愁を語り合ひました　実に惨憺たる日々に相違なかつたのです　併し私達若い世代は良くその苦悩の前に退くことを潔しとしませんでした　それは安価な自由主義の洗礼を受けてゐなかつた年齢的な利点であつたかも知れません　けれど私達にもインテリゲンチヤとしての精神の悩みはありました　そして一切の無用の悩みを捨てよと迫る祖国の促しの前に幾度か自明の苦悩をつづけたか知れません　唯私達の苦悩は人間性の問題を離れることはありませんでした　祖国のはあくまでも個々の上にあり、私たちの悩みはそれへの帰一の道程に於て行はれたのは言ふまでもありません

私たちは映画を観ながら、その中にある転身の安価さを憤り、誰かこの祖国の苦悩の日に、悩みつづけるインテリゲンチヤの群像を描いては呉れないのかと悲しまずには居られませんでした

私はその後横光利一氏から保田与重郎氏に架せられた橋を見出し、保田氏の古典と国史の発想の中に血路を求めてゆきましたが宮沢賢治が新たなる方向から光を投げかけて来たのは丁度その頃だと記憶してゐます

宮沢賢治には暗憺とした苦渋はありません　彼の作品には冷く鋭い感覚が自然の風物と交流し、途方もない空想と奇抜な大らかな構想は、精神の世界から離れた不思議な安堵さを感じさせました　私は彼にいこひの場所を見出し安オンの世界を想ひました　青い灯が銀河系空間の中にぽつんと光つて居り、それは私たちを遠い異空間の幻想に追ひやつては浄化しやうとするのです　彼の持つてゐる非日本的な大らかさは私を安らかにさせました

彼の初期にはキリスト教的な甘美な感傷と大乗仏教的な青い諦念があり、共に、暗憺たる心境をさ迷つてゐる私の心をひきつけます　斯くて私は宮沢的イデーの中に故郷を見出したかのやうでした　その間祖国の危機は増々切迫してゐました　私は既に科学技術が祖国を救ひ得る時期は過ぎたと思ひました　若し覆ひかかつて来る鉄鎖を截ち切る道が唯一つ残されてゐるとすれば、日本の精神だけが為し得る壮絶な道より外には有り得ないことを直覚しました　その頃の私の苦悩は、私自身の内面の苦悩か、或は祖国の苦悩が反映してゐるのかわかりませんでした　私にはその区別すら付き兼ねました　絶対絶命の境は刻々に近づきつつあることは明らかに直覚してゐました　私は（若しこのやうなことを言ふのが気障でないとするなら）私自身の生命も又祖国と生死を共にすべきときが来たと思はれました

宮沢賢治には日本がない　彼の華やかな幻想にも優れた感覚の世界にも日本的なものは絶無であり、彼が人類全体としての視野に立つて、愛を説き幸福を論じてゐることは確かでした　私は彼の粗雑な人類主義を難ずる心は消すことが出来ませんでした

若し創造といふ言葉が冠せられるとしたら、彼の作品程その名にふさはしいものはなかつたでせう　彼の作品は徹頭徹尾無からの生成に外なりません　彼の用ふる固有名詞は皆「コンネクテカット」式の創生語でした　彼の感覚すらが自然科学の修練から学び取つた普遍性の濃いものでした

彼は思想的に虚無ではありませんが発想の場は虚無に外なりません　彼に取つてはあらゆるものは本質的に善でも悪でもありませんでした　しかもあらゆるものは本質的に実体そのものではなく仮虚に過ぎないのです

彼は峻烈に現実否定的な傾向をたどつてゆきます　「この世界に行はるる吾等の善なるものは畢竟根のない木である」といふ彼の根本的な発想の場は作品の上に如実に現はれてゐます　彼の構想や感覚の定着性の無さ　彼のケンランたる幻想の世界は唯流動してゐるだけで確乎とした足場はありませんでした　彼は畢竟一人の思想的コスモポリタンに外なりません　彼の作品は私たちに善をも悪をも強要しま

せん　彼は伝統に対して一顧をも与へやうとはしません　彼は真善美をも彼の作品の中に示しません　僅かに彼は「主義とも言はず思想とも言はず唯行はれる巨きなもの」を信じてゐるかに見えます　彼の作品は「ただ行はれる巨きなもの」でした　モラルと言ふやうなものを遠く拒否し去り、真善美の如きを眼下に収めて、彼はこの銀河系宇宙の中に無縫の輪廻を舞つてゐるのです　如何にも彼の発想は大きいものでした　そして彼の坐は常に非情の冷さを伴つてゐる点で特異性を持つてゐます　トルストイと言ひ、或はロマン・ローランと言ひ、その思想の大きさや、人類的な視野には、延び上つたやうな無理な姿勢が感ぜられます　宮沢賢治だけは延び上らうとせずに足を地から離してしまひました　彼が人類の幸福を言はうが、実在を否定しやうが少しも無理な感じを伴ひません　それは彼が足を地から離して流転してゐるからなのです　彼の思想の場が何処に変らうと、それは唯彼の一つの相を現はしてゐるに過ぎないのです　「総ての生物はみな無量の劫の昔から流転に流転を重ねて来た　流転の階段は大きくわけて九つある」

これは彼は十全に信じてゐるところでした　私達はこのやうな原始大乗教の思想を嗤ふことは出来ません　総ての生物が永劫の昔から流転を重ねて来たことが真であるか否かは誰にも定められないのです　問題は唯信か不信かにあります　彼がこのやうな大乗仏教の根本的な部分を絶対的に信じてゐたことは、彼の出処行蔵がこれを証してゐます　原始的な思想には真迫力がありますが、彼の絶対的な信の結果は、彼の跡した作品や風格の中に近代精神に見ることのない迫力を残してゆきました　それは諦念の巨きさとも言ふことが出来るでせう　彼の作品のもつ大きさも感覚の特異性も、その根底に横はる謎はすべてこのやうな彼の諦念にかかつてゐました

或る人は古事記や万葉集の中にイデーの故郷を見るやうに、又或る人はプラトン的イデーの中に故郷を見るやうに、宮沢賢治的イデーの中にも故郷のもついこひと安オンが守られてゐるやうに思はれます　「すべての頂にいこひあり」と言ふならば彼は矢張り頂の一つに違ひありません　確かに彼は近代

吉本隆明全集 1

月報10
2016年6月
晶文社

吉本さんの三冊の本

石川九楊

父というには若きにすぎ、兄というには歳の離れた世代に属するひとりの詩人——吉本隆明と一定期間同時代を生き、学生時代にその著書に出会い、その思想に触れる機縁を得たことは、私の人生にとってかけがえのない幸運であった。

吉本さんがなくなってから四年。全集に限らず、今も次々と著書が出版されている。しかし、資本主義末期の文化的頽廃とはかくばかりかと思える近年のおぞましい人文学軽視の時代状況の下で、現在の学生が吉本さんの本にめぐり合うことはないだろう。いつの時代かまた再び読み直され、復権することがあるとしてもだ。

現在のような文化状況下で、生活上の瑣事から世界の大事件に至るまで、あらゆる出来事を根柢的《ラジカル》に読み解いた吉本さんの「思想の命運はいかに」と思わざるをえない。「戦後最高の思想家」とまで呼ばれた人の名が、若者の口にものぼらなくなった現在、その思想はどこに消え去ったのだろうか。

むろん、思想というのは聞きなれない新学説ではない。身辺にころがっている「未知」に気づき、その存在の原理を苦心惨憺の末に解き明かしたその論を、誰もが昔から知りえていたかのように使い始める――それこそが思想であり、七転八倒しながら解明した主が思想家である。

その意味では、吉本さんの「生活こそが第一義」という敗戦の中から築きあげた思想は、日本の社会にいくぶんかは根づいたと言えるだろう。

だが、私にとって吉本さんはやはり詩人。田村隆一、谷川雁、そして準詩人・埴谷雄高らとともにあった詩人・吉本隆明である。その詩句《フレーズ》を、私は「詩篇」や「雅歌」ではなく、「箴言」として愛唱してきた。

けふから　ぼくらは泣かない
きのふまでのように　もう世界は
うつくしくもなくなつたから　（「涙が涸れる」）

学生時代にこの詩の一節に出会ったとき、もはやこの世には何もない。その絶望の暗闇から出発せよという声を聞いて、人生の歩き方を知った。

ここでは「ぼく」ではなく、「ぼくら」と記されている。実際に吉本さんとお会いしたときにも、「ぼくらは……」「ぼくらはねェ……」といつも友と共にある共同複数形で話された。そして、

とほくまでゆくんだ　ぼくらの好きな人々よ　（同前）

の詩句《フレーズ》とともに、私は今日まで仕事をし、生活をつづけてきた。

ひとりつきりで耐えられないから
たくさんのひとと手をつなぐといふのは嘘だから
ひとりつきりで抗争できないから
たくさんのひとと手をつなぐといふのは卑怯だから
ぼくはでてゆく

ぼくの孤独はほとんど極限《リミット》に耐えられる
ぼくの肉体はほとんど苛酷に耐えられる　（「ちひさな群への挨拶」）

ぼくはぼくのこころがゐないあひだに　世界のほうぼうで起ることがゆるせないのだ　だから夜はほとんど眠らない　眠るものたちは赦すものたちだ　（「廃人の歌」）

ぼくは拒絶された思想となつて
この澄んだ空をかき撩さう　（「その秋のために」）

好みの箴言を書き出せばきりがない。私にとっての吉本さんの一冊は、何といっても『吉本隆明詩集』である。

その中でも「涙が涸れる」は収められてはいないが、思潮社の現代詩文庫版が好みだ。大和書房版『全集撰』も、思潮社版『全詩集』も活字が大きすぎて、詩のことばがピタピタと頭に入ってこない。

次いで愛着が深いのは勁草書房版『言語にとって美とはなにか』上下。表紙は白い布クロス貼り。大きな題字がセピア色の箔で圧され、白い貼り函に収められた武骨な装幀が、内容・内圧とうまくつり合っている。

この本から、文学の批評は、印象批評ではだめで、作品の具体的な表出に即して「どこがどうだから」と言えなければ無効であることを教えられた。今なお、この批評の方法が必要条件として定着していないのがなんとも残念なことである。

吉本さんは『ハイ・イメージ論』や『マス・イメージ論』が『言語にとって美とはなにか』の続編と考えていたようだが、私は、ソシュールの言語学などにつき合うことなく、『言語にとって美とはなにか』の改訂と増補を徹底して欲しかった。そうすれば『言語にとって美とはなにか』は、西欧言語学の限界を突破して、世界大の巨大な言語の美学論へと転生したように思われる。

最後に小さな本だが『言葉からの触手』がいい。吉本さんの思想の精髄ここにありと言えるほどの珠玉の定義集である。とりわけ「精神にとっての食物、つまり言語。言葉をしゃべったり、書いたりするのは、精神が喰べてることだ」と言語を精神の食物と定義づけた項は秀抜である。吉本さんは家人らの手によって、ひとりの市井の生活者としてひっそりと葬られ、出版社や編集者やファンの出る幕はなかったようだ。

ぼくを気やすい隣人とかんがへてゐる働き人よ
ぼくはきみたちに近親憎悪を感じてゐるのだ
ぼくは秩序の敵であるとおなじにきみたちの敵だ　（「その秋のために」）

という詩句《フレーズ》を想い起こさせた。思想と倫理と行動の一体化した吉本さんのスタイルは死後も貫かれた。

（いしかわ・きゅうよう　書家）

あの頃

ハルノ宵子

村上さんが家に来ると、私は必ず「村上一郎文学者〜！」と言って出迎えた。おそらく父が、

「やっぱり村上さんは文学者だな」と言うのを聞いていたからなのだろう。

村上一郎をまったくご存知ない世代の方に説明するならば、戦時中海軍青年将校だったのに生き残ってしまった、ざっくり言えば〝ウヨク〟の人だ。三島由紀夫の割腹自決からほどなく、死に場所を求めていたかのように、自刃してしまった人である。

村上さんは週に1度くらいは訪れ、世間話や事務的な話をしては帰って行った。お酒を飲んで乱れた記憶はない。あまり飲まなかったのか、酔っぱらわないタチだったのかは分からないが、いつもクールでシブイ男だった。村上さんは漫画がムチャクチャうまかった。ノラクロや赤銅鈴之助をプロはだしの線で、スラスラと黒板に描いたのが印象的だ。それも〝サヨク〟の代表、島成郎さんの家の黒板にだ。いわゆる「ブント」のリーダー島さんも、あらゆる意味でイイ男だった。まずは色気があった。〝エロい〟と言ってもいい。精神科医に転身してからも、「女性患者はね、まずオレに惚れさせせなきゃダメなんだよ」と言って、はばからない人だった。村上さんとは対称的で、めちゃくちゃ陽気な酒だった。酔うと豪快に「ワハハハ!」と笑った。島さんは、私が幼稚園の頃の〝お嫁さんになりたい人No.1〟だった(ちなみにNo.2は梶木剛さん)。今だって、あんなイイ男はいない!と思っている。

そんな島さんの家で、私と両親、島夫妻、編集者1人、母の親友〝あっこおばちゃん〟、そして村上一郎さんとで撮った写真が残っている。バックは、村上さんのノラクロと赤胴鈴之助の黒板だ。ウヨクもサヨクも無い。皆最高の笑顔だった。

村上さんが、将校時代の軍刀を持って来て見せてくれたこともある。皆で持ち上げ、「うわ～!重いんだね」などとはしゃいだ。後にその刃が、村上さんの命を奪うことになるとも知らずに。

島尾敏雄・ミホ夫妻、奥野健男さんと娘の由利ちゃんと一緒の写真もある。どうも私がいじめるらしく（？）、由利ちゃんは、どの写真も半泣き顔だ。三浦つとむさんの大きな背中を〝おすべり〟にしたり、谷川雁さんを「ガーン」と呼んでいたり、多くの伝説の名編集者が出入りし、遊んでもらった。江藤淳さんが、生まれたばかりの妹の頭をなでながら、「いいなぁ〜女の子…姉妹っていいなぁ…」と、子供のいない江藤さんは、うっとりと言っていたのを覚えている。

吉本全集を読んでくださる方々は、「なんて贅沢な幼少時代なんだろう！」と、思われることだろう。私だってそう思う。しかし、そう思うのは――イヤその前に（父も含めて）、ここに登場した人の名前を誰1人として知らない方が、日本人の99・6％位なのだということを勘違いしてはならないと思う。

あの頃皆、全然エラくなかった。最後まで誰もエラくなかった。ただ自分が、やるべきと信じることを真剣にやっていただけだ。

主義主張が違えば、もちろんぶつかり合う。でも、論争してケンカして「コノヤロ！バカヤロ！お前とは絶交だ〜！」以上の感情は無かった。今の〝知識人〟と言われるエラい方々は、主義主張が違えば、互いに嫌悪し、憎み、排除に向けて足を引っ張り合う。

あの頃は良かった…なんてボヤく気はさらさら無いが、ウヨクもサヨクも1個の人間として尊重し、存在を認め合っていた。やはり現代は、不寛容なケチくさい時代になってしまったのだろうか。


（はるの・よいこ　漫画家）

編集部より

＊次回の配本は第2巻を予定しております。発売は２０１６年9月です。

＊吉本隆明さんの書簡を探しています。お持ちの読者の方がいらっしゃいましたら、封書の場合は、文面、封筒の表・裏、はがきの場合は、はがきの表・裏の複写をご提供いただければ幸いです。

日本の生んだ聖賢の最後の一人であるかも知れないのです
　私は苦悩を背負ひ切れなくなつたとき彼のふところに帰つて行くやうでした　けれど彼は苦悩を解いて呉れる人ではないことを私は知りました　彼は苦悩などは無用のものとして遥かにしりぞけた肯定精神の故郷でした　彼は近代日本のインテリゲンチヤが当然通らねばならない精神の断層と自意識の錯交を通過しませんでした　私はこの事実も知らぬかのやうに唯その巨きな静かな光を慕つてゆきました　私の失望は当然だつたと言ふことが出来ます　彼は私に「そのやうな無用の悩みを捨てて来い」と言ふかのやうでした　彼の門はつねに開いてゐるのですが余りに高く到底私には這入れる門ではありませんでした　彼の「無用の悩みを捨てよ」といふ声は、祖国の「無用の悩みを捨てよ」といふ促しの声とは別の方向から発せられたものでした
　私は宮沢的イデーの前に自明の懐疑を試みました　彼には祖国がない　そして現実に祖国の直面してゐる危機と、日々覆ひかかつて来る暗憺たる苦悩の予感はこれをさけ得べくもありませんでした　私は個人の思想は　決してその生きた時代の現実の影響を拒否し得るものではない事を体認致しました　若し個人の思想は周囲の現実（より高次の社会）から何らの影響なしに孤立し得るものだ　永遠の問題とはそのやうな問題を指すのだと言ふ者があれば、それは不真面目な者だと断言することが出来ます　流行について一顧も与へないやうな不易は実は不易ではないのです　私達はそのやうな幾らかの思想家を過去に持ちました　彼らの永遠の問題が実は永遠でも何でもないといふ思想家を
　彼らが返り咲くかに見えても、真に未来を目覚す人々は恐らくは一顧をも与へはしないでせう　一度死んだ思想は決してソ生するものではないのです　ソセイしたかに見えるのは実は亡霊にすぎません
　私は宮沢賢治の作品や出処行蔵の跡を仔細に検討してゆきました　彼の生きた時代といふものにも当然眼を向けてゆきました　それは自らの苦悩の体認によつたものに外なりません
　彼の足場が汎人類的なものであることは疑ふべくもありませんでした　彼の感覚　構想、それらは非

日本的な、そして時に非人間的な華豪なアラベスクを感じさせました　彼の肯定精神の背後には峻烈な現実否定的な思想があるやうに思はれました「仏教の出発点は一切の生物がこのやうに苦しくこのやうにかなしい我等とこれら一切の生物と諸共に、この苦の状態を離れたいと斯う云ふのである」　私は彼の肯定精神の背後にこの苦の体認を見出すことが出来ました　彼の言ふ苦は現実社会の暗憺たる風潮（大正末期）を指してゐるのかも知れません　或は彼の心の中に渦巻いてゐる罪業の意識であつたかも知れません　私は今はそれを問はないことにします　彼の現実否定の一面はこの苦の体認から因を発してゐるのです　私は彼の桜の「孤立の別荘」の生活は一つの隠遁的な意味を含んでゐるやうに感ぜられました　私は彼の肯定精神も現実否定の思想なくしては生れなかつたと思ひました　彼の肯定は否定を包んでゐるにもかかはらず、否定の諦観をも含んでゐます　私は苦の諦観によつて肯定の面にたどりついた彼の行為の中にこそ、彼の非日本性を解く何ものかがあるかも知れぬことに気付いたのです

祖国の危機の口に宮沢賢治は一日も私の脳裏を去りませんでした　それは幾年かの暗憺たる日々と言ふことが出来ます　私の青春期初期の貴重な幾年かは宮沢賢治との連続的な格闘に終始しました

北国の美しい山河は祖国の苦悩とは無関係に春となり夏となります　私にはそれが時に不思議に思はれてなりませんでした

同じやうな不思議は身辺に多く展開してゐました　それは余りに祖国の相貌が激しかつたからかも知れません　若しここに優れた僧侶があり祖国の苦悩を超越して悠々と閑日月を送つて自らを高めてゐるとしたら、若しここに美しい女性があり、祖国の苦闘をよそに、茶道や花道のあけくれにより国風の心髄を守りつつあつたとしたら、若しここに秀れた詩人があり彼が祖国の苦悩の日に、永遠の詩を描きつつあつたとしたら、それらは私の愚かな反問の一部にすぎません　私はそれらの人々を尊ばずには居られないだらう

私にはそれらの矛盾を如何にすべきかが問題でありました　それは私自身の問題でもありました　私

は現実には祖国に絶対の愛と力とを捧げてゐました　けれど私の心は祖国の苦悩の反映や、人間性の諸問題のために焦慮と混迷の極をさ迷つてゐました　私は永遠の問題を心に持ちつづけるべきか　その頃は既に個人としての私の前途は消滅してゐました　私はそれを当然と思つて悔む処はありませんでした　永遠の問題を持ちつづけてその途次に於て祖国の急に参ずべきか、或は一切の個を切りすてて、祖国に参ずることを終生の願とすべきか、究極に於て私の懐疑はそこにありました

宮沢賢治には祖国がない　けれど彼が日本の生んだ永遠の巨星であることは疑ふべくもありませんでした　彼の非日本的な普遍性に対して私は考へつづけました　それの解決は私自身の直面してゐた種々の苦悩の解決に重要な部分を成すことは明らかでした

私は彼の出処行蔵を検討してゆくうちに、そのなかに彼の行為の原動となつてゐる思想が全く日本的であるといふ事実を発見致しました　私はここでそれを例証する繁雑さをさけたいと思ひますが、その事実は実に不思議に思はれて来ました　彼の作品の中の非日本的な豪華さや、彼の感覚や言行の汎人類的な主張と、彼の行為の背後に流れてゐる無形の日本的な思想と、それらは如何にしても調和するとは考へられませんでした

そして私は終に一つの結論に達しました　それは独創することは彼の場合には一つの宿命への諦観を意味したのだといふ一事でした

彼は一切の伝統をしりぞけ、既成の思想や手法をしりぞけ、新たに自己の一点から創造するときに、それが歴史的な生命と必ずや一縷の繋りを示すことが出来ることを彼が体認してゐたといふ事なのです「すべてのもの　伝統ならざるものあらんや　思想ならざるものあらんや」といふ彼の豪壮な決断と諦観なくしては、彼のあの非日本的な感覚のきらめいてゐる作品は生れなかつたのです　私は彼のその諦観が宿業に対する大乗仏教的な暗惨たる諦観から生れ出たことを思ひ、ここに宮沢賢治の非日本的と日本的と、作品と思想とを結合するすべての鍵があつたと信ずるに至りました

祖国はその間に悲しむべき現実を迎へました　私はいまは多くを語る事が出来ません　心痛み涙滂沱として、如何して私の筆は進むことが出来ませうか　唯　言ひ得べくんば、祖国は独創することが宿命への諦観を意味する日を導入したといふことです　そしてこの言葉の背後には幾多の嵐が吹きまくつてゐる、その嵐は静かな夕に私の精神を吹きまくつてゆくのを感じます　（十一・二・）

孤独と神秘とユーモア

シグナルの
赤いあかりもともつたし
そこらの雲もちらけてしまふ
プラットフォームは
Ｙの字をした柱だの
犬の毛皮を着た農夫だの
けふもすつかり酸えてしまつた

東へ行くの？
白いみかげの胃の方へかい
さう
ではおいで
行きがけにねえ
向ふの
あの
ぼんやりとした葡萄いろのそらを通つて

大荒沢やあつちはひどい雪ですと
ぼくが云つたと云つとくれ
では
さやうなら　　　　（孤独と風童）

この詩には珍らしく彼の孤独さが暖い息を吐いてゐます　これが彼の孤独がメルヘンの世界に通ずる一つの道でした　彼のメルヘンの世界には郷土の説話とか伝承とかにつながる明るい神秘さがあることがあります　「やまなし」「風の又三郎」「ざしき童子の話」などはこれに属してゐると言ふことが出来ませうか　彼のもつてゐる安らかな世界がこれらの作品には沈潜してゐます　彼は神秘といふものに一生涯畏敬の念を抱いてゐました　それは彼のやうな科学者には珍しいことと言はねばなりません

彼の生徒の一人は且て次のやうな文章を書きました

三月末の田舎は辺りは森として眠つてゐるやうでした。人通りがある訳ぢやなし、ほんとに淋しい道中でありました。しばらくの間沈黙の時が流れました。何を思つたか先生は、道路側の竹藪の中をガサ〳〵、ガサ〳〵、ほうー、ほうー、と透き通つた声で叫ぶのです。全く狂気沙汰の振舞なのですが、先生は真摯でした。寂として声のなかつた辺りは、急にどよめき出して、野の精が一度に乗りうつつた情景なのです

「あアツ！　あの音！　あの色！」感受性の鋭敏な先生は、音色にさまざまの姿を連想されて何か口ごもつてゐたやうでした。尚も「ほうー　ほうー」と呼びかける声。何を呼び、何を語らうとしてゐるのでせう！　自然と我との合一の世界に遊び狂じていらつしやる姿なのでした。

又彼の友人の一人は次のやうな文章を書きました

或る晩八時頃か、街の方から学校に用事があつて帰つて来た、学校道路の両側は麦畑である、麦は背丈位に伸びて、真夏の青白い光を浴びつゝ、涼しい風に、重い穂頭が手招ぎをするかのやうに柔かく揺いでゐた、此の情景を見た瞬間に宮沢君の心は動いたのか、突然両手を高くかゝげ、脱兎の如く走り、月光を浴びてゐる麦畑の中に身を躍らした、両手を左右水平に動かし、畦の間を抜手のやうな格好をして、向ふに飛んで行つた、直ぐに戻つて来た、又向ふに泳ぐやうにして走つて行つた、こんなことを数回繰り返して深い吐息をしながら元の道に戻つて来たからその訳を問ふた、答は簡単である、銀の波を泳いで来ましたといふ、

このやうな話は外にも幾つか伝へられてゐます

彼のこのやうな行動のもつてゐる不思儀さ、それからかもし出される無汚の明るさ、それは確に彼の童話作品の骨肉となつてゐます

思ふに彼の神秘に対する畏敬の念は、その常人を超へた感覚の鋭敏さにかかつてゐます　自然石の陰に立寄つてじつと佇んでゐると、そこには過ぎし日の修羅の巷がはつきりと幻覚されると彼自身が述べてゐるやうに　彼は絶えず異空間の世界に注意を怠りませんでした

――○――○――

彼の孤独性といふものも一つはその神秘への不断のセンサクから転化して来たと思はれます　彼の作品や出処行蔵を考へてゆくと必ず神秘さが尾をひいてゐて　これをさけて考へるすべがありません　しかも彼の孤独さには暖かく人間の愛を待つてゐる場合は実に稀で、大抵は吹雪が灰色にすさんでゐるやうな壮悽な境地を感じさせます　先述の「孤独と風童」や二三の童話作品の例は稀な暖さと常人をなつ

かしくさせる力をもつてゐます　このやうな暖さはこれを解析してゆきますと、神秘へのセンサクの途中で余りの寒冷さ、余りの孤独のすさまじさに堪え難くなつて人間の愛を求めてゐるのだと考へられます

銀河鉄道の夜の中に次のやうな個処があります

「みんながめいめいじぶんの神さまがほんたうの神さまだといふだらう。けれどもお互ほかの神さまを信ずる人たちのしたことでも涙がこぼれるだらう。それからぼくたちの心がいゝとかわるいとか議論するだらう。そして勝負がつかないだらう。けれどももし、おまへがほんたうに勉強して、実験でちやんとほんたうの考へと、うその考とを分けてしまへば、その実験の方法さへきまれば、もう信仰も化学と同じやうになる。けれども、ね、ちよつとこの本をごらん。いゝかい。これは地理と歴史の辞典だよ。この本のこの頁はね、紀元前二千二百年の地理と歴史が書いてある。よくごらん、紀元前二千二百年のことでないよ、紀元前二千二百年のころにみんなが考へてゐた地理と歴史といふものが書いてある。

（中略）

紀元前一千年。だいぶ地理も歴史も変つてるだらう。このときには斯うなのだ。変な顔はしてはいけない。ぼくたちはぼくたちのからだだつて考へだつて、天の川だつて汽車だつて歴史だつて、たゞさう感じてゐるのなんだから、そらごらん、ぼくといつしよにすこしこゝろもちをしづかにしてごらん。いゝか。」

そのひとは指を一本あげてしづかにそれをおろしました。

するといきなりジヨバンニは自分といふものがじぶんの考へといふものが、汽車やその学者や天の川やみんないつしよにぽかつと光つて、しいんとなくなつてぽかつとともつてまたなくなつて、

そしてその一つがぽかつとともるとあらゆる広い世界ががらんとひらけ、あらゆる歴史がそなはり、すつと消えるともうがらんとしたたゞもうそれつきりになつてしまふのを見ました。

私はここに彼の神秘へのセンサクと孤独との連関の一つの例を見るやうに思ひます「その人は指を一本あげてしづかにそれをおろしました。」以下には彼自身の未知のものに対する驚異のまなこを感じ得ます

彼の孤独は「おれは神のみ名によるエゴイストだ」といふ言葉の中によく現はれてゐると思ひます神と言ひ仏と言ひ信仰と称してゐるが、自分の求めてゐるのは結局自分独り他を逃れて高く行かうとするエゴではないかと言ふ　彼の心事を推察すると、その神秘への畏敬も孤独の心の中から生れ出たやうに考へられます

――○――○――

彼の孤独の中にひそんでゐる明るさ、ユーモアとも言ふべき一面は果して何処から生れたであらうか　それは先例の詩作品や童話作品の他にも、「セロ弾きのゴーシユ」「茨海小学校」のやうな代表的作品の中にも含まれてゐる巧まない明るさです　それは多くは彼自身のもつてゐるダンデイズムによるのだらうと考へられます　彼が自然を享受し、自然と交流するときの姿勢は如何にも愉しさうに思はれます　私は彼が人間に対するよりも自然に対するときはるかに人間らしい生々した弾みをもつてゐるのを不思議に思ひましたが、彼は天来の自然享受者のやうに思はれます　彼程に自然物の呼吸にまで参入した詩人は決して類例がありません　彼は言ひます

けれ共俺は快楽主義者だ　冷たい朝の空気製のビールを考へてゐる　枯草を詰めた木沓のダンスを懐しく思ふのだ

彼の神秘性への畏敬と孤独とユーモアとからうじて連続してゐるかに考へられます　その連続線は童話作品の中に流れを保つてゐます　（十一・三）

再び宮沢賢治の系譜について

且て私は彼の倫理的な系譜について少し述べました　彼の文学がモラルの問題を正道として含み、彼自身が友人への書簡の中に述べてゐるやうに「これからの宗教は芸術です　これからの芸術は宗教です」といふ意味をもつてゐることは確に一つの特異性に外なりませんでした　その早急な彼の決論が幾多の脆弱点を作品の上に残したことは否定出来ないとしても、それにふさはしい美点をも彼は充分に円現してゐます　谷川徹三氏が賢者の文学としてつとに彼の作品の意義を認められたのもその点を指してゐます

私は彼が一切の伝統や思想を拒否し、無からの生成といふ全くの独創を以て作品を描いてゆくことにより、彼の特異性をうちたてたことを述べて来ました　彼の構想や感覚が一切の既成の観念を冷笑し、それにより無縫の巨きさと混沌とを展開した意味は明らかに非日本性に外なりません　彼の文学の持つ意義は確かにこの非日本的な巨きさにあります　彼の作品は一つとして日本の文学を小馬鹿にしてゐないものはありません　空想の途方もない巨きさと言ひ、用語の自在な創造と言ひ、共に従来の日本の文学が考へも及ばない巨きさを誇つてゐます

彼の全集の編輯に与つた一人はそれらの巻末に彼の童話作品について　これらの作品は沙門日蓮の弟子宮沢賢治が世界語を以て発表せんとして果し得なかつたものであると述べてゐますが、彼が明治以後の日本文学史上に占める位置を物語つてゐるやうに思はれます　日本の文学のもつてゐる美点がもしホン訳によりヨーロツパに紹介されたとして、果してそのまま意味が十全に理解されることは恐らく疑問

です　けれど宮沢賢治の文学はそのまま直ちに世界的に読解され得るやうな普遍性を持つてゐました　これは必ずしも彼の作品の優位を証するには足りないと思ひますが、特異性の一つであることは疑ふ余地はありません

今彼の作品の構想の途方もない大きさは別として、その作品を貫いてゐる感覚の拡がりが普遍的であるといふ意味は実は検討の余地があると思はれるのです　私には彼の作品のもつ世界性とも言ふべき普遍的な感覚が、結局その発想の場の問題に還元せられるやうに思はれます

彼の作品の多くがヨーロッパ的感覚を発想の場としてゐることは、その普遍的な巨きさの唯一の理由ではなかつたでせうか　私は彼が意識的にそのやうな構想を持つたことを信じます

彼の文学のもつてゐる華やかさや軽味は日本的な感覚とは遥かに異つたものを感じさせます　阿部六郎氏は「悲劇的文化について」の中で東洋の芸術は現実の凄惨に傷いた心を鎮める鎮魂の芸術だと述べてゐますが、この意味で宮沢賢治の作品のもつ鎮魂の意味は全く非アジア的と言はなければなりません　彼の作品にはアジアのもつ苦重しい格闘がありません低迷する苦渋がないのです　暗惨とした疲れがないのです　再び阿部氏の言葉を仮りれば「神性思慕に浄められながら巨濤のやうに鳴響く壮麗さ」を持つヨーロッパ的鎮魂と言はなければなりません　彼の苦悩も孤独も透明で、血の流れるやうな暗惨さは皆無です　彼の作品のもつ祈りはキリスト教的ですがそれにもかかはらずと言はなければなりません　彼の作品に底流してゐる混沌については、且て何処かで触れたやうに古事記のもつ青暗い混沌　無量寿経のもつ底光りを思はせるものがあります　彼自身が諦観してゐたやうに詩人宮沢賢治は本質的にはアジア的領域を脱することは出来ず、かへつて最も根本的な意味でアジア的（日本的）となつてゐます　古事記のもつ日本は暗い悲劇的な日本を感じさせます　私は日本民族の特性が淡白であり明朗であると言ふ言葉には幾多の不満を感じます　日本民族が深淵や悲劇に堪えないとする言葉は多くは後世の創造ではないでせうか　古事記のもつ執拗な粘着性と暗惨たる人間性（ヒユーマニテイ）は日本をアジ

アから更に切離して考へる傾向を否定してゐるやうに思ひます

宮沢賢治の作品も軽妙であり華麗であり透明であり非アジア的ではありますが、遥かに底の方には意外な執拗な暗い人間性をたたへてゐるのではありますまいか　彼の作品はアジア的と日本的との差異を拒否して、古事記のもつ日本民族の人間性を復興してゐるやうに思ひます　明治以降の日本の文学で、良くアジア的（印度的支那的と同じやうな意味で）といふ言葉で説明し得る巨きさ混沌さを持つてゐる人を彼以外には見出すことは出来ません　彼の文学的系譜はここにあるのではないでせうか　私はこの点につきもう少し考へて見やうと思ひます

彼の生涯には二度の文学的転期がありました　その最初は短歌より詩作品への転換であり、次は口語詩より文語詩への転換です

童話作品は主として短歌より詩への転換の前後に於て大量に創作されました　彼の詩作品の間には確実な体系的推移が見られるにもかかはらず、その童話作品から体系の推移を引出すことの困難なのはこれに原因してゐます

彼の口語詩より文語詩への転換は決定的な意味をもつものでした

彼の詩作品の特性をなしてゐた映象の多様性、表現の自在性、構想の巨大性などを自ら放棄し去つた点に於て驚異に値する変換と言ふことが出来ます

且て彼の詩を論じた諸家が一様に文語詩を軽視してゐるのは余りにその転換の激しいためと考へられます（これらの点については既に述べました）　彼の文語詩は彼の文学史上の系譜を考へる場合に好個の素材となることは確に考へられます　彼は文語詩の中で古語の踏襲や、イン律を踏み日本伝統の長歌やイン律詩と比較するとき、彼の作品のもつてゐる特異性はそのまま彼の日本の明治以後の文学史上における位置を自ら物語つてゐると考へられるのです　且て彼の文語詩のもつ思想性について注目する処がありましたが、今二三の例を示して彼の詩業の特性を明らかにしやうと思ひます

民間薬

たけしき耕の具を帯びて　羆熊の皮は着たれども
夜に日をつげるひと月の　干泥のわざに身をわびて
しばしましろの露置ける　すぎなの畔にまどろめば
はじめは額の雲ぬるみ　啼きかひめぐるむらひばり
やがては古き巨人の　石の匙もて出できたり
ネプウメリてふ草の葉を　薬に食めとをしへけり

この実相的表現の背後に厳烈な思想性を発見することは困難ではありません　彼の口語詩後期における象徴的手法も次第に表現の背後に圧縮され、ここでは彼自身の人間は少しも顔を出さないのですが、それにもかかはらずヒユーマニステイクな思想性が一すぢ底流してゐます
更に一例を示します

電気工夫

(直き時計はさま頑《かた》く　憎に鍛へし瞳《め》は強し)
さはあれ攀ぢる電塔の　四方に辛夷の花深き

郵 便 は が き

恐れ入りますが、52円切手をお貼りください

101-0051

東京都千代田区
神田神保町 1-11

晶 文 社 行

◇購入申込書◇

ご注文がある場合にのみご記入下さい。

■お近くの書店にご注文下さい。
■お近くに書店がない場合は、この申込書にて直接小社へお申込み下さい。
送料は代金引き換えで、1500円(税込)以上のお買い上げで一回210円になります。

宅配ですので、電話番号は必ずご記入下さい。
※1500円(税込)以下の場合は、送料300円(税込)がかかります。

(書名) ¥ ( )部

(書名) ¥ ( )部

(書名) ¥ ( )部

ご氏名 ㊞ TEL.

ご住所 〒

晶文社『吉本隆明全集』愛読者カード

お名前《ふりがな》　　　　　　　　　　（　　歳）　ご職業

ご住所　　　　〒

Eメールアドレス

本書に関するご感想、今後の小社出版物についてのご希望などお聞かせください。

ホームページなどでご紹介させていただく場合があります。(諾・否)

お求めの書店名		ご購読新聞名	

お求めの動機	広告を見て（新聞・雑誌名）	書評を見て（新聞・雑誌名）	書店で実物を見て / 晶文社ホームページを見て	その他

お買い上げの巻数		他に購入予定の巻数		全巻予約の有無	

ご購読、およびアンケートのご協力ありがとうございます。今後の参考にさせていただきます。

南風光《かけつ》の網織れば　ごろゝと鳴らす碍子群
艸火のなかにまじらひて　蹄のたぐひけぶるらし

更に一例を示します

判事

猥れて嘲笑《あざ》めるはた寒き　凶つのまみをはらはんと
帰途《かへさ》また経るしろあとの　天は遷ろふ火の鱗
つめたき西の風きたり　あららにひとの秘呪とりて
粟の垂穂をうちみだし　すゝきを紅く燿《かゞ》やかす

更に一例を示します

肖像

朝のテニスを慨《なげか》ひて　額は貢《たか》し　雪の風
入りて原簿を閲《けみ》すれば　その手砒硫の香にけぶる

これらの作品に一貫してゐる思想性はその材題からも明らかに知ることが出来ます　しかもこれらは文語詩に圧縮されてはゐますが、明らかに近代的精神とも言ふべききびしさを具へてゐて、或は文語詩に表現する意義が無いとも考へられるのです　明治以後の詩人達は明らかにこのやうな思想性を具へてゐましたが、彼程に定型詩の中に見事にその思想性を圧縮した詩人を他に知りません　唯歌人斎藤茂吉氏の初期の作品には彼の定型詩と同じ色相を感じることが出来ます

前例のやうな傾向の文語詩は彼の持つ特性の一面を適切に代表するやうに思ひますが、これらの傾向を基底として彼の定型詩は更に一段の転期をもつてゐます　彼の定型詩の主な意義、従つて彼の文学的系譜は主として次掲の如き詩の中に模索することが出来るのではありますまいか

準平原の母

こらはみな手を引き交へて　　巨けく蒼きみなかみの
つゝどり声をあめふらす　　水なしの谷に出で行きぬ

厩に遠く鐘鳴りて　　さびしく風のかげろへば
小さきシヤツはゆれつゝも　　こらのおらびはいまだこず

母

雪袴黒くうがちし　　うなゐの子瓜食《は》みくれば

風澄めるよもの山はに　うづまくや秋のしらくも
その身こそ瓜も欲りせん　齢弱《としわか》き母にしあれば
手すさびに紅き萱穂を　つみつどへ野をよぎるなれ

無題

毘沙門の堂は古びて　梨白く花咲きちれば
胸疾みてつかさをやめし　堂守の眼やさしき
中ぞらにうかべる雲の　蓋やまた椀のさまなる
川水はすべりてくらく　草火のみほのに燃えたれ

私たちはこれらの詩に彼の文語詩の極地を見ることが出きます

このやうな洗はれるやうな清らかさ　瑞々しい抒情は明治以後は勿論日本の伝統の長歌の中にも発見することは出来ません　まぎれもなく阿部氏の「神性思慕に清められた」ヨーロッパ的抒情の境地ではありますまいか　我々はこの詩と同じやうな味ひをヨーロッパの少数の童話のなかから受取ることが出来ますが、決してアジアのもつ人間性からは望み得べくもありません　これらは究極に於て彼の童話作品の特異さと同列に論ずることが出来るやうな同じ色相を呈してゐます

併し前掲の三つの作品の中にはすでに彼の思想性を抽象することは、童話作品程に容易ではありません　ここでは全ての苦渋はたたみ込まれ唯リリシズムの清らかさが胸を打つのみなのです

唯彼の作品には、「電気工夫」「判事」「肖像」の暗いヒユーマニズムの系列と、「準平原の母」「母」等の系列に属するリリシズムの清らかさを感じさせる作品の中間に考へられる、二つの特性の併存した作品があります　これらについて私達は彼の文語詩稿の発展の推移を如実に知ることが出来ます

岩手公園

「かなた」と老いしタピングは
杖をはるかにゆびさせど
東はるかに散乱の
さびしき銀は声もなし

なみなす丘はぼうぼうと
青きりんごの色に暮れ
大学生のタピングは
口笛軽く吹きにけり

老いたるミセスタッピング
「去年《こぞ》なが姉はこゝにして
中学生の一組に
花のことばを教へしか」

弧光灯《アークライト》にめくるめき
羽虫の群のあつまりつ
川と銀行木のみどり
まちはしづかにたそがるゝ

公子

桐群に臘の花洽ち
雲ははや夏を鋳そめね

熱はてし身をあざらけく　　軟風のきみにかぐへる
しかもあれ師はいましめて　点竄の術得よといふ
桐の花むらさきに燃え　　夏の雲遠く流るゝ

旱害地帯

多くは業にしたがひて　　指うちやぶれ眉くらき
学びの児らの群なりき

花と侏儒とを語れども　　刻めるごとく眉くらき
稔らぬ土の児らなりき

……村に県《あがた》にかの児らの　二百とすれば四万人
四百とすれば九万人……

ふりさけ見ればそのあたり　藍暮れそむる松むらと
かじろき雪のけむりのみ

私達はこれらの諸作品から彼の持つ文学的系譜について一つの結論に到達し得るのではないでせうか　多くの文学者が余りに日本的な感覚に終始するか或は全くヨーロッパ的感覚を出発点としてゐるとき、彼のみはその本質的な感覚から構想したやうに思ひますその結果がアジア的な要素と非アジア的な要素との混コウを招来したとしても彼の場合にはそれを云々することは結果論にすぎません

彼は自己の独創の一点からその感覚を拡げ幻想を華さかせました　この独創性こそは真に彼を他と峻別し、彼の文学的系譜を永遠性にまで高めてゐる原因であることは疑ふ余地がありません

（十一月六日）

宮沢賢治の散文について

彼の散文は大正五年二十一歳の時短篇「家長制度」を嚆矢とし、翌年「秋田街道」を続いて「沼森」「柳沢」を創作し「女」「うろこ雲」に至る数篇を第一期の作品と言ふことが出来ます

さびしけれど

さびしけれどその名は言はじ

さ

さびしけれどその名は言はじ山に来て
　ひかれる峡の雪をし見るも

無門関研究

（大道は無門である　もろもろの路があるのみ）
（この関門を透らば　おまへは宇宙にひとり歩むぞ）

私は無門関の頌を読んだ　これから私がどのやうにまごまごとこの関門の前で赤面し狼狽したかを語らうと言ふのだ　（これを読む人）　嗤つてはいけない　軽蔑してはいけない　況んや真面目な馬鹿者を見捨ててはいけないのだ　仮りに君が街の市場へ出て飴の棒を購つて見給へ　針金のやうに細く可憐な飴が一本で一円するだらう　けれど君はそれを売つてゐるお神さんを恨んではいけないのだ　その理由《ワケ》は言ふまい　お互に空腹だから黙つてゐても判るだらう　若し君が高い飴を売るお神さんも傷つけず、君自身の心も傷つけたくないと思つたら、甘いものを欲しがる心を抑へて買はないで済ますことだ　けれど若し君の心は傷ついてもいゝ、唯お神さんが可哀そうだと思つたら敢然として余り甘くもない針金のやうな可憐な飴をなめるがいゝ　それとおなじやうに私の無門関を読むべきだ　すべて絶対絶命の思想はこれを読むもの読まれるもの共に傷つき倒れるのである　（マルクスを見給へ　今も尚みんな血を流して読んでゐる　読まれてゐるマルクスだつて必ず地下で十字架以上の苦しみを耐えてゐるのだ　このマルクスの秘めた苦しみを知らないマルキシストはみな人形である）

さて私は始めなければならない　けれど何から始めたら良いのか全くわからない　すべてこれ無である　無無……　どこまでもこの馬鹿の一つ押しである　実に弱る　弱つて赤面し狼狽する　実に話が判らんのである　仮りに私がここで参つて考へ込むとする　私は気取つてロダンの「考へる人」のポーズ

を造り考へ込むだらう　だがこれがいけないのだ　直ぐに「設《モ》し或は躊躇せば、また窓を隔てて馬騎を看るに似たり」とどやかし付けられる　これが無門関だ　弱る　万事がこの調子なのだ

　私は幼い頃庭前で茫々と口を開けて居眠りするのが好きだつた　一日中黙つてうつら〳〵してゐたそして私は夢の世界に飛込んだ　その夢はさながら一つの色彩ある世界だつた　ただ登場する人物が唖のやうな狂人だつただけである　私はよだれを流したりしながらこの夢の世界を執拗に追求した　私は兄達がどうしてこんな面白い世界を知らないのだらうかと大いに疑問に思つたのを覚えてゐる

（この関門を透らば　おまへは宇宙にひとり歩むぞ）

　真黒な石炭を詰込んだやうな私の心はこの言葉にふるへ感激した　それなら透つてやらうと思つたのである　だが馬鹿な事を言つて近代人をたぶらかしてはいけないのである　無い関門が如何して透れるか　私は諸々の古今の僧侶をみな恨んだ　だいゝち知識も論理も直覚も行為も何も歯が立たないものが果してあるのか　私は統計的に言つて宗教家といふ種属が最も多く嘘を吐くといふデータを持つてゐる　ヒストグラムを描けば良く判るのである　そこで私は無門関なるものを嘘で片付けやうとしたのである　けれど私は思つた　たとへ嘘であつても、人は嘘を言ふとき如何に悲しい思ひをするかは私自身がよく知つてゐる　それならば無門関にもそれ相当の人間の悲しみがあつてよい筈である　人間は「正直は一生の宝」で良いのである　万事が円く収まるのである　けれどそれでは済まされない憂ひが人にはある　それならあの無門関の悲しみは一体何だらうか

　私はヒストグラムを持ち出す勇気を直ぐに喪《ナク》して自分が嘘を付いたときの悲しい顔になつた　私は幼い頃はあの夢の世界に居た　アドレツセンスに入つて夢と現実の相剋に悩み躓いた　私はやがて真赤に燃えるぞと威張り胸を拡げ真黒な石炭を沢山口の中に詰め込んだ　石炭は燃えずすべては真暗にくすぶつた　今また無門関である　悲しい人類の嘘である

　私は涙を流し又喚き散した　駄目なのである　通用しないのである　（これを読む人）君は誰からか

（苦しみを直視しなければいけない）と教へられたかも知れない　末世になると馬鹿な奴が横行して困るのである　苦しみを直視した人間など且て一人も居なかつたのである　キリストを見給へ　十字架にかかる予感がしたときエリエリレマサバクタニ（神よ神よ何故われを見捨て給ふや）と面を伏せて弱音を吐いたのである　仏陀は又嘘を付いたのである　それがこの無門関のやうなものなのである　大体人間は三週間苦しみを直視しつづけたら頭脳細胞が壊れるのだ　私はいつも一週間で蒲団をかぶつて寝てしまふのである

私は「趙州狗子」から始めやうかと思つた

趙州和尚　因みに僧問ふ「狗子に還つて仏性ありや也無や」　州云はく「無」

私は呆れた　趙州も狗子もへちまも無いのである　馬鹿な坊主と野良犬に過ぎないのである　坊主は死ぬに限るし赤犬ならば喰へば空腹が直るのである　私は呆れて狼狽し赤面しつい本当の事を思つた「仏祖の機縁四十八則」みな嘘への口車である　私はやめやうと思つた　けれど私には本当の苦しみがあつた　もう一週間に近くてもまるで身体を八裂きにされたやうな傷心は消えてゐなかつた　頭脳はもう動かず何も為たくなくなつた　電車に乗ればもう停るのが唯つらいのである　走るのが又つらいのである　電車を降りれば歩くのがつらいのである　歩けば止るのがつらいのである　私は無門関の最後に来た　私は今こそ無門関を直視すべきだと思つた　もう二週間この状態が続けば私は精神分裂症となるのである　無門関最後の禅箴に曰く

（規矩に従ひ守れば無縄自縛　無茶苦茶に振舞ふ奴は外道
心を澄して気取るのは邪禅　妄想にふければ虚無に堕落する

惺々不昧は帯鎖担枷　思善思悪は観念の遊戯
仏見法見は二重の牢獄　念起即覚は精魂を弄する奴
兀然習定は鬼家の活計　進めば理に迷ひ
退けば宗に乖く　進まず退かないのは生きた死人にすぎぬ
お前は一体どうするつもりか　此の世に生きてゐるうちに解決するのだぞ　あの世にまで余殃を残してはいけないのだ）

私はたゞ悲しくなつて蒲団をかぶり寝た　けれど寝れないのは判り切つてゐるのだ　私は暗闇の中で涙を流した　私は身をもつて無門関を研究してゐるのだ　これは第一の中間的レポートに過ぎない　大道無門だけではない　あの世にまで持つて行つてはいけない苦しみが私にはあるのだ（了）

Ⅳ

しんしんと蒼きが四方にひろごりぬそのはてにこそ懶惰はさびし

詩稿Ⅳ

大樹

大樹は揺々と身をふるはせ限りなく巨きな眼を光らせた
そのとき遠い青びかりの空から雷が駈け寄つてきた
ふたりは肩をゆすぶり顔を視あはせ
豪放に哀切に笑ひを放つた

老工夫

夢は視なかつた
働き食ひ酒を含み　酔へば日々はみな照れくさかつた
すべて生きものは機械……
ただ時々の不協和が妖しい糸を曳いて彼をときめかした
未来は架空であり過去はみんな幕の外である

厚いガラス窓の外は陽が暖かく
たくさんのきらびやかな物語が描かれてゐた
彼は別乾坤にゐるひとりの観客だつた
（感動）（憧憬）みな遠いところに忘れてきた
彼こそほんたうに生きた　ただ生きてゐた

もろもろの夢は彼を置いてきぼりにした
花開き　鳥唱ふ　みなかかはりなかつた
（あの遠い時間よ）――
彼は積んだ材木のうへに腰を降ろし長い烟管を採り出した

旅唱

雪山はかたむきはるかにとほく光つた
老杉ははかない銀色にくれ
ふかぶかとした太虚のそこにひとすぢの河は流れた
青雲はうごきちらばひ　愁ひの湿気はとびひろがり
さびしい夢幻はみだれた

旅はかなしくつづけられた
柔らかい影象のあやが旅人の心をときめかし
わびしい終焉をおもはなかつた

あの遠い自然のふところのなかに
旅人はなにか哀しい忘却をおいてきた
故なくひかる雪山に手を振り
山ひだの影は旅人に愁ひをかへした
旅人は忘れてきたとほいじかんの果に涙をかんじた

童子像

大道は無門である
ただおまへは千差諸異のみちをゆくのだ
もしおまへが孤独な無の門を透ることができたら
いゝか
そのときさびしい天の河原に立つだらう

童子像（Traité de la porte étroite）

岩鐘を叩きつつ老ひた風のこころよ
とほいかなたから忘れずそのこころを愛したのは誰だらう
いま斜平原の突角に空は蒼く冴え
喨々として高みに鳴りわたる風――
ふかい惨憺のそこをくぐり
時間とひとを離れこどくにふく風――
歩んできたのだ　そこしれない虚無のはんらんを
あの確かな架空な足どり
ゆがめられた夢をみることなく生き死にした
はるかに高い風のこころ　あの自律――

（血まみれたみちをゆくがよい
童子よ
うまれたときからの執着の匂ひをさけてはいけない
あの風のこころとおまへのこころとどこに関りあらう
あれは花開き雪降る天の眷族

さびしさも愁ひもありはしないのだ)

風はひとつの門を叩いた
がらんとした天然の底に構へられた一つの門を
もとより風は門内の思惑を計量しなかつた
門は風の怒りに遇つたやうに青光りをした
風はじぶんの強さを悲しんで泣いた　はげしく泣いた

(童子は門を叩いた
おうこの疲れ　この悲しみ
もろもろの苦行者は童子よりさきにこの門を叩いたらう
けれど童子の暗憺とそれに応へる門のふかさをたれが繰返したらう
童子のまへには無限の砂礫があるのみ
もろもろの門は架空のおきてのみ
されば童子よ
走るがいゝこの砂上をどこまでも
ただ足跡にのこる愁ひのみがおまへを疑はないだらう)

或日
童子は天の眷族
あの強じんな風に訣れた

夜番

暗い火影にあつまつて貧しい物語をした
ひとはおき忘れ歳月はおき忘れ
ちろちろ燃える火のみが
彼をまもり彼を老ひさせた

彼は夜の人界に付火《つけび》しては
あの星宿のしたでもろもろの情慾の門を守つた

麦熟期

いろいろな迷ひが己をせめてゐるとき
空は赤く熟し麦は苅られようとしてゐた
ふと眼をあげ
己はかくかくと鳴る天の蹄の音をきいた
自然はやはりいゝ
このひろい野原のなかで
たつたひとりの己だけを暗くして
あざやかにすべてを赤熱して去つた
走れ天のペガサス
己にかまはず円い虚空を走れ――

夜番

切涯のあをき月を踏みて
　幽艶の音に吠ゆるもの
奥ふかき天然の突角に
　あの陰光を放ちてやまず
つひに曙の無惨をまねくもの
　猫――

夜番

つめたい砂丘のはてに　一匹の女狼がゐた
夜がくると
　小さな箱ソリの鈴の音が燐光をあげた
女狼はためらはずその音を目指し
　牙はたくさんの皮肉をさいた

おう　ではあれは
そのような夜であつたたか
風のなかに聴えたその夜の鈴の音は
なぜか妖しい糸をひいて女狼の胸をときめかした
不思議なあの初潮のときのやうに――

その夜
しづかな砂丘のかげに
月は女狼の死骸をみてゐた

夜番

夜な夜なあをき漁火はひかれり
くらき濃き海のはざまに
よるべなきその人界に
　烏賊をつりてひと老ひゆくに

あゝ自然よ　海よ
なにごとかふかく見しらぬ唱ごえをあげ
夜な夜なかのはざまに漁火はひかれり
とほくちかくやがてさびしく——

永訣（岡田昇君の霊に）

この夜きみとわれとの永訣は
　千里のうみをへだてぬ
きみが終焉は
かの古朝鮮の玄しき舞楽に飾られ
わが追憶を郤けて
なぜに青くかなしく迷ふやかの faux pas の国の天に……

赤い合羽

荒廃の街のくずれた壁の外を
赤い合羽をおさへてゆく子ども
雨のなかには今日もまた
あの異国の仙女を翔ばせるのだ

降誕

暗くかなしい胎輪を転じ
生れの星を母より享ければ
母はもうさびしく微笑し
あの聖らかな権威となる

夜番

やがて湖水にはあの暗い静寂がやつてきた
水底の藻にからまる灰色の夢は
たれもその成り立ちを測らない
時間はみな亡び
ふるき世のすがたは沈んでゐる

月の出よ――
あの湖上の鏡に
赤い未完の茫漠をながすものよ――

夜番

月の青い海辺の砂の上に　てんてんと白い浜薔薇の花が咲いた
やはらかい大気を踏んで　人魚はかなしく跳んでゐた
さらさらとひれをうごかし　昔　ひとであつたころの卑しい夜の唱を唱つた
その体は五彩の燐光をはなつたが
うたは昨日の俗情をくりかへしくりかへし波のあひだに消えて行つた

まれなるかなしみのもの人魚よ
はまなすの茎のかげにかくれてはしづかに体を洗ひ
白々とした涙は月の青さを写してゐた
ふたたびかへらうとするのは　あの薄墨の海であらうか
夜空は青い情慾をながしてゐるのに――――

幼年

まるい大地の底に　しかも小さなかぎられた底におまへの幼年は美しくあつたのか
夜風がさむくガラス戸を鳴らし　寝床のなかから星は凍つたシンチユレーシヨンをおこし
あのときおまへの住んでゐた世界は……
しづかな沈黙にうたれ　いつも驚きのため口を少しく開け　眼はものおじたひかりをし
わたしはいつも見知らぬ風景を描いてゐた――
月日はなにをおまへに促し　無垢な涙や憤りはどこの森に秘されてしまつたのか
たゞ追憶てふはかない誇りに生き甲斐をおぼえてゐる異情な倦怠は……
それではもう森は黄昏であるのか　しみじみとした風の冷たさにうたれ在りし日の歌を
唱はうとする　これやこの苦行――

さあれ幼き日のおまへの生きた如く　いまもナルチスムスの飢えを充さねばならぬ
遠いあの長城の砦を　この石もてはかなくじようじようと築かねばならぬ
内らの生のいまだ明るく死に絶えずば――

劇場

老境のひとびとを集め
しぐれふる幽の舞楽を演じ
その外廓は
夕日に幾何学の射影を刻り出す
あの因果みずいろの天空のなか――

黄樹

Ⅰ

亭々たるそらの公孫樹よ
この夏をも雲をも
ふかく枯れしめよ

Ⅱ

自然にふかいいろに黄昏れてゆくひとの眼
すんだ空のいろをうつし
黄のかたばみを弾き出す眼
ああ　その眼こそ
西行が　長明が
とほくたしかに現実をみた眼だ

レモン

しづんだ黄色を放ちながら
レモンは遠い風俗の原始であつた
乱れたかづかづの口腔とこころに
すずしい酸味をおいてきた
それはかがやく苦行であつたが――

恋譜連抄

さうだ思ひ出したよ
わたしにこのみちを歩めとおしへた
あなたの眼のいろであつたよ

凪

ゆふべ凪のおとせり
ちからをこめて碧落をうち
翔ぶ鳥の翼を白くひからせ
膨大なヴオリウムの強さは
地上のいつさいを眠らしめず
かくて明日こそ
凪は生命のかなめを射らめ

走れわが馬

教室のなかでわたしは何を習つたらう
もう十幾年の修練であつたが――
無為と倦怠とがいちばんの収獲だつた
茫然と道草を喰むわが馬よ
そのようにもかなしくそのようにも涙をにじませて
走れ　走り切れよ
未知の無限遠点をさして――

旅

逃避のたび――
金儲けのたび――
相愛のふたりのたび――
（ほくそ笑んでゐる　しづんでゐる　あふれてゐる
　あやふげな　たよりなさそうな　たび）
むげんの　一期一会の　使ひ走りの　たび
たびはひとごとのシノニムだ
まゆねをひそめ　しづかにくりかへすたび――――

虚空

あをい色は無限の感覚だから
あをいその色をみてひとはみな打ちのめされた
天動説地動説みな驚異の移り変りだ
ひとたちは虚空の無限性に畏れを抱いてゐたとき
天は動いてゐると感じた
やがて人間の無限性がそれを打ち負かした
もう地ばかりが万物の根源であつた
地は動いてゐる――
そのときからひとたちの惰落がはじまつたが
まだあの虚空に
畏ろしい深さがかくれてゐるとたれかが言つた

英文日記帳詩稿

かなしきいこひに

とりわけて秋は冷たく風が起つた
ふたつない紅い雲のさまは
わたしをおどろかせた
《もういいかい》
《もういいよ》
これからはどうしよう
ちひさなものたちに問ひたかつた
とほい昔のことだの　幼なかつた夕べの頃だのについて

犬が尾をふつてきた
犬よりほかに　このみちはとほらなかつた
犬よ　わたしは病んでゐる
たつたひとりの友なのだよ
秋の雲は氷のやうにすべつた
虫がないてゐた

風が……風が少女のやうにふるまつていつた
《みつけた—》
《おれはたれ》
あぶないところで子供達はあそんでゐた

もういでたちの笛がきこえ
たくさんのテエプはきられた
こころが辛く空まはつてうごかなかつた
《もうよした》
《さようなら》
明日もまたひとりでいこふだらう

おそれとはなんだらう
小さな碑のうへに蝸牛が這つてゐた
眠つてゐる子供の名は
《照自在童子》
在りし日にやさしい異国の軍楽を唱つたらう
たれも明らかでない暗い死のうたを
《もうやめた》
《あゝいいとも》

いく千年かすぎてしまへ
いく万年かすぎてしまへ
鳥は夕ぐれ火山の噴火のほうへわたつた
《たれもひとは死ななかつた》
《新聞にかいてあつたよ》
翼は音楽のやうに風を截り
ヴアイオリンのやうに語つた

冷たいいこひの日から
わたしはいつぱいの夢をこしらへた
時間は固有にながれ
特異の方向にむいていつた
それから運命は萌えてゆくやうだつた

なげきよ
すべてのひとをおとづれないで
わたしだけをおとづれたものよ
わたしは手ぶらなのだ
わたしはうすものいちまいをまとつてゐるだけだ
赤い上衣をきた少女ほどにも
わたしはしつかりと立つてはゐないのだ——

暗い冬がきて
わたしはまた熱を病んで
たくましい言葉をもとめやうに――
それから失つた時をもとめやうに――
かこまれたさだめのうちから
ただもう生きつづけやうに――

街から拾つてきた玩具のやうな辛さ
それはまきちらした
濁つたもえぎの野原にまきちらした
あとには出水のあとはじめての月が出た――

暗い冬がきて
あいする自刻の立像が
わたしのうれひを模倣するだらうか
わたしはたすかるだらうか
これからはたつたひとり
兎小屋の兎をみたりして
おたまじやくしの尾をみたりして
またひとりでゆけるだらうか

さあれそれは
さびしいゆめのひとつづき
ゆくかたなきうれひのあえかなうた
かかはりなくゆく時間が
わたしの肉体をまねぶだらう
やがてまたの日に――――

（廿二・十・五・）

またのいこひに

氷雨は冷たくいらかを濡らしてゐる
どこからか雀の声がきこえ
すべもない風が灰色に吹いてゐる
わたしは洪水のあとのさびれきつた田畠の間を
どこかへゆかうとして歩んでゆく
きびの葉枯れ　泥をかぶつた稲穂　おきざりにされた橋
もはや日はのぼらうともしないやうに　けれど晨と夕べが
変らずやつてくる　これは不思議ではあるまいか
ねずみやこほろぎが床を這ひ食べ物もさがしてゐるが
食べ物は貯蔵すらない
厨には大事にされた大根の一きれが投げてある
わたしはもはやのぼりつめた頂きから　すべてを視わたさうとするが　よしない萌黄の泥土だ
　けが一面に烟つてゐる

なにを唱はうか
何か唱はなくてはならない　心が氷雨のしぶきをうけて

青い火花のやうに痩せてゆく
灌木の長い列が意味もなく曲つてゐるのが哀しい
ここらあたりは夏の間　小鳥たちの遊び場であつた
いまや風ばかりが冷たくふきぬける
あゝほんの瞬間　雲がきれて光がさしてきた
こよなく冷された泥土に鈍く石ころがかがやく
手がこごえわたしはなにも感じない　これからはどうしようか　遠くの家々はかぶとのやうに
　だまつて立つてゐる

晩秋

きららのやうな雲の列
藍いろの夜明のそらに
もう死なしめよ
わたしははつきり目さめてゐる

哀歌

残部のシヤボンをとりかたづけ
いつもの函を背負へば
風はみるみる秋を告げ
つめたい樹々をゆらしてふく
ここからとほい家までは
電車にもまれこづかれて
やつとたどりつけば
幼ない児らは飢えてもゐよう

秋

身はつかれこころはうつろ
しかもなほ生きるといふや
手にさむく秋はきたりて
雲はまた夕べを告ぐる
出立てどゆくへもなくて
また暗き野べの畦路を
ただ寒くあゆみゆくなり

卑心

仏ありき心いやしく
暗く夢みぬ
巨きなる宇宙のなかに
旅すとてひとりしゆけば
三界はめざめて
逸楽の夜をばきづきぬ
冬ちかく快楽を追ひて
もはや仏　死ぬるといふや
ふく風は空しく告げぬ

河原

すずしげにたゆたふ風と
眠りのやうな赤い雲
河原はさびれ
きびの残りのほが立つてゐる
レンズのやうな透明の
蜻蛉の翅がきらめけば
あえかなそのすがたは
河原をだんだんとほくゆく
たぶん平井のあたり
おほきな水たまりもあるだらう
わたしがひとりをよいことに
ながく怠惰な散策を試みれば
雲は雲　風は風でついてくる
あれは恐怖の監視哨だ
だんだんわたしがさびしくなり
河原や土手の萱草などを

きらひになつておとづれないのも
みんなその仕業だ
ひとをおもつたりして
うつろな眼をして何もみない
それもその性だ
ゆるされるべきわたしの病だ

夢

夢はあるだらうか
深い眠りの底に　ぽつかりと明るい穴があいてゐるだらうか
きはまりない生活のはんさから　ちらちらと童子の衣が視えるだらうか
目覚めて術のないわたしに
眠りが値をもつだらうか
描かれた壁画のやうに
わたしはわたしの愁ひをあがめるだらうか

とほい
あの寺閣の内側に
呼ばへば
ひびきときれぎれになつた匂ひのほかに
古りし時のうめきがまたしてもきこえるだらうか
わたしはようちようされ
黄昏とともにわたしの思考をやめるだらうか
もういく十の

仏像とうこんいろの光彩が
ぼろぼろとくづれおち
ただ触れられぬ　汚れない夢だけが
わたしのうちに保存されるだらうか
とほい
あの寺閣のうちがはに――

苦行

念仏を胸からもらし
見上げる眉はうす暗く
五つもカフエを通りすぎたが
路はすずかけの樹をしげらし
まだ八町ほどはつづいてゐた

唱はぬ詠歌は
秋のおぼろな雲に映え
雪と氷雨を幻覚し
まだまだ歩めば
もう生きるなと
先輩の声がした

街は恋人同志に充ち
亀甲もようのアスフアルトには
聖冽な光が射した

寂しき日に

一抹の雲が尾を曳いてゐる
浜べのやうなうねつた木が立つてゐる
砂地の底のやうなさびしい街だ
わたしは一尾のいるかのやうに
幸とてない日々を過してゆく
ぼんやりとあてどなく思ひながら
あゝいつぱいの秋の花が
むなしく垣根をうづめてゐる
そんな風景をこよなく哀しがり
それでも厳しい面をしながら
わたしは風の高鳴る街をゆく

高地

浮雲のたなびく秋空
天よりもまるくなめらかな
あゝたつたひとつの保証
わたしはそこにゐる
わたしは耐えてゐる
いつぱいの風をはらんで
松や柏のまがりくねつた枝ぶりから
わたしは遥かを望む
わたしは落ちるだらうか
眠気のやうな哀しみにみち
立つてゐる

吹く風の秋のごとくに

風のなかに
赤い上衣をきた　妖女のやうにふるまつた
秋――
わたしは無常に迅速に夢みてゐる
これからはもうふるへながら
（廿二・十・三）

石碑

ぼん悩無限と刻めよ
わがために
むなしきうたなど選ぶな

人間

きはまるところは愛憎のうへに立つ
わたしは恐れ
わたしはふるへる
誰のためにわたしは生きるだらう
いつさいを失つたあとに
わたしに残るそれはたれだらう
おもへば業の深いことである

告別

青桐は風にみだれ
蝕ばまれた葉がいくすぢも落ちた
ただひとりの
あやふい訣れのときだ
わたしは
いつものさびしさを用意する

氷雨幻想

わたしは五体が冷たく濡れて
もうとても歩けそうもないので
シヤツと上衣を脱いで
そのまんま
温い風呂に沈んでゐたかつた

風雅

氷雨は霧のやうにきらきらと降りた
これでは想ひ描いた恋人の相が
ぼんやり烟つてしまつていけないのだ

在家

うとまれたことなど思ひおこして
不平たらたらこぼすなんて
在家伝承の悪習だ
ならふな

宗祖

はばあなのかほりが五体に充ち
誦経はさびしくほどばしつた
夜な夜な夢を噛んで
けつして堕落といふことはなかつた
それでは法衣をぬぎすてて
市井の無頼となつても
孤独は本来じぶんのもので
宗祖の名にはそむかなかつた

ぼんやりと

ぼんやりと雲をみてゐた
若々しい幼な頃
煙突と野鳩とが
いつまでも其処にあつた

ぼんやりと
あゝほんたうにぼんやりと
想つてゐた
可憐な少女と紅い上衣とが
いつまでもそこにあつた

山からは深みがみえた
わたしはひとりたつてゐた
もう平和とてありません
うすぎいろの空からは
おそれと呼ぼうものが萌えた

ぼんやりと
それはたくさん意味があつた
そのひとつさへ
あなたには通じなかつた――
ぼんやりと
わたしはなにをみてゐるのでせう

死ぬならいまだとささやかれ
ぼんやりと――
立つてゐた　　　（廿二・十・三）

黄昏に

いとけない日のことだつたらう
わたしは寂しいことをおほくまなんだ
小橋のかたはらに網舟がつながれ
干網には日がよどんでゐた

蟹をつりに出かけ
もう黄昏がちかづいてゐた
わたしは河辺のしづかな沼土に
ひねもすあそんでゐた
おほくの思念のやうに
だまつて水をもてあそんでゐた

そのとき何がわたしをとらへてゐたらう
わたしは何を背負つてゐたのだらう
ひとりであそぶことをおぼへ

幾年
わたしはたつたひとりであるいてゐた
黄昏
わたしにはあらゆることが見えてゐる
わたしはうす雲の赤い反映に
もうすべてを忘れることができる
わたしはあぶなくはなく独りでゐる

（海はかはらぬ色で）

父のため母のため
としつきのあゆみのために
ゆかなくてはならない
暗い世界に対し
まだ生きるといはなくてはならない
わたしを呑むものもなく
わたしを従属するものもなく
わたしを救ふものもない
反感と卑くつのなかを
くぐり去らねばならない

かたちあるものは在り
かたちなきものは不在であり
見えない縁因はないといふか
見えざるものにひかれ
生きることが

むなしいといふか
すでに海辺をはなれたとき
わたしは死んだ
たれのためいま生きるのか
無用にして甲斐なき生を
たれがみちびいてゐるのか
身中のほこりにみづからを蝕ませ
むなしい業をうるため
相つぐ苦痛を養ふため
この通ぜざるみち
ひとにあはざるみちを
ひとあしはひとあしをみだし
かたくなの地図を描き――

巷に風がおこり
わたしは背をくぐめる
老ひついて眉をかすめ
けれどこの眼は
圭々と鋭くとがり
のぞむべきものを外らさず
むらがる茫漠を視つめながら

やがて来るだらうか
ひとつの言葉　ひとつのおもひが
すべてまことにひびき
たよりない祈りが
はるばるとすべてを領するとき
あざむかれてあゆんだ
この生の同一円が――
あをざめた空をよぎる
小さな鳥たちの翔羽に
またなにげない樹木の列に
〈かがやき〉がまつはりつき
とほい海のほうから
ゆゆしい風が舞ひ来るとき
あたらしい生誕がこころをときめかし
骨枯れた肉体が
老ひらくの祝ひをうたふ

〈ああ　為してはいけない！〉
とほい松林のおくから
たれがそれを逃れるだらう
みづからがみづからをうちすてぬとき

海はそのやうに円く軽ろやかに
風はいささかもいろどりを変へない
水くぐる姿勢は鋭くとがれ
ひとすぢの水脈を緑のそこにもとめ
つひに空しくて流漂する
あの吐息と渦泡とを聴かう

あぢさゐのやうに花ひらく波
あぢさゐのやうに花わかれ
いつの季節がまたの季節につがれ
眠れる岬と雲との裾に
衣裳のやうにかがやき
また暗くたひらぐ青い布紗よ
魚族は骨となり朽ちて
ゆくべき巨大な夢のうちに
墳土とその不変の住居をつくる

あきらめと宿命の
おりなすなげきまた瞋りで
雪ひそひそと海に入り
海はかぐろく眼をつむり

風はちぎれて岩をうち
刻まれてゆく微動の連続に
あの千年も手易く過ぎ
脈絡もない一つの生体が
あたらしい風の生誕を感じるだらう
おかれた其処の孤独のなかで
すでにおかれた平衡のいただきに
平安をなくしあることの
このさびしさと暗さ
手にとるものはことごとく感官をうしなひ
ひきよせるいくたの実証の
すべて他界となることの確かさ
いくたびか暁の雲に感じ
夕べの茜なす山脈にのこした
幼なき日のみづみづしさあのおどろき
いまはよるべなき虚無に変り
窓々のかなたへ翔び去り
ふたたびは夢みることもなくて
痛々しい幻覚をつかむとするだらう
肌膚にかんじるものの
もう既に眼に見えないで

幾日かは風のやうに
またつめたい氷雨のやうにおもはれた
朽るとは何であるのか
生きるとは何であるのか
わたしをとりまいてゐる気配は
しかじかの理由ではなくて
いつまでも幻のやうな辛い夢のやうな
いはれない堅固さのつづきなのだ

ぬぎすてるこの形態
まさしく人をかたどり
うちくだくこの夢
はるかな季節のたまもの
だがおそれはおそれをつくり
夢はまた強く夢みる
いくつかの季節が相つぐやうに
風は夕べから雲をつくらせ
明けがたにまた目覚めるやうに……
せめて滅び難い空虚のうへに
わたしの魂をあづけることとしよう
いづれいくたびも生きかはつて

一切をあきらめた最後の死ぬとき
わたしはあらためてこの思考をうらかへし
つみかさねた千の過失に驚かねばならない
懸涯にかかつた
みなこの企てを眺めながら
あの暗い歳月のうしろに
わが身を投じて果てなくてはならない

なにものか意識の底ひに
さらさらと音たててふりつもる
あたらしい予望のやうに
清潔な羽毛のやうに
それではわたしのうちに
あのうららかな変化がきたのか
すべては解けないもつれのままに
それぞれたのしく眺められるのか
ありがたい安堵のやうに
すべては蕾をひらき
かすかな匂ひがきかれるのだらうか

やめよ

季節の春からうまれた
虚無の変態にすぎない
その音　その匂ひ
やがてたえがたい炎となつて
このちぎれとんだ意識をやくだらう

夕べと風との描いた
緋色の心景のなかの
目覚ないひとつの怠惰
すでに生れいでるとき
わたしのうちにあつたのか
決然として未知のものにいどむとき
異様につらくひきずるものよ
やがて老ひらくのときも
わたしはそのやうに歩むだらう
眼にみえない唱をうたひながら
疲れきつた意識のそこひから
さわやかな自像を刻むだらう
それが固定した死像であつても
ながらへてゆくひとつのかたち

すでに消えるべきものは
いくたの暗惨にうたれて消え
ただかすかにつづく
ひとつのうたのごときもの
残りの匂ひはかすかに
みづみづしさはうしなはれ
たれがあゆむのか
わたしのほかに
さざめきはとほくながれ
わらひはしづみ
きびしいおもてのなかに
いくつもことなつたおもひがすみ
ふる雪のごとく
としつきはつみかさなる

老ひなるひとよ〈父よ〉
いくつかの思想が頭上を超へ
いくつかの流行が世をながれた
暗くしてはるかな底から
あなたはなにをみてきたか
たえざる屈辱といかり

あなたはきたへられた
ほろびる相になぞらへて……
あたらしい世代があなたを平然と超へ
軽ろやかにすててゆく
あなたの達し得たあたかもその上から――
不当にしてさびしきいのち
だがやがてくるだらう
覚悟とはなにものであるのか
決意とはそして生きるとは
子らがとりわけてうちあたる日が
すぎゆくものは何ものでもない
変らざる貧しき千年の生きかたが
子らをとらへる日が必ずくる

なにを嘆くことがあらう
あたかも寸前が識られずに
人はすぎてゆくではないか
予望しうるものは人生ではない
わかるものは真実ではない
つきあたつたところに花はひらく〈季節よ〉

きざまれた疲れとやつれの面貌
なにが古いといふのか
たへざる生活の暗闘
なにが暗いといふのか
直行するものは生ではない
老ひたるひとよ〈父よ〉
あなたの生をたれが嗤ひうるか
あの愚かな上昇線をたどる奴らが
あなたをいふ資格などありはしない
古仏のごとき無表情が
冬の夜ふけに笑ふのではないか
子らのかへりをまつではないか
すすけたるまたはげたる
古仏はいまも語るではないか
微妙なるものはつねに語らず
生きたるかたちはつねにうごかない
うちかへす黄昏のひかりが
あなたの屈辱を照し出すだらう
かはらぬいろとかたちとで……

だが嘆きとはなんであるのか

あの架空の風のきらめき
悲しみとはなんであるのか
虚構の甘さ
かはらざる真実は
能面のやうにうごかないだらう
それらがつみかさなり
いくたのしわにきざまれ
すぎてゆく季節のあかりに
うきあがつて物語るのだ

老ひたるひとよ〈父よ〉
あまりに類似し
あまりにあなたを模してゐるさまが
たへがたい悲しみを納得させる
あなたの宿命をそのまま
わたしが歩むさま
なんとたどたどしく
なんと重たいことか
秋の花々のやうに
とびかふ鳥もゐない空を
じつと視てゐるやうな

そのときのつめたいおもひが
わたしをふかくかりたてる
ひとあしをのこして
死に面してゆく
これが若年のあゆみであるのか
むしろひとたちのやうに

わたしも素直にたのしみ
軽ろやかにひとを愛したい
明るい空のしたで
宿業のやうな思考から
いつしゆんでも解かれたい
花々や鳥や雲の形態
または風や樹木のうごくさまが
どうしてたくさんの
苦しみのかたちに見えるのか
なにげない嬰児のあそびが
こよなくなつかしまれなくてならないのか

〈冬がまたしのんできて
つめたい風をふりまはす〉

異聞に属する祈りのうた
風のもたらす偏奇のおもひ
とりわけて夜はかなしく
すてがたい諸々のひとびと
しばらくは異国の服をきて
異国の言葉などを口にする
空につられたランプのやうに
いつさいの存在が消えてゆき
宿駅から宿駅に
ひとすぢ路がとほつてゐる
糸杉や檜のあひだ
呪詛のうたや異教の読経が
わたしをとらへたりする

あやまられたひとつの夜語り
たどたどしい老婆の唇から
すでにかへらざるものの
偶像化をとほして
むだなく枯れた骨ばかり
うつくしい幻のやうに創られた

雪や木枯しの窓からは
見知らぬ人形のやうな
獣や人の声がした
それからときどき
老婆のしはぶく声がまじつた

とほくから時が追つてくる
ある夜　窓がこはれそうな嵐になり
翌く朝　そらはがらんとして
凧や電線が折れまがり
樹木が裸になつて垂れ
すべてが空ろに晴れて
幼児はたとへやうもなく
大人になつた気がしたのだ
たくさんの秘かな夜語り
おそらくは幼児のほかにたれも知らなかつた
そのつづきを　その終末を……
ひとたちのなかには
歳月がすすめてゆく物語りがある
幼児は夜な夜な
寝床についておもひつづける

蛾や夜の虫にまじつて
真昼の花々がおもひ描かれ
明るい灯がお伽のランプに変り
現実が夢になる
幼児はかかる夜にまた大人になる
〈誰も知らない〉とつぶやきながら

あれは閉ぢられた世界である
煙突や野鳩や学校が視え
みんなは忙しげに働いてゐる
幼児の世界はこれとかかはりなく
夜や風の音だけしかない
ひとはたれも住んでゐない
〈はやく大人になるな〉

夕ぐれ
説教所の鐘の鳴りだすころ
河をはしる小舟が
機関の音をひびかせてとほる
はかないおもひつきが
ひとたちの黄昏を領する

それはふたたび
あのおそろしい風の予感のやうに
販られてゆく文具のやうに
たれの手にとまることかわからない
その夜どこかで
幼児が病気にかかり
肺がひゆうひゆうと鳴つて
ふとしたことから笑つたりしながら
泰西のふしぎな絃楽を聴いて
そのままはかなく死んでゆく
誰がどうしたといふ風ではなくて
しぜんにあゆむでゆくやうな形で
もうあの世界が途切れてしまふ
あるひは身ごとあの世界へはいつていつて
夜や風の音など
非情のともたちとあそんでゐるのだ

ひとつの時期があつたのだ
ひとつの宿命があつたのだ
ひとよりも少ない生命を長らへるため
さびしくほそいところをとほり

青白く弱いものを燃やした
わらひはとほく
声はとほく
沈黙はひとつの自衛作用となり
とうとうここまで来た

海はしぜんの霊廟であり
おさなきわたしの壁画であり
風寒い夕べ
蘆の枯れ枝をわけて
たつたひとりのぼんやりした少女と出会つて
そのほとりを歩んでゐた
画かれた水のいろは
わたしの夢のままに彩どられ
風さへわたしの夢の方向から吹き
きらめく夕日も緑や青まで
いちめんの矢のやうにふりそそぎ
わたしはなぜかおさないときに
せい年であり
せい年のときに老年であつたのか
あやふかつた〈！〉

あの折からわたしは死に面し
濁れるのちも死に面し
海がやがて冬となるころ
もう寒く火を抱きながら
陰絵のやうな異国のうちに
のがれてゆかねばならなかつた

ひとはいつまでも幼年である
たとへいくたの夢がうしなはれ
風や夜がこころをしづめなくなつても
面かげは古び
深いみぞが刻まれても
幼ないものはどこかにゐる
海辺は形を変へられ
白壁の倉庫が立ち並び
岸壁は堅く石垣でくまれても
且て砂泥にあり
蟹など穴に住つてゐた
少女は小さく愁ひてゐた
海辺は形をかへられても
いつまでもここの孤立のなかに

幼年はある〈海はある！〉

わたしがひとに変り
幼時が成年に変り
うれひがうれひとならなくても
海はかはらぬ色で
折節の壁をつくるだらう
いれかはり立ち去るもののため
挽歌をつげるだらう
波がしらと颪との交錯で
大地がふち取られ
水平線がまるみをとり
あはれ天球のほうに
たえがたい孤独をつげる
もはやわたしのゐない冬にあつて……

すでに海辺をはなれ
海をうしなつた
かづかづのうたばかり
鳥のやうに翔びかふが
枯れたこころはそれをきかない

わたしにかはつて
海辺に佇むもののため
海はかはらぬ壁をつくるだらう
わたしが祝ひ
わたしがなつかしむひとが
影のやうに風のうちの
あの砂浜に面してゐる
すでにわたしがそのために失つた
かづかづのものを失つて
あたかもわたしのやうに
あのうちかへす波を確めてゐる
かはらぬ音としぶきのかづとを——

もはや訪ねあるいて
わたしはわたしの身代りを確め
わたしの歳月を告げるあしどりはない
疲れうしなはれた豊さで
わたしはひきかへす
もはや夜があり
わたしは断たれる
わたしを模倣し

わたしを想ひ起させるものから――
どんな宿命が
わたしを模するものを訪れても
すべなくてわたしは茫然とたち
わたしが亡びるさまを視る
あたかもすでにわたしが亡びたとほりに――

もつれあつたいのちが
そのまま巨きく変つてゆき
かへりみることが
もう無用のこととなり
なほつらいことに感じられ
けつしてふりかへることをしない
いくらかはひとをあいすることに
いくらかは生きてゆくことに
ふりわけられて

白日の旅から

苦しみはしない
この貧しい一点から私が旅立たうとも
秋があり冬があり　木枯がある——
且て眠れなかつた夜に
私が描いた三尺の女像は
レンブラントのヘンドリツキエを模倣して
柔しかつた　美しかつた

私は耐えた
ふたいろの夕べがあつた

ほとんど暗かつた
明るいことを願はなかつたから
いつまでもわたしは亡びはしない

暁雲から

風は四面の
うす暗い樹木から
三枚つづきの屋根に吹き
眠りは未だ
とほい暁雲の藍いろの底だ

他界の
あぶない鳥の群に
ひとつひとつ鋭くひかる
もえぎのひかりには
ぼんやりと諸仏の名をつける

わたしはひとり
世界の風を感じ
苦しみが疾手のやうに
みんなのうへにかかるころ

もう仕事がしてゐたい
手慣れの物具をいぢつてゐたい

（にぶい陽の耀きが洩れて）

にぶい陽の耀きが洩れて
海のほうへ風が追はれてゆく
もはや寂しげな意志が
氷のやうにすべてを閉ざすとき……
岬や館の赤屋根を超へて
もうかへらないだらう
愛する少女たちよ！
そのささやく風のやうに
たれかひとも描かなくてはならない
〈死に面した少女〉
病がからだをおかし
神のやうにやせてゐる
けつして男から抱かれることはない
清潔に決定された少女
窓がすべてをみせる
桟橋や荷付けや

異国の巨きな船の胴体や
少女はひとをみることはない
空のいろどりやひかりが
雲から信号する
少女はこたへる
〈もういいのだよ〉と
やがてこれも黄昏れる
わたしは訣れゆく画家であり
決してとどまらない
描きつけた風景ものこらない

ひとたちのもたらす哀歓
たづねあてるこころおどり
わたしはすこしもひかれない
わたしはつうじない
草葉のやうになげき
鳥たちのやうにうたふ
だが異様につらいうたを
いたどりの煙草が
声をいためつけ

V

異神

（序曲）

ひたすらに異神をおひてゆくときにあとふりかへれわがおもふ人

（独白）


わたしがそんな歌を唱つたのは空腹なときだつた。

そうだ。冬空が深く遠く澄みわたつた日没間もない静かなときだつた。わたしは空腹になると不思議に純粋な心になつてくる。それはわたし並みの納得のゆく理由によるのだが、それを言つても仕方があるまい。貴女はわたしが歌詠みにでもなるのかと思ふだらうか。それともわたしの科学のさびしさを知つてくれるだらうか。

そうだ。あの日没間もない静かなときだつた。夕食まへの空腹な清らかなときだつた。わたしはゲツセマネのキリストの祈りを想ひ浮べてゐた。窓から眺められる冬の蒼い蒼い空は、橙色の塵埃を一さんにふりまいてゐた。

わたしはその空を視上げながら、キリストの祈りを繰返してゐた。わたしはその時キリストの相も心もはつきりと描くことが出来た。声さへも、そしてキリストの寂しさゝへも、手にとるやうに心に感じたのだ。それは妙にメロンの匂ひのやうな寂しさだつた、とわたしは貴女にはつきりと言つて遣りたい。そしてキリストの相は猛々しかつたと言つて遣りたい。これは本当のことだ。決して泰西の画匠の誰彼の描いたやうな、あんな洗はれたやうな潔らかな相ではなかつた。わたしのこの言葉が、貴女の神々しいキリストを傷つけたとて、わたしは瞋つてもらひたくないやうに思ふ。キリストはその時何か泳ぐやうに手をひろげ、よろ〳〵と二三歩草むらを歩いた。その表情には自分の抱いてゐたものが飛び去つて行くのを追すがるときの、あの人間の悲しさと遣瀬なさがあつた。あの泳ぐやうな身振りや手振りは一体なんだらう。わたしはそれすらはつきりと貴女の心に指さすことが出来る。けれどもそれを言ふのは余りに寂しい行為だ。それを言へばわたしは沢山の使徒たちのうめき声に追はれなければならない。どうせわたしは永遠に救はれない旅人だ。ただ漂泊の旅愁だけを抱きしめてゐる、はかないナルチスムの性だ。神から追はれることは怖ろしくはない。むしろその鞭の痛みを望んでゐるやうなところもある。けれど何者か……それだけは……とわたしの腕に取すがる人がゐる。それは……その人は、実は貴女だと告白したら驚くだらうか。如何にも貧しい告白ではあるがそれは真実なのだ。あゝわたしの感情はこゝまでくると空しく渋滞してくる。貴女はわたしが仏《ホトケ》の事から言い初めやうと思ふ不鮮明な表白の仕方を許してくれるだらうか。わたしは信仰についてては貴女と異つて永遠の旅人に過ぎない。そしていまは

――わが心をはなれて仏心もなく、仏心をはなれてわが心もなきものなり――

といふ東方の岸辺に佇んでゐる。それは静かな岸辺ではない。絶えず風が寂しくすさんでゐる流離の岸辺である。貴女の信じてゐるゲツセマネの安らかさは少しもない。貴女のよく知つてゐるやうに、わたしは何にもまして嵐を愛する。それは人間の魂についても、又自然の心の

なかでもその嵐を愛するのだ。それ故貴女が静かに深い異神のふところに安心立命の信に抱かれてゐるのを見ると、何かゆすぶられるやうな切なさを感じてくる。それは嫉ましさや不思議な悲しさを織りまぜた感じなのだが、貴女は判つてはくれないかも知れない。わたしは東方のさびしい岸辺にあつて、貴女の心に嵐を吹きおくりたいと思ふ。旅人のすさんだ息吹で、貴女の静かな世界をゆすぶつてゆきたい衝動をどうすることも出来ないのだ。貴女はわたしの心に悪魔を見るかもしれない。そしてそれは本当だ。わたしは貴女がキリストの神々しい相を思つてゐるとき、観世音菩薩の美しい肌や眼差しを思つてゐるのだから。貴女がキリストを売つたユダよりもなほ、わたしを悪《ニク》んでもわたしはそれを甘受するだらう。それは、地獄は一定わが住家であるといふ東方の寂しい旅人のナルチスムスであり運命であるからだ。

　そうだ。あの日没間もない静かな夕であつた。空腹なそして清らかな心のときであつた。いまこそわたしは大層つらい告白をしやうと思ふ。わたしはゲツセマネのキリストの祈りを思ひ浮べてゐるとき、実は直ぐに貴女の姿を思ひ浮べてゐたのだ。それは貴女の愛がキリストの祈りにむけられてゐて、少しもわたしをかへり見てはくれなかつたのが寂しいのだ。キリストが妬ましいのだ。

　わたしは貴女の異神を慕つて、とうとう天に昇りさうな静かに深い心が嫉ましかつたのだ。わたしは貴女がふつと寂しく立留つて下の方にあえいでゐる私をかへりみるときもあるだらうかと想像した。

　わたしの愛はとてもキリストの愛の前に立つて尚貴女を引留められるものでないことは、誰よりもわたし自身が知つてゐる。それは寂しいことである。けれど……わたしは『わが心をはなれて仏心もなく』といふ哀しい東方の歌を唱つていつまでもいつまでも貴女の還つて来るのを待つてゐる。貴女が地獄の方へ来るのを待つてゐる。わたしは空腹なそして清らかな夕べにそのやうな事を想ひつゞけた。窓から眺められる冬の蒼い空は橙色の塵埃を一さんにふりまいてゐた。

あゝ東方の運命はいつも悲しい。そして東方の旅人はいつも哀しい。わたしは仮りにこの便りをサバテイエの便りと呼ぶのだが、何日になつたら貴女に届くのかわからないのである。

（終曲）

われ君を尋ぬれど君を見出でざるはまことなり（ヴエルレエヌ）
ピリポよ　我を見し者は我が父を見しなり（ヨハネ伝）
また君はかつてイスラエルの妬なりき（ヴエルレエヌ）

詩三章

老白

飢餓の街にてわれ死なば
黄なるいてふのかがやきは
おのが屍を覆ふらし

冷たき石の畳にて
風はわれをばいざなひぬ

観花

仏家は花をみるときに
むじようの花といふならん
しかあれ花をみるときに
つめたき夜はふけゆきて

風はさびしくすさぶなり
ひとを譏らん智を堪えて
そのとき花を念ずべし

哀辞

幻影の雪ふる夜に
　火を焚きてきみとあたりぬ
語りしことはみな忘れ
　心はろばろはかなくなりぬ
なれど
　いまもなほ
雪ひそひそと散る夜の
　美しき悔恨の生きてあり
きみに享けたる
　不安と愁ひ生きてあり

『時禱』詩篇

詩作における事象の取扱について

習作四（宝塔）

黄樹の群れが風もないのに葉をふるひ堕すと
あるものはさびしい五重の欄干に触れ
たちまち舞ひながら落ちて行きます
わたくしはひとり人影ない墓石をわけてその塔をあふぐのです
一木を重ねまた一木を重ねなほ苦しい忍耐のあと
塔は造られたでせう
いま群れたつ黄樹に囲まれて危ふく危ふく塔は立ちます
錆ついた五重の屋根は斜の陽に照りかへし
破れかゝつた扉にはまたひとしきり黄葉が降りかゝります

まことにそれは秘められたるゴシックの塔です
雨風に晒され木理まで露はな一本の直線は
あたかも地下の基底からのし上つたやうすつきりと秋空に立ち
あゝそのがつしりと組まれた木と木の間に
いかなる精霊がいかなる秘仏が封じられたのか
唯岩石のやうに暗い塔の影には

しづまりかへつた虚無だけが滲み透つてゐます
一木を重ねまた一木を重ねなほ苦しい忍耐のあと

この巨大な虚無は組立てられたでせう
いま墓石をわけてなほも歩み寄るわたくしのかげに
とほい日の誰びとか苦しく苦しく禱るかのやうです

四面の柱堂のうへ鑄ついた五大の空輪の上
冠せられた一本の頂針の胴に
鳥がひとつ冴えかへつた秋空に啼いてゐます
わたくしはなほも墓石をわけて歩み寄り
のしかゝるやうに生えた一基の虚無を
赦されもせず視上げるのです

習作五（風笛）

——宗教的なる現実——

（風はさびしく笛を吹きます）
するすると空までのぼる笛の音です
あしたには真赤な紅ほほづきの実のしたで
ゆふべにはちぢに散らばふ空の雲のなかで

あゝ遠い日のあれはしづかな風の音でした
わたくしは幼なく清らかで
もうすべてが充たされてをりました
あしたには白骨の御文章をきき
ゆふべには祖母に抱かれて眠りました

（風はさびしく笛を吹きます）
もう喪はれたる願ひのうちに
わたくしはものかなしくその音をききます
世界は濁つた水のやう
眼の前はしづかな黄色のとばりがかゝります

ゆふぐれです
祈りの時刻のやうです
わたくしの諸々の苦しみのため
それではただしく掌を合せます

(風がさびしく笛を吹きます)

失はれたる清らかさのなかで
もうちちははに訣れまする
はげしいはげしい雨風に傷めつけられ
狂つたやうに旅立ちまする

(風はさびしく笛を吹きます)

さあそれではみんな夜にかはります

習作七（餓莩地域）

秋はまことにまことに美しいと
そのやうにも言ふのでせう
いまU高台のみだれた樹木のした
あの冷たい芝草のベツドから
餓莩的童群は立ちあがります
或るものは築土のむかふすつきりと立つ博物館を視やり
或るものは石段のした汚れた巷の雑沓に惹かれます
わたしはひとり其処に立ち
あの童群とおなじおもてのいろをして
ふかぶかと澄む空のしたその見事な博物館を眺めます
なだらかに敷かれた礫石の庭その真中の磨かれた池
それよりもなほ陳べられた古き世の仏像を想ひます
なぜになぜに秋はこのやうにかなしいのでせう
なぜになぜに古き世はあのやうに美しいのでせう
そして餓莩的童群は
よごれた紙屑のやうにそはそはとかなしく

あたりの路にちつてしまふのでせう
わたしはなほも其処に立ちつくし
もう神々の喪はれたことを思ふのです

やがて秋は逝き冬がまゐります
そしてこのあたり餓莩地域は
かなしい無人の苑になるのです

習作九（挽歌）

――喪はれたるわがギリシヤのために――

比売は直ぐには沈みたくなかつたのです
（そのようにもひとの世の星はかなしいのなら
わたくしはもう生きなくてもいゝのです
けれどわたくしはいやですわ
このやうに荒れたこのやうに底しれない海に抱れるのは
畏ろしい孤独のうちに死ぬるのはいやですわ）

それゆえ萱畳八重皮畳八重絁畳八重を波にうかべ
比売はその上に降りたのです
しぶきはしばらく髪を洗ひ
比売はうつむきうちふるへたのです
もう船のうへの皇子の叫びも掻き消され
ただ海ばかりが比売を抱かうとしたのでせう
（さねさし相模の小野に燃ゆる火の
　火中に立ちて問ひし君はも）

やがて三種の畳はひとつひとつ離れ去り
比売のからだを海はらに渡します
（いやですわ
夕日がどんどんしづむときのやうですわ
わたくしはもう苦しくもなんともない
不思議な泡がたつてゐます
なにがいちばん愉しかつたのでせう
もうみんな夢のやう
あゝ　そう　昔の童歌が唱つてみたい
でもどうしても声が出ないのです
いやですわ
これがひとの一生なのでせうか
なんとも寂しく青くいやですわ
わたくしはどこへゆくのでせう　わたくしは――）

それから七日ののちに比売の御櫛は海辺に流れ寄ります
もちろん唯一人の皇子がそれを拾ひあげひしと胸に抱かれます
それから後は誰でもが拾つてくれる現世のありふれた悲しみです

習作十四（所惑）

——つねに己れを念じながら地を視てそしてゆくのです（大智度論）——

あなたの眼はときどき疑ふやうに光ります
まことにやむを得ないといふやうに
わたくしの愁訴に相槌をうつのです
そのやうにわたくしはわからなくなつてゐるのでせうか
わたくしが何を考へてゐるのか
そのやうに不気味に思はれるのでせうか
わたくしとて独りぽつちのたよりない人間です
あなたに理解されなくては寂しいのです
けれどあなたが善を思つてゐるとき
わたくしはもう善悪の二つを喪つてきたのです
あなたが美を思つてゐるとき
わたくしはもう美醜の二つを喪つてきたのです
あなたはいまもそうであるやうに
煙草の烟を吐かれるとき
もう何を考へるのもつらいのでせう
烟の蔭でただ茫んやりとしてゐたいのでせう

わたくしもそのやうに煙草の烟を吐くのですが
烟の蔭にもうひとつの思惑が視えなくなり
孤独にされてはかなく考へるのです
仮りに一日五本の煙草を喫するとして
一年に一千八百二十五本の計算になります
それだけわたくしがあなたより考へるとして
もう善と視えた象がそうでなくなり
美とみえた象がそうでなくなるのです
大凡わたくしたち疑惑の海に漂ふものは
ひとつひとつの業に遇ひ
よくよく視るとそれは霧のやうに溶けてしまひます
ひとの世はもう何もなく
ただ少数の善が天上に所属し
少数の美が見知らぬ陰に在るかのやうです
あなたがわたくしを覧られるとき
そんなにも無気味におもはれるのは
ひとりぽつちの悪業のきはみに
わたくしがもう何でもなくなつてゐるのでせう
即ちそのときあなたはわたくしを虚無といふでせうが
わたくしはわたくしを善であると思ふのです

習作十五（夕日と夕雲の詩）

野の涯のつめたく蒼い空に
夕日は罌粟の花のやうに沈んでゆきます
環状に緋色にされたなまこ型の連層雲のあひだに
亦もなにがあるのでせう
凮のやうに影のやうに
すばやくとほるものがあるのでせうか
いやあれは広い空の海はらに
孤島のひとつとして在る善のかげです
いやあれは広い空の森林のなかの
異色ある木樵夫の住家です
いやいやそれは畏ろしい考へかたです
なにが善のかげでせう
なにが木樵夫の住家でせう
あれは層雲よりもまだ遠い処の一つの緋色の巻雲にすぎないのです
遠い太古のときに
北京原人が子を抱きながら

茫々とした黄土のはてに視たあの雲です
もう地上の妻の喪はれた哀しみを
やすらかに諦めたあの雲です
複合された意識のはてに
いろいろの意味を附記するのでせうか
いやいやそれは畏ろしいイデアの変態です
ごらんなさい
ただの夕日と夕雲でいゝのです
あんなにも美しく単純な風物なのです
あの夕日が沈んでゆくとき
あなたの思想もそのとほりに
沈んでゆけばそれでいゝのです

習作廿四（米沢市）

Le vent se lève, il faut tenter de vivre,
PAUL VALÉRY

市街を北東と南西に両断して大路がはしつた　その一の街隅に駅が属してゐた　プラットフォームは白昼がらんとして夜になると異様に充たされていつた　或る者はシグナルの性だと称へたが私はそれをアプストレエな郷愁のためだと思ふのだつた　夜汽車が板谷峠を越えてこの山峡の小さな駅に忍び入ると型どほりの人達が吐き出されたがもう先の大路にかかるころ人影は陰画《ネガチヴ》のやうに闇に溶けていつた　暗い青春の寂寥にやられ大路を幾度となくほつつき歩いたが且て居酒屋とか映画館とかによつて充たされることはなかつた　酔つて夜更の大路を還るとき風はびゆうびゆうと吹いたが私は外套をひるがへし人には判断も出来ない思想的な独白をぶつくさと繰返してゐるのが常であつた　太宰治さんの小説に（さよならだけが人生だといふ先輩の詩句を口誦んで酔泣きせしことあり）といふ一節があるがまことにそれは私のごとき阿呆な太郎がくぐるべき感傷異情であつた

黄昏大路の四辻に立ちとまると東の山襞は淡紅の蛋白石《オパール》のやうに染つてゐた　私は（新約）も（青い鳥）も（イーハトーヴオ）も一緒くたに想ひ浮べて確かに何か視えるやうな異常な興奮に駆られていつた　が　ふと足もとを視ると私の影はながくながく路に横たはりたつた独り異土の路に佇んでゐるのだつた（故郷の母が可哀そうなこの太郎を嘆くだらう）それから私は爽かに沈鬱していつた　あの山襞が日に三遍も色彩を変へることをやがて孤独が私に訓へた

或時大路で美しい少女に出遇つた　少女は緋色の服を着て気高くすべてが天上的であつた　私は畏れと戦きのため襟を引緊めて少女を視なくてはならなかつた　街は私のごとき暗憺たる旅人にはいつも劣等感を用意してゐたのだ　少女の胸の釦から四つの雲母状の光沢がはしり私はだんだんと魅せられていつた　私は熱病のやうに病みはじめた　次の日から同じ時刻に寮を出たが再び少女とめぐり遇ふことはなかつた　其れとなく市街を探しても少女は物陰に隠れたアリスのやうに幻影すら視られなかつた　私はまた後悔したのだ　想へば暗黙の風の中に私はすさんでゐた　かの街の大路はすでに懸崖の麓にさしかゝつてゐたのである

童子像

――無門関私釈――

大道は無門である
たゞ千差諸異の道をゆくのだ
もしお前が
孤独な無の関門を透ることができたら
いゝか
そのとき
さびしい天の河原に立つだらう

習作四十三（愛歓）

するすると櫟の木立をめぐり
お前が逃げれば
わたしはあたりの冬はじめの風を追ふのか
風のほかには誰もゐないのか
こゝは赤味の土がくづれ
櫟の木のほかはなにもない
遠いところに仮小屋がぽつぽつ空にたつてゐる
おまへはどうして
わたしに捉へられないのか
どうして影のやうに逃げまはるのか
わたしが靴を泥だらけにして
霜柱の溶けたこの原を
お前を追ふてあるくのだけれど
お前を捉へイタリアン・ロンドの風の
古風な踊りをしたいのだけれど
そんなにもわたしが嫌ひなのか

それとも斯うして
追ひ追はれしてゐることが
意味ある愛歓の舞踏だといふのか

習作五十（河原）

河原辛夷がたけながく
その一本に鳥がとまり
はじらふやうに嘴をまげては
予感をふくんでさびしいとき
やがて花びらは
地上の窪みに吹きためられ
風は東南吾妻のほうから吹くのですが
わたくしは独り河原の石を
さだかにもわからぬひとりのひとに
異常の愛恋を感じながら
もだえるように祈るように
わたつた時があつたのです

習作五十一（松川幻想）

僧侶は髪を短く苅り
黒のダブルの制服を着て
もう友などは捨てたのだと
諦めるたび河原へゆき
流れの青に足をひたして
鮎のやうにす早く泳ぎたかつた
（暗転二ケ月——）
陸羽第百三十二号が
盆地の秋を充たすころ
ひとは河原に涼風をさがして
いくつもの黄昏を歩いたけれど
僧侶はひとり
僅かに息のやうに温つてゐる
河原の滑石を積みかさね
誰れか（もう止めろ）といふまでは
いつまでもそうしてゐたかつた

『時禱』創刊の辞・後記

創刊の辞

僕たちは貧しく異途の路に旅立たうとする　遠いかなたからの忍耐は新しい他の忍耐におきかへられるだらう　如何にして詩を創るかといふことは僕たちの与り知らぬことだ　僕たちは若くそして祈りは天にとどけられなくてはならない　或時は早くそして或時は遅く僕たちは各々の道をゆかなくてはならない　且て苦悩は僕達の影に常在した　もう曠野の中にあつても人の作処にあつても畏れないだらう　僕たちの「時禱」は高い批判精神と未熟なる技法との断層のため悲劇的な路を歩むことを悔ひはしない　いまはもう確信する日本近代詩の未来の方向にひたすらな歩を踏み出すのみである　創刊にあたり僕たちの苦しかつた遍歴の歳月をかへりみて祝ふや切なるものがある　誌名「時禱」はライナ・マリア・リルケの〔DAS STUNDEN BUCH〕になぞらへた

第二号後記

一、この比《ころ》一期の芸能さだまる初なりさる程に稽古のさかいなり

一、この比の花こそ初心と申すころなるを極めたるやうにぬしの思ひていたりたる風体をすることあさましき事なり

一、いよいよ物まねをもすぐにしさだめなほ得たらん人に事を細かにとひて、けいこを弥ましにすべし
一、されば時分の花をまことの花と知る心が、真実の花になほ遠ざかる心なり（風姿花伝稽古条々二十四五歳より私抄）

これは日本の生んだ最高の芸能心理家である世阿弥が僕のごとき弱年に遺した条々である　僕は服従し且つ叛く
詩は花ではない　けれど花に入り花と訣別しない詩が何の意味を持ち得るだらう　僕は僕の道をゆくと尚も嘯くのだ
芸術と芸能は違ふ　世阿弥は優れた芸能家であるが芸術家ではない　この差異のなかに潜むものこそ僕を導き僕をして拙い詩をすら尚諦めず書かしめるものだ（十一・卅）

第三号後記

満座の中では殊に暗黙せねばならぬ心理が、他人に通じないことは悲しみです。あの愚かしい日常の挨拶も致さねばならぬのは苦しいものです。必ず固塊を吞むやうな感覚に耐えねばなりません。これに就て語つたのは恐らく僕ではなかつたのです。誰かそのやうな自意識家がゐた筈で、僕は先達の形と心とを模倣してゐるにすぎないのだ。今日遺されてゐるあらゆる芸術品―絵画彫刻音楽文学―は、常にその暗黙せねばならぬ心理の悲しみを僕に訴へてゐるかのやうです。僕がまた黙然とうなづき返すことを願つてゐるかのやうです。荒井氏に代つて（三・十一）

巡礼歌

——La idéalisation——

I

梵字廻向の袖は雨臭く
ふたつないさびしい影は
その錫杖の音に連れられて
おゝそれではもう
おれのゐるこの孤点のやうな街を去つて
いまだ雪も溶けない
舟坂峠を越えるのか
おれが街角で貴公の巡礼旅装を見送つて
貴公の後相《うしろすがた》がまだみえるあひだ
たつたひとりの好意ある道連れなのだが
おれはいつもこんなに暗いし
貴公でさへも峠のサイプレスのあひだで
恋人や妻子を想ふよりは

二三篇の称名をくりかへし
刻み煙草などを喫するだらう
（かまひはしない）
ひとの世はどこもかも訣ればかりだ
そんなことを患ふよりは
おれも貴公も
さびしい二月いまはの黄昏を
こゝろのなかでもつことにしよう

Ⅱ

けれど貴公の後相は
たいさう頼りないな
そうして貴公は迷つてゐるな
あまりに空虚なさびしい心に耐えて
念仏など称へて御遍路にあるいたとて
それが何になるのだ
〝もうやめろ――
やめて帰つて恋人や妻子を愛した方がいゝ〟
おれもむしろ貴公と一緒に
あの舟坂の切通しに立ちたいけれど

あんまりさびしい同志が
一緒になるのはよくないし
それにおれは明日も学校へゆき
悪《にく》しみや迷ひがあるとまるで判らない
化学といふのをやらなくてはならない
お互に漂浪として呑気そうでいながら
どうしてこゝろばかりは
こんなにせはしく熱して辛いのだらう
おれも貴公も
所詮は智度論に説かれてゐる
善悪不行のしがない旅人だけれど
(まあそれはいゝ)
あの吾妻峯が夕映えるころは
醜いものをおさへてゆけよ

Ⅵ

伊勢物語論Ⅰ

歴史の中には我等近代人が入り込んでもその時代の調和を甚だしくは害せず、我々が非常に珍奇な非常に目立つ物とも目障りな不調和な同化し得ぬ存在とも見えずに済むやうな時と処とがある。

（ヴアレリ）

これは「寓話」について「ポリユクト」の著者について語る資格をもたぬ僕がヴアリエテのなかで最も見事だと思つた言葉である。元よりヴアレリは僕達に利休となつて「祖仏共殺」と唱つたり、謙信となつて戦場に自らの詩を実現したりすることを勧めてはゐない。況して僕達が利休となつたり謙信となつたりしても珍奇には思はれないなどとは言つてはゐないのだ。僕は唯この言葉のなかに「俺には時間といふものがよく判らない」と嘆いてゐるヴアレリの美しい虚構を見るだけである。僕の辟眼かは知らぬがヴアレリは生涯をかけていつもこれだけの事しか言はなかつたやうに思ふ。

今伊勢物語の感想を語るについて、ヴアリエテの一節を引用したのは他意があつたわけではない。僕達が古典におもむく心とはとりもなほさずこの時間の不可思議さに対する驚異の念に外ならないと思へたのである。芭蕉や蕪村の俳句が一は思想詩として一は心理詩として今尚ほ僕達の間に生きてゐることは一体何であるのか。永遠とは何であるのか。僕はこの「時間に対する畏敬」といふ感覚を外にして永遠への感覚が在り得るとは思へないのである。伊勢物語とは明らかに斯の様な畏敬を感覚される稀有の作品であることは確かだ。僕は「歴史の中には」と言ふヴアレリの言葉を「古典の中には」と言ひ代へて僕の嘆きを語るより他にこの論稿をすすめる方法を有たない。作品の中から常に作者の人間性の現はれて来るのを待つといふあの文学の本質に従つて僕もまたゆかうと思ふのだ。

僕は伊勢物語を読むについて別に機作を持合せてゐたわけではなかつたが、僕には、先づ直面しなければならなかつた困惑について語らなくてはならない。実はこの物語の作者の顔が、僕には二重にも三重にも重なつて映るかと思ふと、ある節ではそれが一致して一人の明瞭な形で見えて来たりした。元より僕は伊勢物語の作者の思想を追ふより他に何の企図も持つてはゐない。伊勢の作者の思想を追ふ僕の思想より他に何が語れるだらうか。この伊勢物語から業平の好色などといふ馬鹿気たものを発見してゐる他愛ない史家を僕は低能だとしか思へない。僕は伊勢の作者が何者であるかを追及するために多くの思考を費さねばならなかつたが、元より僕は歴史家でも国文学者でも無いから作者が何者であるかを考証することに興味を持たぬ。僕の興味はその後に来るべき筈であるからだ。それ故僕が作者を考証する方法は史家とは自ら異つてゐるだらうし、余り面倒な事は逃げてきたことは確かだ。

僕は沢山の文献を持合はせぬ。唯伊勢物語といふ確かな一個の文学作品とそれを追ふ僕の思想があるだけだ。これさへあれば作品の中から作者を引出すことが出来るとは僕の固く信じて動かぬところだ。合理主義者は其れだけでは泡沫に過ぎぬと言ふかも知れぬ。試料が証拠が絶無だと言ふかも知れぬ。けれど人間の思想について、真の合理とは試料を切捨て切捨てして終に把まへたその確かな無形なものを信ずるより他に何もありはしないのだ。定家を始め諸家は歌道に入る者の必読書としてこの作品を挙げてゐるが、それ程この物語の歌は確かなものだ。余り適当な例とは思はぬが例へば平安期の異色ある歌人である和泉式部の歌と比較して年代の相違を考慮の外にしても格段の技量差のあることは否定出来ない。

そして和泉式部日記をこの物語と比較したとき一流の短篇作家と文学少女程の芸術意識の相違が指摘

される。兎に角伊勢物語が歌文共に当代最高の作者によつて成されたことは前提としてもよいやうだ。勿論問題はこの物語が業平自身の手に成つたものか、或は別人の手になつたものかと言ふにあるわけで、是さへ定れば少くとも僕自身の場合には全てが明瞭になつて来る。僕は考証のため物語第五段から私訳して見よう。

昔男があつた。東の五条のあたりにひそかに通ふてゐたが、隠密の所であるので門からは入ることもならず、童たちが路をつけた築土のくづれから通ふた。人目のおほい処ではないのだが度かさなることなので主（染殿大后）がききつけてその通ひ路に夜ごとに人をおいて守らせたので男はゆけども空しくかへるばかりだつた。男は

人知れぬわが通ひ路の関守は宵々ごとにうちも寝ななん

と詠んで大そう嘆いたので主は哀れに思つてゆるしてやつた。

相手は二条の后であつたのだが、世の思惑もあるのでせうと達（註右大臣基経大納言国経）が守らせたのだといふ。

作者は人間の虚無心理について高度に通暁してゐた人物の筈だ。その「我後悔せず」といふ祈りを常に持ちつづけてゐたであらう優れたデカダンが「相手は二条の后だ云々」といふやうな馬鹿げた暴露をするとは僕には思へないのである。又作品価値の判断からしてもこれ程に芸術意識の緊迫した作者が「相手は二条の后……」以下の文を附加することの効果が何を意味するかを知らなかつた筈がない。僕の断定は一見危いやうに見えるかも知れぬが、すべて芸術の精神はそのやうなものだと思つて［ゐる。］

兎に角僕はここに歌の作者と物語の作者と更に二条の后云々の記事を附加したつまらぬ戯作者の三人を見付ける訳だが他人を納得させ得るかどうか。これに続く段を見てみよう。

そこで僕達は散文精神と詩精神の分岐を明瞭に理解できる筈だ。


　昔男があつた。なかなかに得難い女があつたのを男はながく言ひ寄つて辛うじて盗み出し大そう暗い所まで連れてきた。芥川に沿つて行くうちに、女は草の上においてゐる夜露をみてあれは何でせうと問ふのだつた。

　行くさきは遠く夜も更けたので鬼のゐる所とも知らず、雷も鳴り雨も降るにつけて、荒れた倉に女をおし入れて男は弓胡籙《ヤナグヒ》を背負つて戸口を守つてゐた。やがて夜も明けるだらうと男がほつとしてゐたおり、鬼が来て女をひと口に喰つてしまつた。「あれ」と女は声をたてたのだが雷鳴にさまたげられ男は聴くよしもなかつた。やがて夜も明けたが見れば連れてきた女はゐない。足ずり泣いても甲斐なくて［男は］詠んだ。


　白玉かなにぞと人のとひしとき露とこたへて消なましものを

　これは二条の后がいとこの女御のもとに仕へてゐたころ、容貌が美しいので男が盗み出し背負つてゆく途中せうとの堀河大臣、国経大納言が内裏へ出仕するおり大そう泣いてゐる女の声をきいて男から取り返したのである。それを鬼と言つたのだ。二条の后がまだ大そう若くただ人であつた時のことだと言ふ。

僕たちは前半において緊迫した散文精神を味ふことが出来る。女が夜露をみてこれは何でせうと問ふあたり僕たちは殆んど声をあげて感嘆しそうになる。あたかもそれは歌の要をぴつたりと射当ててゐるわけだ。しかも決して詩人の手になつたものではないやうだ。

鬼がひと口に喰つたなどといふ比喩があるが悪趣味で詩人の為すべき業ではない。其の上に引用歌以後には弛緩した弁明があるわけだが僕はともすれば此処にも三人の作者を思ひ浮べたくなつて仕方がない。更に短かい一段を引用して見る。

昔男があつた。京で人を恋ひ佗びるあまり東のかたへ旅していつた。伊勢と尾張の間の海のほとりをゆくとき波が白く立ちかへるのを見て

いとどしく過ぎゆくかたのこひしきにうらやましくもかへる浪かな

と詠むのだつた。

伊勢の作者がこの歌について一言の粉飾も出来ず斯くの如き折に詠んだとのみ註してゐる心が僕には激しく応えて来る。これ以上何が加へられるかと言つてゐるのだ。作者は己れにかまはず業平の歌を愛せよと僕に勧める。

そして僕はあたかもヴアレリの円柱歌を唱んでゐる時のやうにあの茫漠たる時間の畏れのなかに引づり込まれてゆく。知性の危機にあつて唱つた歌と僕にはそう解けてくるのだ。

後撰集第十九に有る歌だが、一体に業平の歌には厳密に恋愛歌と呼ぶべき歌はないと言つてよい。彼の相聞をとつてきて何処に恋愛の歓喜があると言へるのか。彼はいつも虚[無精]神の極頂を叩いてゐるのである。業平が始末の悪い好色漢で歌は巧いが凡庸な人物であつたなどと言ふ三代実録の記事など僕

は信じない。凡庸な人物があのやうな歌を唱ふ筈がないのだ。女など彼には何者でもなかつた。僕には信じてゐることがあるのだが、いまは唯彼の哀しみを僕の掌に受止めるより他に僕は何も言ふべき心をもたない。彼は陽成天皇の元慶四年五月（一五四〇）に死んでゐるが、丁度高岳親王が印度へ渡航の途中薨じられた頃である。当時日本の知性が何を探しつづけたかについて試料的歴史は何も語つてはくれない。僕たちの呼ぶあの内的な思想はいつも徒手空拳で文学のうちにのみ生きつづけて来たやうだ。

さあれ僕たちは痛ましい彼等の心理を感得して驚きにうたれる。その驚きこそ僕が生命と引換へても悔ひない筈のものだ。そうでなくてはこの十把一束の近代主義の流行する時世にわざわざ古典などを探りはしない。

以上全く放埒に引用した三つの段において[僕]は唯和歌の作者と物語の作者が別人であることを、併も現存の伊勢物語は後人の手が加へられてゐることを信じて貰ひたかつた。この他にも指摘すれば幾らも考証する材料を引出せることについては僕も自信をもつてゐる。

古来伊勢の作者については一定の説を有たないが真淵信友秋成をはじめ諸家は一度はこの問題に触れてゐる。現代になつて藤岡作太郎博士は業平自記説を主張して居るが、その根拠は主として作中に業平を痛烈に陥しめてゐる個所があり、当時有数の歌人であつた業平を斯様に批判し得るものは業平自身しか有り得ない。即ち業平の自嘲であるとするのである。

確かに業平の自嘲として読むと全く新たな局面を露呈する個所は二三には止らないやうだ。僕は業平自記説の根拠と成り得る個所に触れながら僕の立場を更に拡張しやうと思ふ。

伊勢物語の代表的な個処として東下りの段が僕たちに親しまれてゐるがそれには意味がなくてはならぬ。即ちこの個処には所々[に見]られる戯作趣味が少しもなく終始全球的な白熱した文体で貫かれてゐる。併もここでは歌の作者と散文の作者との分岐が感じられない。

伊勢の作者はひたすらに己れを殺すことにより業平の虚無を支へてゐるのだ。伊勢物語中で優れた個処は必ず歌の作者と散文の作者とが別人であることを思はせずしかも不思議にそれが虚無の頂点を問ひつづけてゐるのだが業平自記説が今尚ほ絶えない理由はこの為であるらしい。僕がその段を私訳しよう。

昔男があつた。その男は己れを無用のものと思ひなして京ではない東のかたに住むべき地を求めていつた。もとより二三の伴人を連れてゐたが道を知る人もなくて惑ふことも多かつた。三河の国八ツ橋といふ処まで来たがそこを八ツ橋といふのは水の流れてゐる河が蛛の手のやうに別れてゐるため橋を八ツ渡してあるからなのだ。その沢のほとりの木蔭に下りてみなは乾飯を喰べたが、その沢にかきつばたが風情ありげに咲いてゐた。それを見た一人がかきつばたといふ五文字を句の頭に配して旅の心を唱んでといふので男は

唐衣きつつ馴れにし嬬しあればはるばる来ぬる旅をしぞ思ふ

と詠むとみな人は乾飯の上に涙を落して泣きぬれるのだつた。

なほも旅して駿河の国に来た。宇津の山にかかると己れらのゆくはての路は大そう暗くほそくなつてゐて蔦楓が走つてゐた。心細くあはれなめに遇ふものと思つてゐる折も折り、ひとりの修行者に出会つた。(註遍照といふも不明)何故かやうな道に在はしますかと問ふので、視れば知り合つてゐる僧である。京に在るわが人の許にと男は文を書きつけた。

駿河なる宇津の山べのうつつにも夢にも人にあはぬなりけり

富士の山を観ると皐月のいまはの日で雪が鮮かに白くつもつてゐる。

時しらぬ山の富士の嶺いつとてか鹿の子まだらに雪のふるらん

その山は京で言へば、仮令へば比叡の山を二十ばかりも重ねたほどでその形は塩尻のやうであつた。

なほもゆきゆくと下総の国と武蔵の国との境に大そう大きな川がありそれを隅田川といふのだつた。その川のほとりに共に立ちつくして過ぎ越しを思つては、かぎりなく遠くも来たものだとお互ひに佗びあつた。渡守がさあもう舟に載つてください日も暮れますといふので、載つて川を渡らうとするのだが皆は物寂しくて京に思ふ人がないわけではなかつた。折から白い身の端と足だけが赤い鴫程の鳥が水の上を遊びながら魚をたべてゐる。京には見慣れぬ鳥なので皆は何ともわからず渡守に尋ねると是れがあの都鳥ですといふ。男はそれをきき

名にし負はばいざこと問はん都鳥わが想ふ人はありやなしやと

と詠んだので舟中のものは皆泣いた。その川を渡りすぎて都の知合ひの人に遇ひ物語りの末に何か都へ言伝てはありませぬかといふのに男は

京びといかにと問はば山たかみはれぬ雲居にわぶとこたへよ

と詠んだ。

仮りに正宗敦夫氏の説のやうに業平の覚書様のものを骨子として伊勢物語が成つたといふ仮説を認めた場合、この段が業平の記録に可成り詳述されてあつたと推測するのは不当ではない。僕は飽くまで作者が歌の作者と別人であることを確信するが、この東下りの個処などは明らかに業平の日記様のものがあつたと思ふ。それなくては業平の所業をこれほど手に取るように刻明に描写して併も少しも業平の歌を殺さないといふ離れ業が出来ようとは思はれない。僕はここで伊勢物語の作者についての僕の立場を要約する時期に来たようだ。

作者は業平と別人であり併も年代は余り離れず、歌人業平の人間のなかに恐らくは己れ自身の思想を見たであらう優れた文学者である。（優れたといふ意味が著名なといふことになるかどうか僕には定められない。）併も或る個処では業平の自記を骨子としてゐるだらうが、作者は決して業平の人間像だけを再現しようとはしてゐない。己れの思想が書きたかつただけだ。この様な作者が何処の何人であるかに就いて僕は史家程には興味を持たない。何故ならば僕が手を握つて温みを感じる相手はこれだけ明瞭であれば不足はないからだ。文学の精神はいつも試料をあまり過信しない処にあつた。そして作品の中から匂ひ出て来る定かにも判らぬひとりの人間を無上のものと思つてきた。仮りに相共に地獄へ落ちるともたぢろがない強い精神であると僕はそう思ふ。

僕は古典の中から珍腐さと封建性だけしか感じないだらう批評家たちが近代文学だなどと称してゐるのを笑止の極みだと思つてゐる。

彼等は口を開けば「反動」「封建的」「戦犯」「合理主義」「ヒユーマニズム」と題目を冠せるが斯んな言葉の何処に人間の思想が感じられるのか。どこに文学があると言ふのか。「反動」だとか「封建的」だとか「ヒユーマニズム」だとかいふ呼称で、人間の思想を割り切らうとするのは全く良心が欠けてゐるのだ。

兎に角僕は雑多な疑念を払つて一人の作者に到達したかに見えるが事実は其程簡単な決定を許さない。

それは僕が随分大胆な推論をしてゐるので、心にかかる個処が少からず存在するからだ。伊勢物語知顕抄を見ると作者が在原業平であることを断定してあり、業平の没後業平の最後の女伊勢が加筆した次第を真しやかな問答体で記してゐるが、それは余りに調子が良くて僕にとつては僕の決論を動かし得るものとはならないやうだ。仮に作者が業平であるとすると僕の推論はすべてナンセンスに見えて来るのだが――

兎に角伊勢物語のクライマックスは必ず歌の作者と散文の作者がぴつたりと一致した美しさにある。僕はそこに普遍化された僕自身をみる。それは作者が業平であつても別人であつても動かぬ伝説的な奇しき美しさである。

僕は決断によつてすべてを踏越えることにして、最後に藤岡博士の業平自記説の根拠となる一段を私訳して参考に供しながら、更めて僕の立場を確認しようと思ふ。勿論博士の挙げて居られるのは違ふ例であつたと思ふ。

昔男があつた。武蔵の国にさすらつてゆき、さてその国でひとりの女を誘ひ出した。女の父親は異ふ男に婚させようとするのだが、母は素性の貴いひとをと心にきめてゐた。父はただ人であつたのだが、母は藤原氏の出であつたのだ。さて貴い人にと思つてゐた母は、男を婿がねに擬して歌を詠んでよこした。入間郡みよしの里に住んでゐたので

みよしののたのむのかりもひたぶるに君が方にぞよるとなくなる

［以下中断］

序にて

伊勢物語論（後半）と歎異鈔論を以て、僕は僕の思想を語つた。さあれこれが過去一年余の間、踏みわけた日本の古典文学と仏教古典のうちから僕が拾つた二つの悲しみであることを誰に告げよう。

伊勢物語論Ⅱ

伊勢物語の大部の書き出しになつてゐる「昔男ありけり」と云ふ繰返しは僕にとつては驚きである。この人間心理のデカダンに通暁してゐた作者が如何なる忍耐があつて斯様な陳腐な書き出しを繰返さねばならなかつたのか僕には不思議に思はれたのだ。

勿論僕達は現在今昔物語のやうなものも持つ訳だが其れは純然たるフォルマリズムとして片附けられるとして伊勢物語はもつと動機が複雑である。僕は全く此の点を心理的に読むことに依り一応切り抜けたがそれは正しいかどうか判らない。即ち「昔おとこ」と言ふ執拗な繰返しのなかに作者の虚無からする祈りが続けられてゐると解したのである。偶然かどうか僕たちは後半に於て「昔おとこ」といふ心理的なマンネリズムが喪失される個処に相遇するのだが、明らかに其処には伊勢物語の芸術品としての危機が種々の意味で露呈されてゐる。この物語の様な多くの短篇を集めて一つの長篇をなしてゐる作品に就いては作者の心理の起伏やそれに伴ふ手法の変化を読み取るのは殊に容易な訳だが、伊勢物語の手法も十二段あたりまで種々の乱れがあるやうだ。その乱れこそ作者を知りたい僕には勿怪の幸ひであつた訳で、僕が先に考証に用ひたのは主としてその個処である。僕は本格的になつた処からこの章を初めやうと思ふ。

僕は引用と云ふことをわけて好まぬが、この稿では私訳することにより辛うじて救はれてゐるやうだ。

昔男があつた。人の娘を盗んで武蔵野に連れてゆき野のなかを逃げてゆくほどに、男は盗人であつたので国司の手の者にからめ捕られてしまつた。その折女を草むらのなかにおいて逃げたのであるが、道くる人たちは此の野には盗人がゐるといふので火を付けて焼かうとした。女はかなしく思つて、

武蔵野はけふはな焼きそ若くさのつまも籠もれりわれもこもれり

と詠むのだつた。ひとたちはそれを聞いて女を援けて元の処へ連れかへつてやつた。

伊勢物語の緊迫した散文意識は口火をきられる。古今集の読人しらずの歌から斯様な怪しき虚構をでつち上げた作者の心理に就いて、僕はもう暫く黙々とついてゆかなくてはならない訳だが、心中ひそかにツルゲネエフとかフランシス・ジヤムとかの散文詩や、モウパツサンや太宰治の短篇小説を想ひ浮べて鼎の軽重を問ふやうな気になつたのは事実である。これ以後十段ばかりは此のやうな簡潔な美しい短篇が続くのだが作者は何故か次第に苛立つてゆくのがあの遠い時間の果を越えて確かに僕の処に落ちて

くる。

昔男と女が大そうかしこく想ひ交して異心はなかつた。それなのにいかなる事があつたのだらう、いさゝかのことにつけて世の中を憂しくも思ひなして女は家を出て隠れようと思つて斯様な歌を詠んで物にかきつけた。

出でて去なば心かるしと言ひやせん世の有さまを人は知らねば

男はこれを見て心覚えの節はないので、どんな理由で斯うなのだらうと大層泣いて何処を探したら尋ねあたるかと門を出て遠近ちをすかし見るけれど見当さへつきかねたので帰つて家に入り

思ふかひなき世なりけり年月をあだに契りて我や住ゐし

と云つて泣きながら亦詠んだ。

人はいさ思ひやすらん玉かづら面影にのみいとゞ見えつゝ

この女はひどく久しくなつてのち思い佗びることもあつたのだらう。男のもとに言ひよこした。

今はとて忘るゝ草の種をだに人の心にまかせずもがな

男はかへした。

わすれ草植うとだにきく物ならば思ひけりとは知りもしなまし

また以前よりもなほ懇ろに言ひかはすやうになつたが、さて男は詠んだ。

忘るらんと思ふ心のうたがひにありしよりげに物ぞかなしき

女はかへした。

中空に立ゐる雲のあともなく身のはかなくもなりにけるかな

この様に言ひ交したもの丶お互は離別して住んでゐたので終に次第に疎くなつていつた。

恋愛関係にあつた女が言はゞ男にも判らぬ理由で隠れて了まふ。程へて女から男へ又思ひかけがあり男も之に応じて前よりも懇になるのだが二人は事実は全くよりを戻さうとする意志をもたない。やがて次第に疎くなつてゆく。

この様な苛立たしい恋愛を描くのにはどんな感懐も忌門である筈だから作者は当然なことをしてゐるのかもしれない。僕が何の感懐もないと云ふのは、この文章の苛立たしさや執拗な構成の繰返しを見ると書きたくもない文章をデレデレと書き流してゐるとしか思へないからだ。

この様などん底の心理について僕たちこそ随分考へてきたと言ひ切れる訳だが、僕たちが常に願つたと同じやうに作者の虚無心理の先端からはあの神とよばれるものが首をつきだしてゐる。神とは言ふまでもなく虚無の底よりする未知の祈りである。僕はこれに続く段にその事を見るのだが――。

昔はかなくなつて交りを絶つてゐたが尚忘れかねることもあつたのであらう、女の許から

憂きながら人をば得しも忘れねばかつ恨みつゝなほぞ恋しき

と言つてやつたので男もそうだとうべなつて

相見ては心ひとつを川しまの水の流れて絶えじとぞ思ふ

と詠んでやつたのでその夜女はいつて寝た。

すぎし日のこと、ゆくすえのことなどを思つて男は詠んだ。

秋の夜の千代を一夜になずらへて八千代しねばやあくときのあらん

女はかへした。

秋の夜の千代をひと夜になせりとも言葉のこりて鶏やなきなん

かくて昔よりもいつ層あはれにもねんごろに通ふたと云ふ。

僕はこの段が通俗的に下らぬものだと、読める人を思想的に盲ひてゐるとしか思へない。これは如何に読んでも悲しい逆説心理である。

余り説明する要もないが、ともあれ日本の虚無思想がいつもこの様な健康なものに祈らねばならなかつたことに就いて僕は昔も今も変らぬ悲劇を感ずる。それは僕達が科学を持たなかつたからだと僕には思へる。ヴアレリを見給え。彼は虚無のどん底に在つても合理精神といふ盾に拠つて殆んど雄叫びをあげてゐるのだ。彼ならば飽くまで「秋の夜の千代を一夜になずらへて」などは感傷として一笑に附することが出来たのだ。伊勢の作者にはそれが出来なかつただけである。そして僕達現代の知性にしてもそれが出来なかったのだ。敗戦の悲劇などはこれ以外に何処を探しても落ちていはしない。僕達は尚も何ものかを乗り越えゆかなくてはならないのだらう。僕が伊勢の作者を追はなくてはならないことはまたつらいことだ。

昔田舎にて世を過してゐる人の子供達は井戸のほとりで遊んでゐたが、大人になつたので男も女も恥ぢかはしてゐた。男はこの女をこそ獲たいと思ひ、女もこの男をこそと思つてゐたのだが親達があはせようとしてもうべなはないのであつた。さて男のもとから斯く言つて来た。

つゝゐつの井筒にかけし麿がたけ過ぎにけらしないもみざるまに

女はかへした。

比べこしふり分髪も肩すぎぬ君ならずして誰かあぐべき

斯くて終に本意のごとく婚した。さて年経て女の親が亡くなり、ふたりがこんな不甲斐なくてはと男は河内の国高安の郡に行き此処に女を見つけて通ふやうになつたがもとの女は悪んでゐる風もなく男を通ひに出してやつたので、男はなにか女に異心があるので平気でゐるのだらうと疑ひ、前栽の樹木の中に隠れて河内へゆくふりをしてみてゐるとこの女は大層艶に化粧して空を眺めやり、

風吹けば沖津しら浪たつた山夜はにや君がひとり越ゆらん

と詠むのを聞いてかぎりなくかなしと思つて河内へも行かぬやうになつた。まれ〴〵に高安の郡にきてみると、はじめは女も心にわだかまるものがあつたが、今は打解けて自ら家子の器に飯を盛りなどしてよこすのを見て、心憂く思つてゆかぬようになつた。それ故この高安の女はやまとのかたを見遣つて、

君があたり見つゝを居らん生駒山雲な隠しそ雨はふるとも

と云つて眺めては、やつとのことで大和人が来たといふので喜んで待ちもうけることも度々であつたがその都度むなしかつた。女は、

君来んといひし夜ごとに過ぎぬればたのまぬものを恋ひつゝぞふる

と詠むのだけれど男はたうたう来なかつた。

僕の訳は原文の匂ひすら伝へてないが、このあたりは殆んど神品とも云ふべき冴えを見せてゐる。作者がかの「あはれ」と呼ぶものに包まれてやすらかな為だらう。伊勢物語全巻のなかの頂点であるが、作者は遂にこの頂点で死を描き、それから足どりは次第におぼつかなくなつてゆくのだ。さあれ僕もまた女が化粧して「風ふけば」と詠むのをきいてかぎりなくかなしと思ふ。僕も河内へはゆきたくないのだ。僕の河内とはあの寂寥たる虚無のさ中である。けれど作者もまたたぢろがず身をくづしてゆく。僕もまた追はねばならぬ。

昔男が片田舎に住んで居た。宮仕へしにゆくとて訣れを惜んで行つたまゝ三年も帰つて来なかつたので女は待ち侘びてゐたが、その間に大層懇に自分に言ひ寄る男があつた。女は今宵はもうその男に身を許さうと約束した夜に、先のあの男が戻つて来た。この戸をあけたまへと叩いたが、女はあけやらず歌を詠んで差出すのであつた。

新玉の年の三年を待ちわびてたゞ今宵こそ新枕すれ

男は詠んだ。

梓弓ま弓つき弓年を経て吾がせし賀言《カゴト》うるはしみせよ

そして男はまた立去らうとするので女は、

梓弓ひけどひかねど昔より心はきみによりにしものを

と言ふのだけれど、男は帰つてしまつた。女は大層悲しくて後から追つて行つたが追ひ付くことが出来ず、清水のある処にうち伏してしまつた。其処にある岩に小指の血でもつて女は書きつけた。

相想はでかれぬる人をとゞめかね我身はいまぞ朽ち果てぬめる

と書いて女はそこにはかなくなつてゆくのだつた。

作者は悲劇の頂きを描くのである。「我身はいまぞ朽ち果てぬめる」とは心理の真実を歌ってゐるのは明らかなのだが作者はそれを事実として彼の叙事詩を描くのである。僕は作者の心事をはつきりと感ずる。真の虚無は一度は死を想ふことにより切抜ける外ないことは僕達が胆に銘じて知つてゐることだ。理智などは其処では無用のものとなる。次々に死の幻影を描きながら其処に安住していつた日本の文学は美しいけれど哀しいものだ。だが伊勢の作者について僕は新たに考へなくてはならない。作者はボードレエルのやうに「偽善の読者よ――わが同類よ――わが兄弟よ――」と言ひたかつたのかも知れぬ。何故ならば斯のやうな悲劇の直後に人を馬鹿にした諧謔を弄する筈がないからだ。作者の知性にこそ真の悲劇があるのかも知れない。

昔男があつた。男は女の許に一夜だけはいつたがまたとゆかなくなつてしまつたので、女は手洗う所に貫簀を投げすて、盥の水に自分の影の写るのを見て、

我ばかり物思ふ人は又もあらじと思へば水の下にもありけり

と詠むに、あのこなくなつた男は立ち聴きして

みな口に我や見ゆらん蛙さへ水の下にて諸声になく

と詠んだ。

斯くて伊勢物語は絶頂を超えるのだが「昔おとこ」は尚しばらく続いてゐる。作者の眼は次第に冷徹になり批判的になつてゆく。そして各個の短篇の後には毒舌に似た一言を必ず加へるのである。僕は斯様に急冷していつた作者の創作心理が異様に思はれるが、兎に角僕に伝つてくる彼の思想の鼓動は確かに必然をたどつてゐるやうだ。僕は尚彼と共に落ちてゆくのだが、彼の批判精神は次に私訳する段で正に寓話と呼ぶべきものを生んでゐる。何故彼にモラルとも云ふべきものの匂ひがして来たのかに就いて僕は何も云ふ必要はないだらう。誰でもが彼の心理のゆきつく過程に予期しなかつたものではないからだ。

昔二人の姉妹があつた。一人は卑しく貧しい男を、一人は高貴な男をもつてゐた。卑しい男をもつた女は、師走の晦日に男の上衣を洗つて手づから張つた。つとめはしたのだが、其のやうな賤しい業を習ひ知らなかつたので、上衣の肩を張り破つてしまつた。為す術も知らず女は唯泣きに泣くばかりだつた。是を彼の高貴な方の男が聴きつけて、大そうかなしく哀れに思つたので清らかな六

位の上衣をみつけて贈るとて歌を詠んだ。

紫の色こき時はめもはるに野なる草木ぞわかれざりける

これは古今集のあの武蔵野の歌の心ばえなのだらう。

僕は作者の思想が十年もの歳月を経たやうな錯覚を感じる。（若しかすると事実かも知れないのだが）あのあはれの中に身を灼き尽さうとした作者の苦しみは何故に堪えられてゐるのか僕たちは想像するのも困難なやうだ。すべての成熟はこのやうな訪れ方をするのかも知れぬが伊勢の作者は更にひどく無表情になつてゆく。

昔男がひとの家の前栽に菊の花の植ゑられるのを見たおりに詠んだ。

植ゑしうゑば秋なきときや咲かざらん花こそ散らめ根さへ枯れめや

作者が無意味なものに関心を寄せることを嫌つてゐたことは僕達が今まで見て来たとほりだ。それは現実に対しての感応を喪つたためだらうが、僕たちが此処でみる歌など何の意味があるのか僕には皆目判らない。況してこれに反応して伊勢の作者の心理には少しの意味さへあるとは思へないのだ。元より作者に半端なダンデイズムがあるとは僕は最初から夢にも考へてゐない。結局僕はこの伊勢物語から何を引き出さうとしてゐたのだらうか。

ヴエルレエヌは叡智のなかで「善悪の記憶われを去る」と云つてゐるが、彼の嗟嘆から「風は立つた生きねばならない」と唱つて改めて生を確かめなくてはならなかつたヴアレリの虚無までには確かに断層があるやうだ。

僕たちはこの断層を充たすためには、あらゆる意味で神と云ふもの丶影を否定し去らなくてはならない訳だが此処にも僕達の立つてゐる場と、彼等の場との間には悲しむべき落差を感じさせる。僕たちは永劫に低迷してきたのだ。僕が伊勢物語の作者にか、或は恐らくは作者が己れ自身の思想を見たであらう業平のうちにか求めてゐるものはその橋ではなかつたのか。

僕は其の願が充されるにしても否にしても、兎に角あの虚無の頂点に於て再び作者に遇はねばならぬ。さすれば伊勢の作者はこの沈滞した空虚さの底から再び生きねばならない筈だ。僕はまた素直にこの物語を追つてゆかう。第六十三段第六十五段に明らかに在五中将と名指した文章がある。苦渋に充ちた文章であるが、格調もあり優れた構成もあるので捨て難くその一篇だけを私訳しよう。

昔すでに婚したことのある女が、いかにもしてこ丶ろ情ある男にあひたいものだと思つたけれど、言ひ出すのもたよりない気がして真ならぬ夢語りを三人の子供達を呼んで語りきかせた。二人の子は情けを解せず応へもなく黙つてゐた。三郎である息子だけが、お母さんに立派な男の人がきてくれるでせうと相槌を打つので、この女は大そう心弾む気がした。女はありふれた男など情ない気がして如何にもして在五中将にあひたいものだと思ふ心があつた。狩に出かけた中将に路で行き逢つて馬のくつわを押へながら、しかじかに妾は思つてゐるのですけれどもと訴へると中将はあはれに思つて女のもとに来て寝てやつた。さてその後男は来ないやうになつたので女は男の家に忍んでいつて掻間みた。それを男はほのかに見て、

百年をひと年たらぬつくも髪吾を恋ふらしおも影にみゆ

とて、出立つ気配がした。女は狼狽して茨やからたちに足を取られながら急いで家にかへつて寝てゐた。男はかの女の軟障《ゼジヨウ》の影に忍んで立ち見をすると、女は嘆いて寝ようとして、

さむしろに衣かたしき今宵もや恋しき人にあはでのみねん

と詠んだのをきゝ男はあはれと思つてその夜は共に寝てやつた。世の中の習ひとして思ふものを思ひ、思はぬものを思はないのが普通であるのに中将は思ふ思はないのけじめなどは問題にしなかつたやうだ。

僕は作者が業平をけじめを知らぬ好色漢だと言つてゐるのだとは思はない。それは一転してこれが業平自身の手になつたと仮定したときの自嘲の重さを秤つてみれば明らかなことだ。作者はいつも業平のなかに己れを見てゐたとすれば、この様に視点を一転して考へることも可能であると僕にはそう思へる。善悪の掟を喪失して、唯「あはれ」と呼ばれてあのものに誘はれて生きてゐる業平の異常な倦怠を作者はしつかりと指さしてゐるのだ。そこに己れが居るではないかと言つてゐるのだ。

僕達の遠い祖先は理智といふ俗念が少しも役立たぬ世界に常時生きてゐた。肉体などは別な意味で木の葉同然であつた。彼等の生活を爛熟した肉慾生活だと、史家はまことしやかに呼称してゐるが、僕には大凡その反対に映つてくる。

この時代ほど肉体を無視して抽象化された意識の世界に生活してゐた時代を僕は他に知らないのだ。古今、新古今等の歌集をはじめ、平安朝期の物語日記類が具象のあるべきところにさへ具象を感じさせないのは当然である。僕はこの様な世界では生きると云ふことは環境から抵抗を感じる行為より外にあ

り得ないと思ふ。伊勢の作者が、そのやうな生について如何に表現してゐるかは僕たちに次にやつてくる興味でなくてはならない。

僕はその前に伊勢物語のその後の起伏について一言する必要を感じる。この後で「昔おとこ」と云ふあの書き出しの繰返しは喪はれる。それと共に文体は藻抜けたやうに張りのないものになつてしまふのだ。僕はそれを作者の忍耐が破れたと解するより外判断の術を知らない。焦点をなくして拡散した虚無心理は抵抗もなく空虚な映像を氾濫させる。

このやうな状態がしばらく続いた後、作者は辛じて彼の意識を掻き集め、この危機を切抜けようとするのだ。「昔男」と云ふ書き出しがこの時から再び始まるのは偶然ではないやうだ。

昔男があつた。身は低い地位にゐたが、母は宮（伊豆内親王）であつた。その母は中岡と云ふ所に住んでゐた。子は京に宮仕へをしてゐたから母を訪れやうとするのだが、しばしば訪れることが出来ずにゐた。一人子であつたので母は大そう男を愛してゐたのだ。さるほどに師走のころ急ぎのことゝて御文があつた。驚いてみると歌が書かれてゐる。

老ひぬればさらぬ訣れの有といへばいよいよ見まくほしき君かな

彼の子は、これを読みたいさう泣きくづれて詠んだ。

世の中にさらぬ別れのなくもがな千代もといのる人の子のため

たくさんの虚無心理をくゞつた果てに描かれたこの通俗の母子情は怪しくもまたかぎりなく美しい。

僕はこのことに就いて考へるのだが、僕たちが美しいと視てゐるものは実は母子情と言ふよりも、作者の虚無からする射光にあるらしい。彼はすべてを此処に投げ出してゐるのだ。業平がたいさう泣きくづれたと書くことにより自らが泣いてゐるのだ。勿論僕達は業平が「千代もといのる人の子のため」と詠んだ心事について種々考へる自由を持つ訳だが、僕はどうやら言ふべき事を言ひ尽したかのやうだ。これ以上嘘をつきたくはない。

沢山の相聞を描きながら、実は相聞には何の意味もなく作者の思想に裏付けられた高度の心理小説であるといふ、この奇妙な物語について、僕の外廓的な素描は終つたようだ。極めて浅いタッチに終始したことを僕は大そう恥かしく思つてゐるが、何日の日か再び陣を張るときもあるかも知れない。いまは唯僕の意企が出来るだけ忍耐されて描かれたであらうことを祈るのみである。

かのヴアレリが終生の場とした「生のまゝの真実は虚偽よりもなほ虚偽だ」といふ事について、伊勢物語の作者は最後に業平と合作で次のやうに言つてゐる。

昔男がいかなるこ、と、を、思、つ、た、と、き、だ、ら、う、か、この様に読んだ。

思ふこと言はでぞたゞにやみぬべき吾とひとしき人しなければ

「いかなることを思つたときだらうか」とは如何にも美しい虚無の表現であると僕にはそう思へる。斯くて業平は辞世とおぼしき歌を詠んで死に、伊勢物語は筆を断たれるのだ。

伊勢物語愚見抄に、業平の初冠に始り辞世に終るこの物語の構成について「絶妙なるものをや」と讃めてゐるが、僕はそんな馬鹿気たことに感心しては居られない。何故なら、僕だけはまた独りで旅立ちせねばならないに定つてゐるからだ。

後記

原本岩波文庫本「伊勢物語」
正宗敦夫編「伊勢物語」
塙　保己一「群書類従」「続群書類従」
岩波文庫本「古今集」「後選集」
改造文庫本「大和物語」

其の他藤岡博士始め現代諸家の国文学史も出来るだけ読ませて戴いた。尚訂正すべき個所もあることをお詫びする。

歎異鈔に就いて

——亡吉本邦芳君の霊に捧ぐ——

——むさぼりて厭かぬ渠ゆゑ

いざこゝに一基をなさん

正しく愛しき　ひとゆゑに

いざ　さらに一を加へん

（宮沢賢治「塔の詩」より）

僕は親鸞の詩人的資質が仏教の論理大系に相遇した場面を想像して見る。殊に無量寿経や阿弥陀経の途轍もない観念論や観無量寿経の心理学に面した折の、彼の困惑を想像することは意義ある事だ。道元等同時代の宗教家がすべて仏教体系の内部に帰したとき親鸞独りがこの体系を突き崩し、引退かざるを得なかつた理由が判つきりするだらうから。「弥陀の五劫思惟の願をよく〳〵案ずれば、ひとへに親鸞一人がためなりけり（歎異鈔十九）」それ程、彼の資質と三部経とは異質のものだ。

僕は且つてルツターの「ハイデルベルヒの論争」を読んで、諸家が仏教に於ける親鸞の位置を、キリスト教に於けるルツターに比較する理由を合点したが、資質は更に親鸞の方が悲し気である。

親鸞の文章にある唯信や浄土の理念は、僕を困らせはしないが、あの流れる悲調の韻律は僕の胸を外れてはゆかぬ。僕は初めに所謂浄土三部経といはれる大経、阿弥陀経、観経に資質的には反撥しながら、理念的には惹かれた親鸞を空想したまでである。いや、これでは言葉が悪いかも知れぬ。資質的に反撥したからこそ理念的に惹かれていつたと云へる筈だ。何故なら、彼こそこの様な逆説心理を思想の骨格として歩んだ唯一の宗教家だつたから。

親鸞の思想系列の成立過程としての「三願転入」の釈義が諸家により行はれてゐるが（例へば三木清の遺稿「親鸞」について見られたし）僕は余り信じない。僕には彼が体系などを企んだとは思はれぬのだ。「誠に知んぬ悲しき哉愚禿鸞愛慾の広海に沈没し、名利の大山に迷惑して、定聚の数に入ることを喜ばず、真証の証に近づくことをたのしまず、恥ずべし、傷むべし（教行信証）」

この様な感懐を各所に浮べてゐる文章が、何故に体系の書でなくてはならぬのか、僕は同意しない。

教＝無量寿経、行＝第十七願、信＝第十八願

証＝第十一願、真仏土＝第十二願及び第十三願

この様な対比など愚かなことだ。

けれどこゝに確かな事実がある。それは彼に三度の思想的転期があつたといふ事だ。その時期に就いては諸家の一致した通説を僕も疑はない。今日残されてゐる親鸞の行伝（例へば「本願寺聖人親鸞伝絵」について見られたし）には幾多の虚構と誇張が混つてゐるが「然るに今特に方便の真門を出でて撰択の願海に転入せり」と第三願への転入を告げた親鸞自身の真実だけは信じよう。

彼は夢想家であり、時には感傷家でさへあつたが、恒に現実の悲しみが誇大に写つてならなかつた彼の網膜に僕は何等不潔なものを見出すことが出来ぬ。当時の仏教家が理性と感性との統一を武器として、人間存在の深義を尋ねはじめた時、人間の生死と歴史的現実の真義を徹底的に凝視し、そこに人間存在の危機を刻み出したのも彼のその網膜に外ならなかつた。「正像の二時はおはりにき如来の遺弟悲泣せよ（正像末和讃）」瞋りであつたか、祈りであつたか。

僕たちは歎異鈔を第三願の骨髄に見る。「万行諸善の仮門」を出て「善本徳本の真門に廻入し」更に「撰択の願海」に転入したいと云ふ彼の言葉を疑はないが、悲しいかな僕は信仰を持たぬ。僕は唯こゝ

に唯一の悲しみを提げた人間がゐたと云ふ真証さへあれば、又遠く旅立つに事欠かないやうだ。
歎異鈔十九章のうち前十章が親鸞の語録の祖述であることは周知だ。僕はこの十章に何等曖昧な言葉も概念も見出すことが出来ぬ。被害妄想と思はれる徹底的な自己謙譲と、空前の自念放棄のなかにいさゝかの偽りをも感ずることは出来ぬ。確かに秘められてゐるやうだが、稀有の苦悩と忍耐とが。否これは僕の思ひ過しであらうかそんな筈がない。僕は天性などと云ふものを信じてゐないのだから。すべて現在あるところは、自らの意志と宿命とで得たものだ。親鸞の絶対他力の地も自ら獲たもので、流れて到つた自然の地ではあるまい。それが自然に見えれば見ゆるほど――。

「世々生々に無量無辺の諸仏菩薩の利益によりて、よろづの善を修行せしかども、自力にては生死を出でずありし故に（御消息集）」流転の段階と宿命とを遠き劫初に視る親鸞の眼は如何にも悲し気であるが、歎異鈔全篇を貫く、これが光であるやうだ。彼はすべての善は不要であると説く、それは念仏にまさる善はないからだ。すべての悪は畏ろしくない、人間のやる悪などたかゞ知れてゐるのだ、と――。

法文等に疑質があれば南都北嶺のゆかしき学生に問ひたまへ、親鸞は念仏だけしか知らぬのだ。「いづれの行もをよび難き身なれば、とても地獄は一定すみかぞかし（歎異鈔二）」

女々しい自嘲も陶酔も感ぜられぬ。慈円の如き仏教を以て教養体系の一つと考へた知識人が、法然親鸞の出現を目して「誠にも仏法の滅相うたがひなし」と罵しつたのも故なきことではない。親鸞の膨大な夢想と苦悩とを凡庸な知識人が呑み得た筈がない。さあれ苦しき事を人は好まない。何故に親鸞だけが、それを耐えたのであらうか。僕は言はぬ、言つてはならぬのだ。「善人なほもて往生をとぐ、いはんや悪人をや、しかるを世の人、つねにいはく悪人なほ往生す、いかにいはんや善人をや、この条一旦そのいはれあるににたれども、本願他力の意趣にそむけり（歎異鈔三）」僕はこの言葉の親鸞的真実を彼の宗教々義から演繹しやうとは思はぬ、唯常人の称へる善悪が微塵のやうに吹き飛ばされ、改変されるのを見る。それは壮観であるのか、いや悲しみ極まる筈だ。何故なら親鸞の凄絶な人生的苦闘を、僕は言葉の裏に見ないわけにはゆかぬからだ。

ゆづりわたすいや女事
みのかはりをとらせて、せうあみだ仏のめしつかう女なり。しかるをせうあみだ仏、ひむがしの女房にゆずりわたすものなり、さまたげをなすべき人なし、ゆめゆめわづらいあるべからず。のちのために、ゆずりふみをたてまつるなり、あなかしこ〳〵

これは親鸞が吾が子の身売のために書いた証文だ。僕たちがこゝに彼の悪機を見ようが善機を見ようが自由である。僕は出来る丈感傷を却けてこの身売証文を読むのだが、彼の悲しみには到達しないやうだ。何故であらうか、僕は秘す。けれど親鸞はひそかにもらした、その機微をその真実を「善人なほもて往生をとぐ、いはんや悪人をや」と——。

弥陀のはからひに徹する程彼はます〳〵孤独でなくてはならなかつた。それは彼に生涯伴つた絶対矛盾であつた。彼は肉親をつき放つ、自らをめぐる特殊性から逃れんがために。

彼の外には唯普遍的な世界があり、そのなかに彼は孤立する点だ。世界は唯無心に彼を載せてゐる——彼が求めてゐたところではあるまいか、即ち絶対他力本願の生れるために、それが必要な土壌であつた。彼は「総じてもて存知せざるなり」「面々の御はからひなり」と云ふやうな、つき放つた措辞法を多く用ひてゐる。これは重要だ。それらは各々彼の思想の中核に衝き当つて反射した言葉だから。

「親鸞は弟子一人ももたずさふらふ（歎異鈔六）」

ともあれ歎異鈔の中で親鸞といふ一個の人間に衝き当るために、僕たちは弥陀とか、往生とか念仏とか云ふ一見重要に思はれる概念を捨ててゆかねばならぬ。

教行信証をはじめ、彼の主著は大体仏典の要門を集成したものだが、その折々にもらす彼の感懐だけが、高い格調を以て鳴りはじめるのは何故だらうか。どうして彼は仏教者でなくてはならなかつたのか。「念仏は行者のため非行非善なり、わがはからひにて行ずるにあらざれば非行と云ふ、わがはからひにてつくる善にもあらざれば非善といふ、ひとへに他力にして自力をはなれたるゆえに行者のためには非行非善なりと云々（歎異鈔八）」そうだらうか。僕は疑ふ。人々は確に誤つてゐる、心に則つて思想が生れるので、思想に則つて心が歩むのではあるまい。

されば彼の主著中の感懐は仏教のために鳴らず、むしろ人間性の機微のために鳴つてゐると思ふのは僕の辟眼か。

「たまたま行信を得ば、遠く宿縁をよろこべ。若し又、このたび疑網に覆蔽せられなば、かへりてまた曠劫を逕歴せん（教行序）」行路が難いときたま〳〵仏法が彼を捉へた。彼が尊重するのはそれだ。

僕は且つて往生要集を読み源信の正気を疑つた事がある。あの凄惨な地獄の絵巻を念出した歴代の仏家のレアリズムも不快だが、僕はそれを集成して、勧善の手段としてゐるやうな源信の心理が憤ろしかつた。誰のために僕は瞋つたのかいまは忘れた。僕たちは親鸞が源信を祖として学び、法然の衣鉢を継いだのを知つてゐるが、この三代目は決して亜流ではない。彼は人間心理に通暁したが、決して人をおびやかさなかつた。彼に於て初めて往生は高らかな再生の謳歌であつたやうだ。人間は未だに生死の現実を超えはしないが、唯彼は思想を以つて否実力を以つてこれを超えた恐らく最初の人であつた。

念仏まうしさふらへども、踊躍歓喜のこゝろおろそかにさふらふこと、またいそぎ浄土へまいりたきこゝろのさふらはぬは、いかにとさふらふべきことにてさふらふやらんと、まうしいれてさふらひしかば、親鸞もこの不審ありつるに、唯円房同じこゝろにてありけり、よく〳〵案じみれば、天におどり、地におどるほどに、よろこぶべきことをよろこばぬにて、いよ〳〵往生は一定とおもひたまふべきなり、よろこぶべきこゝろを、をさへてよろこばせざるは煩悩の所為なり（中略）久遠劫よりいままで流転せる苦悩の旧里はすてがたく、いまだうまれざる安養の浄土はこひしからずさふらふこと、まことによく〳〵煩悩の興盛にさふらふにこそ、なごりをしくおもへども、娑婆の縁つきて、ちからなくしてをはるときに、かの土へはまいるべきなり（歎異鈔九）

歎異鈔の中核だが、恐らくこの十数行の中に親鸞の最も重要な思想が秘められてゐる。畏るべき逆説のなかを彼は驕らず静かに歩んでゐるやうだ。僕たちは彼の相に不安な片鱗さへも認めぬ。だが思へばこれは空前の思想である。死とは彼にとつて生であつたのか、死であつたのか。愚かな反問をしてはいけない。僕たちが身を以つて生死を解決する日は「娑婆の縁」つきた日だ。その日は遅くも早くもやつて来ない。何と当り前の事を彼は言つてゐるのか、併も彼の外に誰もこの当然の事実を改めて確かめる者はゐなかつた。

さあれ僕は来世などを信ずる気にはならぬ。併し生きることが死よりも遥かに辛く悲しいことを少しも疑はない。僕たちの感官は「所労」のために痛まず、むしろ精神のために痛むからだ。煩悩がない奴は人間ではないと親鸞は僕達に繰返してやまぬ。いやむしろ煩悩のない奴は人間の資格がないと、僕にはそのやうに聞えてくる。人間がなくして浄土など要るか、これは彼が抱いた最も確かな思想だ。

僕はこゝで一応親鸞の思想と訣別せねばならぬ。この章以後は素直に親鸞の響だけが伝はらぬからだ。歎異鈔の著者は、専ら親鸞教義の鮮明化と異解の論破に忙しいやうだ。これ以後提出されてゐる疑質は末梢で、最早僕を動かしはしない。

たとひ諸門こぞりて念仏は、かひなき人のためなり、その宗あさしいやしといふも、さらにあらそはずして、われらが如く、下根の凡夫、一文不通のもの、信ずればたすかるよし、うけたまはり

て信じさふらへ（中略）たとひ自余の教法はすぐれたりとも、みずからがためには、器量及ばざればつとめがたし云々

僕らはこの言葉の中から唯亜流の弁解をきくだけだ。決して辟眼ではない。親鸞は仮門を出て真門に入つた。難を捨て、易に就いたのではない。併るに最早こゝには親鸞の逆説も、あの空前の思想も感じられないではないか。何故であるのか、亜流はつねに形骸だけを守るに忙しいからだ。

親鸞は早くから人間の無意識の構造に眼を注いだやうだ。磯長の夢告はじめ彼の思想的転換が夢告の促に拠るとする伝記は、後人の附会として一笑する訳にはゆかぬ。彼の無意識の構造への味到は恐らく「弥陀のはからひ」と彼が云ふ所と関聯してゐる、間違いないところだ。

人間の善悪の観念の無意識域への拡張は、明らかに彼の思想の一つの骨格をなしてゐた。「善悪のふたつ総じてもて存知せざるなり（歎異鈔十九）」

何も何くはぬ顔をしなかつたわけではない。唯それを挙げつらはぬだけだ。仮令へば愚禿鈔の中から二双四重の体系を引出すことは容易である。併し今となつてそれが親鸞と出遇ふ道であらうか、僕はむしろ愚禿鈔の中に「愚禿が心は、内は愚にして外は賢なり」を見出して其の重たい自嘲に一念を費すことを好むのだ。

彼は弘長二年十一月二十八日天寿を全くして死んだ。

一人ゐて喜ば、二人と思ふべし、二人ゐて喜ば、三人と思ふべし、その一人は親鸞なり（御臨末御書）

これは弘化四年(九十年程前)花園文庫に初めてあらはれた。諸家は多く、後人の附会だと断定してゐる。僕も種々考へたが、今は余り主要とは思はなくなつた。

まことにわれも、ひとも、そらごとをのみまうしあひさふらふなかに、ひとついたましきことのさふらふなり(歎異鈔十九)

「ひとついたましきこと」とは何であるのか、僕に問ふてはならぬ。恐らく親鸞こそ、それを最も凝視した一人に外ならなかつた。

後記

参考文献　国訳　大蔵経(昭和新纂)真宗聖典
同　　　　　　浄土三部経
同　　　　　　往生要集
雄山閣　慈円著「愚管抄」

歎異鈔も真宗聖典中のものに拠つた。往生要集は岩波文庫本も閲した。
他に亀井勝一郎「親鸞」はじめ現存諸家の幾つかも読ませてもらつた。

『季節』創刊の辞・後記

創刊に

不定より定常へ——又定常より不定へ——これらの彷徨は青春の彷徨であります。盲目の探索は若き日の生命であります。そこには人々の挙げつらふやうな危ふい影は何等存在しないのであります。

不安とは、心の危ふい状態を指すのではありません。むしろ遠き道程への志問と、自らの現存する位置との間の、見事な心の平衡を指すのであります。僕等の到達点は、道程の美しさに比べて余りに寂しい処であります。変改されるべきものは、常に心の常態であり、道程の風景ではありません。この単純な道をどこまでも耐えて行くのであります。

多く語るべくして終に語り得ませんでした。人は常に或る目的のために事を成すとは限らないのであります。殊にも青春は夢想のために後悔いたしません。創刊に当り申上げました。

編輯後記

編輯の仕事は主として加藤、吉本が当つた。関根太郎君森口三昔君はじめ諸氏には、殊に絶大な御好意を戴いた。尚非礼の勧誘を敢てした諸氏に心からお詫びの意を表します。

之は第一輯として出すが、もう再び僕等の手ではこの様なものは出ないだらう。そして意志あれば後輩諸氏が何日か同じことをやるだらう、同じ心で。それでいゝのだ。

——六・二七記——

姉の死など

無類に哀切な死を描き得るのは、無類に冷静な心だけである。転倒した悲嘆の心では如何しても死の切実さを描き得ない。是のことは書くといふ状態に付き纏ふ逆説的な宿命である。僕には恐らく姉の死を描くことは出来ないし、況して骨髄に感得することなど出来はしまい。

姉は哀しまうとすれば無限に哀しいやうな状態で死んだ。一月十三日既に危ない病状を悟つて電報を寄せた。母に看護を頼んだのだ。

その夜病勢が革まり、母が翌朝駈け付けた時には最早空しかつた。氷雨の降る夜、母の面影を追つて唯独り暗い多摩の連丘を見ようとしてゐたのかも知れぬ。僕にはもう判らぬのだ。だが判らぬままに、悲しみとも憤りとも付かぬ強く確かな感じが僕をおしつけて来る、近親の者が死んだとき必ず僕にやつて来るあの感じが。昔はその感じに抵抗し、藻掻いた、けれど今はそれに押し流されるままでじつとしてゐる。僕の心の鏡が曇つたのかも知れぬ、或はそうでないのかも知れぬ。

僕は十四日姉の相にもう一眼会ひたくて多摩の小道を歩んでゐた、丘辺の療養所の赤屋根が、樹々の陰にちらちらする頃氷雨が上がり落日が血のやうに赤く雲の裂け目を染めてゐた。突然明日は晴れるに違ひないといふ意識がやつて来て、この天候がもう一日早かつたら姉は死なずに済んだのにと思つた、何故そう思つたのか今でも判らぬ、けれど確かに僕は信じたのだ。薄く化粧してゐた姉は美しかつた、清潔であつた、僕が想像し、そして最後の訣れがしたいと欲してゐたその面影よりは隔絶して美しかつた。僕は大層安らかな心になつた、僕が姉の死について書き得る、今はこれが全てである。

姉の短歌は丁度これから腰を据ゑようとしてゐた時期にあつた、哀しいと言はなくてはならぬ、僕と異つて素直で美しい心情であつた姉は、自らに固有な不幸を胸中に温めて、その性来を徐々に磨いていつた、随分苦しんだが、如何なる空想も思想も案出しようとはしなかつた、常に己れの現実に即して思考したと言へようか、丁度短歌の発想がそうであるやうに。僕は確信を以て指摘する訳にはいかないが、短歌こそ姉の熱愛し得た唯一の表現形式であつたと思ふ、僕が詩稿の空白に書き散らした短歌を時折二つ三つと送ると、まるで知己を得たように喜んでゐたがいまはもう全てが空しくなつた。

姉が心臓の疲弊で苦しんでゐた頃、僕は二、三日前読んだマルセル・プルーストの一節を心の中で繰返したりしてゐた、何といふ不様なことだらう、僕には幸福とも不幸とも思へぬ平凡な家庭を、姉は死ぬ程恋しがつてゐた、何といふ相違だらう、やがて姉の死と同時に、あれ程深い印象を刻んでゐたプルーストの「失なひし時を索めて」のカデンツアが僕の心から遠退いていつた。姉の死が代つて僕を領したからだ、人は語り得る部分よりも沈黙のうちに守つてゐる部分を遥かに多く蔵つてゐる、殊に他人より一層そのやうであつた姉のために、僕がこれだけ語る機会を得たのは慰む思ひがする、服部忠志氏の御好意がなかつたら姉は肉親の思ひのうちに生きつづけるだけだつたらう。

やがて姉は長い長い間の願ひであつた懐かしい我家に骨になつて帰宅した。（了）

『龍』昭和二十三年新年号〔最後の歌〕

吉本政枝

遠くより雨をともなひ来る雲のここに至りてためらひ長き
夕星の輝きそめし外にたちて別れの言葉短くいひぬ
一ひらの雲もとどめぬ天にむき嘆かふものか直眼をぞ欲り

解題

凡例補足および解題凡例

一、第一―三巻に収録されるものは、多くはノートや原稿として残されていたものであり、その他の学生同人仲間のガリ版刷や筆耕屋のおこしたガリ版刷の発行物で発表されたもの、学校関係の印刷物に発表されたわずかなものも含めて、すべて、かなりの時間を隔てて、『初期ノート』（一九六四年六月三〇日）や『吉本隆明全著作集２　初期詩篇Ⅰ』（一九六八年一〇月二〇日）、『吉本隆明全著作集３　初期詩篇Ⅱ』（一九六九年五月三〇日）や『初期ノート増補版』（一九七〇年八月一日）にはじめて収録されたものである。

一、これらのものを再現するにあたって、明らかな誤記、誤字、脱字は改めたが、一般的には誤字、誤用であっても、文字が存在し意味が通じるもので、著者特有の用字、特有の誤用とみなされる場合はそのまま残し、頻出する倒語もおおむね改めなかった。仮名遣いについても原則的にそのままとし、句点、読点、字アキなどを含めた表記についても出来るだけ元の書かれた状態を尊重し再現するようにした。ノートや原稿に書かれたまとまりのない文章も、何らかの意味を指示していると思われるものは本文として再現し、省いたものは解題に註記した。そのためそれぞれの全体の表題を、著者が自分で命名したものは別として、これまでのものを改めたものもある。

一、詩篇については、著者の詩作の過程をすべて辿れるようにするため、抹消された詩篇も、判読できる程度のものは再現した。詩篇群全体が抹消されたものもこれまでに復元されてきているからでもある。

一、解題は、それぞれの時期の生活史的な背景にも必要に応じて触れながら、原稿、ノートに関しては、その形状や筆記具の別、インクの色、その書かれた時期の推定などの事項を、掲載誌に関しては、発行年月日、号数、発行所などの書誌的情報を、同人誌の場合は制作、印刷の方法などの事項も記載した。

一、校異はまずページ数と行数、本文語句を表示し、そのあとに矢印で初出や収録刊本との異同を示し、等号で註記事項を記した。初出は［初］の略号を使用した。

例　三五・14　くづをれて←くづされて＝原稿によって校訂

これは「「呼子と北風」詩稿」のなかの「とむらふの歌」の本文三五ページ14行目で、『初期ノート』以来の刊本で「くづされて」となっていたのを、原稿によって「くづをれて」と改められていることを示す。

この巻には、一九四一年に東京府立化学工業学校の会員誌に発表されたものから、戦後はじめて公的な媒体に発表された文章である一九四八年の姉の追悼文までを収録した。

全体を六部に分ち、Ⅰ部には、府立化工の会員誌『和楽路』に発表された詩と散文を、Ⅱ部には、米沢高等工業学校時代と東京工業大学時代に書かれた戦前の詩と散文を、Ⅲ部には、米沢高等工業学校時代から敗戦直後にわたって書かれた宮沢賢治に関するノートを、Ⅳ部には、敗戦後間もない時期の二つの詩稿群を、Ⅴ部には、敗戦後間もない東京工業大学時代に発表された詩篇を、Ⅵ部には、東京工業大学時代の同人誌に発表された古典論と姉・政枝が所属していた短歌雑誌に発表された姉への追悼文を収録した。

Ⅰ

著者は佃島尋常小学校四年生在学中から今氏乙治の私塾に通いはじめ、そこでさまざまな文学書に触れて書くことを覚えはじめたことが知られている。その頃のわずかな反故原稿の断片も残されているが、まとまったかたちで残されている最初の書きものは、『和楽路』に発表したものである。

『和楽路』は、著者が府立化学工業学校五年次の一九四一年に、同級生たちがはじめた会員四十一人（最終号の「会員名簿一覧表」による）の校内会員誌で、表紙に表題や巻月号の他に「和楽路会文芸部編纂」と刷り込まれており、生徒たちが手分けしてガリ版を切って縦246×横336ミリ程の薄い洋紙に謄写刷したものを二つ折りにし、別紙を表紙にあて縒り紐ないしホチキスで束ねてつくられている。化学工業学校らしい「研究発表」の項目もあるが、他は詩、短歌、俳句、随想、川柳などの文芸作品で誌面が埋められている。寄稿した教師以外の生徒たちは、みな思い思いのペンネームで書いており、最終号でその本名の一部が明かされている。一九四一年第一巻四月号（四月下旬発行）、五月号、七月号（七月中旬発行）、八月号（八月中旬発行）、九月号（九月下旬発行）、一〇月号（一〇月中旬発行）、最終号卒業記念号（一二月下旬発行）、卒業後の一九四三年第三巻（八月下旬発行）が、川上春雄文庫（日本近代文学館）に残されているが、一部はコピーで、欠落して確認できないページも多数ある。（確認出来たかぎり奥付の記載は無いので、発行月は巻末の「和楽路会報」欄の記事その他からの推定。）

この部に収録した『和楽路』発表のものは、冒頭の「桜草」、「後悔」、「生きてゐる」以外はすべて、『初期ノート』（一九六四年六月三〇日、試行叢刊第一集、試行出版部刊）に収録され、『初期ノート増補版』（一九七〇年八月一日、試行叢刊第一集、試行出版部刊）、『吉本隆明全著作集15　初期作品集』（一九七四年五月二〇日、勁草書房刊）、『吉本隆明全詩集』（二〇〇三年七月二五日、思潮社刊）、文庫版『初期ノート』（二〇〇六年七月二〇日、光文社文庫）、『吉本隆明詩全集1』（二〇〇八年六月二五日、思潮社刊）に再録された。冒頭の三篇は、本全集ではじめて収録される。

五月号以降のニックネーム「哲」の由来や『和楽路』の発刊を含めて府立化工時代のことは、同級生であった川端要壽の「「和楽路」の頃の吉本隆明」(一九六三・五・三)の日付が末尾にある原稿、川上文庫)、「府立化工時代の吉本隆明」(『現代詩手帖8月臨時増刊 吉本隆明』一九七二年八月一五日、思潮社発行)、『堕ちよ!さらば——吉本隆明と私——』(一九八一年六月一日、檸檬社刊、のち徳間書店再刊、河出文庫刊)に描かれている。(おおむね順次、あとの著作に吸収されているが、創刊号の月号や発行月日の記述等に異同がある。)

桜草

後悔

生きてゐる

『和楽路』四月号に、順に「春草野人」、「行方乙蒼」、「白望楼人」のペンネームで発表された。「後悔」と「生きてゐる」の二篇については、川端要壽の証言が川上春雄文庫の資料整理の過程で日本近代文学館に伝えられていたが、以下に記す諸点を併せて考慮し、三篇ともすべて著者の作品であると判断した。

この三篇の詩のそれぞれの全体的な印象だけでなく、三篇ともにいくつかの行頭で字下げをつくる特徴は「哲」の歌」、「うら盆」、「冬」、米沢時代の詩篇、戦後初期の詩篇に、三篇ともに末行の行末に句点を打っている特徴は「「哲」の歌」や戦後初期にまでつづくその後のまれな詩篇に、「桜草」、「生きてゐる」の語句に「 」を付す特徴は「「哲」の歌」に、「桜草」の和語にカタカナのルビを振るくせは米沢時代の詩篇や宮沢賢治ノートや戦後初期の詩篇などに、それぞれ共通している。また「桜草」のダーシとリーダーを組み合わせた一行に、その頃読んでいたはずの四季派の詩人からの技法的な引用がうかがえる。(これらは個々の点としては、決して著者だけに特有な特徴とはいえない。事実、末行の行末の句点は、他の会員生徒のいくつかの詩篇にもあり、共有された習慣としてあったものかもしれない。だからあくまでも、微弱な特徴の共通点を併せての判断になる。)

さらに次のような事実を指摘しておく必要がある。実は、川上文庫にある四月号の表紙裏の白ページには、ページを横向きにして上部に、

　盂蘭盆
盂蘭盆で
　燈籠流せ
　燈籠流せ
舟の下で死んだ子が
抱いて帰る

　冬
たれが

おまへをに
来いといふた

おとよは死んで
しげるが生れ
木の実が　から〳〵

下部に、
　ヒトスヂミチ
ボクハハラツパデ　ヲンナヲニ
　　　　　デアウタ
ボクハドウシテモ　モドラナラン

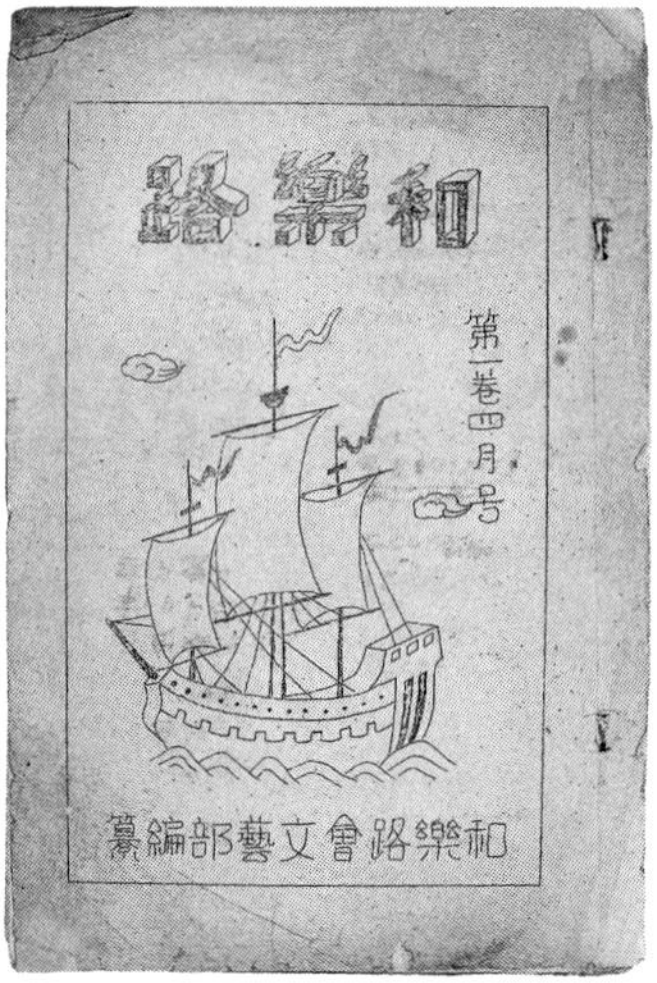

霧の中から
　白い牛

五郎兵衛さんは
なたまめ煙管

鐘がならずに
鳥がなかずに
鐘がなる

机の上の
水仙の花に

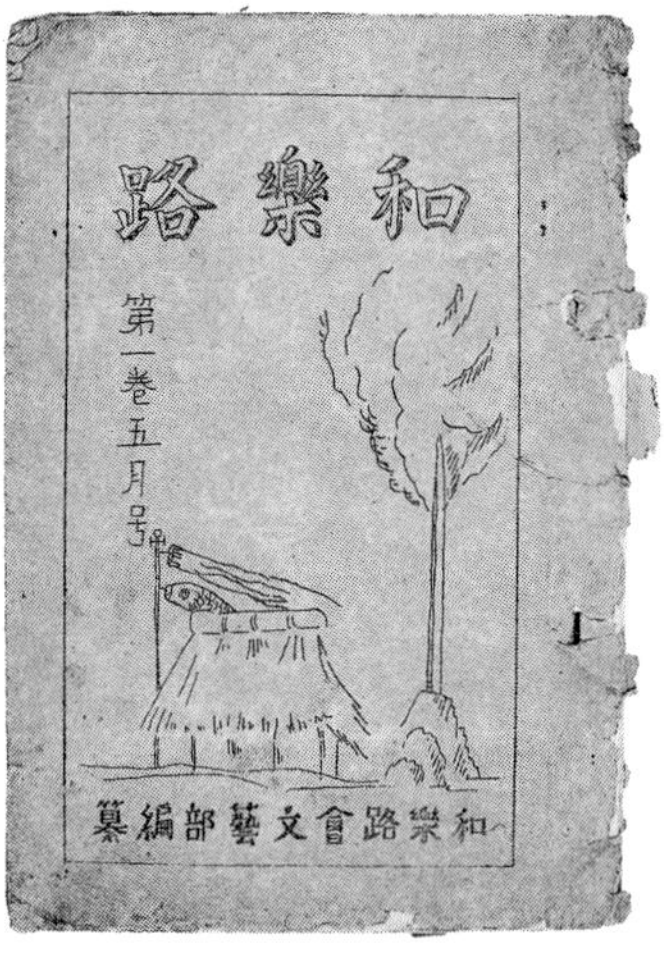

紫の香りがする
（ぐつと息を吸つて
ほつとはくと）
窓の外に
夕日がかすかに
動いてゐた

とブラックインクのペンで推敲まじりに書かれており、その同じペンで本文の三篇の表題の上に○印が付されているのである。

上部に書かれている二篇は、最終号の二篇の下書きとみなしうること、その書き方が詩の表題と本文一行目の間にアキをつくらないという米沢時代の原稿のすべての詩篇の特徴と共通していること、下部に書かれている三つ目がやはり最終号に掲載された「水仙」の下書きではないかと推測されることから、それが著者自身の書いたものであれば、その同じインクのペンでこの三篇に印が付されたのは、自分の作であることの心覚えのためと思われる。参照すべき同時期の原稿がほとんどなく、筆跡だけでは、著者のものとは判断し難いので、かつての『和楽路』会員が川上春雄の求めに応じて、著者の作品を伝えようとしたとみなすことも可能だろう。どちらにしても、これらのことも三篇を著者の作と判断することの傍証である。また『全詩集』の「付録」に川端の証言の紹介と二篇の参考掲載があり、二つ目のペンネームに今氏乙治の「乙」が響いていることが指摘されていて、それも心証にはなる。

川上春雄が『和楽路』を閲覧あるいは入手したのは、決して一度にではなかった。川上文庫所蔵の五月号のコピーの表には創刊号と墨書されていて、当初はそう判断されていたことがわかる。先に川端の文章の出典としてあげた一九七二年の『現代詩手帖8月臨時増刊　吉本隆明』の「吉本隆明年譜　年代抄」で、川上は「四月創刊号、六月号、九月号は欠本のまま現在まだ発掘できない」と書いており、一九六四年の『初期ノート』、一九七〇年の『初期ノート増補版』、さらにその解題での記述から一九七四年の『全著作集15』の段階でも未見のまま編集にあたったことがわかる。その後どこかの時点で、著者の近辺からこの四月号を入手することができたものの、内容を点検し発表する機会がなかったのだとおもわれる。

五・10　咲いてゐる＝初出の末尾には句点があるが、次のページにまたがってつづいているページの末行にあるため、誤ってガリが切られたと判断する。

「哲」の歌

『和楽路』五月号に発表された。この号以降のペンネームはすべて「哲」である。

九・3　佇んでゐる。＝末尾の句点は初出によった。著者は一九五〇年代の途中から詩の行末にまったく句読点を用いずに書くようになるが、それまでは句点を稀に、読点をかなり打っていることがある。前出の三篇にもある。

くものいと

うら盆

冬

『和楽路』最終号に発表された。目次には「哲」の署名で「一つ葉」、「水仙」という詩を発表しているように記載されているが、それらのページは欠落している。「うら盆」は巻末に会員が曲をつけた譜面が掲載されている。（そこでは四月号表紙裏のペン書きと同じに、「溺れた」は「死んだ」になっている。）

随想

『和楽路』五月号に発表された。句点と読点と字アキは代替的に使われていてきわめて不統一であるが、行替えも含めて表記の仕方は初出を尊重した。

相対性原理漫談（二）

『和楽路』七月号に発表された。ガリが手分けして切られていて、初出での句読点の表記は不揃いのため、『初期ノート』の表記によった。「二」とあるが、「一」が発表されたかどうかは不明。

孔丘と老耼

『和楽路』一〇月号に発表された。表記の仕方は初出を尊重した。

Ⅱ

この部には、一九四二年四月、米沢高等工業学校へ進学してから、米沢で書かれたものを中心に、東京工業大学へ進学後、徴用動員で東京から魚津へ出向く直前の一九四五年四月に書かれた「雲と花との告別」、「哀しき人々」までを収める。米沢での学生生活を、著者や級友達の証言、当時の写真なども盛り込んで丹念に追跡したものに、斎藤清一編著『米沢時代の吉本隆明』（二〇〇四年六月二〇日、梟社刊）がある。

「呼子と北風」詩稿

新たにこの名称でまとめた詩稿群のうち、「北風」、「呼子」、「岡本かの子へ（りんね）」、「フランス語回顧」、「山の挿話」の五篇は、『吉本隆明全著作集2　初期詩篇Ⅱ』（一九六八年一〇月二〇日、勁草書房刊）にはじめて収録され、『吉本隆明全詩集』、『吉本隆明詩全集1』に再録された。残りの抹消詩二篇を含む九篇は『吉本隆明全詩集』にはじめて収録され、『吉本隆明詩全集1』に再録された。これらの詩稿は、実は個別に抹消されたものも含めて、すべてが、戦後、裏面を詩の下書きとして使った上、後出の「詩稿Ⅳ」を作り上げるための台紙として反故原稿にされたものである。つまり、著者自身によって破棄されたものが、川上春雄が「詩稿Ⅳ」を点検するために綴じ糸をほどいて、折りたたまれた原稿の裏（つまり原稿用紙の表）を返すことで見いだされ、日の目を見ることになった。

川上は『全著作集2』の解題で、これらの原稿に「〔呼子と北風　昭和十八年一月下旬〕という標題」が附してあったと書いているが、その箇所は不明であり、残された原稿のなかにその記載は無い。いずれにせよすべて米沢時代に書かれたものとおもわれるが、「一月下旬」を構想が持たれた日付とすれば、それ以前に書かれた作品も含まれていると推測され、昭和十八（一九四三）年五月のアッツ島玉砕のあとに書かれた詩がふくまれていることから、十八年いっぱいに、もしかすると翌十九（一九四四）年にわたっても書き継がれたと推測される。川上が「おそらく詩集を編む際の順序を示すおぼえ書きであったであろう」と推定した原稿の表題の上にある「頭部の数字」がいつ書き入れられたかも、いつ「呼子と北風」としてまとめることが放棄されたかも確定し難いが、この詩稿群の中には後出の詩集『草莽』と同時期の作品も含まれているとおもわれる。

すべて欄外に「No.……」、「十行　廿字詰／コクヨの165　国定規格A4」と赤茶色で印刷されたA4サイズの原稿用紙に、ブラックインクのおおむねやや太めのペンをつかって大振りな文字で書かれているが、筆跡や文字の大きさ、太さやインクの濃淡にかなりの違いがあるのはその時間の幅を示しているとおもわれる。

川上が「任意に綴られていた」（つまり「詩稿Ⅳ」として綴られた）順序で作った一覧表を多少補正して次ページに掲げておく。

川上は、「頭部の数字」を手がかりに順序を整理し、抹消された詩も含めて原稿にナンバリングを打っている（表の下段の数字）。抹消された詩は、赤インクのペンで互いに交差する斜線でおおまかに抹消されており、すべて判読が容易である。

本全集では個別に抹消された詩もそうでない詩もそのナンバリングの順序にそって収録した。その順序が著者の書いた順序や配列した順序であるかどうかは確定できないし、むしろ異なっているだろうが、いくつかの詩篇は数枚の原稿用紙にわたって追い込んで書かれてもいるからである。

悲観

この詩の書かれている原稿用紙の後半に、次のような頭部番号1の「舟坂峠」が末行まで書かれ、つづきの原稿用紙は失われている。

ススキノ峠ダナ
峠ノフトコロデ

	美への想ひ	完結	半枚。	24
	仏像	完結	半枚。	24
15	轟く山	完結	一枚。著者が赤インクで全文を抹消している。	14
	（そうしてなんべんも）	断片	半枚。九行全部抹消。	23
18	フランス語回顧	未完	二枚。完結しているとはおもわれないが、後続部が見あたらない。	15–16
	（かたことと短架を響かせて行き）	未完	二枚。終連まであるが、冒頭部が見あたらない。	21–22
	花	完結	一枚半。	10–11
	岡本かの子へ（りんね）	完結	一枚半。	11–12
	アッツ島に散つた人達に	完結	一枚半。	12–13
21	山の挿話	完結	一枚。	17
10	呼子	未完	二枚。完結しているとはおもわれないが、後続部が見あたらない。	8–9
	（望みや懶惰やそれでも）	断片	半枚。十行全部抹消。	7
7	とむらふの歌	完結	二枚。	5–6
	（箸にも棒にもかからなかつた）	断片	半枚。さいごの部分は「天につばしては／そのつばを泣きながら／面で受けた…………（了）」となっており、この断片八行全部がやはり赤インクで抹消されている。	5
3	ワタシノ歌	完結	一枚半。	2–3
4	悲哀のこもれる日に	完結	一枚半。全部抹消。一枚かかれたあとに「5北風」が半枚はさまれていて、その次に「（悲哀のこもれる日に）」と頭註され、四行の詩句があるので、一応完結し、のち抹消したものであろう。斜線で大きく消され、同じ色の赤インクで「抹殺」と記されている。	3–4
5	北風	完結	半枚。	4
	詩	完結	一枚。	20
	旅	完結	二枚。	18–19
	悲観	完結	半枚。	1
1	舟坂峠	未完	半枚。後続部が見あたらない。	1
	（嘘の実よりも本当に近いもの）	断片	半枚。この一行のみ書かれている。	25

ホ、ボネツツパツテ
蒼イソラヲ視テルト
頭ノテツペンニ
雲ガ動イテヰル

「une — du — trois」……
オヤ　トウトウ

ワタシノ歌

表題の前の原稿用紙冒頭に

（ひそかに汝が不肖の教へ子
その路に確信を唱ひつつ）

とあり、失われた直前の原稿用紙に書かれた詩篇の末尾二行と推測することも可能だが、むしろこの「ワタシノ歌」の前詞とみなした方がいいとおもわれる。

この「汝」は今氏乙治を指すものとおもわれる。川上は完結とみなしているが、原稿一枚目の末行「オマヘソンナウレヒノ徒」と二枚目の初行「シヅカニシヅカニ……」の間に原稿の欠落があるかもしれない。筆跡は「舟坂峠」と同じである。

三〇・11　コウタワイノ辻＝不詳

悲哀のこもれる日に

「ワタシノ歌」の末尾三行の書かれた原稿用紙に続けて書きはじめられ、さらに「北風」の原稿の余白に末尾四行が書き継がれている。全体が赤インクで抹消されている。『全詩集』、『詩全集1』では、川上が一覧表のコメントでも指摘している著者の註記を見落として、その末尾四行がおこされていない。

北風

原稿用紙を二篇ずつ共有するこれら三篇のうち「北風」は、筆跡、文字の大きさがかなり異なっている。

とむらふの歌

川上は完結しているとみなしたが、つづきの原稿が失われたと見ることも可能だろう。しかし『全詩集』、『詩全集1』のように、「ワタシノ歌」の原稿冒頭の二行に続けることは、内容的にも形式的にも筆跡の調子からも、安易な資料操作による接続である。この詩のカッコの中で「君」とよびかけている「私」も今氏乙治が念頭にあるように読める。

一枚目の同じ原稿用紙の前半には、失われた原稿用紙から続くとおもわれる冒頭から

箸にも棒にもかからなかつた

（い、からも一度
　青空を見るがいい）

天につばしては
　そのつばを泣きながら
　　面で受けた…………（了）

と書かれて、全体が赤インクで抹消されている。

三五・3　ソーダ石灰←ソーダ　石灰＝原稿にも字アキがあるが一語とみなした。

三五・12　唯　わたし←唯わたし＝原稿によって校訂

三五・14　くづをれて←くづされて＝原稿によって校訂

呼子

米沢に来て最初の冬に書かれたとおもわれる。「続呼子」が『草莽』のなかにある。筆跡は「悲観」、「ワタシノ歌」と同じである。「紀子」は実妹の名前である。

花

岡本かの子へ（りんね）

アッツ島に散つた人達に

この三篇は、四枚の原稿用紙に続けて書かれており、筆跡も同じであるが前後の詩篇とは異なっている。アッツ島の玉砕は昭和十八年五月なので、それよりあとで書かれ清書されたと推測される。

三九・3　重んだ＝原稿ママ

三九・12　不思議＝著者特有の用字例の一つ。

四〇・4　愛←夢＝原稿によって校訂

轟く山

全体が赤インクで抹消されている。筆跡や枡目の埋め方が他の詩篇とはかなり異なっている。

フランス語回顧

「あと二月とはない」という語句が卒業を意識しての言葉であれば、また「あれから幾年になるのかな」という語句からすると、昭和十九年に書かれたことになるとおもわれる。原稿用紙二枚目の末行で終っており、川上春雄によって未完と推定されている。筆跡は「呼子」に近い。

四六・12　自由の国　フランス←自由の国フランス＝原稿によって校訂

四七・8　強腹さ＝原稿ママ

山の挿話

後出のように発表された異稿がある。筆跡は「花」以下三篇と同じである。

旅

詩

同じ筆跡で書かれている。

ほかに残された詩の断片としては、川上の整理で「とむらふの歌」の次の原稿用紙一枚に、

　望みや懶惰やそれでも
一番　なにか肯定とか

白く　鈍く　光つてゐるのだつた
古くさい列車は　灯をともして
それでも駅は輝いてゐて

何時も居る駅員の頭の白さは
それが時間と言ふもので
何だか愉しい夜の駅だな

と書かれ、赤インクでわずかな推敲の手入れののち全体が抹消されている。
また川上の整理で末尾にまとめられた原稿用紙二枚に

かたことと短架を響かせて行き
小さな思惑や権謀や詐術が
黝ずんだ猫の額のやうに撩乱し
撩乱の雲や凧は灰色のエネルギーのやうに
ビルの上の空に垂れてゐるのだ

私がいつも素朴一路の北国の人々から
ひぼうの言葉を享けてゐるのは
確かにそれらの姿であり

そうして私が涙のやうな暗い面を伏せて
それでも肯定の言葉をもつて
それらの人々に押返へすのも
確かにそんな姿のことなのだ

あゝ東京の人たちよ
君達のうちの幾人かが
何か自らの心のよるところを抱き
併して自らの標に歩んでゐるのだらうか

北の吹雪の山峡に住んで
けれども私の抱いてゐる東京の家は
君達のもつてゐる
愛や暖い光のことであり
和光の溢れてゐる家々の庭のことであり
(且てなにがしの歌人の言葉のやうに)
おほけなき皇城の灯の末につながる
貧しい吾が家の灯影であり

やがて私の詩心の戻つて行く処なのだ

と書かれているが、その前の原稿用紙は失われている。「北の吹雪の山峡に住んで」の下に赤インクでカッコして「ふぶきの北の山峡に住んで」と推敲の覚えが書き込まれている。また次の一枚に

そうしてなんべんも
どこかへ還つて行くことなのだ

やがて夜も半ばの頃
赤い駅の灯に迎へられて
それから特異な文化の陰を背負つた
視線の幾たりかの中をくぐり
独りでつつましく歩んでかへる
柿の陋屋の門辺の道である

と書かれ、赤インクでわずかな推敲の手入れののち全体が抹消されている。またもう一枚に

美への想ひ
ちろ〱　燃える
　白ばら
四辺は
　紫　の
　星　空で　ある

仏　像

夕日の　山□〔不明〕上

と書かれている。川上はそれぞれ表題と完結した詩とみなしているが、不確かとおもわれる。またもう一枚の冒頭にただ一行だけ書かれている

嘘の実よりも本当に近いもの

は、「旅」の原稿二枚目冒頭の「本当よりも真実に近かつた」の破棄された別の書き出しとおもわれる。

消息

卒業後につくられた『和楽路』（第三巻一九四三年）の「消息」欄に発表された。本全集ではじめて収録される。『吉本隆明資料集102』（二〇一一年二月五日、猫々堂刊）にも収録された。

巻頭言
無方針
朝貌
郷愁

以上の四篇は、『全著作集15』の解題によれば、「昭和十八年、『からす』（第一号　米沢高等工業学校同期回覧誌）に発表され、『初期ノート』に収められた。／『からす』は、当時市販の粗末な更半紙の四百字詰原稿用紙一種類に統一した合計六十二枚の生原稿を、別な白い厚

紙二枚をもって表紙とし、表紙の上から金属の止め金で二カ所とじて製本したものである。表紙の内側はピンク色で、白い表紙に墨で『からす　第一号』と書かれている。発行、編集に関するデータは不明である。」同じ解題の記載によれば、川上は、著者の米沢高工の同期生岡崎太郎の所持していた同誌から筆写したことがわかる。『初期ノート増補版』、『吉本隆明全著作集15』、文庫版『初期ノート』に再録された。「朝貌」、「郷愁」は『吉本隆明全詩集』、『吉本隆明詩全集1』にも再録された。

　初出は確認できなかったが、『初期ノート』制作過程でつくられたガリ版の切り起こし『藁版初期ノート』が川上文庫に残されており、それを見ると、「名歌紹介」欄に著者のペン字の筆跡で、与謝野晶子「天の川そひねの床のとばりごしに星のわかれをすかし見るかな」、明石海人「人間の類を追はれて今日を見る狙仙が猿のむげなる清さ」、伊藤左千夫「ここにして信濃に別る浅間山汝が悲しみはとはに泣くべし」、長塚節「馬追虫の髭のそよろに来る秋はまなこを閉ぢて想ひみるべし」、斎藤茂吉「死に近き母にそひ寝のしんしんと遠田の蛙天にきこゆる」、石川啄木「その親にも親の親にも似るなかれ斯く汝が父は思へる子よ」が書かれ、また「名詩紹介」欄にも著者の筆跡で、竹内てるよ詩集『生命の歌』から「流雲」が書かれていたことがわかる。選択も著者によるとおもわれる。

山の挿話

『団誌』（一九四三年一二月二八日　第四号、米沢高等工業学校報国団発行）に発表され、『初期ノート』に収録された。『初期ノート増補版』、文庫版『初期ノート』に再録された。「「呼子と北風」詩稿」の同題の詩とは、改行箇所、字下げ、行アケ、句点の有無に異同がある。初出の行頭は二字下げであった。

六〇・12　静かに動いて行つた。＝句点は初出による。

草莽

　一九四四年五月に、著者自身でガリを切り、制作された詩集。縦241×横358ミリ程の薄い洋紙に青のインクで謄写刷したものを二つ折りにして綴り紐で綴じている。『初期ノート』に収録され、『初期ノート増補版』、『吉本隆明全著作集15』、『吉本隆明全詩集』、文庫版『初期ノート』、『吉本隆明詩全集1』に再録された。『初期ノート』巻末の「過去についての自註」で、著者は次のようにこの詩集に言及している。

「米沢時代の末期になると、わたしたちは、ひとりひとり動員先へ散り、そのまま兵営にゆくものと、学校へ行くものとにわかれた。幾日おきかに、少しずつ櫛の歯を抜くように「今生の訣れ」の宴を張り、それを、かつてみぞれ空に心細そうに降り立ったことがあるその駅頭へ見送り、騒ぎ立て、喚き、帰り道は、悄然とうなだれて寮へかえるという日々がつづいた。わたしは、教員室の隣の部屋でガリ版を切り、それをとじて二十部たらずの詩集をつくった。それが『草莽』であり、わたしの資料発掘者が、今度これを入手しているのは、わたしには、奇蹟のようにおもえる。それは、少数の知人たちが懐ろにして、郷里へ、動員先へ運んだはずである。」

この詩集をまとめる過程に「呼子と北風」という詩集の構想は溶暗していったのではないかと推測される。「呼子と北風」詩稿」には残されていない、飛んでいる頭部番号が付されていた詩篇のいくつかは、もしかするとこの詩集の中に吸収されているかもしれない。詩集の編み方の移動をしいているのは、戦争の急迫と宮沢賢治への傾倒の深まりであったとおもわれる。必要な詩篇についてのみ註記する。

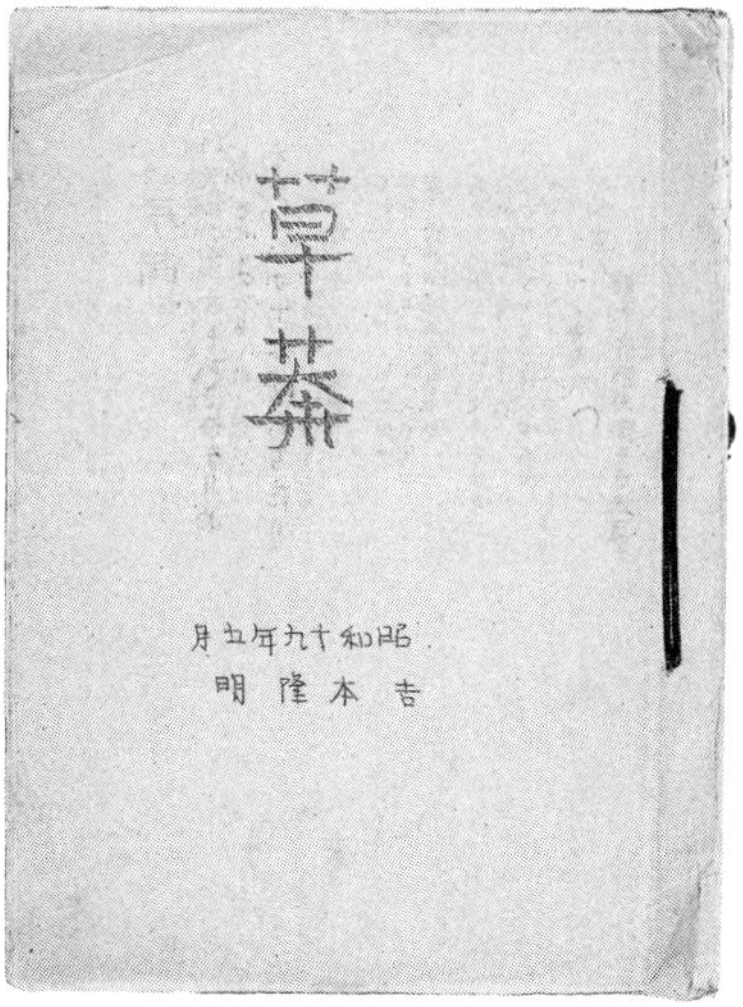

謹悼義靖院衛天武烈居士

養子に行った次兄・田尻権平の追悼詩。斎藤清一『米沢時代の吉本隆明』、石関善治郎『吉本隆明の東京』（二〇〇五年一二月二〇日、作品社刊）によれば、一九四三年十二月三日に、陸軍中尉として移動中の飛行機事故によって四国で死去した。

原子番号〇番

六五·3　救れない←救はれない＝初出に戻す。著者の仮名送りのくせが出ていて「無神論」にもある。

六五·10　述る←述べる＝初出に戻す。

原子番号二番

七二·1－2の間＝『初期ノート』と『初期ノート増補版』のみ一行アキがあるが、他の版の行詰を踏襲

秋の花

七六·2　秋の花　白い花←秋の花　白い花＝字アキを初出によって校訂

かぶと山と虚妄列車

七九·3　堀出される←掘出される＝同意に通じるので初出に戻す。

七九·4　かぶと山の←かぶと山との←かぶ山との＝『初期ノート』以後の誤植を初出によって校訂

撩乱と春

八三·5・6の間＝初出によって一行アキに校訂

続呼子

「一年間と言ふ」、「一年と言ふ」の語句から、昭和十八年に書かれたとおもわれる。行頭の字下げなど初出に合わせて校訂した。

親鸞和讃

親鸞についての最初の発表作品になる。『〈信〉の構造 吉本隆明・全仏教論集成*1944.5～1983.9*』（一九八三年一二月一五日、春秋社刊）にも再録された。

背乗

九一・1－3　背乗←背棄＝初出は「背乗」とガリが切られており、「宮沢賢治ノート（Ⅱ）」にも「背乗」と書かれているが（二四七・18）、ともに『初期ノート』、『初期ノート増補版』収録のさいに「背棄」とされた。どちらでも著者の造語になるが、宗教的な悟りの道や教えに背く意の造語とみなして初出に戻した。

九一・11－12の間＝全著作集など行アキなしの版があるが、初出どおり一行アキとする。

明暗

草ふかき祈り

行頭の字下げ、字アキなど初出によった。

帰命

末尾に謝辞が書かれている澤口壽は、『米沢時代の吉本隆明』によれば同級生で、「ガリ版用の臘原紙や、印刷用紙の調達、ガリ切り、そして印刷を手伝っ」たという。

序詞

一九四四年六月、米沢工業専門学校応用化学科卒業記念アルバム『流津保』に発表され、『初期ノート増補版』に収録され、『吉本隆明全著作集15』、『吉本隆明全詩集』、文庫版『初期ノート』、『吉本隆明詩全集1』に再録された。初出の本文は確認したが、書誌的な記載事項は、『米沢時代の吉本隆明』による。

雲と花との告別

哀しき人々

この二篇は、昭和十九（一九四四）年九月に米沢工業専門学校（同年四月に改称された）を卒業し、十月に東京工業大学へ進んだあとの作になる。

『全著作集15』の解題によれば、「昭和二十年の春と推定される時期に、東京工業大学の同期生加藤進康氏へ托して、動員先富山県魚津市へ出発した。」「「雲と花との告別」は原稿として提出し、「哀しき人々」は加藤氏へ贈呈した。「雲と花との告別」は、発表誌不明のガリ版の紙片の一部分が辛うじて残存したことにより、「哀しき人々」は、「工業大学工友会」便箋に記載のまま、それぞれ『初期ノート』に収められた。」（著者の一九六三年五月二十九日の川上春雄宛書簡では「工大電化会のクラスで刷った雑誌」と言及している。）その際の加藤進康宛私信を引用する。

「拝啓いよいよ魚津へ出かけます　あとは宜しくお願い

します　原稿として「雲と花との告別」を提出します
「哀しき人々」というのは君にあげます
もう僕も二十二歳で、あと二年間は要《カナメ》だといふ気がします　化学の勉強と詩の勉強を一心ふらんにやりたいと願ひます　化学は日本の国のために　詩は遺言として矢張り愚かですが、俺が頑張らなければ日本の国は危いと信じます　自分一人のいのちは捨ててもい丶と思ひます　唯現実が自分に悔いない道を開かしめ給へと念ずるのみです
さやうなら
元気で頑張つてください
僕は国史をしつかりと血をもつて知り、神ながらの道をほんとうに信じてゐます
あ丶僕のゆくみちに光りあらしめたまへ

隆明

加藤君へ」

「雲と花との告別」は、縦263×横365ミリ程の用紙にきれいにガリが切られ、ノンブルはないが二つ折りにした二枚の三ページ分に掲載されている。（四ページ目には「渡邊」の署名で「ジヤン、クリストフへの感想」の冒頭部がある。）
「哀しき人々」は、欄外に「工業大学工友会」とある赤茶色で印刷された縦254×横181ミリ程の大判の便箋四枚にブルーブラックインクのペンで書かれている。

『初期ノート』に収録され、『初期ノート増補版』、『吉本隆明全著作集15』、文庫版『初期ノート』、『吉本隆明全詩集』、『吉本隆明詩全集1』に再録された。句読点や字アキなど判断に迷う箇所も多いが、あらためて初出、原稿によって校訂した。
米沢工専卒業後東京へ戻っていた著者が、魚津へ出向き敗戦を迎えるまでは、石関善治郎『吉本隆明の帰郷』（二〇一二年八月二五日、思潮社刊）がていねいに追っている。
一〇三・15　飲呑まねば＝原稿ママ
一〇四・15　跡した→残した＝賢治ノートでもしばしば使っている原稿の用字に戻した。

Ⅲ

この部には、米沢で傾倒が深まって、花巻へ訪れる様子から書き出されるノートに始まり、敗戦直後に書き継がれたノートまで、残されている宮沢賢治についてのノートのすべてを収めた。ノートの表題から失われたノートの存在もあったとおもわれる。最初のノートに記された日時と最後のノートに記された日時からすると、昭和十七年十二月から敗戦をまたいで二十年の十一月まで、米沢から東京へ、東京から魚津へ、魚津から東京へとたずさえられ、継続的に書き続けられていたことがうかがえる。戦争の急迫に対してだけではなく、敗戦という事

態に対しても、著者は宮沢賢治への傾倒を深め書きつづけることで自分を支えようとしていたとおもわれる。『初期ノート』の「過去についての自註」で著者は「戦後、すぐに「書く」という行為としてわたしの念頭にあったのは、戦争期から継続していた宮沢賢治についてのノートをまとめることであった。これは、大凡、出来あがったところで、ある出版社に送りこまれた。一冊の著作を、宮沢賢治について最初にもちたいというわたしのかんがえは、種々の事情で実現されなかった」と述べ、「この『宮沢賢治』論の原稿は、戦後の洪水で失われた。」とも述べているが、『初期ノート増補版』の「増補版のための覚書」で「川上春雄氏の執念によって、今度『初期ノート』発刊以後に氏によって見つけだされた初期の文章をあたらしく収録して増補版をつくることになった。(中略)宮沢賢治についての草稿は、洪水のさいに水びたしになり流してしまったものとおもっていた。そう書いたこともある。だから、これで全部がつくされているのかどうかもわたしにはわからない。」と補足修正している。これらのノートはその実現しなかった著作の元になる草稿の一部にあたるものとおもわれる。

ノートはすべて『初期ノート増補版』にはじめて収録され、『吉本隆明全著作集15』、文庫版『初期ノート』に再録された。ノートには宮沢賢治に関すること以外の文章も書かれている場合があり、これまでは「無門関研究」や短歌作品のように別建てされたり、省略されたりしてきたが、本全集では、ノートごとの単位で収録した。

著者は句点、読点、字アキをかなり代替的に使っていて、その表記の特徴をなるべく再現させたが、同じような表記にしている(おそらくはそらんじたかたちで引用している場合も多いとおもわれる)賢治の引用文は、おおむね、著者がノートの中であげている松田甚次郎編『宮沢賢治名作選』(一九三九年三月七日、羽田書店刊)と十字屋書店版『宮澤賢治全集』(一九三九年六月―一九四四年二月)で校訂した。

賢治の作品は、戦後、特に筑摩書房版の校本全集以後、校訂作業が綿密に進み、著者が引用した本文とは異なっているものも多いので、詩作品については気がついた異同を註記した。

宮沢賢治ノート(I)

これまでは冒頭の「詩碑を訪れて」が表題とされてきたが、本全集では改めた。表紙の取れた縦208×横147ミリ程のノートを縦書きに使って、ブラックインクのペンで書かれている。冒頭のページの書き流しの末尾三行は、「農民芸術概論綱要」の末尾二行を引用したつもりであれば「一九二六年」を誤記したことになり、模しているつもりであれば、「一九三四年」は賢治の没後一年に当るので、このノート自体の「一九四三年」を誤記したのだろうか。各項の見出しのうち「イギリス海岸の歌」と

「雲の信号」の間、「よだかの星」と「雁の童子」と「風の又三郎」の間は追い込みで書かれているが、すべて改ページとした。必要とする項のみ註記する。

詩碑を訪れて

末尾に何度も「(了)」の記載があり、おしまいのパラグラフの案の推敲が重ねられているので、少なくともこの項は最初からどこかに発表するつもりがあったのかもしれない。最後のパラグラフは「本日　花巻共立病院長佐藤隆房といふ人の「宮沢賢治」読み了へた」と始まって、末尾に「(昭和十八年一月中旬)」とあるが、「昭和十七年十一月の下旬」に「花巻を訪れた」ときには、この同年九月に刊行された本をまだ読まずに出かけたことが文中の記述からわかるので、少なくとも最初の「(了)」までは、旅行から戻って間もなく昭和十七年のうちに書かれたと推測される。

二三・2　てんつうかぶれ＝「点数かぶれ」の訛りか。

イギリス海岸の歌

この賢治の歌曲の詩は、「あをじろ鋳破れ」、「あをじろ干割れ」と表記している版もあるが、著者は後出の「宮沢賢治ノート(Ⅱ)」でも、のちのエッセイ「イギリス海岸の歌」(本全集第一二巻)でも、「あをじろ日破れ」という、はじめて『宮沢賢治名作選』で目にしたとおもわれる表記にこだわって引用している。字アキの箇所についても同様。

「宮沢賢治と女性」雑考

見出し表題の横の欄外に「藤原草郎」と書き込まれている。藤原草郎(嘉藤治)の「宮沢賢治と女性」は『新女苑』(一九四一年八月号、実業之日本社発行)に発表されたエッセイである。著者がこのノートを書くまでのあいだに収録された刊本が見あたらないので、著者は雑誌で読んでいるものとおもわれる。冒頭の賢治の言葉は、このエッセイに紹介されている発言からの引用である。「詩碑を訪れて」のおしまいのパラグラフの代替案と附記にもこのエッセイへの関心がうかがえる。

セロ弾きのゴーシュ

写真図版の一二八—一二九ページは音を想起させる副詞を列挙し、一二九—一三〇ページはセンテンスごとの音数を列挙しているとおもわれるが、一三〇—一三一ページの一桁の数字は不詳。

やまなし

写真図版の一三八ページはセンテンスごとの音数を列挙しているとおもわれる。そのあとは音を想起させる副詞をあげているが、数字は不詳。

[科学者の道]

表題はいったん書かれたものが抹消されている。

写真図版の一五八—一七四ページはあげられている作品の一行ごとの音数と品詞の数を列挙しているとおもわれる。

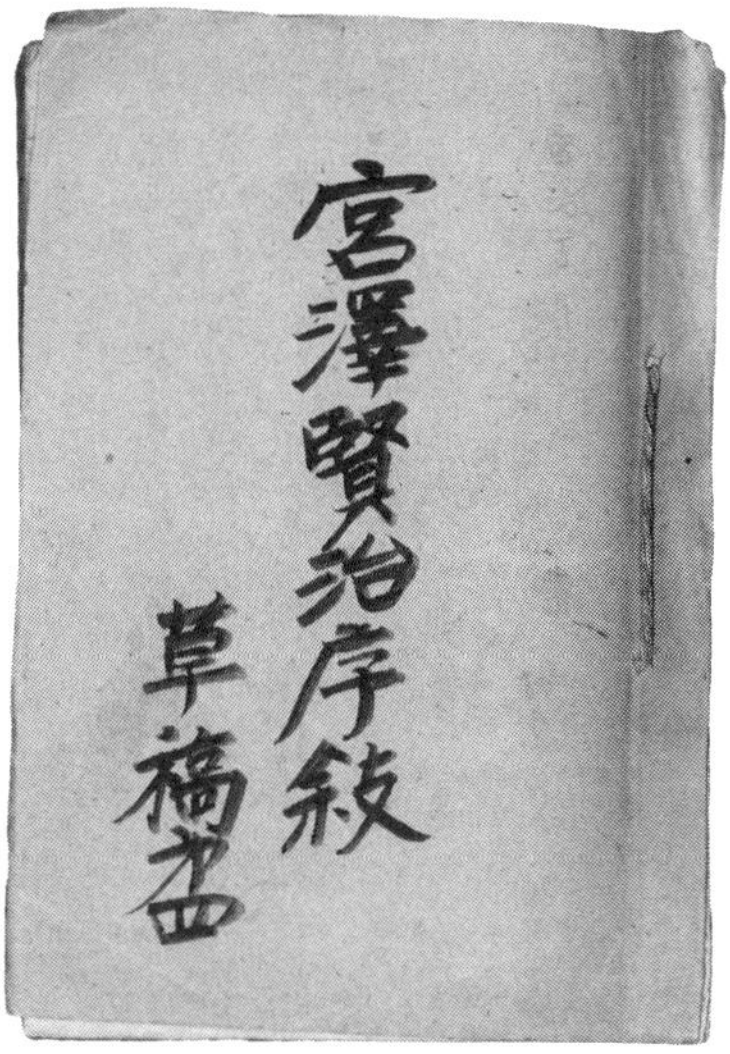

宮沢賢治序叙草稿第四

縦209×横290ミリ程の四〇〇字詰め原稿用紙を二つ折りにして束ね、別紙の表紙と裏表紙を当て縒り紐で綴じている。表紙に表題が墨書されている。（表紙の裏下部に小さく「売価（税込み）5円12銭」と印刷があり、裏表紙の内側に「化学技術者の熱力学／久松一兵衛著／共立出版株式会社」と印刷されているので、おそらく教材として使っていた本の表紙かカバーを流用したことがわかる。一九四二年初版の戦後も版を重ねた教材を、米沢高等工業で使ったのか東工大で使ったのかは、不詳。）欄外に「*No.*……」（二カ所）、「10×20」とだけある赤茶色で印刷された原稿用紙に、ブルーブラックインクのペンで書かれており、全体にわたって赤インクのペンで推敲の赤字入れがなされている。

ただし、「「孤独と風童」ほか」の末尾の原稿用紙に表題と同じ筆跡で「宮沢賢治童話序論はここに来る」と墨書されてつづく、「宮沢賢治童話論」の二一六ページから二二四ページ六行目までの原稿用紙だけは、「「呼子と北風」詩稿」が書かれた原稿用紙とほぼ同じ（「ロクヨの165」の有無だけの相違）赤茶の印刷が褪色した原稿用紙に他と異なった筆跡で書かれていて、ここには推敲の赤字入れはまったくない。

また川上が『全著作集15』の解題でも指摘しているように見出し表題の番号が飛んでいたり、「文体もまた口語体から文章体へと変化している」ことから、異なった時期の原稿が綴じられていて、それ以外の原稿が存在した可能性を予測させる。以上から、昭和十九年から二十年の「宮沢賢治ノート（Ⅱ）」までの間に、つまり米沢→東京→魚津という時間の幅の中で書かれているとおもわれる。

「孤独と風童」ほか

全体の表題はなく、「孤独と風童」に始まって三十七篇の詩の引用と註解が記され、「作品を流れてゐる類形」の「分類」が試みられている。末尾は「今ここでは且て私が書いた「宮沢賢治童話序論」といふ文章を転述して少し童話作品に触れる務を果したいと思ひます」で終わっている。

一七七・2　孤独と風童（十三・十一・廿二）＝現在では「一二三」日に校訂されているほか、本文にもわずかな異同がある。

一七八・16　異途の出発＝現在では「異途への出発」と校訂されており、引用詩形はその先駆形に近い。

一八一・6　驟雨《かんだち》＝現在は「驟雨《カダチ》」と校訂されている。

一八二・1　白菜畑＝現在では「〔盗まれた白菜の根へ〕」が表題とされている。

一八二・4、12　無抵抗主義、無抵抗思想＝現在では「日本主義」、「日本思想」と校訂されている。

一八二・13　東洋主義＝現在では「弥《いや》栄主義」と校訂されている。

一八三・13　流れです＝現在では「流れであり」と校訂されている。著者の引用は十字屋書店版とも多少の異同がある。

一八五・1　作品一〇四二番＝引用詩形は現在では「〔同心町の夜明けがた〕」の先駆形とされている。

一八八・5－6の間＝現在では「わたくしどもはただ何げなく眼を見合わせ」の一行が校訂されている。

一八九・2　相遇＝ふつうは「遭遇」だが、著者はこの時期しばしばこのように表記している。

一九一・7、二九八・15　葉巻＝現在では「葉筒」と校訂されている。また改行なしのこの一行は、先駆形の段階とされている。

一九三・6　火祭＝引用詩形は現在では先駆形とされている。

一九四・19　小作調停官＝現在では「、緑や、、緑」は「油緑や橄欖緑」に、「、、、なる楽士」は「ableなる楽士」に校訂されているほか、本文に多少の異同がある。

一九六・15　無題＝引用詩形は現在では「〔倒れかかつた稲のあひだで〕」の先駆形とされている。

二〇七・10　判事＝現在では「〔猥れて嘲笑めるはた寒き〕」が表題とされている。

二一〇・3　無題＝引用詩形は現在では「〔猥れて嘲笑めるはた寒き〕」の先駆形とされている。

二一一・10　ロマンツエロ＝引用詩形は現在では「〔きみにならびて野にたてば〕」の先駆形とされているが、パラグラフの配置に異同がある。

宮沢賢治童話論

前述のように、二二四ページ七行目からその前の原稿用紙に戻って書かれ、追い込みで次の項につづいている。

四　地人時代後期

他の原稿とはまったく異なった文体と描写で晩年の賢治を描こうとしている。末尾近くの文章から「初冬の」「東京」で書かれたことがわかる。

宮沢賢治序叙草稿第五

縦189×横129ミリ程の「草稿ノート」と印刷された市販のノートの表紙に表題を墨書した紙片が貼付けてあり、

中は緑色で印刷された一ページ二〇〇字詰めの原稿用紙にブラックインクのペンで書かれ、赤インクのペンで推敲の手直しが加えられている。見出し表題も一つだけで文章の分量も少なく、その「続四」が「続一」なり「続三」の存在を予測させるが不明である。丸印で区切られた断章的な構成になっていて、末尾の文献目録の列挙の仕方からは全体のあとがきの予行演習のようにも見える。（文献目録のあと六枚程が破棄された跡がある。）その文献の刊行年月から前項と同時期に書かれたと推測される。

三二七・15　童話集の序＝二七一・11の註参照

三二八・16　次のやうに回想＝教え子の照井謹二郎と友人の白藤慈秀の回想は、草野心平編『宮沢賢治研究』（一九三九年九月六日、十字屋書店刊）からの引用。（三三二—三三三ページにも同じ引用がある。）

宮沢賢治ノート（Ⅱ）

これまでは表題が「宮沢賢治論」とされてきたが、本全集では改めた。縦200×横159ミリ程の市販のノートを縦書きに使ってブルーブラックインクの太めのペンで書き始められ、「或る孤高の生涯」の項がはじめられてすぐに紫色のインクにかわっている。多くの項の末尾に日付の記載があり、敗戦直後に魚津から東京へ戻り、家族の疎開先である福島県岩瀬郡稲田村でただちに書き始められたと思われ、まだここでは「祖国」という観念を保持しながら敗戦の衝撃に対処しようとしている。それは九月の初めから、中断を挟んで十一月上旬までにわたっている。（家族の疎開については石関善治郎『吉本隆明の東京』参照。）

最初の八ページは白だが冒頭の見出しの前に、途中で修正され、あとでほとんど抹消された次のような目次構成の書き出しがあり、だいたいの構成をつくって書き始められたことがわかる。

1~~○宮沢賢治の倫理に就て~~
2~~○宮沢賢治の系列について~~
4~~●深淵の思ひ~~
3~~○特異感覚の由来~~
規を超ゆること
~~●宮沢賢治の童話について~~
~~4●宮沢詩~~
6●或る孤高の生涯
5~~●宮沢詩学の体系について~~

各項の見出しは追い込みで書かれているものもあるが、すべて改ページで組んだ。

宮沢賢治の倫理について

末尾に「（九・八）」の日付があり、次の項が追い込みで書かれている。

文中に引用される「銀河鉄道の夜」のブルカニロ博士の言葉は、のちの賢治論でも度々引用されるが、現在は

「銀河鉄道の夜」の定稿にはなく、「初期形第三次稿」と呼ばれるもののなかにある。著者は十字屋書店版全集と坪田譲治編『銀河鉄道の夜』（一九四一年一二月二一日、新潮社刊）から引用している。

二四七・18　背乗＝九一・1－3の註参照。

宮沢賢治の系譜について

末尾に「（九・十七）」の日付がある。

異常感覚感の由来について

同じ表題だけが書かれた白ページの次のページからあらためて表題を書いて書き始められている。末尾に「（廿・十・廿二）」とあり、次の項が追い込みで書き始められている。次の項と次の次の項の日付が「九」月になっているので、誤記の可能性がある。

誤記の可能性としては、この項の「十」が誤記、次の項と次の次の項の「九」が誤記、の二通りある。この項の書き出しの状態と以下の項を追い込みで書いていることから、次の二つの項を誤記した可能性のほうが高いかもしれない。

文中の「風の又三郎」と「オツペルと象」の引用は、坪田譲治編『風の又三郎』（一九三九年一二月二〇日、羽田書店刊）からである。

二七一・11　注文の多い料理店の序＝著者は『名作選』の「序」から引用しており、編者の松田甚次郎は「後記」で「本書の序文は、大正十三年刊行の、イーハトーヴオ童話集『注文の多い料理店』の広告に際して、著者自ら草した文章である。」とことわっている。

宮沢詩学の解析について

末尾に「（九・二四）」の日付がある。次の項が追い込みで書かれている。「十」月の誤記の可能性がある。

二八九・8　筆録＝現在は「早春」の清書稿とされる詩形とほぼ同じ。

二九二・13　その山稜と雲との間＝現在では「わづかにその山稜と雲との間には」と校訂されている。

二九四・5、二九七・9　昏い秋＝引用詩形は現在では先駆形とされている。

深淵の思ひ

末尾に「（九・二七）」の日付がある。次の項が追い込みで書き始められている。「十」月の誤記の可能性がある。

三〇五・3　、、＝十字屋書店版全集ではすでに「格好」と校訂されているので、三〇三―三〇七ページは全集以外のものから引用されている。

或る孤高の生涯

末尾に「（十・三十一日）」の日付がある。

三二〇・13　青らみ＝現在では「青らむ」と校訂されている。

創造と宿命

いったん他と異なった「である」調で書き始められ、

十五行ほど書いたあとで全体を抹消し、次のページにあらためて表題を書いて書き始められている。末尾に「(十一・二・)」の日付がある。

孤独と神秘とユーモア

末尾に「(十一・三)」の日付がある。

再び宮沢賢治の系譜について

末尾に「(十一月六日)」の日付がある。

三九・2　意外＝原稿では「以外」と書かれていて、他でもよくこの用例が見られるが校訂した。

宮沢賢治の散文について

三行書かれて中絶している。

[さびしけれど]

前項から一ページの白をおいて鉛筆で落書きのように書かれている。賢治についてのノートとは異なった時期に書かれたものと思われる。『初期ノート』以来、これまでは最後の二行が「短歌四首」のうちの一首として収録されてきた。

無門関研究

前項から更に一ページの白をおいて、ブラックインクのペンで書かれ、推敲の書き入れが赤インクのペンでなされている。末尾に「(了)」とあり、どこかに発表されたか、そのつもりがあった草稿とおもわれる。賢治についての記述よりも小さな細字のやや角ばった筆跡で書かれている。文中にマルクスへの言及があることや文字の形状の近さから「詩稿Ⅳ」と同時期か少しあとではないかと思われる。（「詩稿Ⅳ」と「『時禱』詩篇」に「童子像」があり、後者の副題は「無門関私釈」となっている。）この項は『〈信〉の構造　吉本隆明・全仏教論集成 *1944.5～1983.9*』にも再録された。

Ⅳ

この部には、一九四六、一九四七年に書かれたと推定される短歌一首と二つの詩稿群を収録する。

[しんしんと]

『初期ノート』に収録された「短歌四首」のうちの一首。『全著作集15』の解題によれば、「東京工業大学の同期生加藤進康氏の記録に残されていて、加藤氏の提供によって収録することができた」とされる。（なお残りの二首は詩「時のなかの死」から採録されていた。）『初期ノート増補版』、文庫版『初期ノート』に再録された。

詩稿Ⅳ

この詩稿群の今は失われている「厚紙の表紙」には、『全著作集2』の川上春雄の解題によれば、縦に大きく「詩稿（Ⅳ）」、下部に小さく横書きで「試作　200篇／―訂残　26篇」と書かれていた。詩稿群自体は、ブラックインクの細字のペンで清書されており、「呼子と口笛」詩稿」の原稿用紙を二つ折りにした裏面を台紙として、それぞれの詩篇の長さに応じて切り取られた紙片を貼付けるかたちで作られていた。実際には「二十四篇が現存するすべてであり」「二十五枚目つまりさいごの五十ページのところに、（中略）原稿用紙に直接赤インクで、「訂了廿一・七・四」と記入された文字が見える。」

ところでこの紙片の貼付けられた原稿用紙の裏面は、まったくの白なのではなく「じつは鉛筆で、詩が七十篇ばかりぎっしりとかかれていた」のであり「それがひとつの例外もなく、赤ペンで一行一行ていねいに抹消されていて」その上に清書した紙片が貼られていたわけである。清書された「詩稿Ⅳ」は、判読できないほどにつぶされた「七十篇のうちから推敲されて残されたものと」川上は推定している。

さらに複雑なのは、この清書された紙片もまた原稿用紙の裏面であり、その表面の原稿用紙にも、ブラックインクのペンで詩が書かれていたのである。（この原稿用紙は「呼子と北風」詩稿」の原稿用紙と印刷色が似てはいるが、上部に横長の註記欄があって、異なっている。）川上はそれらの詩の断片をいくつかは紙片をつなげるかたちで再現した。多少補正してそれを引用する。

春

春来たりぬ海山に
かもめは春を呼び
波は冬を送り
空は青く遠く暮る
今しも行交ふ小舟
白帆一つに重なりて
心行くばかり受けたる風は
［以下中絶　紙片一枚　表題部分は現在は見えない］

路傍の樹木の芳芽の間に
鳥飛び舞ひ
親を呼び子をまねく
皆春の訪へばなり
童等野原より帰り□□
持ち来たる
［以下中絶　紙片二枚］

体のみ其処に残りて
心は遠く広き彼方へ行く
ふと我れに還れば
遠き彼方の心
直ちに還りて
［以下中絶　紙片二枚］

何も得られず
沈黙――沈黙
欄干に手をふれし

「尊皇は悟道なり」と
「うむ」とうなづきて
それのみか其れの
「うむ」と又うち沈む
［以下中絶　紙片一枚　三行目以下は行末切断］

□か□れは彼等に
擲の鉄拳も加へられ
せ腕を幾度か撫して
すがら浮華を憤る
れのみか―我れのみか
しき心――
［天地左右切断　紙片一枚　前の断片と同じ詩の一部とおもわれる］

「欧米の惰風
それだ其れ
思はず握り
こぶしは堅し
斯く言ふは
そうかも知
だが机上の
少くとも切
国家の要求

しかるに現
［以下中絶　紙片一枚　すべて行末切断］

人も馬も□《代》緒《赭》せる顔
尊くも美□《く》しき極みなり
（□未完のまま）
昭□《和》十四年三月二十三日識す
［右側切断　紙片三枚］

この年の十一月で著者は満十五歳になる。「昭和十四年三月」は府立化学工業の二年生の終りの春休みの頃で、今氏乙治の私塾に通い出して五年ほどの時期であった。このほかに水色のパステルで枡目を無視しておおきく書かれた「十五の始め」という断片もあり、これらは、残されているかぎりでのもっとも早い時期の詩作の断片ということになる。

あらためて整理すると、米沢で当初「呼子と北風」という表題で構想された詩稿群の書かれた原稿用紙を反古にして、戦後、その裏面を下書きにつかい、さらにその下書きを綿密に抹消した上に、府立化工時代の詩の原稿用紙を反古にしてその裏面に清書したものを切り取って貼付けた。この「事情」を川上は次のように記している。「この五〇ページのちいさな稿本には、四冊の詩集が内在している。化工時代の習作と、「呼子と北風」と、その裏面の鉛筆がきの約七十の習作と、そのうちから撰択されたものとおもわれる「詩稿Ⅳ」二十四篇とである。これを要するに、著者は、太平洋戦争の戦前、戦中、戦後をつうじて少年時代からの自分の作品を身辺に持ちつづけて、米沢へ行きまた東京へ帰ってきたものとおもわれる」と。

「詩稿Ⅳ」という表題から、他の同様の名称の詩稿群の存在が予測されるが、すべて不明である。

『吉本隆明全著作集2』に収録され、『吉本隆明全詩集』、『吉本隆明詩全集1』に再録された。「老工夫」、「童子像」、「夜番〔暗い火影に……〕」、「劇場」のみ『吉本隆明全集撰1』（一九八六年九月三〇日、大和書房刊）、『吉本隆明初期詩集』（一九九二年一〇月一〇日、講談社文芸文庫、講談社刊）にも再録された。必要な項のみ註記する。

童子像

「『時禱』詩篇」に副題を付した異稿がある。語句や行替えの箇所に多少の異同がある。

童子像（Traité de la porte étroite）

表題の欧文は、狭き門概論の意。

三六四・15　だらう←だろう＝原稿によって校訂

夜番〔暗い火影に……〕

三六五・6　付火《つけび》＝ルビは文庫でつけられた。

麦熟期

原稿の表題の上に鉛筆で丸印がつけられ、その横に「Ⅰ」と番号が付されている。

夜番〔つめたい砂丘の……〕

三六八・7　おう　では＝原稿を字アキありとみなした。

永訣（岡田昇君の霊に）

三七〇・1　岡田昇君＝不詳

幼年

三七五・9－10　歌を／唱はう＝原稿によって改行した。

三七五・11　生きた如く　いまも＝原稿を字アキありとみなした。

三七五・12　砦を　この石もて＝原稿を字アキありとみなした。

劇場

原稿の表題の上に鉛筆で「Ⅱ」と番号が付されている。

走れわが馬

三八一・4　倦怠←倦怠＝原稿による

三八一・4　収獲←収穫＝原稿による

虚空

三八三・10　惰落←堕落＝原稿による

英文日記帳詩稿

この詩稿群は縦188×横127ミリ程の横開きの戦前の英文日記帳（あるいは手帳）を縦書きに使って鉛筆で書かれている。曜日と日にちの合致と下部の前年ないし前々年の年数（つまり1939ないし1938）から、一九四〇年の日記帳であることがわかる。日記帳は一ページに二日分の記載が出来るように上部と中央に曜日・月・日にちが英文で記され、下部に前年ないし前々年の同月同日の世界の、特に同盟枢軸国の政治、外交、軍事上の出来事が英文で記されている。（例えば「Mar.14.1939―Hitler orders Prague to set up three states.while German army prepares to move on Slovakia.」）日記帳のすべてが残されているのではなく、糸かがりがとれて解体されたページの二束の綴りが残されている。これまではそれぞれのうちの一篇を取って表題がつけられていたが、一括して改めた。

一綴り目は、「かなしきいこひに」から「黄昏に」までが書かれていて、「Sun.Mar.3.」から「Tue.Apr.2.」までの三十一日分十六ページにわたっている。二綴り目は、「（海はかはらぬ色で）」から「（にぶい陽の輝きが洩れて）」までが書かれているが、いささか綴りが複雑である。日付では始まりが「Sat.Sept.7.」で、終りが「Mon.Nov.4.」になる綴りのなかから、「Sun.Oct.13.」から「Wed.Oct.16.」までの四日分二ページがとりだされて冒頭におかれているが、「Wed.Oct.9.」から「Sat.Oct.12.」までの四日分二ページと「Thur.Oct.17.」から「Thur.Oct.31.」までの十五日分八ページは欠落しており、二十ページだけが残されている。この二綴り以外のページにも詩稿が書かれていたと推測されるが、この日記帳をいつ、どのような形状で著者が入手したか、この綴りの順は発見された時からのものか、川上春雄の整理によるものか、等々、不明のところが多く残されている。

二綴り目について、現在の綴りの順ではなく、日記の日付順に整理した時の、「（海はかはらぬ色で）」のそのページの初行と末行の本文との対応関係を次ページの表にしておく。（頭部の数字は本文の順序である。）

「かなしきいこひに」、「吹く風の秋のごとくに」、「ぼんやりと」の末尾の年月日の記載から、この詩稿群は一九四七年に書かれたものと推測される。日付が前後するのは、著者の誤記かもしれないが、これらの詩稿を日記帳の日付の順に書いたのではない可能性もあるとおもわれる。

「（海はかはらぬ色で）」、「暁雲から」以外は、『吉本隆明全著作集2』に収録され、『吉本隆明全詩集』、『吉本隆明詩全集1』に再録された。「かなしきいこひに」、「哀歌」は『吉本隆明全集撰1』、『吉本隆明初期詩集』にも再録された。全体を大まかな斜線で抹消された「暁雲から」は『吉本隆明全詩集』にはじめて収録され、『吉本隆明詩全集1』に再録された。やはり大まかな斜線で抹消されている「（海はかはらぬ色で）」は本全集にはじめて収録される。必要な項のみ註記する。

かなしきいこひに

末尾に「（廿二・十・五・）」の記載がある。

	Fri.Sept.6. 以前	欠落
3	Sat.Sept.7./Sun.Sept.8.	四一九・19「たれがそれを逃れるだらう」—四二一・6「おかれた其処の孤独のなかで」
4	Mon.Sept.9./Tue.Sept.10.	四二一・7「すでにおかれた平衡のいただきに」—四二三・11「うちくだくこの夢」
5	Wed.Sept.11./Thur.Sept.12.	四二三・12「はるかな季節のたまもの」—四二三・18「かすかな匂ひがきかれるのだらうか」
17	Fri.Sept.13./Sat.Sept.14.	(「白日の旅から」) 一ページ
6	Sun.Sept.15./Mon.Sept.16.	四二三・19「やめよ」—四二五・5「残りの匂ひはかすかに」
7	Tue.Sept.17./Wed.Sept.18.	四二五・6「みづみづしさはうしなはれ」—四二六・13「子らをとらへる日が必ずくる」
8	Thur.Sept.19./Fri.Sept.20.	四二六・14「なにを嘆くことがあらう」—四二七・19「かはらぬいろとかたちとで……」
9	Sat.Sept.21./Sun.Sept.22.	四二七・20「だが嘆きとはなんであるのか」—四二九・6「むしろひとたちのやうに」
10	Mon.Sept.23./Tue.Sept.24.	四二九・7「わたしも素直にたのしみ」—四三〇・13「わたしをとらへたりする」
11	Wed.Sept.25./Thur.Sept.26.	四三〇・14「あやまられたひとつの夜語り」—四三三・1「蛾や夜の虫にまじつて」
12	Fri.Sept.27./Sat.Sept.28.	四三三・2「真昼の花々がおもひ描かれ」—四三三・8「ふとしたことから笑つたりしながら」
13	Sun.Sept.29./Mon.Sept.30.	四三三・9「泰西のふしぎな絃楽を聴いて」—四三四・14「風さへわたしの夢の方向から吹き」
14	Tue.Oct.1./Wed.Oct.2.	四三四・15「きらめく夕日も緑や青まで」—四三六・1「幼年はある〈海はある!〉」
15	Thur.Oct.3./Fri.Oct.4.	四三六・2「わたしがひとに変り」—四三七・9「かづかづのものを失つて」
16	Sat.Oct.5./Sun.Oct.6.	四三七・10「あたかもわたしのやうに」—四三八・15「ふりわけられて」
18	Mon.Oct.7./Tue.Oct.8.	(「暁雲から」) 一ページ
	Wed.Oct.9.–Sat.Oct.12.	二ページ欠落
1	Sun.Oct.13./Mon.Oct.14.	四一七・2「父のため母のため」—四一八・12「ひとあしはひとあしをみだし」
2	Tue.Oct.15./Wed.Oct.16.	四一八・13「かたくなの地図を描き——」—四一九・18「とほい松林のおくから」
	Thur.Oct17.–Thur.0ct.31.	八ページ欠落
19	Fri.Nov.1.–Mon.Nov.4.	(「(にぶい陽の耀きが洩れて)」) 二ページ
	Tue.Nov.5. 以後	欠落

三八七・9　ことだの　幼なかつた＝字アキは原稿と文庫版による。
三八九・17　うすものいちまいを←うすものをいちまい＝原稿によって校訂

またのいこひに

三九二・14－15の間＝原稿は日付の記載の箇所で、行アキありとみなした。
三九三・7　どうしようか←どう／しようか＝原稿を折り返しとみなした。

夢

四〇一・3　触れられぬ　汚れない＝原稿を字アキありとみなした。

吹く風の秋のごとくに

末尾に「(廿二・十・三)」の記載がある。

告別

直前の箇所に表題を書き、以下の詩稿を書いたところで、全体を抹消している。

青桐は風にみだれ
風は巨きく高台に吹いた
ゆくかたもない雲のした
おたがひはおたがひに訣れ

それでは

わたしは

また本文の「あやふい訣れのときだ」の後に以下の四行が続けられて抹消されている。

横雲のわれ目から
光は泉のやうにおちかかり
堅いペトンの建築のかげに
もう自明な陰暗がみえる

宗祖

この詩の書かれているページの後半に「独居不善」と題して

萌えろ　萌えろ　あぶない剣が峯で
わたしの好きな色となつて
晨から青い情欲の
あぢさゐの花

と書かれて末行が抹消されている。未完結とみなした。

ぼんやりと

末尾に「(廿二・十・三)」の記載がある。

黄昏に

四一五・13－14の間＝原稿を行アキありとみなした。

（海はかはらぬ色で）

全体が大まかな斜線で抹消されている。下部の余白を使って「（海の風に）」が書かれており、その原型となる初期形というべきものだが、「（海の風に）」は異なった時点での書き直しであり（第二巻解題参照）、この「英文日記帳詩稿」としては「（海はかはらぬ色で）」を収録すべきものと判断した。「（海の風に）」にならって詩の一行をとって表題とした。（この一行は「（海の風に）」にもある。）

日記帳の日付が飛ぶ箇所をあらためてあげておく。四一七・2「父のため母のため」は「Sun.Oct.13./Mon.Oct.14.」の冒頭で、その前の「Fri.Oct.11./Sat.Oct.12.」は欠落し、四一九・19「たれがそれを逃れるだらう」は「Wed.Oct.16.」の末行で、四一九・20「みづからがみづからをうちすてぬとき」は「Sat.Sept.7.」の冒頭になる。四二三・18「かすかな匂ひがきかれるのだらうか」は「Thur.Sept.12.」の末行になり、中断して次の項の「白日の旅から」が書かれたあと、四二三・19「やめよ」は「Sun.Sept.15.」の冒頭にくる。また四二八・15「ふりわけられて」は「Sun.Oct.6.」の末行であり、次の次の項の「暁雲から」で中断したあと、欠落している「Wed.Oct.9.」につづいていた可能性が高い。この詩稿群のなかで表題が記されていないのは、後出の未完の「（にぶい陽の耀きが洩れて）」とこの詩だけであり、「（海はかはらぬ色で）」は冒頭と末尾を欠落させた未完結の可能性がある。

著者は後に「（海の風に）」を雑誌に発表しており、日記帳の現在の綴りの順序を承認していることになる。しかし、前後と中間を欠落させた日付順に書かれていた可能性を排除できないとおもわれる。Wed.Oct.16. 末尾二行「〈ああ　為してはいけない〉／とほい松林のおくから」とSat.Sept.7. 初行「たれがそれを逃れるだらう」の間に、詩行の接続とページ単位での筆跡の調子や鉛筆の濃淡の連続性とにいささかの疑念と相違が感じられる。筆跡の具合からは、「（海の風に）」はほとんど一定の調子で書かれているが、「（海はかはらぬ色で）」は、ある時間の幅で書き継がれたことが推測されるような多少の相違があるからである。

そこで、むしろ「（海はかはらぬ色で）」を書き改めて「（海の風に）」を作成する際に、大幅に当初のページの順序を入れ替えて構成し直したと考えるのがいちばん可能性の高い推定とおもわれる。それにともなって、一部のページは破棄されるか、失われたのではないか。その場合、ここに再現した「（海はかはらぬ色で）」は純然たる初期形ではなく、「（海の風に）」によって構成を変えられた初期形ということになる。どの推定であっても、「うちかへす波」のように始まりも終りもなく反復しながら、果てしなくつづくようにこの詩は書かれている。

四三六・11　まるみをとり↑まるみをおとり＝「（海の風

Sun. Oct. 13.

Mon. Oct. 14.

Oct. 13, 1938—Hungary submits her border dispute with Czechoslovakia to four powers.

Oct. 14, 1938—Hitler, seeking European peace, receives Czech Foreign Minister and Hungarian ex-Premier.

に）」では「まるくなり」とされている。

白日の旅から

「（海はかはらぬ色で）」を中断するかたちで「Fri.Sept.13./Sat.Sept.14.」のページに書かれている。四三九・10

「ふたいろの夕べがあつた」のあとに続けて

かぎりない愁ひとかぎりない暗憺とが
あたかも
愛の

と書かれ抹消されている。

暁雲から

「（海はかはらぬ色で）」のあと「Mon.Oct.7.」のページに書かれている。大まかな斜線で抹消されている。

（にぶい陽の耀きが洩れて）

末尾の「Fri.Nov.1./Sat.Nov.2.」と「Sun.nov.3/Mon.Nov.4.」の二ページに書かれている。一ページ目の上部には、欠落している前の日付のページからつづいているとおもわれる次のような詩がページいっぱいに書かれたうえで抹消されている。

さまざまな風景を描き
きつとかくされた画家のなげきが
どこかで叫んでゐる
〈たれのために描き?〉
〈たれのために生きる?〉
こたへはない
さびし夜がかはりに
繰言のひびきをつたへる
またランプのともるしたで
子らは眠らなくてはならない
画家はまた飢える
いつさいがうしなはれ
もうなにも見えないのだから
服のひとつがどこかの電柱にのこる
［三行抹消判読不可］

あゝいけない
いらかのつづく街から
にぶいひかりの日がもれて
海のほうへ
いつさいの風がにげてゆく
そらされた意志が
またもさまざまに追つて
波や岬や鷗たちや
岸辺の洋館の赤屋根が
倉庫の棟を描きたてる

その前半の下部には、上部の手直しとして

描かれるさまざまの風景のなかに
孤独な画家が叫んでゐる
何処かとほい響きで
〈たれのために描き?〉
〈たれのために生きるの?〉

応へない
またランプのともるしたで
さびしい夜がかはりに
繰言のひびきをつたへてゐる

と書かれてさらに抹消され、その下部の後半から上部の手直しとしてこの詩は書きだされている。（四二・10の「たれかひとも描かなくてはならない」からの）二ページ目は手直しなしで上部いっぱいに書かれていて、欠落している「Tue.Nov.5.」のページにつづいているとおもわれ、明らかに未完結である。「（にぶい陽の輝きが洩れて）」は冒頭の一行から表題が取られているが、欠落した前ページとの接続が放棄されているかどうかも不確かとおもわれる。「（海の風に）」とはちがって、上部とほぼ同じ筆跡で書かれており、近い時期に書き直されたことがわかる。

V

この部には、一九四六年と一九四七年に発表されたわずかな詩篇を中心に収録した。

異神

『大岡山文学』（一九四六年一二月一日　復刊第一号、東京工業大学文芸部発行）に発表され、『抒情の論理』（一九五九年六月三〇日、未来社刊）に収録され、新装版『抒情の論理』（一九六三年四月一五日、未来社刊）、『吉本隆明全著作集1』、『マチウ書試論・転向論』（一九九〇年一〇月一〇日、講談社文芸文庫、講談社刊）、『吉本隆明全詩集』、『吉本隆明詩全集5』（二〇〇六年一一月二五日、思潮社刊）に再録された。川上春雄は『全著作集1』の解題で「『大岡山文学』復刊第一号が未確認であるため、やむを得ず『抒情の論理』収録の「異神」によって校訂した」と書いている。以後、新仮名遣いに変更された単行本のかたちが踏襲されてきたが、本全集では初出によって校訂し、川上もこだわっていた当時の著者の仮名遣いのありようを復元した。他の主な異同箇所をあげておく。

四七・8、四八・3　言つて、四八・9、10、16　言ふ、言へば、言い＝単行本では「云」に直されているが、同年の「詩稿Ⅳ」や「『時禱』詩篇」の表記に合わせて初出を生かした。

四八・9　指さす→［初］真指する
四八・15　仏《ホトケ》、四九・8　悪《ニク》んで＝この頃の和語にカタカナルビを振るくせのでている初出を生かした。
四九・4　貴女の静かな＝「貴女の」は単行本の脱落とみなして初出を生かした。

詩三章

『大岡山文学』（一九四六年一二月一日　復刊第一号）に発表され、「花」と「飢餓」の二篇は著者の記憶によって『初期ノート』に収録され、『初期ノート増補版』に再録された。残りの一篇「老白」を含めて三篇が初出にもとづいて収録されたのは『吉本隆明全著作集15』によってであった。著者が記憶によって二篇を再現させる様子は、一九六四年二月三日の川上春雄宛書簡に記されており、またこの初出誌について、川上春雄は『全著作集15』の解題で、「長いあいだこの復刊第一号を見ることができないでいたところ、日暮里駅の近く台東区谷中七丁目に鶉屋書店を経営する飯田淳次氏の義侠心による貸与を得て、「詩三章」の総題をもつ三篇を、今回はじめて完全なかたちで収録することができた。」と書いている。『吉本隆明全詩集』、『吉本隆明詩全集1』にも再録された。

『時禱』詩篇

「過去についての自註」で著者は、賢治論の出版は「種々の事情で実現されなかったが、その代りに千代田稔という日本名をもった朝鮮人の編集者を知り、その人を通じて荒井文雄氏と知り合い、二人で『時禱』というガリ版の詩誌をはじめた。主としてこの時期の詩の習作で、わたしは米沢時代にたいする回顧を主題としている。残像のなかでは、東北の「自然」が強烈に印象にあり、それは外界にたいする虚無のなかでのわずかな自由であった。」と書いている。

『時禱』は、縦230ミリ×横160ミリ程の洋紙に筆耕屋によるガリの切り起こしを謄写印刷して、ホチキスで留めてつくられている。

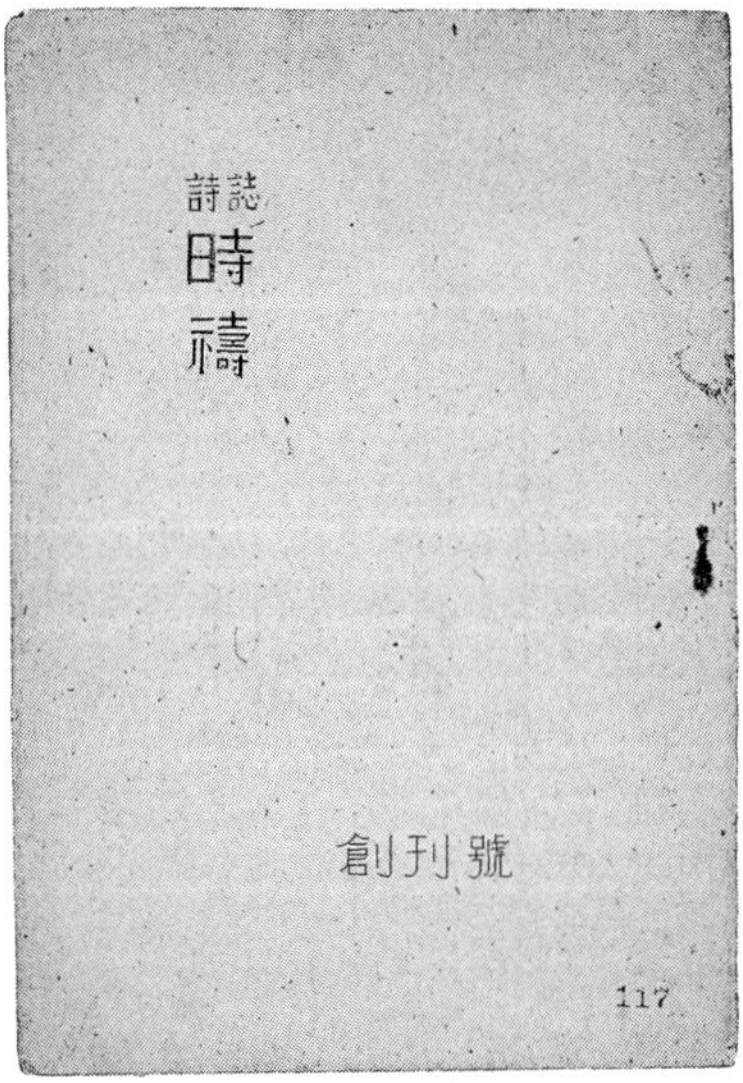

習作四（宝塔）
習作五（風笛）——宗教的なる現実——
習作七（餓莩地域）

習作九（挽歌）——喪はれたるわがギリシヤのために——

以上四篇は、『時禱』（一九四六年一一月二〇日　創刊号、時禱社発行）に、「詩作における事象の取扱について」の総題のもとに発表され、『初期ノート』に収録され、『初期ノート増補版』、『吉本隆明全著作集15』、『吉本隆明全詩集』、文庫版『初期ノート』、『吉本隆明詩全集1』に再録された。この総題は第二号以降の作品にも及ぶものとおもわれるので、本全集では、「『時禱』詩篇」という全体の表題の扉裏に配置した。発行所は荒井文雄の自宅（葛飾区上千葉一三二二）におかれ、著者の当時の住所は「上千葉五九二」だから近所であったことがわかる。

習作十四（所惑）

習作十五（夕日と夕雲の詩）

習作廿四（米沢市）

以上三篇は、『時禱』（一九四六年十二月二〇日　第二号）に発表された。収録、再録は同前。

四六・2　街↑［初］神＝川上が『藁版初期ノート』をつくる過程でここのガリの文字がよく見えないと問い合わせたのに対し、著者は「街」ではないでせうか。」とこたえたことが欄外に書かれていて、『初期ノート』以降「街」とされてきた。しかしこの詩篇にでてくる四カ所の「街」とは明らかに異なっており、かすれてはいるが、「習作七（餓莩地域）」の四〇・3の「神」と同じガリの文字である。ここにある詩篇群は「米沢時代に対する回顧」であると同時に「異神」と向き合っていた時期のものであり、筆耕屋が「神」の字を切り間違えることはなかったであろうから、初出原稿は明らかに「神」であったとおもわれる。ただ阿吽の呼吸で著者と川上は赤字を入れたのかもしれない。

童子像——無門関私釈——

習作四十三（愛歓）

習作五十（河原）

習作五十一（松川幻想）

以上四篇は、『時禱』（一九四七年三月三一日　第三号）に発表された。収録、再録は、同前。「童子像」は「詩稿Ⅳ」の同題の詩を推敲したものとおもわれる。「習作五十一（松川幻想）」は、清岡卓行編『イヴへの頌』（一九七一年四月一一日、詩学社刊）と『iichiko』（一九九六年四月二〇日　第三九号、文化科学高等研究院発行）に、二度自筆ペン書きで再録されている。

『時禱』創刊の辞・後記

「創刊の辞」は創刊号に、「後記」は第二、三号に発表され、『初期ノート』に収録され、『初期ノート増補版』、『吉本隆明全著作集15』、文庫版『初期ノート』に再録された。

巡礼歌——La idéalisation——

『季節』（一九四七年七月　第一輯、東京工業大学電化

会発行）に発表された。発行年月を記す奥付等の記載は無いが、扉のカットに電化会の同期生・加藤進康のものとおもわれる「1947.N.KATO」のサインがあり、後出の「後記」の日付（六・二七）からの推定。『初期ノート』に収録され、『初期ノート増補版』、『吉本隆明全著作集15』、『吉本隆明全集撰1』、『吉本隆明初期詩集』、『吉本隆明全詩集』、文庫版『初期ノート』、『吉本隆明詩全集1』に再録された。この詩もまた「米沢時代への回顧を主題としている」とおもわれる。

四七七・12　後相《うしろすがた》＝ルビは文庫でつけられた。

四七八・1　二三篇＝『全集撰1』、『吉本隆明初期詩集』では「二三遍」とされている。

四七九・4　悪《にく》しみ＝ルビは文庫でつけられた。

Ⅵ

この部には、一九四六、一九四七年に書かれた古典論を中心に、はじめて公的な雑誌に文章を発表したことになる一九四八年の姉の追悼文までを収録する。

伊勢物語論Ⅰ

未発表のまま『吉本隆明全著作集4』（一九六九年四月二五日、勁草書房刊）に収録された。鼠茶色で印刷されたA4サイズの原稿用紙を二つ折りにして紙紐で綴じられており、ブルーインクのペンで書かれている。表紙にあたる一枚目に縦書きで大きく「伊勢物語論（第三訂稿）」、その下に横書きで「昭和廿一年十二月三十一日完」と書かれ、二枚目の本文冒頭一行目に「伊勢物語論　吉本隆明」と署名し、一行あけて「Ⅰ」として、次の行からヴァレリーの引用が始まっている。綴じ糸が緩く後半が脱落し失われたとおもわれ、未完結である。綴じた原稿用紙のした左隅に鼠にかじり取られたような破損があるため、判読できない箇所があり、補った主な箇所のみ補記括弧でくくって表示した。

四八四・15、16　試料＝ふつうは「資料」だが、著者は時々この化学用語を流用している。

四八八・3　元慶四年五月（一五四〇）＝なぜか著者は皇紀で表記しているが、西暦では「八八〇」年。

伊勢物語論Ⅱ

歎異鈔に就いて――亡吉本邦芳君の霊に捧ぐ――

以上二篇は、『季節』（一九四七年七月　第一輯）に「古典論」の総題で「序にて」、「伊勢物語論Ⅱ」、「歎異鈔に就いて」の順に発表され、『擬制の終焉』（一九六二年六月三〇日、現代思潮社刊）に収録され、『われらの文学22　江藤淳・吉本隆明』（一九六六年一一月一五日、講談社刊）、『吉本隆明全著作集4』に再録された。「歎異鈔に就いて」の副題にある吉本邦芳は府立化工時代の同級生で、『和楽路』の会員でもあった。川端要壽『堕ちよ！さらば』によれば、四月三十日に急死した。その時の著者の様子が同書に描かれている。冒頭に引用されている賢治の「塔の詩」は、現在は「疾中」のなかの「〔手は熱く足はなゆれど〕」の先駆形とされているものの一部とほぼ同じである。

「歎異鈔」の引用文は、末尾にあげられている『国訳大蔵経』の本文とはかなり異なっているが、直しは最小限にとどめた。

『季節』創刊の辞・後記

『季節』（一九四七年七月　第一輯）に発表された「創刊に」、「編集後記」は『初期ノート増補版』に収録され、『吉本隆明全著作集15』、文庫版『初期ノート』に再録された。『全著作集15』の解題で川上春雄は、「ともに「編輯担当者」という署名であるが、著者に尋ねたところ、著者の書いた文と推測された。」と書いている。また「当時、他に『電化』等の学内機関誌を学生により編集し、著者も「文学鑑賞の方法について」等を発表したことを、編纂者は調査の上承知しているが、雑誌、本文ともに現在まで未見である。」としているが、今も未発見である。

姉の死など

『龍』（一九四八年三月五日　三月号　第一八巻第三号、龍短歌会発行）に発表され、『初期ノート増補版』に収録され、『吉本隆明全著作集15』、『〈信〉の構造3　吉本隆明全天皇制・宗教論集成』（一九八九年一月三〇日、春秋社刊）、『追悼私記』（一九九三年三月二五日、ＪＩＣＣ出版局刊）、『増補追悼私記』（一九九七年七月五日、洋泉社刊）、文庫版『追悼私記』（二〇〇〇年八月九日、ちくま文庫、筑摩書房刊）、文庫版『初期ノート』に再録された。『追悼私記』以下三冊では「吉本政枝　姉の死」と改題された。初出では「吉本政枝追悼」の総題でまず以下の「略年譜」が掲げられたあとに掲載された。

「略年譜
一、大正十一年七月廿二日熊本県に生る
一、東京都中央区月島第三小学校高等科卒業後石川島造船所勤務傍らタイピスト女学校に学ぶ
一、昭和十四年十一月胸部疾患を知る同年東京都南多摩郡多摩村厚生荘療養所に療養生活に入る、爾後昭和廿三年一月十三日死去の日まで同所に休息の日々を送る、昭和十五年頃より短歌の創作を始む、短歌詩人（後に龍）に投稿、後に中出博氏らの八重垣に短歌を送る　万葉集が殆ど唯一の作歌の源泉なりき　享年廿七歳（遺族宅、東京都葛飾区上千葉町五九二　吉本隆明）」

本文末尾に掲げられた吉本政枝の短歌は『初期ノート増補版』収録の際に加えられた。政枝の歌は『新編　吉本政枝　拾遺歌集』（二〇〇四年一月一二日、宿沢あぐり編集・発行　非売品）によって校訂した。

（間宮幹彦）

吉本隆明全集《よしもとたかあきぜんしゅう》1　一九四一―一九四八

二〇一六年六月二五日　初版

著　者　吉本隆明

発行者　株式会社晶文社

東京都千代田区神田神保町一-一一

郵便番号一〇一-〇〇五一

電話番号〇三-三五一八-四九四〇（代表）

〇三-三五一八-四九四二（編集）

URL http://www.shobunsha.co.jp

印刷・製本　中央精版印刷株式会社

ISBN978-4-7949-7101-2　printed in japan